LA DAME DE L'ORIENT-EXPRESS

LINDSAY ASHFORD

LA DAME DE L'ORIENT-EXPRESS

traduit de l'anglais
par Philippe Vigneron

l'Archipel

À mes parents Janet et Graham Molton,
et à mon frère Tim

En souvenir de ma belle-mère Yvonne Lawrence
(20 février 1936 – 22 février 2016)

Ce livre a été publié sous le titre
The Woman on The Orient Express
par Lake Union Publishing, Seattle.

Notre catalogue est consultable à l'adresse suivante :
www.editionsarchipel.com

Éditions de l'Archipel
34, rue des Bourdonnais
75001 Paris

ISBN 978-2-8098-2819-1

Prologue

Août 1963

Il arrive par le fleuve. Se faufile dans mon jardin sans prévenir. Assise dans le bosquet de camélias qui surplombe l'estuaire, j'attends le coucher du soleil en observant deux huîtriers au bord de l'eau, tout en essayant de déterminer qui assassinera le major Palgrave. Le clapotis des flots me berce et m'endort ; je n'ai pas vu la barque se diriger vers le ponton.

— Madame Christie ?

Son ombre enveloppe mon visage. Mes yeux s'ouvrent d'un seul coup.

— Qui êtes-vous ?

Je me penche en avant. Le contre-jour m'empêche de discerner ses traits. Est-ce que je le connais ? Il est grand, svelte, avec une épaisse chevelure noire. Il porte un short de tennis et ses jambes scintillent, couvertes de gouttelettes d'eau.

Il tend la main et s'avance vers moi. Dans le mouvement, il s'écarte du soleil couchant qui vient m'aveugler de son éclat ardent. Alors que je cligne des yeux pour dissiper une nuée de halos verts, il prononce son nom en avalant les syllabes. C'est un nom d'il y a longtemps. Un nom au parfum de cigarettes turques et de vents chauds du désert.

— Pardon de débarquer ainsi…

Sa voix est douce, comme celle d'un docteur qui s'apprête à annoncer une mauvaise nouvelle.

— Il fallait que je vous voie. Vous êtes la seule à pouvoir m'aider.

Je reste silencieuse. J'entends les cris des huîtriers, leurs pépiements qui ricochent sur l'eau. Il vient pour entendre l'histoire que j'ai juré de ne jamais écrire. Un mystère qui a débuté il y a plus de trente ans, lorsque je suis montée à bord de l'Orient-Express à destination de Bagdad.

Il se rapproche. Il faut que je trouve quelque chose à dire, n'importe quoi, pour me tirer de cette situation. Je lui demande s'il est conscient de se trouver sur une propriété privée. Puis je baisse les yeux sur la parcelle de pelouse qui nous sépare et ajoute que, de toute façon, je n'ai pas la moindre idée de ce dont il parle. Mes paroles ne sonnent pas très convaincantes, même à mes propres oreilles.

Il en sait déjà suffisamment pour avoir retrouvé ma trace et pris le risque de venir jusque dans mon jardin pour me piéger. Serait-ce mal si je lui parlais ? Faut-il à tout prix tenir une promesse lorsque la personne à qui on l'a faite n'est plus de ce monde ?

— Je vous ai apporté une photo.

Sa main disparaît dans le sac glissé sur son épaule et en ressort avec l'indice. Pièce à conviction n° 1 : moi il y a trois décennies. Quand j'avais encore une taille et que je pouvais nager sans le moindre complexe vêtue d'un gilet en soie rose et de deux culottes superposées. Je souris sous la frondaison d'un arbre, le bras passé autour de Katharine qui fixe l'objectif avec ce regard audacieux et interrogateur qu'elle m'avait lancé lors de notre première rencontre. Nous sommes enveloppées dans des serviettes, pudiques, mais nos cheveux plaqués sur le crâne révèlent que nous venons tout juste de remonter les berges de l'Euphrate, invisible sur ma gauche.

Je retourne la photo. Les pattes de mouche méticuleuses de Katharine ont griffonné la date: « décembre 1928 », ainsi qu'une légende: « Agatha et moi en Mésopotamie ». Je reviens vers l'image. Mes oreilles se mettent à bourdonner – ça m'arrive souvent, ces derniers temps, quand ma pression artérielle augmente brusquement – et je sens les battements de mon cœur.

— Ça vous dit quelque chose ?

La voix de l'homme trahit une certaine impatience. Comme s'il craignait que la vieillesse ait embrumé mon cerveau. Pas étonnant s'il m'a vue assoupie, la bouche ouverte. Je pourrais facilement jouer là-dessus et le renvoyer chez lui avec quelques anecdotes frelatées sur mes voyages au Moyen-Orient. Mais en fait, je me souviens de cet après-midi de décembre aussi nettement que si c'était hier. Même après toutes ces années, l'onde de choc de ce qui s'est passé ce jour-là dans le désert est toujours perceptible. Et quelque chose dans les yeux de Katharine – cette insolence courageuse – me met au défi de dire la vérité, toute la vérité et rien que la vérité.

— Quand avez-vous compris ?

Je lui rends la photo.

— Il y a quelques mois. Je vous ai écrit mais vous n'avez pas répondu.

Je secoue la tête.

— Je suis désolée. Je reçois beaucoup de courrier. J'ai une assistante qui…

Il balaie mes excuses d'un geste de la main.

— Aucune importance. Mais je devais vous parler. Vous me comprenez, n'est-ce pas ?

Il hésite. Se mord la lèvre.

— Je peux m'asseoir ?

J'inspire profondément. J'ai besoin de temps pour réfléchir.

— Allons à la maison, voulez-vous ? Vous prendrez bien un peu de thé et des gâteaux ?

Je saisis ma canne et me hisse du banc de bois. Mais il fouille encore dans son sac.

— Il y en a une autre, mais rien n'est écrit à part le lieu et la date. Je pensais que, peut-être, vous…

Sa voix se perd, il cligne des yeux en me tendant la photo, comme si la voir lui était trop insupportable.

Ce cliché-là est davantage usé par le temps. Le coin droit a été corné puis redressé. Le noir et blanc très net s'est dégradé pour virer au sépia. Les mots tracés en bas se sont eux aussi estompés : « Lido de Venise – avril 1928 ».

Un groupe d'hommes et de femmes. Ils sont jeunes, bronzés, et prennent la pose.

Ils forment un demi-cercle et sont assez proches pour que leurs bras et leurs jambes se touchent. Nancy est au centre, à gauche. Ses cheveux noirs ondulés sont à moitié couverts par un béret à rayures. Ses yeux ont une expression intense, en contradiction avec sa tenue décontractée : knickers et chemisier en lin. Elle paraît minuscule à côté de l'homme musclé à sa droite, qui serre sa main et a posé son autre main sur l'épaule d'une femme souriante en kimono.

À l'extrémité du groupe, un homme vêtu d'un peignoir en tissu éponge, chaussé de mocassins à boucle en toile. Il se tient de profil, ne regarde pas l'objectif mais ses amis. Il est si grand qu'il peut voir par-dessus la tête des autres. Son visage est séduisant, mais de sa bouche et de ses yeux émane quelque chose de fanatique, presque de cruel. C'est peut-être une illusion due à la photo mais son regard semble dirigé vers Nancy.

— Vous savez qui sont ces gens ?

Je pourrais dire que je n'en ai aucune idée. Je ne figure pas sur la photo et, au printemps 1928, j'étais à des centaines de kilomètres de là, en train de m'humilier dans un tribunal londonien. Je ferme les yeux pour effacer l'image, mais ce visage – ce visage-là – est gravé à l'intérieur de mes paupières. Même aujourd'hui, après tout ce temps, il me transperce comme un tesson de verre.

— Vous reconnaissez quelqu'un ?

Je me suis trahie. Si je lui réponds par un mensonge, il le saura. Mais si je dis la vérité, alors je devrai tout avouer. Y suis-je prête ?

— S'il vous plaît.

Il me prend la main. Sans la presser. Son toucher est aussi doux que sa voix.

— Si vous pouviez me dire quelque chose, n'importe quoi... Vous savez, toute la famille a disparu, personne n'est au courant.

Tu dois lui dire.

D'où vient cette voix ? Ce n'est pas Katharine... Ce n'est pas Nancy... Une voix d'homme : celle que j'avais essayé d'oublier, il y a des années de cela, quand j'étais montée à bord de l'Orient-Express.

Il y avait une sœur. Et maintenant, peut-être, un frère. Tu n'as pas le droit de l'en priver. Rappelle-toi ce que cela a fait à Rosalind...

Oh, comme c'est cruel... utiliser ma propre fille pour aiguillonner ma conscience.

Je retourne à la maison, fais signe à l'homme de me suivre. Il me rattrape à grandes enjambées. Son sourire ferait fondre le cœur de n'importe quelle femme. J'ai environ dix minutes pour déterminer ce que je suis prête à lui dire.

1

Londres, octobre 1928

Peut-on être hanté par ceux qui ne sont pas encore morts ? Au cours des semaines qui suivirent le divorce d'Agatha et Archie Christie, une partie fantomatique de son ex-mari semblait la suivre partout. Assise dans une maison vide, elle entendait ses pas dans la cage d'escalier. En se réveillant la nuit, elle sentait le poids de son corps dans le lit. En ouvrant sa penderie, elle respirait l'odeur familière du savon à raser et des cigarettes, alors même que ses vêtements avaient depuis longtemps disparu. Comme si ses sens avaient pris part à une conspiration visant à la pousser à bout.

Le voyage en Orient-Express était sa tentative de faire disparaître à tout jamais le fantôme d'Archie. Elle avait annoncé à tout le monde – elle s'en était même convaincue – qu'il s'agissait de simples vacances. Mais, pour la première fois de sa vie, elle voyagerait seule à l'étranger. Tout ce qu'elle ferait dans les deux prochains mois dépendrait entièrement de son choix. Elle découvrirait si elle en était capable. Si elle pouvait supporter de vivre seule.

Agatha savait à quel point elle avait de la chance de disposer du temps et de l'argent nécessaires pour cette évasion.

Elle venait de rendre le manuscrit définitif des *Sept Cadrans* à son éditeur, rien ne l'obligeait à rester en Angleterre pour commencer son dixième roman. À l'origine, elle avait prévu de prendre un bateau pour les Antilles et la Jamaïque mais, quelques jours avant son départ, un incident l'avait fait changer d'avis.

Invitée à un dîner à Mayfair, elle avait failli partir quelques minutes après son arrivée à cause d'une conversation qu'elle n'avait pu s'empêcher de surprendre. Tandis que des rafraîchissements étaient servis dans la véranda, une femme dissimulée par une fougère géante avait prononcé son nom. Deux autres voix féminines avaient poussé des exclamations incrédules.

— Si ! soufflait la première. Je suis sûre que c'est elle !

— Cette femme qui a simulé sa propre mort ?

— Et a prétendu, ensuite, être amnésique ?

Agatha s'était calée contre le tronc de la fougère arborescente. Elle aurait voulu disparaître.

— On dit qu'elle a fait ça pour vendre plus de livres…

Une pause. Puis :

— J'ai lu quelque part… dans le *Daily Mail*, je crois, que les recherches menées par la police avaient coûté une fortune aux contribuables.

— C'est surtout son mari qui me fait de la peine.

— On raconte qu'il avait une maîtresse…

— Je me demande pourquoi elle a choisi de disparaître dans une ville au beau milieu de nulle part.

— Aucune idée. Mais après un coup pareil, je suis surprise qu'elle ait le culot de se montrer !

Agatha aurait voulu s'enfuir mais elle était cernée par les convives.

La tête baissée, elle avait réussi à rallier le couloir. Si elle arrivait à atteindre la porte d'entrée sans croiser la maîtresse de maison, elle pourrait s'échapper, incognito. Mais, alors qu'elle traversait le couloir, quelqu'un qui descendait les escaliers l'interpella :

— Madame Christie !

Elle s'était retournée et avait vu un homme grand aux cheveux gris qu'elle ne reconnaissait pas. Sans cesser de lui sourire, il avait sorti quelque chose de la poche de sa veste.

— Seriez-vous assez aimable pour me signer ceci ?

Agatha lui avait lancé un regard soupçonneux.

— C'est pour ma mère. Elle est clouée au lit et elle adore vos livres. Elle serait ravie que je lui offre cet exemplaire dédicacé.

C'était *Le Secret de Chimneys*. Tandis qu'elle éventait l'encre de la main pour la faire sécher, il lui avait dit à quel point il avait lui aussi aimé ce roman. Ensuite, sans même s'en apercevoir, elle s'était retrouvée dans la salle à manger, assise entre l'inconnu et la maîtresse de maison.

C'était un militaire qui avait été en poste en Irak. Bientôt, leur conversation avait tourné autour des découvertes réalisées par l'archéologue Leonard Woolley dans la ville d'Ur et des trésors que les fouilles avaient révélés.

— J'ai toujours été fascinée par l'archéologie, avait-elle déclaré. Je vous envie d'avoir vécu là-bas. J'aimerais tant visiter Bagdad.

— Oh, vous devriez ! Il vous suffit de prendre l'Orient-Express.

Ses mots avaient eu un effet presque magique. Elle lui avait raconté la première fois qu'elle avait vu ce train. Encore enfant, elle était partie avec sa mère vivre en France avant la guerre. Elle se rappelait encore le convoi bleu et or, les hommes et femmes arpentant le quai avec une expression ravie, accueillis par des stewards immaculés postés à l'entrée de chaque voiture. Et les bourriches d'huîtres scintillantes sur un lit de glace, les gros morceaux de lard suspendus à des crochets, les caisses de fruits chargées à bord.

Le lendemain du dîner, Agatha s'était rendue chez Cook et avait annulé ses billets pour les Caraïbes. Il lui avait fallu moins d'une semaine pour régler les visas pour la Syrie et l'Irak et, le week-end suivant, elle montait dans le train qui la conduirait de Londres vers Douvres, la première étape de son voyage.

Charlotte, son amie et assistante, l'avait accompagnée jusqu'à la gare. Elle estimait peu judicieux pour une femme de voyager seule au Moyen-Orient, mais elle connaissait suffisamment Agatha pour ne pas s'évertuer à l'en dissuader. Au moment de lui dire au revoir, elle l'avait mise en garde contre les hommes qu'elle risquait de rencontrer à Bagdad.

— Sois prudente ! Avec des yeux bleus comme les tiens, les têtes vont se retourner…

Agatha avait souri à cette tentative maladroite mais bienveillante de la réconcilier avec son image. Le jour de son mariage – qui semblait remonter à un siècle –, Archie l'avait complimentée sur ses yeux incroyables, couleur du ciel par-delà des nuages d'orage. Une fois la cérémonie terminée, alors qu'ils sortaient de l'église, il lui avait serré le bras et glissé à l'oreille : « Promets-moi une dernière chose, tu veux ? Promets-moi de rester toujours belle. »

Elle avait ri et l'avait embrassé.

— Croix de bois, croix de fer. Mais, si je ne l'étais plus, tu m'aimerais quand même, n'est-ce pas ?

Il avait cessé de sourire.

— Peut-être… peut-être bien, oui. Mais ce ne serait pas *tout à fait* pareil.

Il fallait croire qu'elle n'avait pas tenu promesse. Pour quelle raison, se demandait-elle, avait-elle cessé d'être belle à ses yeux ? Parce qu'elle avait eu un enfant ? Parce qu'elle n'avait pas réussi à perdre les deux ou trois kilos hérités de sa grossesse ? Ou était-ce simplement que l'amour avait aveuglé son mari et qu'il s'était réveillé, un beau matin, en estimant qu'il méritait mieux ?

— N'oublie pas mes babouches ! avait crié Charlotte quand le train s'était ébranlé.

Agatha avait fait signe par la vitre baissée, la fumée lui remplissant les narines. Pour elle, c'était une bonne odeur. Une odeur excitante. Elle tournait une page. Agatha Christie, épouse, était sur le point de devenir Mary Miller, aventurière.

***

Le soleil du matin perçait les rideaux de dentelle du deuxième étage du 6, Connaught Mansions, parsemant de taches la pile de valises en cuir vert sur le lit de Nancy. Elle prit deux cartons à chapeaux sur l'étagère de sa penderie et les posa sur ses bagages. Puis elle se mit à la fenêtre. Dans le parc, en contrebas, les allées et venues des passants avaient déjà commencé. Deux nourrices en uniforme coiffées de chapeaux de paille noirs et brillants manœuvraient leurs poussettes à travers des tourbillons dorés de feuilles mortes. Un laitier sur une charrette cria quelque chose de l'autre côté de la grille et l'une des femmes se retourna, sourit et secoua la tête. Quelque part, un chien aboyait dans les buissons et des canards émergeaient du lac en cancanant. Au loin, Nancy aperçut le palais de Buckingham, l'Union Jack flottant dans une légère brise de nord-ouest. Elle ne reverrait plus jamais ce panorama.

Avec ces valises empilées sur son lit, sa chambre avait l'air lugubre. La coiffeuse était débarrassée de tout son attirail familier : flacons de parfum aux couleurs vives, brosse à cheveux en argent, peigne et miroir de poche, bocaux en cristal remplis de poudres et de crèmes. Et la précieuse photo se trouvait dans son sac à main, enveloppée dans un foulard rongé par les mites. Quand elle avait sorti le carré de soie à imprimé de plumes de paon, elle avait perçu une légère odeur de muguet. Le foulard avait appartenu à sa mère et gardait encore la trace de son parfum préféré. Pour Nancy, c'en était trop. Les larmes qu'elle avait retenues s'étaient déversées d'un coup. La tête enfouie dans son oreiller, elle entendait la voix de sa mère : *Allons, ma chérie, une vraie dame devrait toujours être capable de se contrôler.*

Bientôt, elle descendrait dans la salle à manger où elle retrouverait l'homme qu'elle avait décidé de quitter pour toujours. Il serait assis à table, derrière son exemplaire du *Financial Times*. Il lui jetterait un regard distrait quand elle passerait devant lui. C'est seulement lorsque Redfern apporterait le breakfast – œufs pochés, saucisses, champignons et bacon – qu'il condescendrait à poser son journal. Tout en mangeant, il lui demanderait sans doute ce qu'elle comptait faire de sa journée. Comme il n'écoutait jamais ses réponses, elle n'aurait aucun mal à lui servir le mensonge qu'elle avait préparé. Puis il se rendrait dans son club sans se douter qu'elle s'apprêtait à partir à l'autre bout du monde.

Quand il s'apprêterait à déjeuner, elle aurait déjà pris le train pour Douvres. Au moment où il rentrerait à la maison, elle serait déjà arrivée en France. Elle sortit de son sac les billets qu'elle avait achetés en mettant en gage le collier de diamants et les boucles d'oreilles dont elle avait hérité le jour de ses vingt et un ans. Oui, ce qu'elle avait préparé était *vraiment* sur le point de se produire. Le jour était venu et elle était déterminée à monter dans ce train. C'était la seule solution. Ce soir, elle dormirait dans un pays étranger. Et, d'ici la fin de la semaine, elle se trouverait à Bagdad.

À quoi la vie dans un tel endroit pouvait-elle bien ressembler ? Nancy n'en avait aucune idée. Tout ce qu'elle savait, elle l'avait glané dans les journaux et les lettres envoyées par sa cousine. Dans ses rêves les plus fous, elle n'aurait jamais envisagé de s'installer dans une ville en plein cœur du désert. Mais où pourrait-elle aller, sinon ? Qui d'autre pourrait bien l'accueillir ?

Son regard se posa sur les deux nourrices qui bavardaient à présent, assises sur un banc. Avec un soupir exaspéré, elle se détourna de la fenêtre et fourra la main dans son sac. Le linceul de soie glissa jusqu'au sol quand elle prit la photo. Il était là, sous ses yeux. À sa vue, elle sentit son ventre se nouer.

— Je t'en prie, viens, murmura-t-elle. Je t'en prie, ne me laisse pas faire ça seule.

***

À l'autre bout de Londres, une femme coiffée d'un chapeau d'où s'échappaient quelques mèches de cheveux blonds gravissait le perron du British Museum. Elle tenait sous le bras un exemplaire du *Daily Express* acheté en toute hâte à un kiosquier. Elle n'avait pas pour habitude d'acheter le journal et, en temps normal, ce n'est pas celui-ci qu'elle aurait choisi. Mais le gros titre qui s'alignait à la devanture du kiosque l'avait propulsée dans la rue : L'ÉNIGME DU SUICIDE DU JEUNE MARIÉ.

Katharine avait été incapable de regarder le garçon en lui tendant les pièces, craignant que sa photo ne soit reproduite à la une. Dès qu'elle fut hors de vue, elle ouvrit le *Daily Express*. Le vent soufflait dans les pages, rendant la manipulation difficile. Elle vit la photo de Bertram dans son uniforme de régiment. Après seulement deux paragraphes, l'article se poursuivait à la page suivante. Impossible de le lire dans la rue. Elle devrait attendre d'être de nouveau dans le musée.

Le portier la salua de son habituel :
— Bonjour, madame Keeling.

Les coins de sa moustache semblable à celle d'un morse se relevèrent dans un sourire. Elle acquiesça et détourna le regard. Avait-il vu le journal ? Apprendrait-il la nouvelle ? Les porteurs en discuteraient-ils autour de leur thé du matin ?

Elle baissa la tête et se dirigea vers un endroit où elle se savait à l'abri de tout regard indiscret. Au sous-sol du British Museum, une caverne d'Ali Baba remplie d'antiquités en attente de catalogage, se trouvait un bureau partagé par l'équipe de fouilles archéologiques de Mésopotamie. Elle pria pour que personne ne s'y trouve à une heure aussi matinale.

À son grand soulagement, la pièce était vide. Elle se laissa tomber sur une chaise et étendit le journal sur la modeste table parsemée de fragments de céramique et de perles provenant de colliers enfouis dans le sable du désert depuis des milliers d'années.

Il n'y avait pas de portrait d'elle en page intérieure, mais une autre photo de son défunt mari prise plus récemment, en Égypte. Il se trouvait parmi un groupe d'hommes assis dans la cour du bâtiment qui avait été son quartier général au Caire. Son sourire transperça le cœur de Katharine ; un flot de culpabilité se déversa en elle. Elle qui était encore vivante alors qu'il était mort ; elle qui avait transformé le sacrement du mariage en une condamnation à mort.

Les yeux brûlants, elle parcourut le texte, horrifiée par le plaisir évident avec lequel le journaliste racontait cette terrible histoire. Bertram était mort depuis presque cinq ans mais la procédure judiciaire avait mis longtemps à suivre son cours. On l'avait prévenue qu'elle pourrait être amenée à témoigner lors de l'enquête – chose qu'elle redoutait pardessus tout – mais, en fin de compte, elle n'avait pas eu à comparaître en personne. Le coroner avait accepté son témoignage écrit.

Le verdict était le suivant : le colonel Bertram Keeling s'était suicidé dans un moment de folie. L'article attirait l'attention sur le fait qu'il avait servi sa patrie avec bravoure pendant la Grande Guerre. Tant d'hommes étaient revenus brisés de ce conflit. C'était facile d'attribuer ce drame aux conséquences de la guerre, mais ce n'était pas à cause d'elle que Bertram s'était tiré une balle. Katharine le savait et, à l'évidence, le journaliste le soupçonnait. Le verdict du coroner étant finalement assez décevant, son article était parsemé d'insinuations sournoises sur la véritable raison pour laquelle un homme marié depuis seulement six mois pouvait décider de mettre fin à ses jours.

Personne ne devinerait jamais la vérité, Katharine était la seule personne en vie à la connaître. Le médecin – cet homme stupide, tellement stupide – était mort quelques semaines après Bertram, du choléra ou du typhus ou d'une autre maladie de ce genre. Châtiment divin, pourrait-on dire.

Katharine referma le journal et le jeta dans une poubelle, dans un coin du bureau. Elle parcourut les rayonnages remplis de livres, préleva trois minces volumes qu'elle glissa dans son sac. Dix minutes plus tard, elle était de nouveau dehors, descendait les marches du musée et hélait un taxi. Dans une heure, elle serait dans le train qui l'emporterait loin des journalistes curieux et de leurs lecteurs obscènes.

Dans le taxi, elle ferma les yeux et fit resurgir le paysage désertique qui lui manquait tant ; ces vastes étendues ininterrompues de sable et de ciel d'un bleu céruléen ; l'odeur des feux de bois et de la viande épicée ; les sonorités ondoyantes de l'appel à la prière au lever du soleil. La semaine prochaine, à la même heure, c'est là qu'elle se trouverait.

Bien sûr, il lui faudrait d'abord régler cette autre affaire : le mariage à Bagdad. À cette pensée, un frisson lui parcourut le dos, comme si quelqu'un venait de marcher sur sa tombe.

Après la mort de Bertram, elle n'aurait jamais imaginé se remarier. Mais les personnalités influentes qui finançaient les fouilles ne lui avaient pas laissé le choix : si elle voulait continuer à travailler sur un chantier rempli d'hommes, le mariage était une obligation.

Elle avait accepté la proposition de l'archéologue en posant une condition cruciale : que leur union ne soit pas consommée. À sa grande surprise, il avait accepté après une brève hésitation. Sans doute se croyait-il capable de la faire changer d'avis une fois qu'il lui aurait passé la bague au doigt.

Pauvre imbécile. Elle entendit la voix de Bertram aussi clairement que s'il était assis à côté d'elle. Si elle avait su… Si seulement elle avait consulté un médecin *avant* leur nuit de noces…

— Où est-ce que je vous dépose, mademoiselle ? Dans un chouette endroit, j'espère ?

Le chauffeur de taxi l'arracha à ses pensées.

— Au Moyen-Orient. En Mésopotamie, pour être précise.

— Eh ben… Vous pouvez aller aussi loin en partant de Victoria ?

— Absolument. En prenant le train pour Douvres puis l'Orient-Express à Calais, qui vous emmène jusqu'à Damas. Ensuite, un autocar traverse le désert et vous dépose à Bagdad.

— Et ça prend combien de temps ?

— Seulement cinq jours.

Cinq jours et nuits. Moins de cent heures à être éveillée. Ça lui laissait peu de temps pour trouver un moyen d'empêcher ce nouveau mari de partager son lit.

2

De Londres à Paris

Pour sa première nuit à bord de l'Orient-Express, Agatha ne s'éloigna guère de son compartiment. Elle ne s'était jamais sentie à l'aise sur un bateau et la traversée de la Manche l'avait rendue atrocement malade. À l'excitation de monter dans le train succéda un soulagement exquis lorsque, grimpant l'échelle tapissée de moquette de sa couchette pour se glisser entre les draps damassés, elle prit conscience qu'elle resterait sur le plancher des vaches jusqu'à Istanbul.

Le steward l'avait prévenue qu'elle aurait le compartiment pour elle seule jusqu'à Belgrade. Aussi ne prit-elle pas la peine de baisser les stores afin de pouvoir regarder le paysage se fondre dans la nuit pendant que le train traversait les champs de Normandie, filait devant les griffes noires des arbres récemment dépouillés de leurs pommes, les silhouettes de chevaux effrayés par le rugissement du moteur. Tout cela paraissait si tranquille, épargné par le temps. Difficile de croire que dix ans auparavant, ces lieux étaient ravagés par la guerre.

Elle pensa à Archie survolant ces champs aux commandes de son biplan Cody. Quand la guerre avait éclaté, il faisait partie des rares pilotes qualifiés en Grande-Bretagne. Il avait eu de la chance de survivre à ce cataclysme. Avant leur mariage, il lui avait écrit de France pour lui demander si elle avait peur de le savoir pilote d'avion. Entre les lignes, elle avait compris le sens de sa question : il voulait être rassuré. Elle lui avait répondu qu'elle n'était pas du tout inquiète car elle l'avait vu évoluer dans les airs et savait qu'il maîtrisait son appareil à la perfection. Et elle avait glissé dans sa lettre des violettes et une image de saint Christophe. Bien sûr, elle avait pris soin d'éviter toute référence à ce qu'elle vivait au quotidien, ces hommes et ces garçons au corps fracassé qu'elle soignait à l'hôpital de Torquay.

Quel sale boulot, infirmière. Je déteste t'imaginer en train de le faire.

Il lui avait écrit ces mots la semaine précédant son premier départ. Et, comme cela lui était intolérable, elle ne lui avait plus jamais parlé de son travail. À la place, dans ses lettres, elle décrivait la maison de leurs rêves, la vie qu'ils mèneraient une fois la guerre terminée.

Leur mariage fut organisé dans la précipitation la veille de Noël 1914. Ils logeaient chez la mère d'Archie et, après lui avoir expliqué la veille qu'ils n'avaient pas l'intention de se marier en temps de guerre, que ce serait une folie, son fils était entré dans sa chambre à 8 heures du matin pour lui annoncer qu'il avait changé d'avis : ils voulaient se marier sur-le-champ. Comme sa permission durait seulement quarante-huit heures, le temps manquait pour acheter une robe, choisir des fleurs ou même préparer un gâteau. Agatha s'était donc mariée dans la tenue qu'elle portait lors de son entretien d'embauche à l'hôpital : une simple veste et une jupe. Ils avaient dû verser huit livres sterling au curé de la paroisse pour qu'il accepte de les unir dans l'urgence et avaient choisi pour témoin un ami qui passait à ce moment-là devant l'église. Puis, après une lune de miel d'une seule nuit, Archie était reparti en France.

Agatha ferma les yeux et les images affluèrent pour effacer le souvenir de son corps dur et maigre pénétrant sa chair blanche et douce. Elle voyagea dans le temps vers un lieu à jamais estival, d'où l'hiver était banni, jusqu'à cette plage au pied de la falaise du Devon où elle avait passé des journées insouciantes à pêcher le crabe dans des trous d'eau entre les rochers et à se régaler d'œufs durs et de sandwiches aux rillettes de poisson.

Quelques instants plus tard, elle glissa dans le sommeil. L'arrêt du train la réveilla. Où étaient-ils ? À Paris ? Ou plus loin ? Dijon ? Lausanne ? Agatha se redressa sur les coudes et scruta le décor de la vitre.

Elle aperçut la silhouette d'un homme sur un quai embrumé au clair de lune. Il lui évoquait quelque chose d'horriblement familier. Les hautes pommettes ciselées, les yeux brillants comme des diamants. Cela ne pouvait pas être… n'est-ce pas ? Elle cligna des yeux, tendit le cou. Cela faisait des mois qu'elle ne l'avait pas vu mais voilà qu'Archie se trouvait là, à présent, de l'autre côté de la vitre. Comme s'il l'avait suivie dans sa traversée de la Manche, l'avait perdue quelque part aux environs de Calais puis, à une vitesse surnaturelle, avait réussi à prendre le train de vitesse.

Ce n'était pas elle qu'il regardait mais un point éloigné, quelque part sur le quai. Il semblait s'impatienter. Ses lèvres se crispaient, s'entrouvraient comme s'il parlait, alors qu'elle ne voyait personne près de lui. Soudain, sa voix résonna dans sa tête.

Eh bien, on s'offre encore une petite fugue, on dirait ? Espérons qu'elle se terminera mieux pour toi que la précédente…

Agatha ferma les yeux, se répéta que ce n'était pas lui, ce n'était pas possible. Il était en Angleterre, bien au chaud dans son lit. Rêvant sans doute de *l'autre*, de ce qu'il ferait dans quelques jours, après leur mariage.

Quand elle eut cessé de se torturer et ouvrit les yeux, il avait disparu. Son imagination faisait des heures supplémentaires. Le train redémarra lentement et elle se blottit contre l'oreiller, se forçant à respirer en comptant lentement jusqu'à quatre. Chaque respiration apportait l'odeur réconfortante du linge fraîchement lavé. Ensuite, elle procéda à l'inventaire mental de tous les plaisirs que lui réserverait ce voyage en train : la nourriture, la musique, les paysages traversés. Il y avait quelque chose de très réconfortant dans le fait de prendre le train. Elle n'était pas vraiment seule. Il lui suffisait de sonner pour qu'un steward se matérialise dans son compartiment.

Agatha pensa à sa destination et son estomac se contracta involontairement. En était-elle vraiment capable ? Pouvait-elle accomplir ce périple toute seule ? Oui, murmura-t-elle, bien sûr que tu le peux. Tu as trente-huit ans et tu ne pars pas en voyage sur la Lune, juste à Bagdad. À ce nom, son corps tressaillit. Lors du dîner mondain à Londres, il l'avait fait frissonner d'excitation mais, désormais, c'était un frisson d'effroi.

Elle savait peu de choses sur cet endroit. À l'âge de dix-huit ans, elle s'était rendue en Égypte avec sa mère ; elle s'attendait à quelque chose dans le même genre. Sauf qu'à l'époque, elle s'intéressait bien plus aux hommes et aux dernières danses à la mode qu'aux pyramides et aux tombeaux.

Il y avait eu un homme – un colonel très gentil, assez séduisant et beaucoup plus âgé qu'elle – qui, sur le bateau du retour en Angleterre, avait demandé sa main à sa mère. Quand celle-ci lui avait annoncé la nouvelle, elle était entrée dans une colère noire. Elle se sentait trahie : la question aurait dû lui être posée *à elle*. Mais elles étaient déjà de retour dans le Devon. Le visage du colonel se mit à flotter dans la pénombre du wagon-lit. Si elle l'avait épousé lui au lieu de…

Elle essaya d'endiguer le flot de ses pensées, de se concentrer sur le rythme du moteur, le bruit des roues sur les rails. Et pria pour qu'une fois endormie, elle puisse rêver de tout plutôt que d'Archie.

***

Tel un animal en cage, Nancy allait et venait de la fenêtre à la porte du petit compartiment. Dès que le train était arrivé gare de Lyon, elle avait collé son visage contre la vitre, essayant désespérément de l'apercevoir. Mais l'obscurité et la fumée occultaient tout. Le quai était encombré de grappes de gens, certains en train d'attendre, d'autres prêts à embarquer. Elle aurait voulait sauter du wagon et courir parmi eux, impatiente de croiser son visage. Mais ce serait trop risqué. Elle pouvait très bien le manquer – pire encore : le train pouvait repartir sans elle alors qu'il était déjà dedans.

Jusqu'ici, à chaque étape du voyage, elle avait espéré le voir apparaître. À Victoria Station, tandis que les autres passagers faisaient leurs adieux émus à des êtres chers, elle était restée seule sur le quai jusqu'à ce qu'un contrôleur, avec un haussement de sourcils plein de pitié, la force pratiquement à grimper sur le marchepied de sa voiture.

Ensuite, constatant qu'il n'était pas à Douvres, elle avait passé la traversée à sillonner les passerelles du bateau au cas où il aurait réussi à embarquer juste avant que les amarres soient larguées.

À Calais, où l'attendait l'Orient-Express, un steward très méticuleux l'avait empêchée de s'attarder sur le quai, insistant pour lui montrer où tout se trouvait et comment tout fonctionnait dans son compartiment, allant jusqu'à passer en revue avec elle le menu du dîner. Dans d'autres circonstances, elle aurait sans doute trouvé cela excitant – mais elle était trop à bout de nerfs pour le supporter. Quand le steward en eut terminé, le train quittait déjà la gare.

— Votre amie a-t-elle prévu de vous rejoindre à Paris, madame ? demanda le steward avec un doux accent étranger.

— Eh bien… oui, c'est cela. À Paris.

Nancy était gênée d'être confrontée à son propre mensonge. Elle avait payé le double du prix de ses billets en réservant tout un compartiment de seconde classe dans l'espoir qu'il viendrait. Seuls les passagers du même sexe étant autorisés à partager le même compartiment, elle avait prévenu l'employé de l'agence Cook qu'elle voyagerait en compagnie d'une certaine Muriel Harper.

Devant le sourire du steward, elle sentit une rougeur se propager de son cou à son visage. Elle était persuadée qu'il l'avait démasquée. Il savait que c'était son amoureux, et non une amie, qui l'avait laissée tomber.

Pauvre petite fille riche. Elle avait l'impression de lire dans ses pensées.

Paris était son dernier espoir. Il restait juste une chance qu'il y soit arrivé avant elle, prévoyant de monter dans le train dans l'obscurité afin de déjouer l'attention du steward.

Elle jeta un coup d'œil à sa montre. Ils repartiraient dans moins de cinq minutes. Elle entendit une porte claquer. Des pas dans le couloir. Une voix de femme parlant français. Nancy s'affala sur sa couchette, la bouche si sèche qu'elle arrivait à peine à déglutir. Elle tendit la main pour attraper son verre d'eau quand un léger déclic la fit sursauter. Sa tête pivota au moment où la poignée de la porte glissait de haut en bas. Elle bondit.

— Oh, mon amour !

Et elle tomba dans ses bras, les yeux pleins de larmes.

— Tu ferais mieux de me laisser entrer.

Ses lèvres effleurèrent sa joue puis il la prit par les épaules et la déplaça pour pénétrer dans le compartiment.

— Où sont tes bagages ?

Sans un regard pour elle, il s'assit lourdement sur la couchette. Puis, les yeux fixés au sol :

— Je ne peux pas rester. Je redescends dès demain matin.

— Mais…

— Pas de questions, Nancy, pas encore. Profitons de cette nuit ensemble. Verrouille la porte et viens me prendre dans tes bras, d'accord ?

Il lui tendit les mains et leurs corps se fondirent l'un dans l'autre.

Quelque temps plus tard, allongée sur la couchette étroite dans l'obscurité, elle respirait l'odeur de sa peau humide quand elle entendit le steward frapper doucement à la porte. Elle dit à haute voix qu'elle n'avait besoin de rien. Paroles ô combien ironiques : ce dont elle avait le plus besoin au monde était en ce moment même étendu auprès d'elle mais, dans quelques précieuses heures, il serait parti.

Elle entendit les pas du steward s'éloigner dans le couloir et tendit la main vers le corps chaud à côté d'elle. Mais le charme était rompu. Il s'était assis. Une allumette s'embrasa qu'il porta au bout d'une cigarette. À présent, il allait lui dire ce qu'elle redoutait d'entendre.

— Je devais venir, Nancy, je ne pouvais pas te laisser tomber.

Il inspira profondément, soufflant un nuage de fumée qui dériva vers son visage.

— Mais c'est difficile pour le moment. Tu t'en rends bien compte, n'est-ce pas ?

À ces mots, elle sentit une bulle de rire hystérique se former dans son ventre. « Difficile » ? Comment ce à quoi il s'exposait pouvait-il être plus difficile que le risque qu'*elle* prenait ? Mais elle étouffa son rire. Et aucune parole ne franchit ses lèvres. Elle attendit qu'il s'explique, s'il en était capable.

— Je crois qu'elle a des soupçons, dit-il. Et j'ai peur qu'elle en parle à la presse si ses soupçons se confirment. Pense un peu aux conséquences pour nous.

— Mais ça n'aurait aucune d'importance, voyons ! Puisque nous serons à Bagdad…

Nancy ne pouvait pas voir son expression. La seule lumière était la rougeur brasillante de sa cigarette.

Il laissa échapper un rire sourd. Presque un grognement.

— Bagdad ? Et qu'est-ce qu'on ficherait à Bagdad ?

— Je… Je ne sais pas. On…

Elle hésita.

— On vivrait, je suppose. Tout simplement. Nous nous aimons, n'est-ce pas ? Est-ce que ça ne nous suffit pas ?

Son silence confirma ses pires craintes.

Elle voulut tout lui dire, alors. Oh, seigneur, comme elle avait envie de lui révéler son secret. Mais elle n'y arrivait pas. Elle s'y refusait. Ça n'aurait jamais marché, sauf s'il venait vers elle de son plein gré, parce qu'il la voulait, *elle*. Elle avait assez de lucidité pour s'en rendre compte. Et, malgré tout ce qui s'était passé entre eux ces derniers mois, elle avait encore sa fierté. Elle refusait de s'abaisser au chantage émotionnel.

— Tu sais à quel point je tiens à toi, murmura-t-il. Sinon, tu crois que j'aurais pris le risque de venir jusqu'ici ?

Il se pencha pour écraser sa cigarette et, dans le mouvement, frotta sa tête contre la sienne.

— Si tu peux juste rester là-bas quelques mois, le temps que ça retombe…

Il caressait son cou avec sa joue, envoyant de délicieux frissons à travers son corps.

— Nous finirons par être ensemble, je te le promets.

Nancy ferma les yeux alors qu'il se lovait contre elle. Elle avait tellement envie de le croire.

3

De Lausanne à Milan

Le lendemain matin, Agatha se réveilla avec un frisson d'excitation et aperçut les Alpes à travers la vitre. Le soleil levant se reflétait sur les cimes enneigées semblables à des draps rose et corail tendus sur un ciel parfait.

Elle s'habilla rapidement : veste Sonia Delaunay aux larges rayures audacieuses sur un chemisier en soie camel avec jupe en laine assortie. Au moment de se mettre du rouge à lèvres, elle fut surprise par son reflet dans le petit miroir rond au-dessus du lavabo. En plein soleil, ses cheveux avaient pris une magnifique teinte écarlate. Sa coiffeuse l'avait prévenue de cet effet : *Vous êtes une blonde naturelle, sur vous la coloration sera très différente.*

Elle sourit devant cette femme étrange et compléta son déguisement en enfilant des lunettes. Les étiquettes suspendues au-dessus d'elle dans le porte-bagages confirmaient sa nouvelle identité : Mme M. Miller, Greystone House, Drewsteignton, Exeter.

Elle ouvrit la porte du compartiment et se figea un bref instant, paralysée à l'idée d'entrer dans la voiture-restaurant. Tous ces visages… Et si quelqu'un la reconnaissait ?

Mais son estomac vint à la rescousse. Une porte s'ouvrit et le couloir fut aussitôt envahi par une odeur de pain grillé, de bacon et de café. *Rien de tel qu'un bon breakfast pour se calmer les nerfs*, avait l'habitude de dire son père. Elle se laissa guider par son flair, tandis que son ventre ronronnait d'impatience.

Le maître d'hôtel la plaça à une table et lui demanda si elle préférait un thé indien ou chinois. Puis il disparut, la laissant parcourir le menu : prendrait-elle des œufs Bénédicte, du kedgeree[1] ou des pancakes au sirop d'érable ? Délicieuse indécision. Quand il revint avec une théière de darjeeling, elle avait fait son choix.

Le journal, soigneusement repassé, était posé à côté de couverts en argent que les rayons du soleil faisaient étinceler. Elle le déplia et porta à ses lèvres la tasse en porcelaine monogrammée. C'est alors qu'elle remarqua une jeune femme à la table d'en face.

Pas plus de vingt-cinq ans, devina Agatha. Cheveux foncés et ondulés, traits délicats, vêtements bien coupés et sans fioritures, maquillage discret. Agatha éprouva un étrange sentiment. Elle avait la certitude de l'avoir déjà vue quelque part, sans réussir à se rappeler les circonstances précises. Par chance, la jeune fille gardait les yeux baissés, ce qui permit à Agatha de se cacher derrière son journal. Mais, juste avant, elle eut le temps de voir une goutte tomber sur la soucoupe où la jeune fille avait posé son toast.

Une larme.

Agatha s'aperçut qu'elle pleurait abondamment. Sans un bruit, sans même essayer d'essuyer son visage, comme si le chagrin la paralysait. Agatha reprit sa tasse, la reposa, ses doigts s'agitant nerveusement sur l'anse. Devrait-elle faire

---

1. Riz au curry et au haddock, spécialité britannique inspirée par la cuisine des Indes. (*Toutes les notes sont du traducteur.*)

comme si elle n'avait rien remarqué ? Était-ce ce que l'usage recommandait ? Non. Elle devait aller lui parler.

À cet instant, la jeune fille leva les yeux. Elle ne regardait pas Agatha mais quelque chose au fond de la voiture-restaurant. Sa main bougea discrètement. Un signe imperceptible, comme si elle craignait d'être observée.

Naturellement, il aurait été impoli de la part d'Agatha de tourner la tête pour voir à qui s'adressait ce geste. Mais, grâce à un étrange jeu de lumière, elle put l'apercevoir. Un rayon de soleil qui la fit cligner des yeux révéla dans le reflet de la vitre un visage à l'entrée de la voiture-restaurant.

Son visage.

Ce n'était pas un fantôme. Elle ne l'avait pas rêvé. Il était *là*, à bord de l'Orient-Express !

La main d'Agatha se mit à trembler, sa tasse de thé heurta la soucoupe. Mais le bruit fut couvert par le crissement des freins. Le train se mit à ralentir. Tout à coup apparurent des chalets en bois aux fenêtres couvertes de givre, des chariots poussés par des gens au visage pâle et aux traits tirés, coiffés de toques en fourrure.

Le train s'arrêta brusquement. La porte de la voiture-restaurant s'ouvrit. Agatha entrevit l'arrière de sa tête tandis qu'il s'éloignait.

Était-ce lui ? *Vraiment* lui ?

Agatha jeta un coup d'œil à la jeune fille. Elle fixait son assiette, le visage dissimulé par le rideau de ses cheveux.

Si c'était lui, alors qui était-elle ?

La voiture tressautait en cadence à mesure que le moteur ralentissait. Agatha tourna la tête pour voir le nom de la gare mais le panneau était déjà passé. Elle devina qu'ils se trouvaient en Suisse ou en Italie. Pourquoi Archie descendrait-il dans l'un de ces pays ?

Elle se retourna pour regarder la fille mais, au même moment, le serveur lui apporta son breakfast, s'interposant devant elle. Le temps de placer sur la table l'assiette, la serviette, et de s'assurer qu'Agatha n'avait besoin de rien d'autre, la jeune fille avait disparu.

Pouvait-il s'agir de la maîtresse d'Archie ? Agatha s'aperçut soudain qu'elle connaissait bien mal la femme qui lui avait ravi le cœur d'Archie.

Son nom, elle le connaissait. Elle l'avait même vue, une fois, quand il l'avait emmenée passer le week-end à la maison avec un groupe d'amis golfeurs. Mais Agatha était bloquée au lit avec la grippe. Elle les avait tous entendus arriver, discuter dans le hall. Elle aurait voulu se lever, au moins, aller les saluer et leur demander pardon de manquer ainsi à ses devoirs de maîtresse de maison. À ce stade, il n'y avait sans doute encore rien entre eux – Archie n'aurait pas eu le culot de l'inviter. Le samedi matin, Agatha avait quitté sa chambre pour aller aux toilettes et aperçu deux hommes et une femme, dans le couloir. Ils ne l'avaient pas vue. La beauté de la jeune femme l'avait impressionnée : elle était mince, avec des cheveux bruns ondulés. Après leur départ, elle s'était enquis de son identité. *Oh*, avait répondu Archie, *c'est Nancy. Elle ne s'en tire pas trop mal, pour une femme : dix de handicap.*

Après ce week-end, Agatha ne l'avait plus jamais revue. Ni même pensé à elle. Et puis, un an plus tard… C'était l'été 1926, la veille du septième anniversaire de Rosalind. Cette nuit-là, Archie avait décidé de tout lui avouer : il avait rencontré quelqu'un. Quelqu'un qui comptait plus à ses yeux que sa fille et sa femme.

Alors, c'était elle ? Si seulement Agatha pouvait mieux se souvenir de la jeune femme dans le couloir à Sunningdale…

Elle saisit son couteau et sa fourchette et tenta de faire honneur aux œufs Bénédicte mais son ventre était noué.

Quand elle se leva pour quitter la voiture-restaurant, elle s'attarda près de la place occupée par la jeune fille, scrutant la table pour essayer d'y trouver des indices. Un mouchoir brodé d'initiales, peut-être ? Mais elle ne vit qu'une serviette froissée parmi quelques miettes de pain grillé.

Tu laisses ton imagination te jouer des tours !

La voix de sa mère, cette fois.

Agatha s'arrêta dans le couloir, pressa le front contre la vitre fraîche. Sa respiration brouilla un paysage de prés tapissés de neige. Il ne fallait pas que ça se passe comme ça. Ce voyage devait lui permettre de guérir, d'aller de l'avant.

La vue des sapins filant dans un sifflement l'étourdit. Elle ferma les yeux, enveloppée d'une terrible sensation de vacuité. Comme si elle était de nouveau dans cette chambre d'hôtel à Harrogate, toute seule, attendant que quelqu'un la retrouve. Espérant que ce quelqu'un serait Archie.

Presque deux ans s'étaient écoulés depuis qu'elle avait pris le train pour le nord de l'Angleterre sans prévenir personne : c'était un matin gris de décembre, quatre mois après l'explosion de cette bombe – Archie lui annonçant un nouvel amour dans sa vie. Elle l'avait supplié pour qu'il leur laisse un peu de temps, une chance de se réconcilier. Ce samedi de décembre, ils auraient dû partir ensemble dans le Yorkshire pour passer le week-end dans un hôtel, à Harrogate. Mais, le vendredi soir, il n'était pas rentré à la maison. Elle avait attendu, attendu encore… Au bout du compte, quelque chose s'était rompu en elle.

Encore une petite fugue…

Elle entendit une porte s'ouvrir et s'écarta aussitôt de la vitre. Que penseraient les gens s'ils la voyaient ainsi ? Le train prit un virage serré et elle s'agrippa à la rampe pour retrouver son équilibre. Dans l'état de confusion où elle était, elle ouvrit la porte du mauvais compartiment. Du moins le crut-elle en voyant une femme en train de s'étirer sur la banquette.

— Oh, pardon !

Agatha recula, secouant la tête.

— Madame Miller ?

La femme avait l'air de sortir des pages de *Vogue*. Assez grande pour être obligée de baisser la tête quand elle se redressa sous le porte-bagages, elle était vêtue d'un pyjama de soie blanche orné de hiéroglyphes égyptiens brodés sur le col, les poignets et l'ourlet. Elle s'avança vers Agatha. Ses vêtements dégageaient un parfum capiteux et inconnu. Une base de vanille mêlée à une pointe de jasmin ou de narcisse.

Elle tendit la main avec un sourire éclatant révélant des dents parfaites. Elle n'était pas maquillée, hormis du rouge à lèvres, et sa peau était immaculée. Ses cheveux épais et brillants étaient d'une blondeur pâle scandinave, et ses yeux d'un bleu profond, presque violet. Agatha pensa aux campanules qui poussaient dans les champs de Torquay, à côté du jardin de la maison de sa mère.

— Katharine Keeling.

Sa poignée de main était aussi ferme que celle d'un homme.

— Désolée de vous avoir fait peur. J'ai dû insister pour qu'on me change de compartiment… Des punaises de lit, vous vous rendez compte ?

Elle fronça les sourcils et frémit. Sous le pyjama de soie, sa poitrine oscilla.

— Inimaginable, n'est-ce pas ? Dans l'Orient-Express ! On m'a expliqué que c'était à cause des boiseries. Elles creusent des galeries dedans et ressortent pendant la nuit.

Elle s'assit sur la banquette et tapota le tissu.

— Et maintenant, venez un peu me parler de vous.

Agatha prit place et s'aperçut aussitôt que le compartiment avait été entièrement réaménagé pendant qu'elle prenait son breakfast. Plus aucune de ses affaires n'était visible. Sa brosse à cheveux et sa trousse de toilette avaient été retirées du guéridon sous la fenêtre. Sa chemise de nuit n'était plus accrochée à la patère de la porte et son carton à chapeau était désormais coincé, de travers, sur le porte-bagages.

Elle avait choisi une cabine de seconde classe car il y avait beaucoup plus d'espace que dans un compartiment de première classe à une seule couchette. À présent, elle se demandait si ç'avait été une si bonne idée.

— Quelle veste divine!

Katharine passa un index élégant sur le tissu de la manche d'Agatha.

— Sonia Delaunay, n'est-ce pas?

— En effet.

— C'est bien ce que je pensais. J'ai travaillé pour elle, une fois.

— Vraiment?

Katharine acquiesça.

— Je suis dessinatrice publicitaire. J'ai travaillé pour plusieurs maisons de haute couture à Londres et à Paris.

— Vous devez avoir beaucoup de talent, commenta Agatha. Voyage d'agrément ou professionnel?

Katharine lança la tête en arrière et éclata de rire.

— L'un n'exclut pas forcément l'autre! J'aime mon travail plus que tout au monde.

Elle alla prendre un étui à cigarettes en argent sur le guéridon et l'ouvrit.

— Vous en voulez une?

— Non merci, je ne fume pas.

— J'espère que ça ne vous dérange pas.

Elle tira quelque chose dans la poche de son pyjama. Un porte-cigarette noir à embout d'argent.

À l'idée de partager un compartiment avec une fumeuse, Agatha se sentit flancher. Quand elle vivait encore avec Archie, elle s'était habituée à l'odeur des cigarettes. Mais dormir dans une pièce où ne flottait plus l'odeur persistante de tabac était son unique plaisir de célibataire.

— Cigarettes turques, ajouta Katharine. Plutôt bonnes. Un de mes collègues les a rapportées de Bagdad. Il faut que j'en achète…

— C'est votre destination ?

Cela lui semblait étrange pour une femme travaillant dans l'univers de la mode. Agatha aurait plutôt penché pour Milan.

Katharine alluma sa cigarette et souffla un panache de fumée.

— Je vais à Ur. Je travaille sur le chantier de fouilles, là-bas. Je dessine les objets découverts par les archéologues. C'est ma quatrième saison.

— Vous travaillez avec Leonard Woolley ? demanda Agatha d'une voix émerveillée.

— Exact.

Katharine roula des yeux, comme si ce nom évoquait des choses désagréables. Agatha aurait voulu tirer cela au clair, lui demander si le grand homme était un collègue de travail pénible ou s'il avait des habitudes personnelles fâcheuses, mais cela aurait semblé irrespectueux. Elle se contenta donc d'expliquer à Katharine à quel point ce qu'elle avait lu dans les journaux au sujet des fouilles l'avait fascinée, et décidée à partir pour l'Orient plutôt que l'Occident. Puis elle lui demanda lequel des trésors mis au jour était son préféré.

Katharine tapota le bout de sa cigarette sur le cendrier.

— Eh bien, je dirais… la coiffe de la reine Shu-bad. Il m'a fallu deux mois pour la reconstruire, c'était un vrai cauchemar, avec toutes ces petites perles… Mais le résultat en valait la peine.

Elle raconta comment l'équipe de fouilles avait découvert des sépultures enfouies dans le sable depuis trois millénaires. La coiffe de la reine sumérienne était l'un des magnifiques objets contenus dans la chambre intérieure du tombeau fouillé la saison précédente.

À l'écouter décrire le processus de reconstitution des fragments d'or, de lapis-lazuli, de cornaline et d'agate, Agatha se sentit entraînée dans un autre univers. Elle remarquait à peine, au-dehors, le paysage de montagnes bientôt remplacé par les plaines de Lombardie, tant ces visions des découvertes d'Ur la fascinaient.

Un coup sec frappé à la porte du compartiment la ramena à la réalité. Le steward apportait le café du matin. Il demanda à Katharine s'il restait des affaires à aller chercher dans son ancien compartiment. Il l'appela « madame Keeling », ce qui surprit Agatha car aucune alliance ne brillait à l'annulaire de Katharine.

Une fois le steward reparti, cette dernière reprit :

— C'est très mal, madame Miller : vous m'avez laissée vous assommer avec mes histoires de travail. Maintenant, à votre tour de me parler un peu de vous.

Elle versa du sucre en poudre dans sa tasse, la porta à ses lèvres puis la reposa sur la soucoupe. Agatha remarqua l'arc de rouge à lèvres corail qui ornait à présent le rebord de porcelaine.

— Pour une femme qui voyage seule, Bagdad est une destination plutôt inhabituelle...

Un silence – le sous-entendu était évident. Katharine mourait d'envie de savoir pour quelle raison Agatha partait si loin sans son mari.

Elle respira profondément avant de répondre. Elle s'était attendu à susciter ce genre de curiosité et elle avait préparé tout un scénario. Mais elle voulait s'assurer qu'il était convaincant. Elle répondit que sa fille était partie en pension – ce qui était vrai – et que, comme elle lui manquait terriblement, elle avait à tout prix besoin d'une distraction. Le mensonge se trouvait dans la seconde partie de la réponse :

— Mon mari… est… Il est mort à la guerre.

Elle avait répété ce mensonge devant un miroir. Mieux valait passer pour une veuve que porter la marque honteuse du divorce. Pourtant, c'était horrible de s'entendre prononcer cette phrase, comme si elle souhaitait vraiment la mort d'Archie. Et ce visage reflété dans la vitre du train, qui venait la hanter avant même qu'elle ait proféré son mensonge… Était-ce sa punition ? Le dernier tour cruel que lui jouaient ses sens, en lui faisant voir des choses impossibles ?

Katharine se pencha vers elle et lui tapota la main.

— Moi aussi, j'ai perdu mon mari.

À ces paroles, le visage d'Agatha s'empourpra. Maintenant, elle se sentait doublement coupable. *Quelle femme odieuse tu fais… odieuse !* siffla Archie.

Les yeux de Katharine se tournèrent vers la vitre.

— Nous nous sommes rencontrés quand j'étais infirmière en France.

— En France ? répéta Agatha.

Elle avait du mal à se représenter une créature aussi exotique dans le décor sanglant et boueux d'un hôpital de campagne. S'occuper des soldats à Torquay avait déjà été une expérience terrible. Elle pouvait à peine imaginer les horreurs dont Katharine avait dû être témoin.

— Nous n'étions mariés que depuis six mois…

Katharine prit une autre cigarette.

— La guerre est cruelle.

C'était une banalité, mais Agatha savait d'expérience qu'il valait mieux ne pas se montrer trop curieuse.

— Quand ça s'est terminé, j'ai repris mon métier d'infirmière. D'abord en Égypte, puis à Bagdad. C'est comme ça que j'ai commencé à travailler sur le chantier de fouilles.

Agatha espérait la suite du récit mais, une fois sa cigarette allumée, la jeune femme se tut. Il flottait dans l'air comme une attente – comme si, après s'être confiée sur son mariage, elle voulait qu'Agatha fasse de même.

Elle esquiva en lui racontant qu'elle avait, elle aussi, vécu en Égypte. Elles comparèrent leurs impressions sur les lieux qu'elles avaient fréquentés à dix ans de distance. Puis Agatha se lança dans le récit de sa vie à l'hôpital, en mettant l'accent sur les épisodes cocasses. Elle expliqua ainsi à Katharine comment elle et son amie Eileen avaient appris la chimie entre deux tours de garde, et comment elles avaient accidentellement fait exploser la machine à café en l'utilisant pour pratiquer un test de Marsh[1].

Elle se garda bien d'ajouter qu'elle avait épousé Archie le week-end qui avait suivi l'explosion et qu'à son retour les patients l'avaient taquinée, un soldat de Glasgow lui expliquant par exemple qu'il préférait dire « infirmière Christie » plutôt qu'« infirmière Miller » parce que c'était un nom écossais.

Ç'avait été si étrange de retourner travailler comme femme mariée après avoir passé une seule nuit avec Archie, sans certitude de le revoir. Il lui avait demandé sa main quelques jours seulement après leur rencontre, lors d'un bal de Noël où il l'avait étourdie. Grand et mince avec des cheveux ondulés couleur d'or, il exsudait une confiance nonchalante qui la captivait. Et quel danseur hors pair… Ils avaient dansé une valse, suivie d'un fox-trot, puis il lui avait demandé une autre danse, mais son carnet de bal était rempli. D'un geste de la main, il lui avait fait signe d'arracher les pages des autres danseurs.

Il avait eu la même assurance quand il lui avait fait sa demande. Elle lui avait expliqué qu'elle était déjà fiancée à un artilleur nommé Reggie Lucy, qui était à la manœuvre

1. Expérience conçue par James Marsh en 1836 permettant de détecter la présence d'arsenic.

avec son régiment. *Et en quoi c'est un problème?* Il avait balayé cet obstacle comme s'il s'agissait d'un vulgaire cheveu sur son col. *Je ne suis fiancé à personne, mais si c'était le cas, je romprais dans la minute sans hésiter.*

Et c'est ainsi qu'elle avait écrit à Reggie – le gentil, le tendre, le patient Reggie, qui avait insisté pour attendre au moins deux ans avant de l'accompagner jusqu'à l'autel – pour lui annoncer qu'elle allait en épouser un autre. Reggie lui avait fait beaucoup de bien, il était apaisant, fiable. Le meilleur des compagnons, à défaut d'une grande passion. Mais, à présent, elle évoluait en eaux profondes. Elle était folle amoureuse d'un inconnu, un homme qui la fascinait, aux antipodes de tout ce qu'elle était : pragmatique là où elle était romantique, rationnel quand elle se laissait emporter par son imagination, dur alors qu'elle était sentimentale. Et elle mourait d'envie d'être sa femme. Quand sa mère leur avait annoncé qu'ils devraient attendre qu'Archie gagne suffisamment bien sa vie, Agatha s'était indignée.

— Vous allez détester Bagdad, vous savez, lâcha soudain Katharine.

Agatha se tourna vers elle, déconcertée.

— Pourquoi dites-vous cela?

— C'est plein de *memsahibs*[1]. Vous allez avoir l'impression de vous retrouver dans le Surrey, entre les dégustations de thé et les parties de tennis. Si vous voulez voir la vraie Mésopotamie, il faut à tout prix que vous les évitiez.

— Oh... Eh bien... je... J'ai réservé une chambre pour cinq nuits au Tigris Palace mais, à part ça, je n'ai pas vraiment de projets.

Agatha faillit ajouter qu'elle espérait visiter le chantier de fouilles à Ur, mais elle ne voulait pas donner l'impression

1. Terme respectueux d'origine indienne désignant une femme mariée européenne.

de s'imposer à une femme qu'elle venait tout juste de rencontrer.

Après un silence inconfortable, Katharine répondit :

— Eh bien, n'hésitez pas à venir nous voir.

Agatha se demanda qui désignait ce « nous ».

— Sur le chantier, il y a une annexe pour accueillir les invités. Leonard ne s'intéresse pas trop aux touristes mais il ne devrait pas voir d'inconvénient à ce que je vous fasse visiter la région.

Agatha remarqua qu'elle avait utilisé familièrement le prénom de son employeur, dénotant un manque de respect pour cette sommité mondiale. Elle se demanda s'il s'agissait d'une particularité de la vie sur un chantier de fouilles, peut-être que, dans un monde aussi fermé, les règles étaient différentes.

— C'est très gentil à vous, répondit-elle, mais je ne veux absolument pas vous imposer ma présence. On m'a expliqué, chez Cook, que je pouvais engager un guide local pour me conduire dans des lieux intéressants.

— Absurde !

Katharine eut un rire sonore.

— J'adore les Arabes, mais ils peuvent être épuisants si vous ne connaissez pas les ficelles du métier. Vraiment, j'insiste : venez nous voir. Ce sera un grand plaisir pour moi. Je vais vivre entourée d'hommes pendant cinq mois, un peu de compagnie féminine me fera le plus grand bien.

Sa façon de présenter les choses défiait la contradiction tout en laissant percer une certaine vulnérabilité – une peur, presque. Pourtant, Katharine avait bien dit qu'il s'agissait de sa quatrième saison sur le chantier.

Agatha avait l'impression étrange que, pour Katharine, ce voyage était le contraire exact du sien : elle avait beau prétendre adorer son travail, quelque chose de menaçant l'attendait dans le désert.

4

De Milan à Venise

Alors que le train traversait le pont sur le Tessin, Agatha entreprit d'écrire une lettre à sa fille. Elle avait l'intention de la rédiger étape par étape, décrivant ses impressions sur chaque pays traversé jusqu'à l'arrivée à Istanbul, d'où elle la posterait.

La perspective de ne plus revoir Rosalind pendant près de trois mois lui était pénible. Sans ces vacances, elle aurait pu lui rendre plusieurs fois visite à l'école. Les filles étaient autorisées à sortir le dimanche après-midi, à raison de quatre sorties maximum par trimestre. Naturellement, ces visites limitées devraient être partagées entre elle et Archie.

Sachant ce qu'Agatha pensait du mariage imminent d'Archie, sa sœur Madge avait gentiment proposé d'aller voir Rosalind à sa place, si elle décidait de partir. La petite fille adorait sa tante Madge, mais cela n'allégeait pas le sentiment de culpabilité éprouvé par Agatha.

Le train s'arrêta à Milan juste avant le déjeuner et plusieurs personnes, dont Katharine et Agatha, débarquèrent pour se dégourdir les jambes pendant le changement de locomotive. Le gel et la neige des Alpes étaient déjà loin et le soleil inondait le quai. Pendant qu'elles faisaient les cent pas, Agatha se couvrit les yeux et scruta les groupes de passagers à la recherche de la jeune fille qu'elle avait vue à la voiture-restaurant. Aucune trace. Peut-être était-elle descendue avant Milan ? Depuis le breakfast, l'Orient-Express avait fait halte à deux autres gares – Brig et Domodossola, des villes dont Agatha n'avait jamais entendu parler. L'inconnue était-elle partie à la recherche de l'homme qui avait quitté le train quand ils étaient encore en montagne ?

Pendant que Katharine décrivait les endroits qu'elles visiteraient en arrivant à Bagdad, Agatha se répéta pour la énième fois que l'homme qu'elle avait vu dans le reflet de la vitre ne pouvait pas être Archie. Elle s'obligea à examiner la situation comme pourrait le faire un avocat interrogeant un témoin lors d'un procès. Elle avait vu l'homme à deux reprises, la première fois de nuit sur un quai embrumé et la seconde dans un reflet sur une vitre. Aucun jury ne pourrait prononcer de condamnation avec des indices pareils.

De retour dans le train, elle observa son propre reflet dans la vitre et se reprocha en silence de s'être mise dans un état pareil à cause de pures spéculations. Elle savait très bien où Archie se trouvait en ce moment : dans son bureau d'Austral Development Ltd., à Londres. Créature d'habitude, il irait probablement déjeuner au Criterion de Piccadilly puis, dans la soirée, rentrerait dans l'appartement qu'il louait à West Kensington.

Le mariage se déroulerait dans quelques jours. Rien au monde ne pourrait justifier qu'il parte en voyage cette semaine, *a fortiori* à bord de l'Orient-Express. Il détestait les trains. Il ne supportait pas de se trouver dans un engin qu'il ne pilotait pas lui-même. Avion ou voiture, oui, mais train : jamais de la vie.

Le train venait de quitter la gare quand Katharine annonça qu'elle se sentait trop fatiguée pour envisager de déjeuner.

— Ces satanées punaises m'ont empêchée de dormir toute la nuit… Je crois que je vais juste commander un sandwich et puis m'allonger un moment. Ça ne vous dérange pas, n'est-ce pas ?

Elle avait accompagné sa question d'un autre sourire éclatant. Manifestement, elle avait envie de rester seule dans le compartiment pendant quelques heures. Et – Agatha commençait à le comprendre – Katharine était le genre de femme habituée à faire ce qu'elle voulait.

Alors qu'elle se dirigeait vers la voiture-restaurant, elle tenta d'imaginer sa compagne de voyage sur un site de fouilles archéologiques, en plein cœur du désert. L'unique femme dans une équipe d'hommes. Avec son allure éblouissante, ce devait être une situation délicate. Sans doute Katharine s'était-elle forgé son armure de charme et de détermination précisément pour repousser les importuns.

Le déjeuner avait attiré beaucoup plus de monde que le breakfast. Le maître d'hôtel demanda à Agatha si elle acceptait de partager sa table. Il l'installa face à une vieille dame, qui lui apprit bientôt qu'elle était canadienne et rendait visite à son fils, employé par une compagnie pétrolière. Sa surdité avancée rendait la conversation acrobatique.

— Ne vous sentez pas obligée de me parler, ma jolie, dit-elle en brandissant un morceau de Wiener Schnitzel planté sur sa fourchette. La nourriture est tellement merveilleuse, ici, qu'elle mérite vraiment toute notre attention.

Agatha commanda une gratinée à l'oignon suivie de rillettes de canard. Le serveur lui apporta une demi-bouteille de clairet, qu'elle faillit refuser – à son grand regret, elle n'avait jamais supporté l'alcool –, mais sa voisine de table s'en saisit avant qu'elle ait le temps de faire signe au serveur.

— Vous n'en voulez pas, ma jolie ? Vous permettez ? C'est tellement pratique d'avoir un petit quelque chose sous la main… Moi qui *déteste* déranger les stewards en pleine nuit.

Agatha sourit intérieurement, imaginant la vieille dame, le soir venu, remplir de vin le gobelet qui devait d'ordinaire contenir son dentier.

Elle finit par prendre congé d'Agatha et se leva. Mais sa démarche était si flageolante qu'elle dut se retenir au rebord de la table. Agatha lui proposa de la raccompagner jusqu'à son compartiment. Elles eurent juste le temps de faire quelques pas dans le wagon avant qu'un steward vienne en aide à la vieille dame.

En retournant s'asseoir, Agatha aperçut un profil familier. La jeune fille du breakfast. Elle était installée deux tables derrière elle et parcourait un livre posé à côté de son assiette. Même en levant les yeux, il aurait fallu qu'elle tourne la tête à un angle impossible pour apercevoir Agatha. Cette dernière prit tout son temps pour rallier sa place et observer la jeune fille. Sa main droite tenait les pages du livre, mais la gauche était invisible. La dernière fois, Agatha n'avait pas remarqué si elle portait une alliance.

Le mariage d'Archie aurait lieu samedi en huit. Elle connaissait la date car Rosalind la lui avait involontairement annoncée après une visite. Elle aurait voulu être demoiselle d'honneur, mais son père lui avait expliqué que ce ne serait pas ce genre de mariage. Agatha lui était au moins reconnaissante de cela. C'eût été incroyablement cruel.

Elle se rassit devant ses rillettes de canard à peine entamées, y goûta puis repoussa son assiette. L'identité de la jeune fille lui demeurait mystérieuse. L'âge correspondait, assurément. Et quelque chose de familier dans son visage l'obsédait. Après tout, cela pouvait très bien être quelqu'un qu'elle avait déjà rencontré par le passé. Mais pas *elle*. Pas Nancy.

À travers la fenêtre, elle vit une vaste étendue d'eau. Un écriteau passa : LAGO DI GARDA. Bientôt, ils seraient à

Venise. Pour une raison inexplicable, Hercule Poirot surgit dans ses pensées pendant qu'elle regardait le lac. Qu'aurait bien pu faire son petit détective belge à sa place ?

La réponse lui revint en un éclair. *Vous devez utiliser vos petites cellules grises.*

Certes. Bien sûr. Mais comment, au juste ?

L'ironie de la situation ne lui échappait pas. Assise dans un train dont elle avait déjà décidé qu'il figurerait dans l'un de ses futurs romans, elle attendait les conseils d'un des personnages qu'elle avait imaginés. Comment était-ce possible de créer un personnage plus intelligent, plus observateur, plus perspicace que soi-même ?

Elle avait envisagé d'aller prendre un café au salon après le déjeuner, afin de laisser Katharine assez de temps pour sa sieste. Finalement, elle décida de prolonger son séjour dans la voiture-restaurant, en attendant que la jeune fille s'en aille. Elle verrait ainsi dans quelle direction elle partait pour rejoindre son compartiment, ce qui restreindrait son champ d'investigation. Ce serait un bon début.

Elle s'assit sur le siège le plus proche de l'allée centrale et sortit le poudrier qu'elle gardait toujours dans son sac. Quelques coups d'œil dans le miroir sous prétexte de se poudrer le nez lui permirent de surveiller les allées et venues derrière elle. Elle n'attendit pas longtemps. Bientôt, la jeune fille se leva de table, s'éloigna avant de revenir précipitamment sur ses pas pour prendre le livre qu'elle avait oublié. Puis, pivotant, elle sortit du wagon en s'engageant dans la même partie du train que celle où logeaient Agatha et Katharine.

Entre la voiture-restaurant et le tender[1], il n'y avait que deux wagons-lits : l'un en première classe, l'autre en seconde. La future épouse d'Archie voyageait-elle en

1. Wagon qui suit la locomotive à vapeur et contient le combustible et l'eau nécessaires.

première ? Agatha estima que c'était peu probable. Elle soupçonnait fortement l'argent – son argent *à elle* – d'être l'une des raisons pour lesquelles Archie avait cessé de l'aimer comme avant : elle était devenue si différente de la jeune fille qu'il avait épousée. Une femme indépendante, capable de subvenir elle-même à ses besoins.

Il était temps de mettre en œuvre la seconde partie de son plan. Agatha demanda à parler au maître d'hôtel et lui expliqua qu'elle pensait avoir reconnu une passagère mais hésitait à l'approcher, pour s'épargner la gêne en cas d'erreur.

— À quelle table était-elle assise, madame ?

Son très léger accent aurait pu être français.

Elle lui indiqua la place et il se rendit dans la petite pièce qui lui servait de bureau, à l'autre extrémité du wagon, afin de consulter une liste. Elle resta à faire les cent pas au milieu de la voiture et, quand il reparut, elle se sentit l'âme d'une criminelle.

— Il s'agit d'une certain Ann Nelson, madame.

Et il adressa un sourire plein de curiosité à Agatha.

Elle se demanda s'il entendait son cœur battre dans sa poitrine. *Ann*. Mais ce n'était pas suffisant. Une Ann pouvait *parfaitement* être une Nancy. À l'hôpital de Torquay, une des collègues d'Agatha se faisait appeler Nancy mais les lettres qu'elle recevait portaient toujours l'initiale A. C'était une de ces étranges traditions anglo-saxonnes : une fille prénommée Ann pouvait se faire appeler Nancy, comme un Jack s'appelait en réalité John.

— Ah… heu… Nelson…, marmonna-t-elle. Ce doit être son… hum… son nom de femme mariée.

Ce n'était pas le nom de la maîtresse d'Archie, mais il s'en rapprochait. Elle s'appelait Mlle Neele, c'est du moins ce qu'il lui avait dit. Voyageait-elle sous un pseudonyme ? Cela semblait douteux.

Tu le fais bien, toi. Cette fois, la voix dans sa tête était la sienne.

— Voulez-vous que je lui envoie un message ?

Le maître d'hôtel lui souriait largement, à présent.

— Une heureuse coïncidence, n'est-ce pas ?

— Oh… non… Je vous remercie. Je suis… heu… Je voudrais lui faire la surprise.

Et, avec son sourire le plus charmeur :

— Si vous pouviez juste me donner le numéro de son compartiment…

Elle misait sans vergogne sur le fait que les femmes de la classe moyenne situées du mauvais côté de la quarantaine n'étaient jamais soupçonnées d'agissements sournois. Bien que n'étant pas aussi âgée, Agatha était sûre qu'elle donnait le change, quand elle portait ses lunettes.

— Mais bien sûr, madame.

L'homme fit signe à un des serveurs d'approcher et s'adressa à lui en français. Il prit le calepin suspendu à sa ceinture et griffonna dûment le numéro sur une page qu'il tendit à Agatha.

Elle avait vu juste : le compartiment se trouvait dans la voiture de seconde classe, situé dans la moitié la plus proche du tender. Agatha, pour sa part, se trouvait plus au centre.

Elle se dirigea vers le salon, la page en boule dans son poing, l'esprit agité. Si elle allait directement frapper à la porte du compartiment, que dirait la jeune fille ? Agatha pouvait difficilement lui demander si elle était bien la maîtresse de son mari. Agatha ne pouvait pas non plus exiger de savoir si elle voyageait sous un nom d'emprunt.

Elle comprit qu'une approche frontale risquait de susciter un certain embarras et ne la mènerait nulle part. Il allait falloir se montrer plus subtile, en attendant le bon moment pour engager une conversation apparemment badine avec la jeune fille. Prise au dépourvu, elle était beaucoup plus susceptible de révéler un indice qui confirmerait ou non les craintes d'Agatha.

Un steward la fit asseoir à la seule table inoccupée du salon puis lui apporta du café et des petits fours. Elle mordit dans un chou en forme de cœur nappé de chocolat. Une crème à la framboise se répandit sur sa langue. La sensation était des plus réconfortantes. À l'autre bout du salon, un pianiste déroulait les premières mesures de la *Fantaisie* de Chopin. Par la vitre, Agatha aperçut une ville au sommet d'une colline, des toits de tuile serrés en grappes autour d'un ancien clocher. Elle jeta un coup d'œil à sa montre. Dans moins d'une heure, ils débarqueraient à Venise. L'Orient-Express ne partirait pas avant 21 heures, ce qui lui laissait amplement le temps de faire du tourisme. Elle avait toujours rêvé d'explorer cette ville. Elle ne devait pas laisser… quoi, au juste ?… cette *hypothèse* gâcher son plaisir.

L'agent de chez Cook avait essayé de la convaincre de réserver une place pour une visite guidée mais, si elle avait choisi de faire ce voyage, c'était précisément pour s'épargner ce genre de lourdeur. Elle préférait de loin l'idée de visiter la ville à bord d'un de ces vaporettos que les habitants utilisaient pour se déplacer au gré des canaux. Munie de son guide Baedeker, elle ne doutait pas qu'elle se débrouillerait très bien toute seule.

Soudain, elle se fit la réflexion qu'elle pourrait nouer cette fameuse conversation avec la jeune fille mystère en la suivant dès qu'elle s'engagerait dans les ruelles de la Sérénissime. Il lui suffirait de se placer assez près de son compartiment quand le train entrerait en gare, de la surveiller quand elle descendrait à quai puis de la prendre discrètement en filature.

Ça vire à l'obsession. Pourquoi tu t'acharnes comme ça ?

La voix d'Archie, grave et menaçante. Agatha songea à cette nuit où il avait quitté la maison de Sunningdale pour la toute dernière fois, furieux qu'elle refuse le divorce. Jamais elle n'oublierait le regard qu'il lui avait lancé. On aurait dit qu'un étranger avait pris possession de cet homme qu'elle croyait connaître.

Il exigeait le divorce mais refusait catégoriquement que le nom de Nancy soit mentionné dans la procédure. Au lieu de cela, il proposait de simuler un flagrant délit sordide dans un hôtel de Brighton pour mettre fin à leur mariage.

Agatha estimait que s'il avait été honnête, si lui et Nancy avaient eu le courage de reconnaître leur relation, elle aurait cédé plus tôt qu'elle ne l'avait fait. Cela lui semblait doublement injuste, de devoir comparaître elle-même devant un tribunal alors que Nancy était épargnée par le scandale.

Et quand elle avait dû annoncer à Rosalind que son père ne vivrait plus jamais avec elles, la petite fille s'était détournée en disant : « Mais papa m'aime bien, *moi*, n'est-ce pas ? C'est *toi* qu'il n'aime pas. »

La voix d'un homme – réelle et non imaginaire – ramena Agatha à la réalité.

— Verriez-vous un inconvénient à ce que je me joigne à vous ?

Des yeux noisette rieurs, un visage jeune et bronzé, orné d'une moustache parfaitement taillée.

— Pardonnez cette intrusion mais je crains qu'il n'y ait plus d'autres places disponibles.

— Oh, mais je vous en prie, asseyez-vous.

Il avait à peu près le même âge que son neveu Jack. Bien que presque trentenaire, Jack – elle en était persuadée – aurait été mortifié à l'idée de bavarder poliment avec une inconnue plus âgée que lui, mais ce jeune homme paraissait totalement à l'aise. Il lui confia combien il avait hâte de revoir Venise et lui demanda s'il s'agissait de son premier séjour. Très vite, ils en arrivèrent à comparer leurs guides de voyage et à discuter des mérites respectifs des vaporettos et des gondoles.

Le pianiste plaqua l'ultime accord du morceau de Chopin puis se leva et salua en inclinant la tête.

— Oh, murmura Agatha, dommage.

Son compagnon acquiesça.

— Vous jouez du piano, vous aussi ?

— Avant, oui. Maintenant, je n'ai plus le temps.

— Il y a un concert à la basilique Saint-Marc ce soir. Vous aimez Wagner ?

Les yeux d'Agatha s'illuminèrent.

— Quelle œuvre est au programme ?

— La *Siegfried-Idyll*.

— Il faut réserver ?

— Non, c'est gratuit, dit-il. Mais je pourrai y aller en avance si vous voulez que je vous garde une place.

Et Agatha se mit à lui raconter comment, jeune fille, elle avait été initiée à la musique de Wagner par sa sœur Madge, qui l'emmenait souvent à Covent Garden. C'était cela qui avait fait naître son rêve d'adolescente : devenir Isolde, faire une carrière de cantatrice.

— C'est à cause de la scène finale, lorsqu'elle meurt…

Elle sourit en secouant la tête.

— Ils sont allongés là, tous les deux, et l'esprit d'Isolde se met à chanter. Je voyais *vraiment* les notes… leurs couleurs…

Elle s'interrompit, embarrassée d'avoir avoué quelque chose d'aussi incongru.

— Je comprends tout à fait.

Il hocha la tête.

— La musique me fait cet effet-là, à moi aussi. Elle libère l'esprit, n'est-ce pas ? Comme quand on souffle sur un pissenlit…

Elle acquiesça à son tour. Décidément, cette discussion ne ressemblait pas – vraiment pas – à ses discussions avec Jack. Elle se demandait quelle sorte de vie son interlocuteur avait pu mener pour être si perspicace. Il lui expliqua alors que sa grand-mère avait été chanteuse d'opéra à Bruxelles et avait créé le rôle de Salomé dans l'*Hérodiade* de Massenet. Il avait la musique dans le sang. En l'écoutant, Agatha ne put réprimer un sourire. Voilà qu'elle se trouvait en grande conversation avec un homme moustachu d'origine belge une demi-heure après avoir été visitée par le souvenir d'Hercule Poirot !

Quand le steward vint les informer de leur arrivée imminente en gare de Venise, elle jeta un coup d'œil à sa montre, surprise.

— J'espère que vous passerez une agréable soirée.

Son compagnon se leva et, par réflexe, porta la main à sa tête pour en soulever un chapeau imaginaire. S'apercevant de son erreur, il rougit et partit précipitamment.

Sitôt parti, elle remarqua qu'il ne lui avait dit ni son nom ni la destination de son voyage. Elle se demanda si elle le reverrait, après Venise.

***

Comme le train commençait à ralentir, Nancy baissa le store. Elle ne savait pas si le Lido serait visible du train, mais un bref aperçu serait déjà suffisamment douloureux. Pourtant, se priver de la vue ne faisait qu'attiser les braises de ses autres sens. L'odeur du sable humide. Les échos de la musique et des éclats de rire s'infiltrant à travers les parois en bois de la cabane de plage. La saveur de sa peau humide après le bain, réchauffée par le soleil. Et le contact de ses doigts. Difficile de croire que tout cela remontait à plus de six mois.

Elle avait été si malheureuse au début de sa lune de miel à Venise, mais il était venu à son secours. Pour la sauver d'un mariage condamné dès le début.

Ç'avait été une idée de son mari : passer quelques jours à faire la fête avec des amis dans une villa italienne en guise de lune de miel. À l'entendre, ils allaient bien s'amuser. Mais c'était un piège, un plan machiavélique pour lui faire subir la pire des trahisons. Rétrospectivement, elle était stupéfaite d'avoir été aussi naïve. Pendant leur nuit de noces, Felix avait été trop ivre pour lui faire l'amour. Le lendemain soir, il s'était jeté sur elle mais, ensuite, avait insisté pour retourner dormir dans sa propre chambre. Au matin, il ne s'était pas présenté pour le breakfast. Ils n'étaient mari et femme que depuis quinze jours et, déjà, elle se sentait humiliée et déconcertée par le peu de cas qu'il semblait faire de ses sentiments. C'est seulement à leur arrivée à Venise qu'elle avait découvert le pot aux roses.

La deuxième nuit, il avait refusé d'interrompre sa partie de cartes pour aller se coucher. Elle était restée éveillée, bien décidée à lui faire la surprise d'une visite quand elle le croiserait dans sa chambre.

Il était bien dans sa chambre. Mais pas seul.

Elle était sortie de la villa d'un pas chancelant, estomaquée par ce qu'elle venait de découvrir. L'un des autres invités – un grand et bel homme auquel elle n'avait été présentée que la veille – l'avait aperçue. Il était seul sur la terrasse au clair de lune, fumant une cigarette, et s'était levé dès son arrivée. Après lui avoir proposé un mouchoir, il lui avait demandé si elle était blessée. Et elle lui avait tout raconté. Il n'avait posé aucune question. Il s'était contenté de l'écouter.

Ensemble, ils avaient vu la lune se coucher puis l'étoile du matin se lever sur la mer, avant de se souhaiter bonne nuit. Il lui avait alors pris la main et l'avait embrassée, soutenant son regard. Puis il était parti par l'allée pavée couverte de rosée, et avait regagné sa chambre.

Le lendemain, il avait frappé à sa porte avec un plateau de café et des pêches du jardin. Elle l'avait invité à entrer, certaine que son mari ne viendrait pas la chercher. Il l'avait fait rire en lui parlant des gens avec qui il travaillait et pour qui il avait quitté l'Angleterre. Soudain, il lui avait demandé si elle avait envie de se baigner – ce qui allait bientôt devenir leur rituel quotidien.

À la Villa Rezzonico, les gens s'aventuraient rarement hors de leur chambre avant midi. Mais elle était debout tous les matins à 8 h 30 pour aller piquer une tête avec lui. Le deuxième jour, il s'était glissé vers elle sous l'eau, aussi souple et vif qu'un poisson, et ses épaules avaient frôlé ses hanches. Elle en avait presque perdu l'équilibre. Il l'avait soulevée au-dessus des vagues. Elle s'était penchée pour embrasser son front humide, savourant le goût salé de sa peau. Lui avait incliné la tête en arrière jusqu'à ce que leurs lèvres se rencontrent.

Ils s'étaient étendus sur le sable au bord de l'eau, il lui caressait le bras et elle sentait sa peau s'embraser sous ses doigts. Le lendemain matin, après leur bain – sans avoir rien calculé, anticipé –, il lui avait montré la clé d'une cabane de plage. L'habitacle sentait les algues sèches et l'huile d'olive, une bouteille vide gisait sur l'unique pièce de mobilier – un banc en bois rugueux. Il avait étendu sa serviette sur le sol sableux et ils s'y étaient allongés, enlacés, encore moites de leur baignade.

Trois jours plus tard, ils étaient étendus dans l'ombre, dégustant des figues vertes et du melon quand il lui prit la main. Son regard semblait brouillé.

— Ma chérie, il y a une chose dont je voudrais te parler.

Elle se redressa, tremblante. Et l'écouta lui parler de sa femme et de leur fille.

— J'aurais dû te prévenir dès le début.

Il tendit la main pour lui caresser les cheveux.

— Mais j'avais tellement envie de toi.

Ses yeux scrutèrent son visage.

— Tu as parfaitement le droit de me mépriser, je le sais. Mais je ne regrette pas un seul des instants que nous avons passés ensemble. Et toi ?

La mélodie d'un saxophone l'empêcha de répondre. À une centaine de mètres de là, dans le kiosque à musique du Grand Hôtel Excelsior, un quartette de jazz commençait son récital. Sur le sable, une femme légèrement ivre en déshabillé de soie rose s'était mise à danser pieds nus.

— Nous ferions mieux de rentrer, déclara-t-il. On va se faire remarquer si on arrive en retard pour le déjeuner.

Comme c'était leur dernier jour, tout le monde s'était retrouvé sur la plage dans l'après-midi pour une photo souvenir. Elle était incapable de se tenir près de lui, incapable de sourire. La photo avait immortalisé la tension qui l'habitait. Elle ressemblait à un animal pris au piège. Et c'était elle qu'il regardait, pas l'objectif. Ses yeux avaient quelque chose de farouche et d'inquiet, comme s'il ne supportait plus l'hypocrisie de cette fête.

Et puis, ils s'étaient revus deux semaines plus tard, début mai, dans un cinéma de Leicester Square. Une rencontre facile à organiser car ils avaient découvert qu'ils habitaient à moins de deux kilomètres l'un de l'autre. Peut-être que, s'ils n'avaient pas été voisins, s'ils avaient vécu à des centaines de kilomètres l'une de l'autre, elle aurait pu l'oublier. Mais contempler les arbres en fleur de Green Park sachant qu'il n'était qu'à quelques rues de là était un pur supplice.

À présent, la distance qui les séparait croissait de minute en minute. Il était dans le train de nuit pour Calais. Demain, il serait de retour à Londres. Et Bagdad était si loin.

Nous finirons par être ensemble, je te le promets.

Aurait-il prononcé ces mots s'il n'était pas sincère? Nancy se coucha et ferma les yeux.

***

Quand Agatha ouvrit la porte de son compartiment, Katharine était toujours en pyjama. Elle était allongée sur la banquette, sous une couverture, la tête appuyée sur une pile d'oreillers et un livre ouvert sur les genoux.

— Vous ne descendez pas? demanda Agatha en tendant la main vers le porte-bagages.

— Je ne crois pas, non.

Katharine bâilla et s'étira.

— Impossible de faire une sieste: trop de portes qui claquent partout. Ce sera plus calme quand tout le monde sera descendu. Et puis, j'ai déjà vu Venise une demi-douzaine de fois.

Agatha ouvrit la porte du placard contenant le lavabo, inspecta son reflet dans le miroir. Elle remarqua une trace de chocolat à la commissure des lèvres. Son ventre se noua. Qu'est-ce que le jeune homme avait dû penser d'elle?

En bougeant la tête, elle surprit le visage de Katharine dans la glace. La comparaison avait de quoi démoraliser.

— Vous avez pris la visite guidée?

Katharine leva les yeux de son livre alors qu'Agatha fouillait dans son sac à main, à la recherche d'un rouge à lèvres.

— Non, je n'aime pas les groupes. Je préfère visiter toute seule.

— Sage décision, répondit Katharine. Les gens peuvent être usants, n'est-ce pas? Vivement qu'ils partent tous.

Agatha aurait pu s'offusquer de cette remarque, car elle était le principal obstacle à la tranquillité de Katharine.

Mais elle avait prononcé cette phrase avec un sourire si doux qu'il était impossible d'en prendre ombrage.

— Votre livre vous plaît ? demanda-t-elle.

— Oh, oui !

Katharine glissa un marque-page dans le volume et le referma.

— En général, je ne m'intéresse pas à ce genre de roman, mais celui-ci est plutôt réussi.

Elle posa le livre sur le guéridon.

Même à l'envers, l'illustration de couverture était aussi familière à Agatha que la porte d'entrée de sa maison. Un pied élégant chaussé d'un escarpin de satin rouge posé sur un trottoir. Lettrage noir sur fond de ciel menaçant. Une décharge d'adrénaline traversa son corps.

— Ça s'appelle *Le Meurtre de Roger Ackroyd*…

Katharine s'était retournée et tapotait les oreillers.

— … et c'est Agatha Christie qui l'a écrit. Vous savez : cette femme recherchée par la moitié de la police anglaise et qui se cachait à Harrogate ?

Agatha referma son sac à main et saisit la poignée de la porte, marmonnant qu'elle devait passer aux toilettes avant de partir. Parvenue au bout du couloir, elle s'enferma dans la petite cabine et s'affaissa sur la lunette. Le train, qui ralentissait de plus en plus, freina brusquement, l'obligeant à se rattraper à la poignée. Elle remarqua alors que ses doigts tremblaient.

Quelle idiote, de croire que tu pouvais t'échapper !

5

Venise

Le train venait de s'immobiliser brutalement. Katharine se pencha vers la fenêtre et baissa le store. Déjà, les passagers se déversaient sur le quai, impatients de voir le maximum de choses possible dans les quelques heures imparties. Elle écarta légèrement le store, observant la scène sans être vue. Elle ne tarda pas à le repérer.

— Oh, Max, songea-t-elle. C'est plus fort que toi, il faut toujours que tu viennes, pas vrai mon chou ?

Elle remarqua qu'il avait perdu sa barbe de la saison précédente. La moustache lui allait mieux. Il avait aussi maigri. Plutôt beau, dans ce costume. Tellement différent de l'étudiant débraillé débarqué d'Oxford qui avait rejoint les équipes de fouilles il y a trois ans.

Katharine l'observa jusqu'à ce qu'il disparaisse dans la foule. Elle s'éloigna du store et se laissa tomber sur la couchette, l'esprit traversé par des images, comme un film muet. Max avait toujours été son préféré. Au cours de cette première saison dans le désert, elle l'avait complètement ensorcelé. Elle l'envoyait en expédition à vingt kilomètres de là pour aller lui acheter des bonbons et des cigarettes, et le remerciait en lui demandant de lui brosser les cheveux.

Elle aimait sa façon de faire, si ferme et pourtant si douce. Quand ils étaient seuls dans sa chambre, l'atmosphère était électrique. Il avait envie de la toucher : elle le savait et en jouissait. Mais il craignait de franchir la ligne, d'aller plus loin qu'elle ne l'y autorisait. Exercer un tel pouvoir sur un autre était encore plus enivrant.

Alors qu'elle fermait les yeux, elle imagina ses mains parcourant son corps. Elle s'autorisait ce fantasme car il était sans danger. Un homme imaginaire ne pouvait lui faire aucun mal. Le vrai Max, si elle baissait sa garde, pouvait se révéler dangereux.

Elle ne s'attendait pas à le voir dans le train. Rien ne justifiait qu'il mette si tôt le cap vers l'Orient. Il aurait pu attendre encore une semaine, au moins. Elle se demanda s'il avait été invité au mariage. Elle espérait que non. C'était une transaction commerciale, pas une célébration.

Ses yeux s'ouvrirent brusquement. Une pensée horrible venait de surgir : Max avait été recruté comme témoin. Il se tiendrait juste derrière elle pendant la cérémonie, c'est lui qui donnerait les alliances. Quelle torture…

***

Agatha était l'une des dernières passagères à quitter l'Orient-Express. Pour sortir, elle devait passer devant le compartiment de la jeune fille. Le store de la porte avait été baissé. Agatha s'arrêta un instant et tendit l'oreille. Pas un bruit de l'autre côté. À part frapper à la porte, impossible de savoir si l'inconnue avait débarqué.

En sortant de la gare sous le soleil de la fin d'après-midi, Agatha s'efforça d'expulser Ann Nelson de ses pensées. C'était le début de sa grande aventure, le genre de voyage que tant de personnes rêveraient de faire si elles en avaient les moyens, et elle ne devait pas laisser sa peur le gâcher.

Mais de quoi tu as peur, au juste ?

Cette question la hantait depuis qu'elle avait quitté Londres. Se retrouver seule, avoir le mal du pays – au début, c'était des peurs assez élémentaires. Mais, à bord de l'Orient-Express, elles avaient pris une nouvelle dimension. À présent, Agatha craignait que le passé ne se soit fait une place dans ses bagages, ou de se laisser dévorer par son chagrin d'amour.

En marchant le long des ruelles pavées, elle respira l'odeur mêlée de cigarettes, de café et de poussière. C'était une odeur continentale, très différente de Londres. Malgré ses pensées sombres, Agatha sentit que cette odeur la titillait. Elle rejoignit une file de passagers attendant un vaporetto.

L'arrivée de l'Orient-Express à Venise avait malheureusement coïncidé avec la fin de la journée scolaire et on aurait dit que la moitié de la population de la ville rentrait chez soi. Elle aperçut un groupe de filles du même âge que Rosalind. Elles plaisantaient et riaient sur l'embarcadère, Une boule se forma dans la gorge d'Agatha.

Quand le vaporetto s'amarra à l'appontement, une marée de corps en uniforme la propulsa en avant. Elle eut de la chance de trouver une place. Des dizaines de personnes, dont plusieurs femmes, se tenaient debout, agrippées à tout ce qu'elles pouvaient trouver tandis que le bateau s'éloignait du quai. Les jeunes hommes semblaient n'éprouver aucun scrupule à rester assis parmi ces passagères debout. C'était chacun pour soi.

Agatha commençait à se dire qu'elle avait commis une grave erreur en choisissant ce moyen de locomotion pour visiter la ville, mais le vaporetto s'engagea en tanguant sur le Grand Canal et elle resta bouche bée, subjuguée par ce tableau mouvant : façades ornées de sculptures en pierre et en bois doré, balcons débordant de fleurs, restaurants flottants d'où s'envolaient quelques notes de musique, gondoles surgissant de minces rubans d'eau verte cachés entre les palais.

Agatha avait prévu de débarquer au pied du Rialto et de parcourir les étals de souvenirs avant de se diriger vers la place Saint-Marc mais, en remarquant un panneau qui indiquait le marché aux poissons, elle décida de débarquer plus tôt. Elle se retrouva bientôt dans un labyrinthe de rues étroites et sinueuses ponctuées de petits ponts branlants. Les panneaux avaient disparu et elle n'avait aucune idée de la direction à suivre.

Coupées du cœur animé de la ville par les hautes murailles humides des vieilles maisons, ces ruelles dégageaient une impression de silence irréel. Agatha accéléra sa marche et entendit ses pas résonner sur les dalles. La rue qu'elle avait empruntée semblait mener à un passage fermé par une barrière. Mais, quand elle atteignit la barrière, elle constata qu'elle était verrouillée.

Se retournant, elle aperçut un homme sur un balcon. Il l'observait. Sa façon de la regarder la révulsa. Un instant, elle resta figée, paralysée par le sinistre sourire qui fendait son visage. Puis elle vit sa main remuer sur son pantalon.

Elle baissa la tête et courut aussi vite qu'elle put en sens inverse, ses pas frappant les pavés en cadence avec les battements de son cœur. Quand elle atteignit un pont, elle se retourna, haletante, contre les balustrades en bois. Une gondole glissait vers elle. Cette vision aurait dû la charmer mais elle lui semblait irrémédiablement souillée, comme si tout dans cette ville allait être à jamais enlaidi par cette rencontre sordide dans ses ruelles.

Alors que l'embarcation approchait, Agatha vit un couple assis derrière le gondolier. Ils s'embrassaient. L'homme caressait les cheveux de la femme, lui chuchotait à l'oreille. La gondole était sur le point de passer sous le pont quand il leva la tête. Elle reconnut le visage d'Archie. Le visage d'Archie encadré d'improbables cheveux noirs. Bien sûr, ce n'était pas lui. Elle le savait. Le couple avait l'air espagnol ou italien, pas anglais. N'empêche : elle avait bien reconnu son visage.

Elle tourna la tête, les yeux fixés sur la gondole qui s'éloignait. En cet instant, elle sut de quoi elle avait vraiment peur : de perdre la raison.

Elle reprit sa marche hasardeuse, espérant à chaque coin de rue entrevoir le Grand Canal. Elle avait renoncé à voir la place Saint-Marc, à présent elle avait juste envie de se retrouver dans le décor familier et réconfortant de l'Orient-Express. À sa grande surprise, elle se retrouva soudain devant un écriteau en forme de flèche portant l'inscription « Piazza San Marco ». Elle se dit qu'elle ferait mieux de la suivre, au lieu d'errer sans but : c'était sa meilleure chance de se retrouver dans des artères animées.

Rien n'aurait pu préparer Agatha au spectacle qui se déploya sous ses yeux dès qu'elle parvint au bout de la rue. Elle émergeait d'un tunnel en pierre traversant une bâtisse ancienne quand, soudain, elle la vit : au bout d'une vaste place peuplée de passants et de pigeons, la façade dorée de la basilique Saint-Marc, frappée de plein fouet par les derniers rayons du soleil couchant. Le bois et la pierre antiques scintillaient, telle l'entrée d'une cité paradisiaque gardée par un lion ailé brillant dans un ciel étoilé.

Les gens semblaient entrer et sortir de la porte centrale. Elle jeta un coup d'œil à sa montre. Le concert avait sans doute déjà commencé. Elle hésita, nerveuse à l'idée d'entrer. Depuis qu'elle avait cessé de communier, elle ne se sentait plus à sa place dans les églises. Non qu'elle ne crût plus en Dieu : c'était plutôt Lui qui ne croyait pas en elle. En divorçant d'avec Archie, en rompant un serment sacré, elle avait eu l'impression de trahir Dieu. Même s'il lui arrivait parfois d'entrer dans une église, elle s'y sentait comme une invitée importune.

En dépit de ses craintes, Agatha traversa la place, comme attirée par la basilique. Elle avait l'impression que des mains invisibles l'entraînaient. Enfin, elle passa sous la mosaïque dorée surplombant la porte ouest et pénétra dans la fraîcheur et la pénombre de l'édifice.

Une nouvelle hésitation, pendant que ses yeux s'adaptaient au changement de lumière. Elle fouilla dans son sac et en extirpa un foulard en soie. Encore un déguisement ?

Elle le noua sous son menton, sous la voix moqueuse d'Archie. Son sentiment d'imposture redoubla quand elle vit des silhouettes sombres allumer des cierges, se signer puis s'agenouiller, en prières. C'est la musique qui la convainquit d'avancer. La mélancolie du violon. Au diapason exact de ce qu'elle ressentait.

Elle s'enfonça dans la basilique. Impossible de ne pas avoir envie de tout le temps lever les yeux. Des hectares de mosaïques dorées recouvraient les voûtes et les coupoles, comme si elle était entrée dans une caverne aux trésors. Les lampes argentées projetaient des myriades de visions étincelantes, déformant les oiseaux et les démons à cornes, les disciples aux yeux écarquillés sur une mer en furie, saint Jean-Baptiste arrachant Jésus à ce qui évoquait un fleuve grouillant de serpents.

D'un pas chancelant, elle avança vers une chapelle latérale à gauche de la nef d'où semblait provenir la musique. Dès qu'elle s'approcha, un gardien en uniforme s'interposa pour lui interdire le passage.

— *Mi dispiace, non ci sono posti a sedere.*

Agatha fronça les sourcils sans comprendre.

— Il ne reste plus de places, j'en ai peur.

Le jeune homme du train jaillit de l'ombre.

— Mais j'ai trouvé un endroit d'où on peut voir les musiciens…

Elle le suivit autour d'un pilier de pierre. Effectivement, il était possible d'assister au concert en regardant par les interstices de persiennes ornementales en bois représentant des dragons et des lions gardant l'entrée latérale de la chapelle.

— Prenez ma place, je vous en prie.

Il désigna l'unique chaise à côté du paravent.

— Oh, mais c'est…

— J'insiste, vraiment. Ça va me faire du bien de rester debout après tout ce temps dans le train.

Il lui sourit, un éclat blanc sous la moustache noire.

La chaise, bien qu'ancienne et à haut dossier, était très confortable. Agatha cala sa tête contre le bois et laissa ses yeux parcourir le plafond doré de la chapelle tandis que la musique emplissait son âme. Elle avait l'impression de dériver hors de son corps, de monter en flèche vers les créatures fantastiques représentées au-dessus d'elle. Pour la première fois depuis son départ de Londres, elle se sentit en sécurité, hors de portée des voix railleuses et des visages inquiétants qui l'avaient suivie dans le train.

S'il y a un Dieu, songea-t-elle, la musique doit être son langage. Elle ferma les yeux pour dissiper toutes les autres distractions, huma l'odeur ancienne et réconfortante des vieilles églises, du bois poli, de la cire fondue et de l'encens capiteux. Elle se laissa glisser dans une sorte de somnolence quand une voix derrière elle la ramena au présent.

— Tout va bien ?

Ses yeux étaient à l'envers, sa moustache semblable à une flèche noire lui perçant le nez. Elle mit quelques secondes à comprendre que sa tête était inclinée en arrière et qu'il se penchait par-dessus sa chaise.

— Ça vous a plu ?

Des pattes d'oie se formèrent au coin de ses yeux. Ils étaient aussi sombres que des baies de prunelle. Et, vus sous cet angle, ils avaient quelque chose d'oriental.

— Oh oui, beaucoup !

Agatha se leva, espérant qu'il ne la soupçonnait pas d'avoir dormi pendant tout ce temps.

— Je ne sais pas vous mais, moi, je meurs de soif. Vous avez envie de boire ou de grignoter quelque chose ? Nous avons environ une heure devant nous.

Elle n'hésita qu'une fraction de seconde. Si un homme de son âge ou plus âgé lui avait fait cette proposition, elle aurait peut-être eu des soupçons. Mais comme il était jeune et qu'il avait parlé avec spontanéité, elle se sentit suffisamment en sécurité pour accepter. Et puis, elle était dans une ville étrangère où personne ne la connaissait. Il n'y avait rien de mal à cela.

— Je suis navré, je ne me suis même pas présenté…

Il lui tendit la main.

— Max Mallowan.

— Aga… Mary, bredouilla-t-elle. Mary Miller.

Il lâcha sa main et esquissa une petite courbette.

— Qu'est-ce qui vous tenterait ? Un bar ou un restaurant ?

— Eh bien… j'hésite. Je n'ai pas vraiment faim, mais je n'aime pas trop les bars…

Elle marqua une pause, consciente de paraître ingrate et assez lugubre.

— Et une glace, ça vous dirait ?

À ces mots, elle hocha la tête avec enthousiasme.

— Je connais un très bon endroit pas loin d'ici.

Il faisait nuit quand ils sortirent. Il la conduisit à travers la place puis dans une rue étroite bordée de magasins vendant toutes sortes de choses, du masque de carnaval à des coffrets de cigares. Ils traversèrent un pont qui menait au canal de la Giudecca et arrivèrent dans un café au bord de l'eau. Les tables étaient éclairées de bougies et le menu proposait le plus grand assortiment de glaces qu'Agatha ait jamais vu.

— Vous avez essayé la pistache ? C'est délicieux. Mais si vous aimez les liqueurs, je vous recommande l'amaretto.

Elle dut lui avouer son intolérance à l'alcool. il afficha un rictus de compassion.

— Tout le contraire de moi : mes études à Oxford m'ont rendu beaucoup trop tolérant aux boissons alcoolisées ! Trop de clairet et pas assez de concentration, auraient dit mes professeurs.

Agatha cligna des yeux. Son neveu Jack était lui aussi passé par Oxford. Ils y avaient sans doute étudié tous les deux au même moment. Elle ouvrit la bouche pour lui demander quand il avait obtenu son diplôme, mais la referma avant que les mots ne sortent. Mentionner Jack, c'était courir le risque de se trahir. À la place, elle lui raconta cet épisode où en vacances en Cornouailles avec sa mère, elles s'amusaient à commander des demi-pintes de crème fraîche à la place du vin.

— Et vous les buviez ?

— Jusqu'à la dernière goutte ! Depuis, je suis devenue une adepte. C'est ma boisson préférée.

Il rit.

— Est-ce qu'ils en servent à bord de l'Orient-Express ?

— Je suis sûre qu'ils le feraient si je le leur demandais, mais je n'ai pas osé. Il y a déjà tellement à manger, on risquerait de me prendre pour une gloutonne.

— Bah, quand on est en vacances, on devrait faire exactement ce qu'on veut, non ?

Il sourit.

— Et comme ils ne servent probablement pas une demi-pinte de crème fraîche ici, je vais insister pour que vous preniez deux glaces en guise de compensation. Alors, vous allez choisir quels parfums ?

C'était étrange, d'être traitée comme une enfant gâtée par une personne plus jeune. Mais elle commençait à deviner que les traits juvéniles de Max dissimulaient ce que sa mère aurait appelé une âme pleine de sagesse. Malgré leur différence d'âge, il lui paraissait avoir des années d'avance sur elle.

Après un douloureux dilemme, Agatha opta pour une coupe de *cioccolato fondente* et de *dulce de leche*, combinaison fatale mais divine pour une amatrice de crème fraîche. Max choisit une coupe de *crema dei Dogi*, dont la saveur s'apparentait selon lui à la tarte à la mélasse avec une touche de marsala. Entre deux cuillérées, il lui demanda jusqu'où elle voyageait.

— Jusqu'à Damas en train, puis Bagdad. Et vous ?

— Je descends à Trieste. Je suis la même direction que vous, mais je dois d'abord prendre un bateau pour récupérer de l'équipement à Beyrouth.

Il plongea sa cuillère dans sa coupe.

— Vous avez de la famille à Bagdad ?

Elle lui raconta la même histoire qu'elle avait racontée à Katharine, ajoutant qu'elle espérait visiter le chantier de fouilles d'Ur à un moment ou à un autre de son séjour.

Les yeux de Max s'illuminèrent.

— C'est là que je vais, je travaille sur ce chantier !

Pour Agatha, c'était une coïncidence des plus extraordinaires. Mais quand elle lui apprit qu'elle partageait justement un compartiment avec une de ses collègues, son expression changea du tout au tout. Ce fut éphémère, et son sourire s'effaça aussitôt, mais c'était un piètre acteur. On aurait dit qu'une mouche venait de tomber dans sa glace.

— Oh, vous êtes avec Mme Keeling, n'est-ce pas ? J'ignorais qu'elle était à bord. Je croyais qu'elle avait prévu de voyager par bateau.

Il racla le fond de sa coupe avec sa cuillère.

— Vous vous entendez bien avec elle ?

Agatha respira profondément.

— Eh bien, elle est charmante.

Elle ne voyait pas son expression, il avait baissé les yeux sur sa cuillère.

— Elle semble avoir mené une vie des plus intéressantes.

— Absolument.

Max releva lentement la tête.

— Une femme très intéressante. Et qui va bientôt changer de nom, une fois de plus. Il faudra que je me rappelle de bien l'appeler Mme Woolley, à l'avenir.

— Madame *Woolley* ? Vous voulez dire qu'elle va…

— Eh, oui.

Il acquiesça.

— Elle épouse notre vénéré patron. Mardi prochain, je crois, à l'église anglicane de la rue Haïfa.

Agatha secoua la tête, perplexe.

— Je me demande pourquoi elle ne m'en a rien dit. Elle m'a tellement parlé d'elle, des fouilles et de ses différents travaux… mais elle n'a jamais laissé entendre qu'elle était sur le point d'épouser l'homme dont nous étions en train de parler.

Elle le regarda, dans l'expectative, mais il se contenta de hausser les épaules. Soit il ne s'expliquait pas les raisons de la réticence de Katharine, soit il était trop discret pour les révéler. Jetant un coup d'œil à sa montre, il changea habilement de sujet.

— Je crois qu'on ferait bien de ne pas traîner. Il est 20 h 05.

— Oh !

Inquiète, elle recula sa chaise qui racla le sol.

— Vous connaissez le chemin du retour ? Je me suis totalement perdue, cet après-midi.

— Ne vous en faites pas. Nous allons prendre un *motoscafo*[1], là-bas.

1. Bateau-taxi vénitien.

Il indiqua un ponton situé à une centaine de mètres.

Un bateau arriva en même temps qu'eux. Cette fois, il n'y eut aucune attente pour embarquer et ils trouvèrent facilement des places assises. Tandis que la corde d'amarrage glissait dans l'eau, Agatha se retourna et admira les façades faiblement éclairées des maisons sur la rive opposée. Une gondole passa à quelques mètres de leur bateau. À bord, un couple se tenait par la main. Ils sourirent aux passagers du bateau-taxi, l'homme leva la main dans une sorte de salut maladroit. Agatha se força à les regarder. À le regarder *lui*. Malgré son appréhension. À son grand soulagement, le visage de l'homme resta tel qu'il était. Rien dans ses yeux, ses pommettes ou sa bouche ne lui rappelait Archie.

Elle comprit qu'elle devait une fière chandelle au jeune homme assis à côté d'elle. Grâce à la musique et aux coupes de glace, il avait transformé sa sinistre expérience de Venise en un moment joyeux. Il l'avait sauvée d'elle-même. Alors que la gondole disparaissait dans la nuit, elle se sentit inexplicablement paisible.

Remonter le Grand Canal dans l'obscurité ajoutait une note de magie supplémentaire. Les lanternes répandaient leurs couleurs dans l'eau noire et les façades lépreuses brillaient au clair de lune. Les fenêtres laissaient fugacement entrevoir des dîners élégants, et des artistes de rue costumés apparaissaient au détour d'une place. À part quelques remarques passagères, Max restait silencieux, comme s'il était lui aussi enveloppé dans ses propres pensées. Mais, une fois de retour dans l'Orient-Express, il fit une demande qui intrigua Agatha.

— Est-ce vous verriez un inconvénient à ne pas prévenir Mme Keeling de ma présence à bord ?

Il jeta un coup d'œil à gauche et à droite, comme s'il craignait de la voir jaillir de l'un des wagons.

— Je ne voudrais pas vous sembler impoli. C'est juste que je préférerais éviter de la croiser dans le train avant mon retour au chantier.

— Ai-je le droit de vous demander pourquoi?

Il eut un sourire penaud.

— Bien sûr, mais je ne peux pas vous jurer d'être totalement sincère. Je n'ai pas envie que mes propres préjugés influencent l'opinion que vous avez d'elle.

— Vous n'êtes pas obligé de me parler si vous ne le souhaitez pas. J'en ai assez entendu pour deviner ce que ça peut être, de vivre enfermés tous ensemble pendant des mois sous cette chaleur.

Il secoua légèrement la tête.

— C'est une artiste douée et une excellente publiciste. Sans elle, les fouilles auraient été stoppées depuis longtemps, faute de financements. Mais elle a ce besoin de…

Il s'interrompit, se frotta le menton.

— Elle aime contrôler les gens, je pense. Elle vous jette un sort et, avant même de vous en rendre compte, vous devenez son esclave.

Avec un sourire ironique, il ajouta:

— Alors soyez prudente, d'accord?

Avant qu'elle ait le temps de lui répondre, il inclina son chapeau.

— Merci pour votre compagnie, madame Miller. Au plaisir de vous revoir, dans un avenir pas trop éloigné j'espère.

Sur ce, il tourna les talons et regagna son wagon.

6

De Venise à Trieste

Nancy renvoya le steward venu lui proposer le menu du dîner. Elle n'avait pas mangé depuis le breakfast, et encore : elle s'était contentée d'un toast. Elle savait qu'il fallait qu'elle se nourrisse, mais elle n'arrivait pas à se forcer. Pour penser à autre chose, elle prit dans son sac la lettre de Delia et la relut.

Si sa cousine avait été surprise par sa soudaine décision de lui rendre visite, elle n'y avait pas fait allusion. Sa missive contenait toute sorte de projets : sorties dans des restaurants aux noms exotiques, soirées au théâtre, après-midi au club de tennis.

L'écriture ample et affirmée de Delia était en tout point à l'image d'une telle femme : n'avait-elle pas défié toutes les conventions pour partir dans une ville étrangère, exercer un travail d'homme ? Elle avait toujours fait l'admiration de sa cousine Nancy. À douze ans, Delia était la fille la plus brillante de son école. À dix-huit ans, elle avait décroché le droit de suivre des études classiques à Cambridge. Pendant son temps libre, elle avait appris le persan toute seule.

Quand la guerre avait éclaté, Delia avait été recrutée par le Foreign Office pour mener des missions tellement sensibles qu'elle n'avait même pas été autorisée à révéler à ses parents son affectation. Par la suite, une fois la paix revenue, elle avait été envoyée à Bagdad. Nancy ne savait pas exactement ce qu'elle y faisait. Oncle Rowland avait laissé entendre qu'elle surveillait les agissements des membres d'une tribu locale.

La plus grande crainte de Nancy était que Delia la jette dehors si elle découvrait la véritable raison de sa visite. Elle reposa la lettre, ses doigts effleurèrent le doux tissu de sa robe, suivirent les motifs en diamant et les lignes en zigzag, s'arrêtèrent à l'endroit où son ventre formait un petit renflement. Elle avait du mal à y croire. Pourtant, au cours des dernières semaines, elle avait senti une palpitation en elle, une sensation qui lui rappelait ce merle qu'elle avait essayé de sauver lorsqu'il était tombé dans la cheminée. En tentant d'ouvrir la fenêtre avec son coude, elle avait senti ses minuscules ailes battre dans les paumes de ses mains.

Dieu soit loué, il y avait les robes en jersey et les amples vestes à grandes poches ! Nancy détestait l'idée de mentir à sa cousine. Mais la confronter à pareil scandale aurait été trop injuste. Elle mentirait en lui expliquant avoir fui l'Angleterre pour échapper à un mari violent. C'était minable mais la survie de Nancy en dépendait. Delia était la seule famille qu'il lui restait. Il fallait à tout prix qu'elle s'en fasse une alliée. Et qu'elle lui fasse comprendre qu'avec un bébé en route, Nancy n'avait pas d'autre choix que de partir le plus loin possible.

Le grondement du moteur éparpilla les images dans sa tête. Le train se mettait en branle. Elle était contente de quitter Venise. Soulagée aussi que la nuit soit tombée, au-dehors, lui épargnant d'autres souffrances en occultant ce lieu où elle avait passé les jours les plus heureux et les plus misérables de son existence.

Alors que le train prenait de la vitesse, on frappa à la porte.

— Madame ?

Encore le steward. Il était si prévenant, déployait tant d'efforts pour s'occuper d'elle… Ne pouvait-il pas la laisser tranquille ?

— Tout va bien, merci ! cria-t-elle. Je n'ai besoin de rien.

— Mais, madame…

Sa voix était plus insistante, plus empressée.

— J'ai quelque chose pour vous ! Un télégramme.

Elle bondit de sa couchette, le cœur battant. Il devait avoir changé d'avis. Décidé de venir avec elle, en fin de compte. Il avait dû lui écrire dès sa descente de train…

— Oh, merci !

Avec des mains tremblantes et un sourire plein de gratitude, elle saisit le télégramme que lui tendait le steward. Puis elle referma la porte et déplia le rectangle de papier rigide.

Les mots flottèrent devant ses yeux.

MORT DE DELIA GRANDFIELD – STOP – SINCÈRES CONDOLÉANCES

***

Katharine avait pris son repas dans le compartiment. Au menu : œufs farcis et salade Waldorf. Elle n'avait pas terminé son assiette, qui était à présent posée à côté d'elle sur la banquette.

— Alors, qu'avez-vous pensé de Venise ?

— C'était époustouflant.

Agatha ôta son chapeau et le suspendit au crochet du porte-bagages.

— Mais assez épuisant, je dois dire. Ça vous dérange si je me mets tout de suite au lit ?

Le steward était déjà passé pour transformer le compartiment en chambre, abaissant la couchette supérieure et fixant au garde-corps la petite échelle. Katharine n'avait pas pris la peine d'attendre Agatha pour s'attribuer la banquette. C'était clairement son territoire. Mais Agatha n'y voyait aucun inconvénient. Elle aimait l'intimité offerte par la couchette du haut. Elle avait l'intention de se déshabiller une fois allongée, pour ne pas avoir à se dénuder devant Katharine.

— Vous n'avez pas faim ?

Katharine repoussa le plateau jusqu'au bout de la banquette et reprit son livre.

— Le steward va revenir dans une minute. Je peux vous commander quelque chose ?

— Non, merci.

Agatha ouvrit le placard du lavabo et prit sa brosse à dents.

— J'ai mangé une glace absolument délicieuse, je ne peux plus rien avaler.

— Ça ne vous gêne pas si je continue à lire pendant un moment ? C'est bien votre chance, je n'ai plus du tout sommeil, maintenant !

Agatha n'y voyait aucun inconvénient non plus. Elle avait toujours été capable de s'endormir rapidement, presque n'importe où. Et, une fois assoupie, elle se réveillait rarement. La veille était une exception qu'elle avait attribuée à l'excitation de sa première nuit en wagon-lit.

En reposant dans le verre sa brosse à dents, elle aperçut Katharine dans le miroir. Le livre calé sur ses genoux masquait la majeure partie de son visage. Agatha vit qu'elle en était à la moitié de son roman. C'était troublant de se dire qu'elle lisait cette histoire sans savoir que sa créatrice dormait profondément juste au-dessus de sa tête.

Elle grimpa à l'échelle et s'allongea, essayant de ne pas se cogner le coude contre le mur en défaisant les boutons de son chemisier. Elle se tortillait dans sa chemise de nuit lorsque la voix de Katharine résonna.

— Vous croyez qu'elle a vraiment perdu la mémoire ?

Le ventre d'Agatha se crispa.

— Cette Agatha Christie... Ou bien qu'elle faisait semblant ?

La couchette grinça.

— C'est que... eh bien... je ne sais pas grand-chose de cette affaire, marmonna-t-elle.

— Allons donc ! Toute la presse en a parlé ! Évidemment, on ne peut pas croire la moitié de ce qu'ils racontent... N'empêche, c'est une histoire fascinante. Pour moi, la voiture abandonnée était un appel à l'aide, vous ne pensez pas ?

Agatha avait l'impression que sa langue était collée à ses gencives. Elle était étendue, parfaitement immobile, priant pour que Katharine la croie déjà assoupie.

— J'imagine que l'amnésie était une idée de son mari. L'écran de fumée parfait pour cacher la véritable raison de cette affaire, quelle qu'elle soit.

Agatha entendit bruisser les draps quand Katharine changea de position. Peut-être n'attendait-elle pas de réponse. Peut-être ses remarques n'étaient-elles que des observations en passant, comme un interlude avant de reprendre sa lecture. Agatha prit tout de même garde de ne pas bouger. Elle restait allongée sur le dos, la chemise de nuit serrée autour de son ventre, pétrifiée à l'idée de laisser deviner qu'elle était toujours éveillée.

Bien plus tard seulement – ce qui lui sembla être des heures plus tard –, Katharine éteignit la lumière. Après cela, Agatha sombra dans une sorte de somnolence... jusqu'à ce réveil en sursaut. Elle se redressa d'un bond – sa tête frôla le plafond du compartiment. Elle avait un besoin urgent d'aller aux toilettes. Dans sa hâte de se mettre au lit, elle avait oublié de prendre ses précautions...

Elle passa ses jambes sur le côté, chercha l'échelle du bout des orteils. Puis elle entreprit de descendre, s'arrêtant à chaque grincement de barreaux pour tendre l'oreille. Le rythme de la respiration de Katharine restait régulier. Enfin, le pied gauche d'Agatha entra en contact avec le tapis. Puis elle chercha la poignée de la porte.

En temps normal, elle ne se serait pas aventurée dans le couloir sans robe de chambre, mais impossible de mettre la main dessus dans l'obscurité. Et ses lunettes, où étaient-elles ? Avec un gémissement silencieux, elle se souvint qu'elle les avait glissées sous son oreiller. Elle pria pour ne rencontrer personne une fois sortie. Elle n'avait aucune idée de l'heure qu'il était. Avec un peu de chance, le steward aurait fini sa tournée de nuit.

Des veilleuses éclairaient faiblement le couloir – une lumière suffisante pour que les passagers puissent se rendre aux toilettes en pleine la nuit sans éblouir les autres occupants des compartiments en ouvrant la porte. Alors qu'Agatha se dirigeait vers l'extrémité du wagon, elle remarqua que chaque compartiment était plongé dans l'obscurité. Il doit être très tard, songea-t-elle. Mais, en se rapprochant du tender, elle perçut un mouvement fugitif. Son cœur se serra. Un autre passager l'avait devancée aux toilettes.

Elle hésita, se demandant si elle devait se cacher dans l'ombre en attendant. Mais un courant d'air froid gifla son visage, lui coupant le souffle. La personne qu'elle avait aperçue devait avoir baissé la vitre supérieure de la porte au bout du wagon. Agatha frissonna. Pourquoi diable faire une chose pareille ? Serrant les bras autour de sa chemise de nuit soulevée par le vent, elle se dirigea, indignée, vers la source du souffle glacé. En arrivant près du dernier compartiment, elle stoppa net. C'était la jeune fille. Ann

Nelson. Elle était penchée par la vitre baissée, les cheveux plaqués à son visage. Ses doigts avaient agrippé la poignée de la porte, Agatha remarqua leurs jointures blanches. Elle allait se jeter du train !

En une fraction de seconde, un seul mot traversa le cerveau d'Agatha.

Parfait.

Nancy allait mourir et Archie serait libéré.

Mais elle repoussa cette pensée de son esprit et se précipita vers la jeune fille. Elle vit la porte s'ouvrir brusquement, entendit le choc du métal contre le métal tandis qu'elle claquait contre la carrosserie du wagon. Accrochée à la rampe, la jeune fille se découpait sur fond de nuages éclairés par la lune.

— Nancy !

La voix d'Agatha était noyée par le fracas de l'air.

— Nancy ! Ne saute pas !

La fille se retourna au moment où Agatha se jetait sur elle, l'attrapant par la taille, essayant de l'éloigner de la porte ouverte. Mais un cahot la déséquilibra. Elle se sentit tomber, vit le sol en contrebas, les rochers étincelants sous un rayon de lune. Ses mains tremblaient, cherchaient quelque chose à saisir, n'importe quoi. Soudain, son corps bascula sur le côté, comme si une main invisible l'avait soulevée. La dernière chose dont Agatha se souvint, c'était sa tête heurtant la rampe. Puis tout devint noir.

7

De Zagreb à Sofia

Agatha rêvait de Torquay, du jardin de la maison de sa mère où elle était assise, entourée de jonquilles. Archie et elle s'étaient mis sur leur trente et un, comme pour aller passer la journée aux courses. Soudain, d'un geste vif, il échangea leurs chapeaux. Le bord du sien tombait sur les yeux d'Agatha et, quand elle le souleva, elle vit son mari lui sourire sous une voilette en soie ornée de pâquerettes.

Ils se regardèrent, éclatèrent de rire, et il s'exclama : « Mon Dieu, comme je t'aime ! » Elle n'eut pas le temps de lui répondre : le chapeau d'Archie lui retomba sur le visage et s'engouffra dans sa bouche. Puis elle s'effondra parmi les jonquilles, et la terre sombre et froide l'engloutit. Elle vit passer les os de Tony, son Yorkshire, et des lombrics de la taille de lances d'incendie, et des perce-oreilles aux crocs aiguisés comme des couteaux de cuisine. Elle tombait, elle tombait…

C'est l'odeur qui la ramena à la vie. Une odeur d'iode, métallique et violente. Elle ouvrit les yeux sur le ciel bleu derrière la vitre et sur le visage de Katharine, penchée au-dessus d'elle. Avec le halo blond derrière sa tête, on aurait dit un archange.

Elle tamponnait une plaie, ce qui fit sursauter Agatha. Elle porta sa main à sa tête.

— Non, n'y touchez pas.

La voix de Katharine était différente. Plus douce qu'avant.

— Je… elle…

Agatha essaya de s'asseoir, le cerveau encombré d'un amas d'images.

— Tout va bien, vous n'avez rien à expliquer.

Katharine passa les bras autour des épaules d'Agatha, la ramenant doucement sur l'oreiller.

— J'ai vu ce qui s'est passé. Il y a eu un vacarme terrible, je suis sortie en courant dans le couloir et je vous ai vue plaquer cette fille comme au rugby. Vous avez eu beaucoup de chance de ne pas tomber du train, vous savez. Vous lui avez sauvé la vie.

— Elle est… ?

— Oui. Elle va bien. Elle s'en sort avec quelques ecchymoses. Vous savez qui c'est ?

Agatha détourna le regard. Le savait-elle, au fond ? Ann Nelson était-elle vraiment la maîtresse d'Archie ? Elle n'en avait aucune preuve.

— L'honorable Ann Grandfield, en personne.

Katharine prit un pansement dans une boîte en métal verte et l'appliqua sur le front d'Agatha.

— Élue débutante de l'année par *Tatler* il y a quelques saisons, elle a fait la couverture de *Vogue*. Elle a épousé le vicomte Nelson cette année, en avril ou en mai, je crois.

Elle pressa le bord du pansement du bout des doigts pour bien l'appliquer sur la peau.

— Je me demande ce qui a pu si mal tourner…

Katharine retira la main et Agatha ferma les yeux. Ce n'était pas l'odeur âcre de l'iode – ça, elle pouvait le supporter. Mais ce qu'elle venait d'apprendre avait la violence d'un coup de poing au plexus. Elle se sentait idiote, confuse.

Ce n'était donc pas la maîtresse de son mari mais une autre Nancy : une beauté de la haute société dont le visage appartenait désormais au domaine public. Voilà pourquoi Agatha pensait la connaître.

Mais si ce n'était pas pour elle qu'Archie l'avait quittée, alors qui était l'homme qu'Agatha avait surpris dans le train ? Elle aurait pourtant juré qu'il s'agissait de son ex-mari. Archie pouvait-il avoir une liaison avec la toute récente épouse d'un vicomte ? Était-ce la raison de son insistance pour que son nom reste en dehors du jugement de divorce ? Et si c'était lui, pourquoi cette Nancy avait-elle essayé de se suicider quelques heures après lui avoir dit au revoir ?

Quand elle rouvrit les yeux, le soleil l'éblouit. Elle n'avait aucune idée de l'heure qu'il était ni du pays où elle se trouvait.

— N'essayez pas de vous asseoir, intervint Katharine alors qu'Agatha relevait la tête de l'oreiller.

— J'ai juste…

Agatha s'étendit à nouveau.

— Où sommes-nous ?

— En Yougoslavie. Nous venons de traverser la frontière.

Elle consulta sa montre.

— Vous n'êtes pas restée inconsciente très longtemps. Un médecin est monté à bord à la gare de Trieste, mais vous ne vous en souvenez probablement pas.

Agatha fronça les sourcils.

— Non… Je… Qu'a-t-il dit ?

— Que vous aviez subi une petite commotion et que je devais vous surveiller. Comment vous vous sentez, à présent ? Pas malade, j'espère ? Vous devez me prévenir si vous avez la migraine.

Agatha porta une main à sa tempe. Avait-elle mal ? Sa tête était douloureuse à l'endroit où elle avait cogné la rampe. Quand ses doigts effleurèrent la peau au-dessus de son oreille, elle retint un petit cri.

— Un problème ? Ça vous fait mal ?

— Eh bien… Non, mes lunettes… Vous savez où elles se trouvent ?

Katharine se pencha vers elle.

— Tenez, dit-elle. Le steward les a trouvées quand il a refermé la couchette.

Agatha posa un regard consterné sur la monture en écaille de tortue. Quand elle l'eut remise sur son nez, elle croisa le regard attentif de Katharine. Elle y décela un soupçon de sourire, ce qui aurait pu avoir une signification particulière – ou pas. Katharine avait-elle vu sa photo en quatrième de couverture de son roman ? Avait-elle compris ?

— Je vais rester ici et lire un peu pendant que vous vous reposez, si ça ne vous dérange pas.

Aucune trace d'ironie dans la voix de Katharine.

— Pendant ce temps, vous allez fermer les yeux et essayer de vous rendormir. Dans une ou deux heures, si vous vous sentez d'attaque, je vais nous commander quelque chose à manger.

Une vague d'épuisement submergea Agatha, comme si les paroles de Katharine avaient un pouvoir hypnotique. Elle ne pouvait rien faire. Si elle était démasquée, il faudrait simplement en subir les conséquences. Mais plus tard. Pour l'instant, tout ce qu'elle voulait, c'était le repos de l'oubli.

***

Nancy remonta les draps sur ses yeux. Elle voulait qu'on la laisse tranquille, mais ça ne risquait pas d'arriver. Une Italienne redoutable sanglée dans l'uniforme bleu marine de la Compagnie des wagons-lits était montée dans le train avec le médecin et s'était installée dans le compartiment.

L'italien de Nancy n'étant pas meilleur que l'anglais de cette femme, leur conversation avait été limitée. Mais aucune explication n'était nécessaire. La *signorina* Tedaldi était clairement chargée de surveiller la candidate au suicide.

— Vous dormez, non ?

Sans doute ces mots se voulaient-ils bienveillants mais la rudesse de l'intonation leur donnait plutôt des allures d'ordre. Et Nancy était au-delà du sommeil. Elle avait la tête en feu.

Que serait-il arrivé si elle était allée jusqu'au bout ? Si cette femme ne l'avait pas rattrapée *in extremis* ? Maintenant qu'elle était en sécurité, elle n'était plus sûre de rien. Tout ce qu'elle savait, c'est qu'elle était heureuse d'être en vie, quelles qu'en soient les conséquences. Debout au clair de lune, devant la porte ouverte du train, happée par le vent, elle avait soudain éprouvé ce frémissement familier dans son ventre, comme si l'être vivant à moitié frappait aux barreaux de sa cage, implorant d'être entendu. À ce moment-là, elle avait pris conscience qu'elle n'avait pas le droit de céder au désespoir. Car ce n'était pas uniquement sa vie qu'elle était sur le point de détruire.

Elle ferma les yeux, pensa à la femme qui avait bravé la mort pour la sauver. Sa mémoire était floue. Elle se rappela un tissu blanc gonflé comme la voile d'un navire sous la lune. Une femme en chemise de nuit se dirigeant vers les toilettes. Si elle ne s'était pas réveillée, si elle n'avait pas eu besoin de sortir de son compartiment…

Nancy retint son souffle. Se demanda ce qu'elle-même aurait fait, dans une situation comparable. Aurait-elle eu le courage d'empêcher une inconnue de se jeter d'un train lancé à pleine vitesse ? Et pourtant… Nancy passa en revue l'imbroglio d'images de la nuit précédente. Pas une inconnue, non : elle se rappelait distinctement quelqu'un criant son nom.

Peu importe qui était la femme, elle s'était blessée. À ce souvenir, Nancy s'enfonça les ongles dans le dos de sa main. Elle s'était ouvert le crâne, le sang avait giclé sur sa chemise de nuit… Il fallait que Nancy la retrouve le plus vite possible. Pour lui demander pardon et la remercier. Oui, la remercier. Car malgré la peur, la panique qui montait en elle chaque fois qu'elle s'autorisait à penser à l'avenir, elle avait des raisons de vivre. Et elle ressentait le besoin impérieux d'annoncer à sa bienfaitrice qu'elle avait sauvé non pas une mais deux vies.

Nancy entrouvrit les yeux, lança un coup d'œil oblique à sa nourrice italienne, occupée à écrire dans un carnet. Elle se demanda s'il lui fallait sa permission pour quitter le compartiment et partir à la recherche de la femme en chemise de nuit. Mme Tedaldi avait sans doute reçu l'ordre de l'escorter jusqu'à Damas. La compagnie préférait éviter que ses passagers se suicident dans son train – c'était compréhensible, se dit Nancy. Mais, une fois qu'elle aurait débarqué, elle se retrouverait seule. Aucune Delia ne l'attendrait à Bagdad pour la ramener à la maison.

À la pensée de sa cousine, elle eut la gorge serrée. La dernière fois qu'elle l'avait vue, c'était à Victoria Station il y a deux ans, à la fin d'un congé prolongé. Elles avaient éclaté de rire quand deux marins penchés à la vitre d'un wagon leur avaient envoyé des baisers.

— Viens me rendre visite ! avait-elle lancé à Nancy en montant à bord. On s'amusera comme des folles !

Nancy avait souri et agité frénétiquement la main jusqu'à ce que la fumée l'éloigne de la bordure du quai. Bagdad lui avait semblé étrange, si étrange. Les récits de Delia sur sa vie là-bas – la chaleur, les insectes, les membres des tribus avec leur groupe de femmes – l'avaient convaincue que c'était le dernier endroit sur Terre où elle choisirait de partir en vacances.

La mort de Delia lui paraissait impossible. C'était une femme tellement passionnée, amoureuse de la vie et de son travail… Le télégramme ne fournissait aucune précision sur ce qui s'était passé. Nancy se demanda qui l'avait envoyé. Sans doute un employé du consulat britannique, où Delia avait travaillé. Elle se demanda si quelqu'un là-bas pourrait l'aider à obtenir un logement, le temps qu'elle trouve de quoi s'occuper. Après tout, n'étaient-ils pas censés aider les citoyens britanniques en difficulté ? Et quelles difficultés pouvaient être pire que celles dans lesquelles se débattait Nancy en ce moment ?

***

Katharine examinait Agatha pendant son sommeil. Au soleil, on distinguait nettement que ses cheveux, dégagés autour de la plaie, avaient une couleur différente à la racine. À peine un centimètre de repousse – pas plus d'une semaine, estima Katharine –, mais bien assez pour trahir le fait que Mary Miller n'était pas une rousse naturelle.

Katharine prit son roman et tint la quatrième de couverture le plus près possible du visage de sa compagne de voyage. Oui, pensa-t-elle : même profil romain, avec un nez un peu fort mais pas désagréable ; grande bouche, avec une lèvre supérieure un peu moins pleine que la lèvre inférieure, et les sourcils : si Katharine avait dessiné ce visage, elle aurait aimé les représenter. Ils étaient remarquables mais pas surprenants. Sans le moindre artifice : pas d'épilation, aucune amélioration cosmétique. Ils étaient posés au-dessus des yeux comme deux ailes de mouette, s'élevant à un bon centimètre au-dessus des cils.

Difficile de se prononcer à cent pour cent, surtout tant qu'elle gardait les yeux fermés. Pour Katharine, c'était comme observer un objet à moitié enfoui dans le sable.

Elle avait l'habitude de reconstituer les choses, de voir ce qui n'apparaissait pas encore. Et, à mesure qu'elle détaillait la femme allongée sur la banquette, le portrait au dos du roman flottait dans l'espace, se superposant à la chair et aux os.

— C'est bien vous, n'est-ce pas ? murmura-t-elle.

***

Agatha resta endormie pendant toute la traversée de la Yougoslavie et ne se réveilla qu'au moment où le train s'arrêtait à la frontière bulgare. Par la vitre, elle vit un écriteau portant une inscription dans un alphabet inconnu. Sur le quai, un stand proposait des boudins blancs et noirs empilés à côté d'un brasero fumant. Une femme passa devant la vitre avec un plateau chargé de ce qui ressemblait à des morceaux de citrouille cuits au four garnis de noix et de sucre glace. Agatha jeta un coup d'œil à sa montre. Il était 15 h 30, elle se sentait affamée.

Katharine l'avait anticipé. Elle appela le steward, qui apporta aussitôt une assiette de sandwiches élégamment disposés et un ramequin de mousse au chocolat.

— C'est bien que vous ayez retrouvé de l'appétit, dit-elle tandis qu'Agatha se calait à côté d'elle. Et ce soir ? Vous pensez que vous serez capable de pousser jusqu'à la voiture-restaurant ?

— Je crois, oui.

Agatha hocha la tête, puis leva la main vers son pansement.

— Mais de quoi ai-je l'air ? Je dois offrir un spectacle terrible…

— Nous pourrions le cacher. Vous avez un bandeau ?

— Non, seulement des chapeaux. Je ne peux quand même pas venir dîner avec un chapeau, n'est-ce pas ?

Katharine secoua la tête.

— Ne vous inquiétez pas, je vous prêterai le mien. Il est mauve avec des paillettes noires et argentées. Vous avez quelque chose d'assorti ?

— J'ai un petit haut noir en crêpe de Chine, ça conviendrait ?

— Parfait. Et vos lunettes ? Vous en avez une autre paire ? Celles-ci ne vous vont pas du tout.

— Oh… c'est que…

La chaleur monta de la gorge d'Agatha à son visage.

— Vous avez de beaux yeux. C'est dommage de les cacher.

Katharine lui adressa de nouveau son sourire de Mona Lisa. Agatha se sentait affreusement embarrassée, et resta muette. Katharine faisait-elle exprès de la provoquer, pour essayer de lui faire avouer ? Ou était-ce juste son habitude, d'être aussi directe ?

Le steward lui évita de répondre en frappant à la porte pour lui remettre un bouquet de roses blanches et de lavande au doux parfum.

— Pour vous, madame.

Le steward lui remit également une carte.

— Ça vient d'elle ?

Katharine pinça les lèvres.

— Oui.

Agatha lut à haute voix le message : « Avec ma profonde gratitude et mes meilleurs vœux de rétablissement. J'espère pouvoir vous remercier en personne quand vous vous sentirez mieux. Nancy Nelson. »

— Je pense qu'elle n'a pas envie de montrer son visage pendant le dîner.

Katharine prit une cigarette et l'inséra dans son embout en argent.

— Elle va probablement vous demander de la rejoindre dans son compartiment. Je me demande bien comment elle expliquera sa conduite.

***

Dès qu'Agatha quitta le compartiment pour se rendre aux toilettes, Katharine saisit sa chance. Elle mourait déjà d'envie de le faire pendant qu'Agatha était endormie, mais ç'aurait été trop risqué. Le moindre mouvement aurait pu la réveiller.

Ça n'avait rien de glorieux, de fouiller dans le sac d'une autre femme, mais Katharine se convainquit que c'était pour son bien. Si elle voulait visiter les fouilles à Ur – et le faire dans les règles –, elle allait avoir besoin de l'accord de Leonard. Or, il détestait les touristes. Leur présence, même pour quelques heures, lui était un supplice. L'idée d'en héberger une pendant plusieurs jours et plusieurs nuits risquait de le mettre dans une rage folle. D'autant qu'il s'agissait d'une femme.

Leonard était la définition même du mâle. Mais il avait toujours montré un profond respect pour les intelligences vives, indépendamment du sexe. L'autre moyen garanti d'attirer son attention était l'argent. Si Mary Miller était vraiment Agatha Christie, Leonard l'accueillerait à bras ouverts dans la maison des fouilles.

Il ne fallut que quelques secondes à Katharine pour trouver ce qu'elle cherchait. Ses doigts palpèrent un objet plat et rigide enveloppé dans un mouchoir ourlé de dentelle. Elle le sortit et reconnut le coin noir mat, comme le reflet doré sous la dentelle : le lion et la licorne de l'écusson d'un passeport britannique. Après un rapide coup d'œil vers la porte du compartiment, elle l'ouvrit. Sa preuve était là : Agatha Mary Clarissa Christie. Nom de jeune fille : Miller.

***

Agatha hésita en passant devant le compartiment de Nancy. « J'espère pouvoir vous remercier en personne quand vous vous sentirez mieux. » N'était-ce pas une invitation à venir frapper à sa porte ? Mais le store était baissé. Agatha se demanda si Nancy était endormie. Elle inspecta brièvement le couloir avant de poser l'oreille contre la vitre de la porte.

Une toux, puis un craquement, comme si quelqu'un s'asseyait sur la banquette ou se relevait. Nancy serait-elle seule ? Il semblait peu probable qu'une personne dans un tel état de détresse soit laissée sans surveillance. Mieux valait sans doute faire appel au steward pour jouer les intermédiaires. Lui confier un message demandant s'il était possible de passer. Mais, compte tenu des circonstances, c'était d'une solennité absurde…

Alors qu'elle levait la main pour frapper, la porte s'ouvrit d'un coup. Une grande femme en uniforme de la Compagnie des wagons-lits bloquait la vue sur le compartiment.

— Qui est-ce ?

La voix, timide et très anglaise, venait de derrière.

La femme en uniforme regarda par-dessus son épaule et s'écarta de l'embrasure de la porte. Agatha aperçut Nancy Nelson, assise au bord de la banquette, en train de glisser ses pieds nus dans des pantoufles assorties à sa robe de chambre en soie turquoise.

— Je peux entrer ?

Agatha sourit timidement à la femme, qui fronça les sourcils.

— Elle dort.

— Mais je la vois, là, et elle est réveillée.

La femme reprit sa position initiale, bloquant l'accès au compartiment.

— *Non capisco.*

Agatha n'allait pas se laisser faire.

— Parlez-vous français ?

Cette question lui valut un regard méfiant.

— *Un petit peu.*

Agatha parlait couramment français depuis qu'elle avait vécu, enfant, à Paris avec sa mère. Elle expliqua qu'elle était intervenue pour empêcher Mme Nelson d'attenter à ses jours et qu'elle voulait seulement lui parler quelques instants.

La femme la dévisagea puis regarda sa montre.

— *Dix minutes*, murmura-t-elle en se dirigeant vers les toilettes.

— Madame Miller !

Nancy souriait, mais sa mâchoire tremblait, comme si parler monopolisait toutes ses forces.

— Je suis affreusement désolée… Je… Votre tête…

Elle ne termina pas sa phrase, sortit un mouchoir de la poche de sa robe de chambre.

— Ce n'est rien, vraiment. Juste une égratignure…

Agatha remarqua que les yeux bruns de Nancy étaient rouges et gonflés. Elle avait dû pleurer toute la nuit. Elle s'avança.

— Je ne veux surtout pas m'imposer. Je peux repartir si vous préférez être seule…

Nancy ferma les yeux et inspira longuement.

— Merci d'être venue. C'est affreux d'avoir cette femme avec moi, je me sens prisonnière.

Agatha s'assit sur la chaise que la femme venait de lui apporter. Les questions se pressaient dans sa tête mais elle préféra se taire, laissant à Nancy l'initiative de parler.

— Vous connaissiez mon prénom.

Ses yeux étaient toujours clos.

— Vous m'avez appelée, n'est-ce pas ?

Les paupières s'ouvrirent.

— Comment me connaissiez-vous ?

— Je… J'ai reconnu votre visage. À cause d'une photo dans un magazine, je pense.

— Ah…

Un soupir s'étrangla dans sa gorge, à mi-chemin d'un sanglot.

— Alors, vous vous demandez sûrement ce qui a bien pu me prendre.

— Eh bien…

Agatha hésita, consciente que toute réponse risquait de la faire passer pour insensible.

Les yeux de Nancy fixaient la moquette, comme si la réponse se trouvait cachée dans ses motifs.

— C'est toujours la même histoire, j'en ai peur : j'ai épousé un homme qui ne s'intéresse pas à moi.

Ses mots restèrent suspendus en l'air. Agatha retint son souffle, attendant la suite.

— Fuir me semblait être la solution…

Nouvelle pause.

— Je me rendais à Bagdad, chez ma cousine. Elle allait m'héberger, le temps que je réfléchisse à ma situation…

Nancy ouvrit la main qui contenait la boule serrée de son mouchoir.

— Mais, hier soir, j'ai reçu un télégramme.

Ses yeux étaient pleins de larmes.

— Ma cousine Delia est morte.

— Oh… Je suis vraiment désolée.

La douleur de Nancy attirait Agatha comme un aimant. Elle aurait voulu franchir l'espace entre elles, passer un bras autour de ses épaules tremblantes. Mais quelque chose la retint. Le souvenir du visage reflété par la vitre du train. Ces yeux, tellement semblables à ceux d'Archie. Et s'il jouait malgré tout un rôle, aussi infime soit-il, dans cette histoire…

— Je me sentais tellement… seule.

La voix de Nancy dépassait à peine le murmure.

— J'étais allongée là, dans le noir, à écouter tourner les roues et… je me suis dit que la solution la plus simple était de sauter du train.

Elle passa ses doigts dans ses cheveux.

— J'ai déçu tout le monde. Mon père se retournerait dans sa tombe s'il savait dans quel pétrin je me suis fourrée. Lui pour qui Felix était le mari idéal…

Un frisson parcourut son corps, comme si l'aversion de Nancy pour son mari frisait l'horreur.

— Mais je ne pouvais pas rester, je ne le supportais plus.

— Est-ce que quelqu'un sait où vous êtes ?

Agatha réussit à poser sa question d'un air innocent. Nancy cligna des yeux, comme si elle ne comprenait pas où elle voulait en venir.

— Je n'ai plus personne vers qui me tourner, si c'est le sens de votre question. Delia était ma seule famille.

Plus personne. Mais alors, qui était l'homme dans le train ?

Agatha se demanda soudain si elle ne s'était pas trompée sur toute la ligne. Si, en additionnant deux et deux, elle n'avait pas trouvé cinq. Elle avait vu un visage se refléter dans une vitre et avait supposé que Nancy avait fait signe à cet homme. Mais si, par un effet miroir trompeur, la vitre avait reflété un homme de l'autre côté de la voiture-restaurant ? Peut-être Nancy avait-elle juste fait signe à un serveur, visible pour elle mais pas pour Agatha ?

Dans ce cas, l'homme qui ressemblait à Archie pouvait être n'importe qui – un passager monté à Paris et descendu quelques arrêts plus tard. Agatha se maudit en silence.

— Je suis mariée depuis moins d'un an, mais j'ai l'impression que ça fait déjà une éternité.

Nancy tourna la tête vers la vitre. Au loin se découpaient des montagnes, la lumière tamisait leurs pics bleus et violets.

— Pardon pour cette question mais… vous-même, vous êtes mariée depuis longtemps ?

— Treize ans.

Agatha sentit la chaleur lui monter au visage.

— Avez-vous déjà…

Nancy s'interrompit, ses yeux scrutant à nouveau le tapis.

— Je veux dire… vous avez déjà atteint ce moment où vous sentez que vous ne pouvez plus continuer ?

Ses paroles ramenèrent Agatha à cette journée du 14 décembre 1926. Dix jours avant leur douzième anniversaire de mariage. Quand elle avait vu Archie grimper le perron de l'hôtel à Harrogate et se diriger vers elle avec une expression de fureur froide. À cet instant, elle s'était sentie plus seule qu'à n'importe quel moment de sa vie.

— Je l'aimais beaucoup.

Les mots avaient jailli comme si quelqu'un d'autre les avait prononcés. Agatha sentit sa gorge se serrer.

— Nous… Je…

Elle déglutit difficilement. Elle ne s'était jamais confiée à personne. Ni à Charlotte, ni même à sa sœur. Ce qu'elle éprouvait pour Archie, pourquoi elle avait voulu qu'il la croie morte… tout cela était trop humiliant, trop pénible à avouer. Comme elle, cette jeune femme avait fui, mais *elle* avait réellement tenté de se suicider.

Tout à coup, Agatha ressentit le besoin irrépressible de la protéger, de lui parler le plus sincèrement possible, dans la mesure de ce qu'elle pouvait supporter.

— Il est tombé amoureux d'une autre, et j'ai cru ma vie terminée.

Sa voix lui semblait encore plus étrange, maintenant. Comme un lointain écho. Mais Nancy la regardait, yeux écarquillés. Elle devait continuer.

— C'était un vendredi soir, j'attendais qu'il rentre à la maison. Mais il ne l'a pas fait. Alors, je suis montée dans ma voiture et je me suis rendue à l'adresse où j'étais sûre de le trouver. C'était la maison d'amis à lui, et j'ai reconnu la voiture de la fille. Je ne sais pas ce qui m'est passé par la tête. Je me suis garée devant la maison et je suis restée là, à scruter la façade, les silhouettes derrière les rideaux. Puis je suis partie dans la nuit, sans trop savoir où j'allais. Je me souviens juste avoir voulu mourir. Quand j'ai débarqué dans une ancienne carrière, j'ai songé à me précipiter dans le ravin.

— Qu'est-ce qui vous a arrêtée ?

Les yeux d'Agatha se posèrent sur les montagnes assombries derrière la vitre. Elle savait quelle réponse elle devait donner. Pourtant, Rosalind ne quittait pas ses pensées tandis qu'elle roulait vers l'endroit où elle avait abandonné sa voiture. Mais, en éteignant le moteur, c'est à Archie qu'elle pensait. Quelle apparence pouvait-elle donner à sa fuite ? Et comment faire voler en éclats le petit monde de son cher mari.

— Je ne pouvais pas abandonner ma fille. Ç'aurait été…

Agatha ne poursuivit pas sa phrase. Son souffle embuait la vitre.

La tête de Nancy eut un mouvement imperceptible. À peine un signe de tête.

— Et puis, pendant que j'étais assise dans le noir, autre chose m'a traversé l'esprit. Une phrase prononcée par mon professeur de mathématiques, quand j'avais douze ans.

Elle se rappela ses paroles, hésita. À l'époque, elle avait trouvé cela si profond… mais elle n'était plus sûre d'y croire. Il était question de l'amour et de la souffrance du Christ dans le jardin de Gethsémani. Mlle Johnston, leur professeur, leur avait annoncé que tous, à un moment de leur vie, se sentiraient comme Lui seuls et abandonnés, y compris de Dieu. À ce moment-là, ils devaient à tout prix rester persuadés que ce n'était pas la fin, que Dieu était là, prêt à les aider s'ils lui faisaient confiance. Pour une raison inconnue, ces mots étaient restés gravés en elle plus longtemps que tout sermon entendu à l'église. Mais elle ne pouvait pas les répéter à Nancy. Pas maintenant.

— Qu'est-ce qu'elle a dit ?

Nancy se pencha vers elle.

Agatha respira profondément.

— Elle a dit : « Vous tous, *chacun d'entre vous*, à un moment de votre existence, vous allez traverser une période de désespoir. »

Voilà qui était plus conforme à l'original.

— Elle nous a dit qu'aimer sans souffrir était impossible et que, si nous n'aimions jamais, nous ne connaîtrions jamais le véritable sens de la vie. Et elle a ajouté : « Quand tout se ligue contre vous et que vous avez l'impression d'être à bout de forces, n'abandonnez jamais ! Car c'est exactement à ce moment-là que votre chance tournera. »

Agatha baissa les yeux sur ses mains. Sur la bague de sa mère à son annulaire.

— Alors, je me suis emmitouflée dans mon manteau et j'ai fermé les yeux. J'ai dû m'endormir. Quand je me suis réveillée, c'était le matin. Le soleil filtrait à travers la brume et un merle chantait. Alors, j'ai éprouvé la pure joie d'être vivante.

— Merci.

La main de Nancy avança de quelques centimètres dans l'espace qui les séparait puis se figea en l'air, comme si elle voulait se poser sur le bras ou l'épaule d'Agatha mais craignait l'intimité qu'un tel geste entraînerait. Puis il y eut un bruit de pas devant la porte et sa main retomba.

— Si vous avez besoin de vous échapper, venez me voir, lui glissa rapidement Agatha. Compartiment numéro 16 !

8

De Sofia à Simeonovgrad

Katharine leva les yeux de son roman. Pourquoi Agatha était-elle si longue à revenir ? Elle jeta un coup d'œil à sa montre. Vingt minutes au moins qu'elle avait quitté le compartiment. Elle s'était peut-être évanouie et se trouvait étendue quelque part, inconsciente ? Katharine se leva d'un bond. Elle n'aurait pas dû se laisser prendre par sa lecture, ce fichu livre avec son histoire impossible de cadavre derrière une porte verrouillée de l'intérieur ! Absurde, évidemment… Ce que son père aurait appelé *de la mélasse pour le cerveau*. Absurde mais fascinant, tout de même.

Au moment où sa main se posa sur la poignée de porte, elle la sentit bouger.

— Vous avez mis le temps ! s'exclama-t-elle en tombant nez à nez avec Agatha. J'ai failli envoyer des secours à votre recherche !

— Je suis allée voir Nancy Nelson.

— Oh, parce que c'est *Nancy*, maintenant ?

Katharine pencha la tête.

— Et alors ?

— Nous n'avons pas vraiment eu le temps de discuter.

Elle s'affala sur la banquette en se frottant le front à l'endroit de sa blessure.

— Elle est surveillée par une femme de la Compagnie.

— Ils doivent craindre une récidive. Elle vous a expliqué les raisons de son geste ?

— Elle fuyait son mari.

Agatha détourna le regard de Katharine, fixa les ténèbres de l'autre côté de la vitre.

— Elle ne pouvait plus supporter qu'il ne l'aime pas. Elle devait être hébergée chez une cousine à Bagdad, Delia quelque chose, mais elle a appris sa mort par un télégramme, hier. C'est ça qui l'a poussée à bout…

Katharine fronça les sourcils.

— Delia ? Delia Grandfield ?

— Je ne sais pas. Elle n'a pas mentionné son nom de famille.

— C'est *forcément* elle. Je l'ai rencontrée plusieurs fois. Très brillante, parlant couramment le persan et l'arabe… Une espionne, sans aucun doute.

— Une espionne ?

— Oui. Elle travaillait pour le consulat britannique. Elle connaissait les épouses des membres de la tribu locale, et gardait un œil sur ce qui se passait dans la région kurde, au nord. Elle est venue sur le chantier, une fois. Leonard lui a fait faire le tour du propriétaire.

— Je me demande de quoi elle est morte…

— Bah, elle avait un métier à risques. Ce n'est pas difficile d'imaginer ce genre de personne – surtout une femme – se faire assassiner.

— Pauvre Nancy ! Comme si sa vie n'était pas déjà assez pénible…

Katharine tira une cigarette de l'étui sur la table.

— Qu'est-ce qu'elle compte faire, maintenant ? Elle vous l'a dit ?

— Je ne sais pas. Si j'étais elle, je prendrais le premier train pour Londres. Si elle compte rester seule, elle aura plus de chance de tenir le coup là-bas plutôt que dans une ville étrangère, où elle ne connaît personne.

Agatha haussa les épaules.

— Elle prétend qu'elle ne peut pas revenir en arrière.

Katharine alluma la cigarette et souffla un nuage de fumée.

— Son mari est si invivable que ça ?

— Apparemment, oui.

Katharine vit les yeux d'Agatha se durcir et devenir lisses, comme des galets dans une rivière. Elle devait penser à son propre couple. Quand elle s'était enfuie à Harrogate, beaucoup de journaux avaient émis l'hypothèse qu'Archie Christie avait une maîtresse.

Elle retira la cigarette de sa bouche et eut envie de prononcer ces cinq mots simples : *Je sais qui vous êtes.* Mais quelque chose l'arrêta. Elle aurait pu se mentir en évoquant son inquiétude pour l'état physique et mental d'Agatha après le traumatisme de la nuit précédente, ou bien en prétendant respecter son désir manifeste de rester incognito. Mais ce n'était pas ça. La vérité, c'était que détenir cette information lui conférait un pouvoir qu'elle savourait. Le moment venu, elle abattrait ses cartes.

— Nous ferions mieux de nous préparer pour le dîner, annonça Katharine. Mais je vais d'abord changer votre pansement ; le saignement a dû cesser, à présent.

Agatha ne gémit pas quand elle souleva de sa peau la gaze incrustée de sang. Comme si elle s'était repliée dans un coin de sa tête où le monde extérieur n'existait plus. Un endroit où elle devait aussi se réfugier quand elle écrivait, songea Katharine. Elle la comprenait. Elle aussi expérimentait cette sensation de retrait quand elle reconstituait un artefact ancien. La concentration – l'effort mental nécessaire pour visualiser une chose encore informe – était la meilleure thérapie, le moyen le plus sûr de bannir ces souvenirs qui avaient encore le pouvoir de la submerger.

Elle pensa brièvement aux photos du mariage de Nancy Nelson qu'elle avait vues dans *Tatler*. Elle se demanda si Nancy avait ressenti la même chose en avançant vers l'autel : ce mélange d'excitation amoureuse et d'optimisme naïf. Combien de temps s'était écoulé avant que les rêves de Nancy ne se brisent ? Ce mariage, de toute évidence, avait implosé encore plus vite que le sien.

Et Agatha. Que s'était-il *vraiment* passé, là-bas ? D'expérience – amère expérience –, elle savait que la plupart des informations publiées dans les journaux ne devaient pas être prises pour argent comptant. Qu'allait-elle faire dans un lieu aussi improbable que Bagdad ? Pourquoi se faisait-elle passer pour veuve ? Haïssait-elle à ce point son mari ? À moins qu'elle ne se sente coupable de l'échec de son couple – au point d'avoir honte d'avouer son divorce ?

Katharine grimaça en posant un pansement propre sur la coupure qui balafrait le haut du front d'Agatha. Question culpabilité, elle battait cette femme haut la main.

***

L'Orient-Express traversa la Bulgarie sous une pluie qui fouettait les vitres. Quand Agatha et Katharine arrivèrent à la voiture-restaurant, la grêle se mit même à tomber en crépitant. Tous les regards étaient tournés vers les vitres, au grand soulagement d'Agatha, honteuse des bosses qui se devinaient sous son bandeau. À peine les deux femmes avaient-elles pris place qu'un éclair spectaculaire sabra le ciel nocturne, presque aussitôt suivi d'un formidable coup de tonnerre. Les passages ne purent retenir des cris d'effroi. À cet instant, tout sourire, le serveur se présenta avec les menus.

— Ne vous inquiétez pas, mesdames, dit-il. Nous avons souvent ce genre d'orages quand nous traversons les Rhodopes[1], cela devrait se dissiper rapidement.

Mais un autre éclair et un coup de tonnerre plus fracassant encore les interrompirent alors qu'elles passaient commande. La femme assise à la table d'en face se leva d'un bond, renversant son verre de vin qui manqua de peu sa robe à sequins en soie eau-du-Nil. Au moment où un autre serveur arrivait pour changer la nappe, Agatha surprit Katharine scrutant les convives, tournant la tête en tous sens comme si elle cherchait quelqu'un. Quand elle revint vers leur table, elle remarqua l'expression étonnée d'Agatha.

— Quand nous sommes arrivés à Venise hier, expliqua-t-elle, j'ai aperçu quelqu'un. Un des types du chantier de fouilles. Il devait être à bord mais je ne le vois nulle part.

Elle fouilla dans son sac, en sortit une cigarette et l'alluma.

— Il a dû poursuivre son voyage en bateau. Il s'appelle Max. Vous le verrez quand vous viendrez.

Agatha hocha la tête. Elle se demandait si le moment était bien choisi pour annoncer qu'elle avait fait connaissance avec Max, puisqu'il était depuis descendu à Trieste. Après réflexion, elle décida qu'il valait mieux garder le silence sur cet épisode.

— Le genre d'homme taciturne à fort tempérament, si vous voyez ce que je veux dire.

Katharine plaça la cigarette dans son porte-cigarette.

— La première fois qu'il est venu en Mésopotamie, c'était une vraie souris. Débarqué tout droit d'Oxford, à peu près inexpérimenté sur tout.

— Quel âge a-t-il ?

Katharine inséra le porte-cigarette entre ses lèvres.

1. Massif montagneux des Balkans, dans le Sud-Ouest de la Bulgarie.

— Vingt-cinq ans, marmonna-t-elle en saisissant un briquet incrusté de nacre.

Un panache de fumée traversa la table.

— Mais il fait plus vieux. À son arrivée, il venait de vivre un moment pénible.

Elle tapota sa cigarette contre le cendrier.

— Il avait un très bon ami à Oxford, Esme Howard, fils de Lord Howard of Penrith. Il avait passé presque toute sa dernière année malade, et le diagnostic est tombé : maladie de Hodgkin. Max était à ses côtés quand il est mort.

— C'est tragique.

Agatha cligna des yeux. Sa remarque sonnait triviale.

— Ça l'a profondément affecté, je crois. Il a fallu un certain temps avant qu'il ne s'ouvre… Et puis, un soir, il m'a tout raconté.

Katharine inspira, tourna la tête sur le côté avant de souffler sa fumée. La femme de l'autre côté de l'allée lui lança un regard noir, que Katharine lui rendit avec un sourire crispé.

— Il m'a expliqué qu'il avait juré à son ami agonisant de se convertir au catholicisme. Apparemment, Esme était très croyant, et la façon dont il a affronté la mort était admirable. Pendant les fouilles, il va à la messe tous les dimanches, même si ça l'oblige à parcourir trente kilomètres de désert aller-retour à dos de mulet.

Agatha avait du mal à associer cette description à la personne chaleureuse et pleine d'entrain qui lui avait offert une glace à Venise. Peut-être que, comme elle, le chagrin l'avait amené à donner le change de façon excessive.

— Leonard ne le laisse jamais conduire la voiture : il n'aime pas beaucoup les catholiques. Le père de Len était un prêtre anglican, et lui-même avait l'intention d'entrer dans les ordres. Il est très maniaque sur l'Ancien Testament :

chaque fois que nous exhumons une tablette, il essaie d'y trouver des noms de la Genèse.

Elle haussa les épaules.

— Il est convaincu qu'Ur est le site du Déluge biblique.

Agatha avait entendu parler de cette théorie dans un article de journal. D'après l'expression de Katharine, elle comprit qu'elle pensait que son futur mari faisait fausse route. Il y avait une photo de Leonard Woolley à côté de l'article. Il avait d'épais sourcils touffus sous lesquels un regard sévère et sans compromis vous transperçait – ses yeux avaient l'intensité des fanatiques. Ses cheveux étaient fins et gris autour des oreilles. Agatha estimait qu'il avait dix bonnes années de plus que Katharine. Ils formeraient un couple inhabituel. Leur passion commune pour l'archéologie avait apparemment comblé le gouffre que l'âge et l'apparence physique auraient pu creuser entre eux. La photo pouvait aussi être peu flatteuse: peut-être Leonard Woolley n'était-il pas l'ogre qu'il paraissait être.

— Votre *terrine aux fruits de mer*, madame.

Le serveur fit irruption dans ses pensées en déposant une œuvre d'art devant elle: une mousse rose gélifiée en forme d'étoile de mer, avec des radis et des carottes savamment sculptés pour ressembler à des anémones de mer. Un filet de salive se forma sous sa langue.

— Je suis sûre que Max vous plaira.

Katharine écrasa sa cigarette dans le cendrier.

— C'est un amour.

***

Au salon, après le dîner, Katharine voulut commander deux White Russians.

— Oh, pas pour moi, intervint Agatha. Juste un verre d'eau, je vous prie.

— Migraine ?

— Non, ce n'est pas ça. Je tiens très mal l'alcool.

— Ma pauvre amie !

Katharine secoua la tête, et les perles ornant sa robe en mousseline scintillèrent comme les gouttes de pluie sur les vitres.

— Eh bien, ça ne va pas m'empêcher d'en profiter au maximum. Dans le désert, on ne peut pas dire que les bars soient folichons – et Leonard ne boit que de l'eau !

À l'autre bout de la voiture, le pianiste fit entendre les premières notes de la *Rhapsody in Blue* de George Gershwin. Agatha respira profondément. L'air était enfumé. Ce n'était pas seulement la cigarette de Katharine : la plupart des hommes tiraient sur un cigare. Agatha mourait d'envie de baisser l'une des vitres mais l'orage qui sévissait l'en empêchait.

Lorsque le serveur apporta son cocktail à Katharine, un homme apparut à leur table et leur demanda si elles acceptaient qu'il leur tienne compagnie. C'était un grand Français aux yeux tristes qui se présenta comme ingénieur voyageant en Syrie. Agatha comprit tout de suite que Jean-Claude – il insistait pour être appelé pas son prénom – était fasciné par Katharine. Le français de cette dernière était peu raffiné et l'anglais du Français tâtonnant. Agatha aurait pu participer à la conversation mais, à compter du moment où il s'était assis, elle s'était rapidement sentie de trop. Regarder Katharine face à cet homme, c'était comme observer un somptueux rapace planant en cercles au-dessus d'un lapin. Elle ne flirtait pas, au sens strict du terme – ce n'était pas aussi flagrant. Elle avait une façon de lui décocher des regards, tête inclinée sur le côté, lèvres entrouvertes dans un demi-sourire, comme si tout ce qu'il disait était brillant et drôle. Il était en train de parler du barrage dont il supervisait la construction. C'était mortellement ennuyeux, rien que des faits et des chiffres. Mais Katharine donnait l'impression de se régaler.

Jean-Claude commanda d'autres cocktails et, pour la première fois, eut un regard pour Agatha. Ses yeux se posèrent sur son verre d'eau. C'était le signe qu'elle attendait pour partir.

— Ça ne vous dérange pas si je vous abandonne, n'est-ce pas ? demanda-t-elle à Katharine.

— Oh non, bien sûr que non, répondit-elle en tournant à peine la tête, trop occupée à dévisager son nouvel ami.

Alors qu'Agatha regagnait le compartiment, elle se demanda ce que Leonard Woolley aurait pensé en voyant sa future épouse descendre des cocktails à la chaîne en compagnie d'un inconnu. La photo dans le journal et les détails fournis par Katharine laissaient deviner un homme sévère, distant, aux principes stricts, qui plaçait son travail au-dessus de tout. Difficile de l'imaginer en train de s'amuser. Ce soir, Katharine s'offrait-elle une dernière aventure ? Si elle était vraiment du genre à flirter et à faire la fête, pourquoi diable épousait-elle un homme tel que Woolley ?

9

De Lubiméts à Istanbul

Agatha n'entendit pas Katharine venir se coucher. Entre le moment où elle ferma les paupières et celui où elle s'endormit, son esprit agité repensait à Nancy. Était-elle étendue dans son lit, elle aussi, cernée par la tempête ? Une éternité semblait s'être écoulée depuis la nuit précédente. Le souvenir de la porte grande ouverte, du vent qui s'engouffrait et du sol qui basculait emplissait son crâne d'une douleur lancinante. Elle espérait que Nancy n'était pas réveillée, en train de revivre les événements de la nuit précédente. Et qu'en secret, elle n'envisageait pas de passer une nouvelle fois à l'acte.

Le tonnerre et la foudre s'étaient arrêtés quand Agatha se laissa enfin sombrer dans le sommeil. Mais quelque chose d'autre la réveilla au beau milieu de la nuit. Clignant des yeux, elle mit du temps à s'adapter à la pénombre. Elle comprit tout à coup ce qui n'allait pas. Il n'y avait pas de mouvement. Plus de bruit de moteur. Le train était à l'arrêt.

L'échelle grinça lorsqu'elle descendit pour regarder par la vitre.

— Quelle heure est-il ?

La voix de Katharine, rauque et voilée.

— Je ne sais pas.

Agatha reconnut les vapeurs de la vodka. Elle se demandait combien de White Russians avaient été éclusés après son départ.

Levant un coin de store, elle réprima un cri. Les nuages d'orage avaient disparu, laissant un ciel dégagé avec une pleine lune immense. Et, en contrebas, scintillant lorsque le vent la faisait onduler, il y avait de l'eau. Jusqu'aux roues du train.

Agatha abaissa la vitre de quelques centimètres. L'air frais et parfumé des pins lui picotait la peau.

— Aaah ! Ça gèle ! grommela Katharine.

Il y eut un cri quelque part, dehors. Puis Agatha vit deux personnes patauger jusqu'aux genoux dans l'eau.

— Je crois que la voie ferrée est inondée.

— Quoi ?

Katharine était bien réveillée maintenant. Elle cherchait à tâtons l'interrupteur de sa lampe. Au même moment, on frappa à la porte. Le steward apparut, portant un pichet fumant et deux tasses.

— Ne vous inquiétez pas, mesdames, nous avons un petit problème.

Il posa le plateau sur la table.

— Je vais devoir m'absenter un peu pour aller voir ça. Si vous avez faim, il y a des fruits et des viennoiseries dans la voiture-restaurant.

— Merci.

Une fois la porte refermée, Katharine se pencha vers le pichet.

— Chocolat chaud – beurk !

Elle fit une grimace.

— J'ai besoin d'aller aux toilettes.

Alors qu'elle se levait, on frappa de nouveau.

— Oh ! Je suis vraiment désolée, je pensais que…

Nancy Nelson apparut dans l'embrasure. Le courant d'air la fit frissonner.

— Vous cherchez Mme Miller ?

Katharine agita la main derrière elle, puis :

— Pardon !

Elle plaqua la main sur sa bouche et passa en courant devant Nancy, interdite, qui remonta le col de sa robe de chambre en soie turquoise pour se couvrir la gorge.

— Je m'excuse, madame Miller, j'ignorais que vous partagiez votre compartiment. Votre amie va bien ?

Agatha sourit.

— Ça va, oui. Elle a le ventre un peu fragile, je crois.

— Elle est descendue voir ce qui se passe… je veux dire, la femme qui me surveillait. Alors j'en profite.

Elle marqua une pause.

— Je vous en prie, entrez.

Agatha tira l'unique chaise de sous la table.

— Voulez-vous un chocolat chaud ?

Nancy s'installa, prit la tasse que lui tendait Agatha. Elle la porta à ses lèvres mais ne but pas, se contentant de respirer l'arôme.

— Comment va votre tête, maintenant ?

— Ça se remet doucement, merci.

Agatha s'installa sur le bord de la couchette de Katharine.

— Je ne devrais pas avoir besoin de garder ce pansement très longtemps.

— Tant mieux.

Il y eut un silence.

— C'est comme un présage, ce train bloqué. Le signe que je ne devrais pas continuer.

Elle avala une gorgée de chocolat, regarda sa tasse.

— Je me disais qu'à Istanbul, je pourrais prendre un train pour rentrer en Angleterre.

— Mais vous m'avez expliqué que vous ne pouviez pas retourner là-bas… Vous avez changé d'avis ?

— Je me sens prise entre le marteau et l'enclume. Je n'ai pas envie d'y retourner, mais j'ai peur d'aller dans un endroit inconnu. Maintenant que Delia est…

Elle ne put terminer sa phrase.

Agatha ne savait que dire. La situation était délicate. Elle ne connaissait pas cette femme, pas vraiment. Pourtant, elle lui rappelait tellement cette femme désespérée, dans cette nuit froide de décembre, voilà près de deux ans. Elle-même.

De toute évidence, Nancy avait besoin d'aide. Mais était-ce bien judicieux de proposer de s'occuper d'une personne prise dans une telle tourmente d'émotions ? Après tout, Agatha faisait ce voyage pour découvrir de nouveaux endroits toute seule, pas pour partager son périple avec une autre voyageuse.

Ne sois pas si égoïste ! tonna la voix de sa mère.

— Si cela peut vous rassurer, commença-t-elle, moi aussi je vais à Bagdad. Je ne sais pas du tout si ça va me plaire, mais j'ai l'intention d'y rester au moins quelques mois.

— Vraiment ?

Agatha hocha la tête.

— Nous pouvons explorer la région ensemble, si vous voulez.

Elle attendit un moment. C'était la première fois qu'elle distinguait un semblant de sourire sur le visage de Nancy.

— J'ai réservé une chambre dans un hôtel pour quelques nuits, le temps que je prenne mes repères. Je suis sûre qu'à cette période de l'année, ils auront d'autres chambres disponibles.

— Merci… C'est tellement gentil à vous de me proposer ça.

Elle souriait toujours, mais paraissait au bord des larmes.

— Vous êtes certaine que ma présence ne vous gênerait pas ? Vous n'avez pas déjà pris d'autres dispositions ?

Agatha haussa les épaules

— Pas vraiment. J'ai volontairement évité de faire des projets, pour connaître le frisson de me réveiller chaque matin sans savoir ce que la journée me réserve.

— Ça a l'air vraiment… Mais…

Nancy triturait son alliance.

— Je ne sais pas comment vous dire… c'est terriblement embarrassant à admettre. En fait, nous n'aurons pas beaucoup de temps pour explorer : je vais devoir trouver du travail.

Elle leva les yeux et secoua la tête.

— Je n'ai pas beaucoup d'argent, vous comprenez ? Je n'en ai plus. J'ai dû vendre tous mes bijoux pour acheter mon billet de train.

Agatha prit le pichet de chocolat chaud, resservit Nancy.

— À quel genre de travail vous pensez ?

— Je ne sais pas. Quelque chose dans un bureau, je suppose. Je n'ai jamais eu de vrai travail. J'ai aidé mon père à gérer sa propriété avant qu'elle soit mise en vente. Je suis assez à l'aise avec les chiffres. Et je sais taper à la machine.

Agatha marqua un temps d'arrêt, sa tasse à mi-chemin entre la soucoupe et ses lèvres.

— Je pourrais peut-être vous proposer quelque chose, à titre provisoire. Car, justement, j'ai besoin d'une secrétaire.

Agatha n'avait pas besoin de secrétaire. Elle était parfaitement capable de dactylographier elle-même ses textes. Mais, en prononçant ces mots, elle éprouva quelque chose qui ressemblait à du soulagement. Le divorce l'avait transformée : du jour au lendemain, elle était passée d'écrivain amateur à auteur professionnel. Les histoires qu'elle écrivait pour passer le temps constituaient à présent son unique source de revenus. Et l'idée de rester assise devant sa machine à écrire et une feuille de papier vierge l'angoissait. Peut-être qu'avec une assistante, elle aurait davantage l'impression d'être un véritable écrivain ?

Le visage de Nancy s'éclaira.

— Oh ! Pour quel genre de travail ?

— Principalement, taper des notes manuscrites. Rien de trop pénible.

Agatha n'était pas prête à tomber le masque. Pas encore.

— J'espère louer une maison pour quelques mois. Vous pourriez travailler en échange du gîte et du couvert, si cela vous convient. Et puis, ça vous laissera le temps de vous retourner.

Avant que Nancy ait le temps de répondre, la porte s'ouvrit.

— Mon Dieu, c'est pire que les tranchées, là-bas ! lança Katharine en faisant irruption dans le compartiment.

Sur son visage, plus aucun signe de la gueule de bois qui l'avait expédiée aux toilettes. Ses joues rouges et ses yeux brillants d'excitation témoignaient du spectacle auquel elle venait d'assister.

— Les hommes pataugent dans la boue jusqu'à la taille ! Dieu sait combien de temps nous allons rester coincées ici...

Elle s'assit à côté d'Agatha sur la banquette, baissant la tête pour éviter de se cogner à la couchette supérieure.

— Je nous ai rapporté de quoi festoyer.

Elle déplia une serviette en lin contenant des bananes, des poires, des muffins et autres viennoiseries. Puis, tendant la main à Nancy :

— Pardon, je ne me suis pas présentée. Katharine Keeling.

— Nancy Nelson.

Nancy lâcha la main de Katharine et se leva.

— Je vais vous laisser à votre festin, alors.

— Ne dites pas de bêtises ! la tança Katharine en riant. Plus on est de folles, plus on rit.

Elle lui tendit un strudel aux pommes.

— Vous avez fait la couverture de *Vogue*, n'est-ce pas ? Je me souviens de la robe… Dior, pas vrai ? C'est moi qui l'ai dessinée lors du défilé à Paris.

Nancy eut l'air surpris. Un instant, Agatha crut qu'elle allait quitter le compartiment. Mais elle prit le strudel et se rassit, examinant le gâteau comme s'il constituait la réponse à une énigme immémoriale. Puis elle répondit :

— C'est bien cela. J'adorais cette robe. Vous travaillez dans la mode ?

— Plus maintenant. Désormais, je travaille pour le British Museum avec une équipe d'archéologues en Mésopotamie.

Katharine tira son sac de sous un coussin et en sortit un petit objet brillant, d'un blanc cassé, en forme de galet.

— Voilà le genre de chose que je dessine.

Elle le posa sur la table, à côté des bananes.

— Qu'est-ce que c'est ? demanda Agatha.

— Une amulette du dieu Lune. Prenez-la si vous voulez. C'est juste une copie. L'original, je l'ai trouvé dans un tombeau. Hamoudi, notre contremaître, l'a copié pour moi.

— C'est un lièvre ? demanda Agatha en l'examinant.

— Oui. Retournez-la… Vous voyez ce qui se trouve de l'autre côté ?

— On dirait… une paire de pieds, et entre les pieds… un serpent, non ?

Agatha passa l'amulette à Nancy.

— Exact, dit Katharine. C'était un symbole magique dans l'ancienne Mésopotamie. Très puissant. Il protégeait le défunt dans l'Au-delà.

— C'est en quoi ? Demanda Nancy.

— En ivoire. Une défense de sanglier.

— C'est splendide.

Nancy le lui rendit. Katharine la rangea dans son sac.

— Merci. Je l'ai toujours avec moi. C'est idiot, je le sais bien, mais je ne m'en séparerai jamais.

Elle se mit à rire.

— Je suis sûre que vous aussi, vous gardez toujours sur vous quelque chose de ce genre… Un objet que vous n'abandonneriez jamais, même quand vous partez en voyage.

Elle regarda Agatha.

— Eh bien, rien d'aussi intéressant que ça, j'en ai peur… J'ai la photo de ma fille, bien sûr… Mais rien d'autre, vraiment.

C'était un mensonge. Agatha avait caché dans la poche intérieure zippée de son sac à main une lettre. La lettre que son éditeur, John Lane, lui avait envoyée neuf ans plus tôt pour lui proposer de publier son premier manuscrit, *La Mystérieuse Affaire de Styles*.

Katharine regarda Nancy.

— Et vous ?

Agatha jeta un coup d'œil de l'une à l'autre, craignant que ce mensonge à peine déguisé déstabilise Nancy. Mais la réponse vint après une brève hésitation.

— J'ai un vieux foulard à motif de plumes de paon, à moitié rongé par les mites. Il me rappelle mon enfance à Ceylan. J'avais l'habitude de me lever chaque matin et d'admirer les paons devant ma fenêtre.

— C'est merveilleux ! commenta Katharine en mordant dans une poire. J'ai toujours rêvé d'aller à Ceylan. Vous y avez vécu longtemps ?

— Environ dix ans. Mon père avait une plantation de thé près de Trinquemalay. Je suis née là-bas.

— Ça a dû vous faire un choc de revenir en Angleterre, ajouta Agatha.

— Oh, oui ! Le froid surtout… Je ne m'y suis jamais vraiment habituée – et il m'a fallu du temps pour cesser de chercher des serpents chaque fois que je me promène dans la nature.

Katharine sourit.

— Eh bien, vous allez vous sentir comme chez vous à Bagdad. L'été, c'est une vraie fournaise. À vrai dire, il ne fait jamais froid, même à Noël.

— C'est bien ce que j'imaginais…

Nancy baissa la tête et épousseta le revers de sa robe de chambre où venait de tomber une miette de strudel.

— Un endroit merveilleux, reprit Katharine. Vous voyez le jardin d'Éden ? C'est exactement ça. Des fleurs partout. Et, par les chaudes nuits d'été, la brume suspendue en longs filaments blancs au-dessus du fleuve… Quand le soir tombe et que les lumières sont allumées dans les maisons sur les berges, l'eau se transforme en une myriade de reflets mystérieux et de scintillements d'or.

En quelques descriptions, Nancy était captivée. Son expression inquiète et préoccupée avait laissé place à une impatience difficile à contenir. Elle se mit à poser des questions sur la Mésopotamie, sur le site des fouilles et sur la vie que Katharine y menait. Elle lui répondit en lui parlant de cheikhs arabes, d'un trésor caché… Agatha se rappela les paroles de Max, sur le quai de Venise. *Elle vous jette un sort et, avant même de vous en rendre compte, vous devenez son esclave. Soyez prudente…*

Imperceptiblement, Katharine détourna la conversation de ses propres expériences en Mésopotamie pour sonder Nancy sur ses projets. Perdue dans ses pensées, Agatha ne s'en rendit pas compte, jusqu'à ce qu'une phrase de Nancy attire son attention :

— … et Mme Miller m'a très gentiment proposé un travail de secrétariat temporaire.

— Vraiment ?

Katharine tourna la tête.

— Vous ne m'aviez pas dit que vous alliez à Bagdad pour affaires, Mary. Dans quel domaine travaillez-vous ?

Agatha sentit une bouffée de chaleur monter en elle.

— Eh bien... J'écris un peu, pour des journaux. J'espère revenir avec quelques articles sur mon voyage.

Le sourire de Mona Lisa réapparut sur les lèvres de Katharine.

— Comme c'est intéressant ! Pour quelles publications ? Je me demande si j'ai...

Un sifflement soudain du train arrêta Katharine. Elle se leva d'un bond.

— Oh ! Que se passe-t-il ?

Elle jeta un coup d'œil par la vitre. L'aube commençait à jeter sa lumière grise sur le paysage.

— J'aperçois quelque chose... On dirait une autre locomotive. Elle doit venir en renfort.

Il y eut un autre sifflet, plus loin cette fois.

— Je ferais mieux de rentrer.

Nancy se leva, le regard de nouveau inquiet, et s'enveloppa dans sa robe de chambre.

— Merci à toutes les deux, vous avez été si gentilles avec moi...

***

Au lever du soleil, l'Orient-Express était reparti. Le breakfast fut servi au passage de la frontière turque et, à l'heure du déjeuner, Istanbul était en vue.

Nancy ne se manifesta à aucun des deux repas, pas davantage que Jean-Claude.

— J'ai finalement réussi à me débarrasser de lui, répondit Katharine quand Agatha lui demanda comment s'était passée sa soirée. Il était d'un ennui mortel. Comment peut-on être aussi obsédé par les points de rupture et la pression aquatique ! Ça me dépasse…

Agatha éprouva un élan de sympathie pour ce Français aux yeux tristes, dont le seul crime était d'être passionné par son métier. Si c'était ce qu'elle ressentait, pourquoi Katharine était-elle restée en sa compagnie alors qu'elle aurait pu si facilement s'éclipser ?

— Oh, regardez !

Katharine brandit sa fourchette piquée dans un morceau de saumon.

Le train commençait à sinuer parmi d'étranges maisons en bois aux murs lambrissés. En pénétrant dans la banlieue d'Istanbul, il longea de grands bastions en pierre – héritages du passé sanglant de la ville – qui laissaient brièvement percevoir la mer.

— De ce côté-ci, ce n'est pas très spectaculaire, commenta Katharine en avalant une gorgée de chablis. Mais quand nous aurons traversé le Bosphore pour nous retrouver sur la côte asiatique, vous verrez vraiment Istanbul.

— Je suis très déçue qu'on ne s'arrête pas, répondit Agatha.

— C'est impossible, je suppose. Nous avons pris trop de retard la nuit dernière. Ce n'est que partie remise : au retour, vous aurez le temps de faire une petite visite, pas vrai ? À propos, combien de temps restez-vous à Bagdad ?

— Je ne sais pas encore.

Agatha tartina de beurre une tranche de pain grillé.

— Tout dépend si je m'y sens bien. Mais, évidemment, je veux être rentrée chez moi pour les fêtes.

— Évidemment, répéta Katharine avec un sourire ironique. Je me rappelle à peine à quoi ça peut ressembler, Noël en Angleterre.

— Comment vous le fêtez, en Mésopotamie ?

— Avec un jour de congé. Notre *seul* jour de congé de toute la saison.

— Mon Dieu, ça ne plaisante pas !

Katharine acquiesça.

— Leonard est un véritable esclavagiste. À ses yeux, vous êtes là pour travailler et vous devez vous consacrer entièrement au travail, jour et nuit. Je me souviens de la première saison de Max. Un soir, il a sorti un jeu de cartes et a commencé une partie de gin rami avec Michael, notre dessinateur. Leonard s'était replié dans la Salle des antiquités, comme chaque soir jusqu'à 2 ou 3 heures du matin. À son retour, quand il est tombé sur la partie de cartes, il a explosé. Je l'entends encore hurler sur Max : « Si vous n'êtes pas capable de travailler, vous feriez mieux d'aller dormir ! »

Katharine conclut son anecdote avec un sourire. Agatha restait perplexe. Selon Max, le mariage devait avoir lieu dans seulement trois jours. Comment Katharine allait-elle réussir à parler si souvent de Leonard Woolley sans mentionner ce grand événement ? Il n'y avait aucune honte à ce qu'une veuve se remarie. Peut-être l'aspect scandaleux de la chose provenait-il du côté du marié ? Agatha n'avait aucun souvenir d'avoir entendu parler d'une première épouse de Woolley dans la presse, mais ça ne voulait pas dire qu'il n'y en avait pas. Peut-être Katharine avait-elle réduit ce fils de grand pasteur à l'état d'un homme perdu, esclave de ses sens ? Après avoir assisté à son petit numéro dans le salon la nuit précédente, il était évident que le rôle de femme fatale lui allait comme un gant.

Alors que le train ralentissait à l'approche de sa destination finale en Europe, la voix de Max résonna dans la tête d'Agatha. *Vous verriez un inconvénient à ne pas prévenir Mme Keeling de ma présence à bord ? Je préférerais éviter de la croiser avant mon retour au chantier.*

Qu'est-ce que c'était que cette histoire ? se demanda-t-elle. Comme Jean-Claude l'ingénieur, Max avait-il succombé à ses charmes hypnotiques ? Était-ce plus fort qu'elle, de mener les hommes par le bout du nez pour mieux les rejeter ? Si c'était le cas, Leonard Woolley devait être un homme exceptionnel pour lui avoir mis le grappin dessus.

10

D'Istanbul à Ulukışla

La traversée de l'Europe vers l'Asie fut chaotique. De l'autre côté de l'étroit bras de mer séparant les deux continents, un train de correspondance devait partir dans moins de deux heures. Très peu de temps, donc, pour transférer les passagers et leurs bagages de l'Orient-Express vers le ferry. Dans cette course effrénée, Agatha ne tarda pas à perdre Katharine de vue.

En montant à bord du bateau, sa principale préoccupation était d'éviter le mal de mer qui lui avait rendu si pénible la traversée de Douvres à Calais. Elle opta pour une meilleure stratégie : rester dehors, près du bastingage. C'est sur le pont supérieur qu'elle trouva l'endroit qu'elle cherchait. Regardant par-dessus le bord, elle constata que la coupée avait déjà été hissée. La corne de brume retentit et le ferry glissa loin de son amarrage.

Au soulagement d'Agatha, le Bosphore était aussi calme qu'un étang. Il n'y avait ni tangage ni roulis. Elle vit le quai s'éloigner et contempla, émerveillée, les mosquées et les minarets se détachant sur l'azur du ciel.

— Magnifique, non ?

C'était Nancy, et non Katharine, qui l'avait trouvée.

— Je n'ai jamais rien vu de tel.

Agatha s'écarta, laissant la place à Nancy.

— Dire que, dans quelques minutes, nous allons arriver sur un autre continent… j'ai du mal à y croire.

— J'ai tellement hâte !

Nancy sourit.

— À propos, ça y est, je suis de nouveau libre ! La mission de Mme Tedaldi a pris fin à notre arrivée à Istanbul. Je n'ai pas bien compris ce qu'elle m'a expliqué, sinon qu'apparemment, la Compagnie des wagons-lits n'a aucune juridiction côté asiatique.

— Eh bien, ce monde nouveau n'attend plus que vous !

Et, d'un geste ample du bras, Agatha désigna la rive opposée où d'innombrables bateaux de pêche oscillaient au mouillage. Alors, Agatha comprit que ces mots s'adressaient aussi à elle-même.

— Dire que, jusqu'à hier soir, j'en avais peur…

Nancy grimaça.

— Vous étiez sincère, quand vous disiez que vous aviez besoin d'une secrétaire ?

Agatha hocha la tête. Dans la lumière froide du jour, cela lui semblait encore plus inconscient d'inviter une inconnue à partager sa vie pendant ces deux prochains mois. Mais, à présent, elle ne pouvait plus revenir en arrière. Retirer cette proposition serait trop cruel.

— Je le pensais vraiment, répondit-elle. Mais de votre côté, il faut que vous soyez sûre d'en avoir envie. Ne vous sentez pas obligée d'accepter par politesse. Si quelque chose de plus intéressant se présente à vous quand nous serons à Bagdad, sentez-vous libre d'accepter.

— C'est parfait ! Mieux que ce que j'avais osé espérer. Mais vous devez me promettre quelque chose.

— Quoi ?

— Vous avez fait ce voyage pour découvrir de nouveaux endroits, alors je ne veux pas que vous me considériez comme un boulet. Tant que j'ai un toit sur la tête, je peux tout à fait me contenter de rester au calme pendant que vous allez explorer la région, et taper tous vos textes à votre retour.

— Vous ne risquez pas de vous ennuyer ?

Nancy eut un sourire ironique.

— Croyez-moi, après ce que je viens de vivre, ce sera un plaisir absolu.

Elle jeta un coup d'œil par-dessus son épaule, comme si elle craignait que son mari ne soit à ses trousses.

— Oh, voici Mme Keeling ! Elle est ravissante, n'est-ce pas ?

Sous le soleil éclatant, Katharine était plus éblouissante que jamais. Elle portait une tenue en lin blanc à pois bleu marine. Porté par Agatha, son pantalon ample lui aurait donné un air pataud mais, sur une femme de la stature de Katharine, il paraissait le comble de l'élégance. Le chemisier assorti avait un col bleu marine et un ruban de même couleur se nouait sous son buste. Un cardigan à manches courtes jeté sur ses épaules complétait l'ensemble.

— Je pensais que vous étiez perdues !

Elle se faufila entre Agatha et Nancy.

— Nous étions en train d'admirer le panorama, madame Keeling. Mais je suppose que vous le connaissez bien ?

— S'il vous plaît, Nancy, appelez-moi Katharine. Et oui, je l'ai souvent vu, mais c'est toujours aussi impressionnant. La dernière fois que j'ai fait la traversée, c'était tôt le matin. Le ciel était d'un magnifique bleu pâle – bleu myosotis, presque – et une brume montait des flots, conférant une allure fantomatique aux dômes et aux minarets, comme un mirage.

Elle se tourna pour regarder le littoral de la partie orientale d'Istanbul, qui approchait rapidement.

— Un conseil : approvisionnez-vous en nourriture des étals du marché. Les repas dans le prochain train seront horribles.

— Combien de temps faudra-t-il pour arriver à Damas ? demanda Nancy.

— Eh bien, à moins d'autres incidents, nous devrions arriver à destination demain après-midi. En général, on a quelques heures pour faire des achats dans le bazar, puis nous partons dans le désert.

Katharine releva la manche de son chemisier et inspecta la peau sous son coude.

— Zut ! C'est bien ce que je craignais : les bestioles ont encore attaqué…

Agatha aperçut une rangée de piqûres rouges sous l'avant-bras pâle de Katharine.

— Ça doit remonter à la nuit dernière.

Katharine grimaça en se frottant la peau.

— Essayez de ne pas gratter, conseilla Agatha. Ça semble infecté.

— Oui… Mon bras semble un peu gonflé.

Elle tendit les deux bras pour les montrer à ses amies.

— J'ai de la lotion à la calamine dans ma valise, reprit Agatha. Dès que nous serons de l'autre côté, je la récupérerai.

— Merci. D'habitude, j'en apporte moi-même… je ne sais pas comment j'ai pu oublier.

Katharine oscillait légèrement, se rattrapa au bastingage…

— Ça va ?

Nancy la rattrapa par le bras alors qu'elle titubait.

— Je… je suis…

La couleur avait déserté son visage.

— Asseyez-vous.

Agatha lui prit l'autre bras.

— Comme ça, oui… appuyez-vous sur nous. Il y a un siège, là-bas.

Lorsque le ferry eut atteint la partie asiatique d'Istanbul, Katharine déclara qu'elle se sentait mieux. Elle refusa la main que lui tendait un marin turc pour l'aider à descendre la coupée. Mais elle était toujours très pâle. Agatha la persuada de prendre un taxi pour retourner au train au lieu de faire la queue au soleil en attendant l'autocar.

À l'intérieur de la gare de Haidar Pasha, c'était la folie furieuse. Le Taurus-Express attendait mais personne ne pouvait monter à bord tant que les agents des douanes n'avaient pas validé tous les bagages destinés au voyage en Syrie. Des cris et des vociférations résonnaient dans le hall, les passagers frappaient sur leurs valises pour essayer d'attirer l'attention des douaniers.

— On n'échappera pas au bakchich, murmura Katharine à l'oreille d'Agatha. Vous avez un billet d'une livre ?

— Je crois, oui.

Agatha fouilla dans son sac à main.

— Agitez-le en l'air.

Agatha lui lança un regard dubitatif mais obéit. Un douanier dégoulinant de galons d'or apparut et, à l'aide d'une craie, couvrit leurs bagages de symboles cryptiques. Une odeur âcre de sueur émanait de son corps tandis qu'il s'activait. Une véritable odeur masculine, telle qu'Agatha n'en avait pas senti depuis longtemps.

Elle pensa à Archie. À la façon dont ils avaient couru de la gare de Torquay au Grand Hôtel, la nuit de leurs noces. Ils s'étaient jetés sur le lit, s'arrachant leurs vêtements, riant comme des enfants quand la chemise d'Archie était restée collée à son torse. Plus tard, étendus l'un à côté de l'autre, incapables de fermer l'œil, écoutant la cloche d'All Saint's Church égrener les minutes précieuses de leur nuit, elle huma le parfum de son corps.

— Vous avez une autre livre ?

La voix de Katharine la ramena au présent. Elle avait déjà envoyé Nancy faire le tour des stands alignés au fond de la gare afin d'acheter des provisions pour le voyage. Voilà qu'elle entreprenait d'enseigner à Agatha l'art de corrompre un porteur pour obtenir une place dans l'une des meilleures voitures. Royalement juchée sur sa plus grande valise, elle s'éventait avec un journal.

— Vous êtes sûre de vous sentir assez bien pour voyager ? s'enquit Agatha.

Katharine acquiesça en même temps qu'une goutte de sueur roulait le long de son visage.

— Je me sentirai bien une fois que nous serons sorties de cet enfer.

***

Le Taurus-Express était confortable mais guère luxueux. Nancy était à nouveau seule, mais une porte reliait son compartiment à celui d'Agatha et Katharine. Dès qu'elle eut rangé ses bagages, elle entendit quelques coups frappés sur la cloison en bois.

— Katharine est endormie, murmura Agatha quand la porte s'ouvrit. C'est sûrement le mieux qui puisse lui arriver. Tout à l'heure, sur le ferry, elle a failli s'évanouir, n'est-ce pas ?

— Elle m'a semblé fébrile, oui.

Nancy rangeait sur la table près de la fenêtre la nourriture qu'elle avait achetée à la gare. Pêches, raisins, bananes et une demi-douzaine de baklavas. Le sac contenant les pâtisseries se déchira au moment où elle le posait, le papier translucide suintant de miel.

Agatha hocha la tête.

— Elle a sûrement de la fièvre. Ces piqûres sur son bras avaient l'air horribles.

Un cri étouffé leur parvint de l'autre côté de la cloison. Aigu, frénétique, comme un appel à l'aide. Nancy se leva d'un bond et ouvrit la porte, Agatha juste derrière elle. Katharine était allongée sur le côté, le visage trempé de sueur, le drap tiré du lit emmêlé autour de sa taille. Alors que la porte se fermait derrière elles, elle agita furieusement le bras.

— Va-t'en ! Laisse-moi tranquille !

Katharine bascula de l'autre côté, tirant le drap avec elle.

— Katharine…

Agatha se pencha sur elle.

— Vous m'entendez ?

— Il a une arme !

Nancy retint son souffle.

— Elle délire, n'est-ce pas ?

Agatha hocha la tête.

— Vous pouvez m'apporter un gant de toilette trempé dans l'eau froide ?

Nancy ouvrit le placard contenant le lavabo pendant qu'Agatha prenait la tête de Katharine entre ses mains.

— Cet imbécile n'aurait jamais dû lui dire !

Katharine se mit à crier.

— C'est comme s'il avait lui-même pressé la détente !

— Tout va bien, Katharine, reposez-vous maintenant.

Les yeux de Nancy croisèrent ceux d'Agatha qui lui tendit le gant humide.

— De quoi parle-t-elle ?

Agatha posa l'index sur ses lèvres.

— Un choc pareil… Personne n'aurait pu…

Katharine secoua la tête, envoyant voler le gant de toilette.

— Elle a besoin d'un médecin, non ? murmura Nancy. Je sonne le steward ?

— Un médecin ne pourra rien faire, assura Agatha. J'ai soigné des hommes avec des plaies infectées pendant la guerre, c'est la même chose. La fièvre doit suivre son cours. Tout ce que nous pouvons faire, c'est la surveiller et continuer à la rafraîchir.

— Alors, nous nous relaierons.

Katharine se leva d'un coup, yeux grands ouverts

— Tu ne comprends donc pas ? Ils ont dit : votre mari est mort…

Elle saisit Agatha par le col de son chemisier, tordant le tissu entre ses doigts.

— Il l'a fait au pied de la pyramide… Comme un sacrifice…

***

Nancy et Agatha passèrent les heures suivantes à aller et venir entre les deux compartiments, telles des nonnes ayant fait vœu de silence. Nancy ordonna au steward de ne pas frapper à l'une ou l'autre des portes avant le matin. Il leur apporta des bols de ragoût pour le souper – une soupe fluide, dégraissée, dans laquelle flottaient quelques morceaux de viande non identifiables. Katharine avait raison sur la qualité de la nourriture.

Dieu merci, nous avons les baklavas, songea Nancy. Même réduits en bouillie, les petits carrés de pâtisserie avaient un goût divin. Pendant qu'elle mangeait le sien de l'autre côté de la porte, Nancy regarda le soleil descendre sur la mer de Marmara. De petites îles parsemaient le littoral. La lumière tamisée les transformait en bosses grises, comme des baleines se prélassant dans les vagues. Au moment où le soleil allait sous l'horizon, le train vira à gauche, s'éloignant de la côte pour s'engouffrer dans une vallée. Elle tendit l'oreille pour essayer de percevoir les bruits dans le compartiment voisin. Rien d'autre que le fracas lointain du moteur et le grondement rythmique des roues sur les rails. Katharine devait dormir.

Comme les perles d'un collier brisé, ses imprécations enfiévrées s'étaient répandues dans la tête de Nancy. *Il a une arme à feu… Cet imbécile n'aurait jamais dû lui dire… Ils ont dit que votre mari était mort… Il l'a fait au pied de la pyramide*. De quoi parlait-elle ? Le mari de Katharine s'était-il tué ? Que quelqu'un ait pu accomplir *réellement* ce geste qu'elle avait seulement envisagé la tétanisa. Qu'est-ce qu'on avait bien pu lui dire, pour le pousser à bout ? Elle se demandait ce qu'Agatha savait, au juste, de l'histoire de cette femme dont elle partageait le compartiment. Katharine s'était-elle confiée à Agatha comme Nancy elle-même l'avait fait ?

Tandis que l'obscurité enveloppait le train, Nancy alla prendre place au chevet de Katharine.

— Elle va un peu mieux depuis une demi-heure, murmura Agatha. Toujours très agitée, mais elle ne parle plus.

Nancy s'assit sur la chaise, encore chaude de la présence d'Agatha. Elles se relayaient toutes les trois heures, alternant veille et sieste dans le compartiment de Nancy. Mais, voyant à quel point Agatha était fatiguée, Nancy décida d'essayer de prolonger jusqu'au matin. Si Agatha dormait toujours, elle ne la réveillerait pas.

La nuit s'annonçait longue. Nancy ne comptait plus le nombre de fois où elle s'était levée pour passer le gant de toilette sous l'eau froide, y ajoutant quelques gouttes d'eau de Cologne. Katharine était encore très chaude au toucher. Imprégné de cette chaleur, le gant diffusait l'odeur de lavande dans tout le compartiment, au risque de plonger Nancy dans une douce somnolence. Elle se débattait pour rester éveillée. Elle avait apporté un numéro de *Vogue*. En le feuilletant et en voyant les visages hautains de ces mannequins, elle eut du mal à croire qu'elle avait pu faire partie de ce monde. Cela lui semblait être une autre vie.

La pensée de ce qui l'attendait était trop intimidante pour qu'elle s'y attarde. Se retrouver dans une ville étrangère, avec un bébé… Nancy savait qu'en acceptant l'offre de sa nouvelle amie, elle ne faisait que retarder l'échéance. Combien de temps serait-elle capable de dissimuler la métamorphose de son corps ? Que dirait cette femme si aimable en apprenant la vérité ? Nancy posa le magazine et passa ses mains sur son ventre. Elle sentait déjà la différence, surtout en position assise. Elle portait toujours des vêtements bien ajustés mais, en arrivant à Bagdad, elle allait devoir trouver un moyen de s'habiller différemment. Il lui faudrait des tenues plus amples, capables de cacher son apparence le plus longtemps possible. Aucune personne sensée n'aurait embauché une secrétaire à près de six mois de grossesse. Avec un peu de chance, Nancy trouverait un autre travail, avec un salaire suffisant pour louer un appartement et embaucher une nounou à l'arrivée du bébé. En attendant, elle devait continuer à faire semblant, à jouer le rôle de la mal-aimée en fuite.

Elle s'efforça de ne pas penser au père de son bébé, dont le train l'éloignait de plus en plus. Il devait être rentré à Londres, à présent. Elle connaissait la rue où il habitait, et sa maison. Elle se torturait avec le peu qu'elle savait de sa vie, là-bas. Son épouse, leur petite fille… Une fois, elle était passée devant chez lui mais ne s'était pas attardée, de peur d'apercevoir l'enfant par la fenêtre. À l'époque – alors même que son propre enfant ne s'était pas manifesté en elle –, elle savait parfaitement que cela l'aurait empêchée d'écrire cette lettre où elle le suppliait de partir avec elle à Bagdad.

— J'ai *horriblement* soif.

Katharine s'était assise d'un seul coup dans son lit. Elle jeta le gant de toilette par terre.

— Je peux avoir un verre d'eau ?

— Oui, bien sûr !

Nancy se leva.

— Vous vous sentez mieux ? Nous étions tellement inquiètes…

Elle se retourna pour remplir le verre.

— Vraiment ?

Katharine frissonna, tirant le drap pour couvrir les bretelles de sa chemise de nuit en soie ivoire bordée de dentelle.

— Nous vous avons veillée à tour de rôle.

— Mes pauvres chéries ! J'allais si mal que ça ?

— Vous avez eu une poussée de fièvre. Sans doute les piqûres d'insectes…

— Les saletés !

Katharine examina son bras.

— Je dors depuis longtemps ? Quelle heure est-il ?

Nancy consulta sa montre.

— Six heures moins dix.

Katharine cligna des yeux. Elle se pencha pour tirer le store.

— Mon Dieu, il va faire jour ! On est quand ? On est où ?

— Toujours en Turquie, je pense. Nous ne nous sommes jamais arrêtés nulle part. Et on est dimanche.

Katharine porta la main à son front.

— Je me sens bizarre. Étourdie. Je dois avoir besoin de manger, je pense, mais l'idée me dégoûte.

— Vous pouvez peut-être avaler quelques raisins ?

Katharine acquiesça.

— Au moins un, pour commencer…

Nancy préleva un grain d'une grappe, le coupa en deux et retira les pépins.

— Gardez-le entre vos lèvres, si ça vous écœure.

Katharine obtempéra, fermant les yeux tout en laissant le grain de raisin sur ses lèvres. Après quelques secondes, elle l'engloutit.

— Hmm… c'est délicieux. Je peux en avoir un autre ?

Nancy reprit son épépinage et Agatha apparut dans l'embrasure de la porte.

— Oh, ça a l'air d'aller beaucoup mieux, dit-elle. Je suis désolée, Nancy, je ne me suis pas réveillée…

— Pas la peine de vous excuser. Je me suis dit que vous aviez besoin d'un bon sommeil après ce que je vous ai fait subir l'autre nuit.

Agatha s'installa au bout de la couchette avec un petit sourire en coin.

— Du raisin ! Quelle bonne idée.

— Il est délicieux, dit Katharine. Juste ce que le docteur a prescrit !

— Je me souviens d'avoir été très malade, avec une fièvre terrible, quand nous vivions à Ceylan.

Nancy posa le bol de fruits sur la table de chevet, à portée de Katharine.

— J'avais une nounou – une autochtone nommée Amanthi – qui s'occupait de moi. Je refusais de manger ou de boire quoi que ce soit, mes parents devenaient fous… Elle leur a demandé du raisin et elle est restée assise à côté de mon lit jour et nuit et, chaque fois que j'ouvrais les yeux, elle me glissait un grain entre les lèvres. Aujourd'hui, Je ne peux plus en manger sans penser à elle.

— Je vous envie d'avoir grandi dans un tel pays…

Katharine prit la moitié de la grappe et commença à gober les raisins avec les pépins.

— J'ai passé mon enfance à Londres et j'ai détesté ça. Le froid, le smog, ces rues qui n'en finissaient pas… J'aime la Mésopotamie parce que c'est exactement le contraire.

— Eh bien, moi je vous envie d'avoir un métier, déclara Nancy. J'aurais voulu devenir institutrice à Ceylan, mais… eh bien, les choses se sont passées différemment.

— C'est-à-dire ? demanda Katharine.

— Mon oncle a été tué lors de la dernière guerre. Du jour au lendemain, nous sommes rentrés en Angleterre. Mon père est devenu l'héritier d'un titre et a atterri dans les Cotswolds, ce qui pourrait sembler une bénédiction mais s'est révélé être une malédiction.

Nancy s'interrompit, se demandant si elle n'avait pas trop parlé. Les deux femmes la regardaient, attendant la suite. Cela ne pouvait pas nuire à son père si elle leur en parlait, n'est-ce pas ? Plus maintenant.

— Les droits de succession étaient exorbitants, reprit-elle. Ma mère était morte à Ceylan et, en tant que fille unique, j'ai essayé d'aider mon père. Mais nous avons dû tout vendre, petit à petit : terres, dépendances, tableaux, meubles, jusqu'à ce qu'il ne nous reste plus que la maison. Et chaque fois qu'il pleuvait, on courait avec des seaux parce que le toit état une vraie passoire.

Elle se tourna vers la fenêtre, honteuse à l'idée de poursuivre son aveu : le seul moyen de sauver l'endroit ayant été de faire un mariage d'argent, elle avait accepté la demande de Felix pour le bien de son père – mais ce dernier était mort d'une crise cardiaque un mois après le mariage.

Le vrombissement du moteur et le ralentissement soudain du train lui évitèrent de poursuivre sa confession.

— Oh, regardez !

Katharine s'agenouilla dans son lit, le nez contre la vitre.

— Ce sont les Portes ciliciennes !

Nancy tendit la tête, s'attendant à voir l'entrée d'une ancienne ville fortifiée ou d'un château en ruine. Mais devant elles se dressaient des piliers gigantesques de grès naturel, de grandes falaises de roche que les premiers rayons du jour teignaient en rose corail.

— Qu'est-ce que c'est ? Qu'est-ce qu'il y a ?

— Vous verrez dans une minute, répondit Katharine. C'est le défilé qui traverse les monts Taurus. Alexandre le Grand fit venir son armée ici en 333 avant J.-C. et saint Paul le traversa pour se rendre en Galatie. Le train s'arrête toujours pour laisser les gens sortir et admirer le paysage.

Avec un second long sifflement, le Taurus-Express s'arrêta net.

— Allez-y ! dit Katharine en leur montrant la porte.

— Allez-y vous, Nancy, dit Agatha. Je reste ici.

Katharine roula des yeux.

— C'est ridicule ! Ne vous inquiétez pas pour moi.

— Vous êtes sûre ?

Agatha fronça les sourcils.

— Mais oui. Dépêchez-vous, l'arrêt ne dure pas longtemps. Croyez-moi, le spectacle en vaut la peine !

Le soleil se levait juste au-dessus de la crête orientale des montagnes quand Nancy et Agatha sortirent. Elles ne virent pas grand-chose au début mais, en rejoignant le groupe de passagers qui se tenaient à quelques mètres de là, elles eurent le souffle coupé.

— C'est comme se tenir au bord du monde !

Nancy prit Agatha par le bras. Sous leurs pieds, une falaise rocheuse tombait presque à la verticale. En contrebas, une vaste plaine que la brume éclairée par le soleil levant rendait vaporeuse.

— C'est incroyable ! murmura Agatha, admirative et effrayée. On a l'impression de contempler la Terre promise.

À ces paroles, un sentiment indescriptible envahit Nancy. Un sentiment qui transcendait toute la peur, le désespoir et la solitude de ces derniers jours. Un sentiment… eh bien, qu'elle aurait pu appeler la joie. Elle sentit la chaleur du soleil sur son corps. L'odeur du cèdre, du genévrier et de l'iris sauvage dont l'air était gorgé. À perte de vue, la plaine changea de couleur sous ses yeux, d'abord d'un bleu-violet laiteux puis d'un gris fumé avant de prendre une teinte jaune-vert pâle.

— Ça rend heureuse d'être…

Agatha eut un petit regard gêné. Nancy lui serra le bras.

— Vous avez raison…

Elle aurait voulu dire que oui, elle aussi se sentait heureuse d'être en vie. Mais le visage de son amant s'interposa entre ses yeux et l'horizon, comme un nuage masquant le soleil.

11

D'Adana à Damas

À la gare suivante, le quai était rempli de vendeurs ambulants. L'estomac d'Agatha gronda quand elle se pencha par la vitre. Les parfums de viande épicée rivalisaient avec l'odeur de soufre du moteur. Un homme d'apparence dépenaillée courut vers elle, portant un plateau rempli de feuilles farcies, de brochettes de viande marinée et d'œufs peints de couleurs vives.

Agatha regarda les autres par-dessus son épaule.

— Vous avez faim ?

— Pas moi, répondit Katharine. Pour le moment, je ne peux pas avaler autre chose que du raisin.

— Qu'est-ce qu'il y a ? demanda Nancy, l'air méfiant.

— Venez voir !

Agatha éclata de rire.

— Aucune idée de ce que c'est, mais l'odeur est délicieuse !

Katharine leur demanda de prendre leur petit-déjeuner turc dans le compartiment de Nancy, car l'odeur l'incommodait.

— Vous croyez que c'est de l'agneau ?

Nancy extirpa un morceau de viande de la brochette avec ses dents.

— Plutôt du mouton, hasarda Agatha. Et ça… ce sont des feuilles de vigne.

— J'avais oublié à quel point j'aime la nourriture épicée…

Nancy sourit.

— J'adorais le curry, quand on vivait à Ceylan.

Agatha hocha la tête.

— En tout cas, c'est cent fois meilleur que le ragoût d'hier soir ! En général je mange de tout mais, là, c'était juste des morceaux de cartilage nageant dans la graisse…

Nancy prit une des feuilles de vigne en forme de cigare et mordit dedans.

— Cela devrait nous permettre de tenir jusqu'à Damas, n'est-ce pas ? On devrait en garder quelques-unes pour Katharine, au cas où elle retrouverait l'appétit.

Agatha acquiesça.

— C'est un soulagement, qu'elle commence à aller mieux. Je commençais à me demander comment elle allait réussir à traverser le désert…

— Ces choses qu'elle a dites hier soir…

Nancy fixa la nourriture qui restait encore sur le sachet en papier brun qui servait d'assiette.

— Je sais que ça ne me regarde pas, mais…

Elle prit un coin du papier, le tordant entre son pouce et son index.

— Est-ce que son mari… s'est suicidé ?

— Je ne sais pas. Elle m'a raconté qu'ils s'étaient rencontrés pendant la guerre, quand elle était infirmière en France, et qu'ils n'étaient mariés que depuis six mois quand il est mort. J'ai pensé qu'il avait été tué au combat.

— Elle a parlé d'une pyramide, n'est-ce pas ? C'était encore un délire ?

— Elle m'a dit qu'elle vivait en Égypte après la guerre. Peut-être qu'elle y était allée avec son mari ? Elle ne l'a pas précisé.

— Si c'est vrai… s'il a *vraiment* mis fin à ses jours… Eh bien, j'ai honte. Elle a été tellement gentille avec moi après ce que j'ai fait… Ça a dû lui rappeler des choses horribles.

— Vous ne devez pas penser ça. Nous ne savons même pas si c'est vrai… Et puis, même si vous avez réveillé en elle des blessures pas encore cicatrisées, eh bien, je suis certaine qu'elle ne se souviendra de rien de ce qu'elle a dit la nuit dernière.

Nancy hocha la tête, regardant par la vitre. Le train s'enfonçait entre des montagnes. Des buissons tordus s'accrochaient à des falaises escarpées, et une rivière scintillait tout au fond.

— Ce que vous faites est très courageux, vous savez, reprit Agatha. Il faut du courage pour se débrouiller seule, pour essayer de commencer une nouvelle vie à l'autre bout du monde.

Nancy ferma les paupières quand le soleil balaya son visage. *Courageux*. Comme elle aurait voulu que ce soit vrai.

***

Le Taurus-Express continuait vers le sud-est par la Turquie, parvint à Alep, en Syrie, et d'Alep arriva à Beyrouth où la longue courbe de la baie accueillait la Méditerranée. Agatha trouvait étrange qu'il puisse s'agir de la même étendue d'eau qu'elle avait admirée à Venise. Le paysage lui paraissait encore plus beau que la côte nord de l'Italie : c'était une succession infinie de criques sablonneuses avec des montagnes bleues en toile de fond brumeuse.

Nancy rattrapait son retard de sommeil dans le compartiment voisin et Katharine s'était assoupie après avoir réussi à manger un œuf à la coque et deux pêches. Assise près de la vitre, Agatha était trop captivée par le spectacle changeant du paysage pour vouloir fermer les yeux. Au bout d'une heure environ, la vue dégagée sur la mer céda la place à de grandes maisons au toit plat parmi des jardins luxuriants débordant de jasmin blanc et de poinsettia écarlate. Elles se trouvaient à la périphérie de Damas, la destination finale du train.

— Vous penseriez que ce serait un peu plus civilisé, n'est-ce pas?

Katharine leva les yeux au ciel en débarquant, légèrement chancelante, sur le quai. C'est censé être la plus ancienne capitale du monde.

Leurs bagages furent aussitôt saisis par une bande de porteurs qui se hurlaient dessus. D'autres se mirent à les poursuivre, essayant de s'emparer de quelques valises. S'ensuivit ce qui ressemblait à un combat de catch jusqu'à ce qu'un représentant de l'agent de voyages Cook vienne y mettre bon ordre. Une fois les bagages acheminés correctement au terminus des autocars, il proposa aux trois femmes de leur concocter une visite touristique, mais Katharine le congédia.

— Ils ne vous emmènent jamais aux meilleurs endroits… Cet après-midi, votre guide, ce sera moi!

— Mais vous venez à peine de quitter votre lit de malade, protesta Agatha. N'allez pas vous surmener.

— Ce n'est pas mon intention.

Katharine sourit.

— Notre première escale sera l'endroit le plus relaxant du monde, et on a même un moyen de transport tout trouvé…

Quand Agatha et Nancy virent ce qu'elle avait en tête, elles restèrent bouche bée. Une rangée de chameaux équipés de selles à pommeau attendaient devant la gare. Katharine s'approcha de l'un des hommes qui semblaient les garder et s'adressa à lui en arabe. Une courte conversation s'ensuivit, au cours de laquelle elle posa ses mains sur ses hanches et secoua plusieurs fois la tête avant de plonger sa main dans son sac et de sortir un billet de cinq francs.

— Du vol pur et simple, grommela-t-elle en retrouvant ses amies. Peu importe, vous devez à tout prix essayer !

Effarée, Agatha observa Katharine enseigner l'art de monter un chameau comme une lady. L'animal était d'abord mis à genoux par son maître. Katharine se plaçait alors contre son flanc puis se hissait sur la selle. Quand le chameau se releva, elle fut propulsée en avant, manquant se faire catapulter par-dessus sa tête. Mais elle s'accrocha en riant alors que l'animal se redressait.

— Venez, cria-t-elle de sa hauteur, vous allez adorer ! C'est la meilleure façon de voir la ville !

Agatha et Nancy échangèrent un regard interloqué.

— Je ne sais pas si j'en suis capable, répondit Agatha. Vous avez vu comme il a remué en se relevant ? On aurait dit une barque dans une mer en furie – et moi, j'ai le mal de mer…

— Je ne suis pas enthousiaste non plus ! ajouta Nancy en secouant la tête. Je n'ai jamais su monter à cheval… La seule fois où j'ai essayé, j'ai fini par terre et ça m'a vraiment découragée.

— Qu'est-ce que vous attendez ? cria Katharine par-dessus son épaule. Nous n'avons pas toute la journée !

— Bah, reprit Agatha avec un sourire désabusé si Katharine peut le faire après avoir gardé le lit pendant vingt-quatre heures, on aurait tort de jouer les effarouchées. Je me lance, si vous voulez.

— Eh bien, moi… euh…

Le visage de Nancy était devenu très pâle. Mais, avant qu'elle ait le temps de protester, le chamelier la prit dans ses bras et la déposa sur la selle du plus petit animal, qui s'était agenouillé à son approche.

— Accrochez-vous et penchez-vous en arrière ! cria Katharine.

Nancy ferma les yeux quand le chameau se redressa. Plus gracieuse que sa camarade, elle réussit à ne pas se faire catapulter. Elle ouvrit les yeux, émerveillée.

— Oh ! Je ne suis pas tombée !

Katharine éclata de rire.

— Bien sûr que non ! Et puis ce n'est qu'un chameau, pas un éléphant ! Allez, Mary, à vous maintenant !

Agatha s'approcha de son chameau, qui produisit un gémissement guttural et cracha dans sa direction.

— Beurk !

Elle esquiva d'un bond sur le côté.

— Je crois qu'il ne m'apprécie pas vraiment...

— Tapez fermement sur son flanc, conseilla Katharine. Montrez-lui qui commande !

— Je ne suis pas sûre d'avoir envie de le toucher...

Agatha leva timidement la main au moment où le chameau tordait le cou pour cracher une nouvelle fois sur elle. Elle sentit une paire de mains la saisir par la taille et se retrouva soudain à califourchon sur le dos de l'animal, protégée de toute projection salivaire par le pommeau de sa selle qui ressemblait au pied d'un tabouret retourné.

Elle s'y agrippa de toutes ses forces alors que le chameau se redressait en chancelant. Un souvenir lui revint : le manège de chevaux de bois sur la grande jetée de Torquay. Sa monture allait et venait sur un mât, au rythme de la musique... et sa mère avait commis l'erreur de lui acheter une glace quelques minutes plus tôt ! Elle ne savait qui était le plus fâché : le propriétaire du manège, qui avait dû nettoyer, ou sa sœur assise devant elle sur le cheval, qui avait dû rentrer à la maison du vomi plein les cheveux.

Le chameau se mit en marche. Au grand soulagement d'Agatha, son mouvement était lent et régulier – rien à voir avec une barque dans la tempête. De son poste d'observation, son regard embrassait toute la rue et portait, par-dessus les étals du marché, jusqu'à une arche en pierre ancienne.

— C'est le Bab Charki, expliqua Katharine dont le chameau venait de se porter à la hauteur d'Agatha. La Porte de l'Orient : c'est par elle que saint Paul est passé en entrant à Damas. Les Romains l'ont construite et l'ont dédiée au soleil.

Katharine se retourna pour regarder par-dessus son épaule.

— Tout va bien, Nancy ?

Le chamelier prit les rênes du chameau de Nancy et l'approcha.

— Ce n'est pas aussi terrible que je le craignais, répondit-elle. C'est même plutôt agréable, une fois qu'on est habituée.

— C'est la rue Droite, reprit Katharine. Vous vous rappelez, dans la Bible ? Les Arabes l'appellent le souk Midhat Pacha. Dans une minute, vous sentirez les épices. Nous allons au hammam de l'autre côté de la ville.

— Qu'est-ce que c'est ?

Agatha agrippa son pommeau de selle car son chameau venait de baisser la tête pour inspecter une tomate écrasée sur les pavés.

— Ce sont les bains publics, répondit Katharine. Juste ce qu'il nous faut après cinq jours de voyage en train : une préposée va vous nettoyer comme jamais vous ne l'avez été, après quoi nous aurons droit à des massages à l'huile parfumée. C'est le paradis ! Quand nous aurons terminé notre visite, nous reviendrons par le Khan al-Harir, le souk de la soie, où nous pourrons faire quelques achats si vous le souhaitez. Nous aurons juste le temps de nous restaurer avant de monter dans l'autocar.

Nancy sourit.

— Ça s'annonce merveilleux ! Oh, quelle est cette odeur ? C'est délicieux… On dirait… une sorte de parfum…

— Ce sont des pétales de rose.

Katharine tendit la main vers quelques étals plus loin dans la rue.

— Vous voyez ces sacs ? Ils sont remplis de pétales séchés et de boutons de rose. Ici, on s'en sert pour aromatiser la nourriture et aussi comme parfum, bien sûr. On trouve même de l'eau et des glaces parfumées à la rose, si ça vous tente.

Alors que les chameaux sillonnaient le souk aux épices, l'air s'emplissait de senteurs plus exotiques. Des sacs de cardamome, de curcuma et de cannelle s'entassaient sur les pavés à côté de paniers de noix et de baies de genièvre. Des bouquets d'ail et de menthe fraîche étaient suspendus à des crochets, au-dessus de bols remplis d'encens et de citrons séchés. La rue résonnait de cris en arabe, des vendeurs vantant leurs marchandises, discutant les prix et saluant les passants.

Agatha saliva quand elles passèrent devant une stalle où un énorme morceau de viande rôtissait à la broche au-dessus d'un feu de charbon de bois. Le vendeur coupait des morceaux et les plaçait sur de petits triangles de pain, puis versait dessus une épaisse sauce rouge foncé.

— Qu'est-ce que c'est ? demanda-t-elle à Katharine.

— Des *Kebab bil Karaz*, répondit-elle, ou kebab aux cerises. Damas est réputé pour ses cerises noires : il y en a partout en Syrie. On les mélange avec de la cannelle et des pistaches pour faire cette sauce délicieuse. On y goûtera plus tard, si vous voulez.

Le chemin menant aux bains passait par des rues bordées de tapis, de meubles en bois incrustés de marqueteries complexes, de casseroles et plats en cuivre. Des femmes voilées portant des paniers bien remplis allaient et venaient parmi des groupes de mendiants déguenillés accroupis sur les pavés.

— Nous n'aurions pas pu passer par ici l'an dernier, expliqua Katharine. La Syrie était un vrai champ de bataille. Il y a eu un soulèvement contre les Français, et des milliers de personnes se sont retrouvées sans logement. C'est pour cette raison que vous voyez autant de mendiants.

Un petit garçon à moitié nu courut vers elles et parvint à la hauteur d'Agatha. Il avait à peu près l'âge de Rosalind. Ses yeux sombres bordés de cils épais exprimait autant de défi que de désespoir. Agatha fouilla dans sa poche à la recherche de la monnaie qu'il lui restait de ses achats de nourriture pour le train. La livre turque ferait-elle l'affaire ? Elle n'en était pas sûre. Mais elle devait bien lui donner quelque chose.

Katharine la vit déposer les pièces dans la main tendue du garçon.

— Oh non ! Surtout pas ! Ils vont se ruer sur nous !

Elle donna un coup de pied à son chameau pour qu'il accélère.

— Dépêchez-vous ! cria-t-elle par-dessus son épaule.

Le hammam se trouvait au bout d'une longue ruelle étroite. Katharine l'atteignit la première et avait déjà mis pied à terre quand ses amies la rejoignirent.

— Comment fait-on pour descendre ? demanda Nancy, toujours agrippée des deux mains à sa selle.

— Ne vous inquiétez pas, il va s'en occuper.

Katharine lança un coup d'œil au chamelier qui arrivait au petit trot.

D'un seul mot, avec un seul coup de bâton, il fit s'agenouiller les chameaux. Descendre était bien plus simple que monter, pensa Agatha en s'écartant de l'animal. Elle jeta un coup d'œil à Nancy, dont l'expression traduisait le soulagement évident d'être enfin de retour sur la terre ferme.

— Bravo à vous !

Katharine rayonnait.

— Et maintenant, allons nous faire dorloter !

Elle s'engouffra à l'intérieur de la bâtisse. Il y faisait sombre et frais, et le plafond percé laissait filtrer les rayons du soleil.

— Cet endroit est réservé aux femmes, au cas où vous vous posez la question, expliqua-t-elle. Les bains pour hommes sont dans une autre rue. C'est aussi le seul endroit où vous verrez des femmes sans voile.

Les trois femmes furent conduites dans des cabines individuelles où elles se déshabillèrent.

— Vous êtes prêtes ?

La voix de Katharine flottait au-dessus des cabines.

— Qu'est-ce qui va se passer, maintenant ?

Nancy semblait nerveuse.

— Vous allez vous allonger sur une table pendant qu'on va vous savonner et vous frotter. Ensuite vient le massage.

— Où est-elle ? La table, je veux dire ?

— Dans la pièce principale. Vous n'êtes pas timide, n'est-ce pas ? Ce sont juste des femmes ensemble.

Agatha sortit encore vêtue d'une camisole en soie et d'une culotte. Nancy avait réussi à se couvrir à peu près la taille à l'aide d'une serviette suspendue dans le vestiaire.

— La première fois, je me sentais comme vous.

Katharine épingla ses cheveux. Quand elle leva les bras, ses seins tressautèrent.

— Les femmes arabes ont une attitude très libre vis-à-vis de la nudité : en l'absence d'hommes, elles sont beaucoup moins prudes que nous autres, Britanniques.

Agatha essayait de ne pas regarder. Pas du tout gênée, Katharine se leva. L'ombre brun pâle de sa toison pubienne se détachait sur la peau laiteuse de son ventre. Elle fit signe aux autres de la suivre. Leurs pieds nus foulèrent les tapis qui menaient à la salle de toilette. Un parfum frais et vif de citron et de romarin flottait dans l'air ; l'écho de voix lointaines leur parvenait déjà.

En entrant dans la pièce remplie de femmes arabes nues, des assistantes les saluèrent. Des regards curieux se tournèrent vers les nouvelles arrivantes à la peau pâle. Katharine prononça quelques mots en arabe en désignant Agatha et Nancy. Les assistantes acquiescèrent. L'une d'elles ouvrit une armoire et en sortit une serviette de la taille d'un drap de lit qu'elle accrocha à une sorte de corde à linge suspendue entre les tables. Elle répéta le processus avec une seconde serviette, créant ainsi une tente autour de la table.

Katharine sourit à Nancy.

— Et voilà ! Plus besoin d'être gênée, maintenant. Vous serez à l'abri des regards indiscrets.

Elle se tourna vers Agatha.

— Pour vous aussi ?

Agatha hocha la tête. À l'époque où elle était infirmière, elle avait vu beaucoup d'hommes nus mais jamais de patientes. En dehors de sa sœur, elle n'avait jamais vu une femme dénudée. Elle se sentait mal à l'aise, consciente que son ventre et ses seins, après l'accouchement, ne pouvaient rivaliser avec le corps ferme et voluptueux de Katharine.

Du coin de l'œil, elle vit Nancy se baisser derrière les serviettes suspendues. Agatha se demandait pourquoi elle était si pudique. Nancy était plus jeune qu'elle et Katharine d'au moins dix ans et, apparemment, son corps ignorait tout de la cellulite. En tant qu'enfant unique, elle était peut-être spécialement inhibée ? Puis Agatha se rendit compte qu'il pouvait y avoir une autre explication… Combien de temps Nancy était-elle restée mariée ? Cinq ou six mois ? Assez longtemps, en tout cas, pour qu'elle soit enceinte et le sache. Cette éventualité jetait une nouvelle lumière – encore plus glaciale – sur les événements de jeudi soir. Comme Nancy devait être désespérée, en recevant ce télégramme, si elle venait aussi de découvrir qu'elle attendait un enfant…

Pauvre Nancy… Agatha se rappela le jour où elle avait annoncé la nouvelle de sa propre grossesse à Archie. Ils étaient dans un taxi et rentraient chez eux après une soirée au Palais de Danse de Hammersmith. Elle s'était sentie mal à l'aise et Archie avait reproché au chauffeur de rouler trop vite. « Non, ce n'est pas ça », avait-elle dit. Le visage d'Archie s'était figé alors qu'elle lui murmurait à l'oreille. Pendant ce qui lui sembla être une éternité, il était resté assis en silence, les rayons jaunes des réverbères criblant sa peau de leurs flèches. Quand il parla, ses mots lui brisèrent le cœur. « Je ne veux pas de bébé. Tu t'occuperas tout le temps de lui et pas de moi. »

Agatha sentit une main sur son bras. D'un geste, l'assistante lui indiqua la table et Agatha s'y allongea, obéissante. Elle était très tendue. L'idée qu'une inconnue allait savonner chaque repli de son corps était assez éloignée de sa propre conception d'un moment relaxant. Elle ferma les yeux, prête à subir cette épreuve. À sa grande surprise, la sensation du gant de toilette chaud et parfumé contre sa peau se révéla extrêmement agréable. La femme travaillait méthodiquement son corps, avec des mouvements habiles et fermes. Elle avait commencé par les pieds et, quand elle atteignit les genoux, Agatha avait déjà sombré dans un délicieux état de somnolence. Après cela, c'était presque dommage de se retrouver immergée dans un bain de vapeur. Le massage qui suivit eut des effets encore plus soporifiques. Allongée sur le ventre, cette fois, Agatha sentit l'huile chaude couler au bas de son dos. Puis des mains fortes et déterminées se mirent à la pétrir, dissipant toute tension dans son corps. À la fin de la séance, elle avait presque perdu conscience.

— Il est temps d'y aller !

La voix se fraya un chemin jusqu'à son rêve. Elle était dans le jardin de Sunningdale et jouait au croquet avec Rosalind et Archie. Quelqu'un dans la maison les appelait… Soudain, elle vit sa mère traverser la pelouse. Elle paraissait furieuse. Agatha n'arrivait pas à entendre les mots qu'elle prononçait.

— Réveillez-vous !

Agatha ouvrit les yeux et s'efforça de comprendre ce qu'elle voyait : une paire de jambes. Les jambes de Katharine. Elle s'assit, se frotta les yeux, consciente qu'elle était nue. Au fond, cela n'avait plus d'importance.

— Il ne faut pas qu'on tarde si on veut faire quelques emplettes.

Katharine souriait.

— Ça vous a plu ?

Agatha acquiesça.

— Je me sens une nouvelle femme.

À peine formulée, cette pensée la frappa. On aurait dit que toute la douleur accumulée ces deux dernières années avait été balayée par la crasse et la sueur. Pas pour toujours, bien sûr, elle reviendrait aussi sûrement que de la terre sous ses ongles. Mais, tant que cette sensation durerait, elle la savourerait. Elle ne se rappelait pas la dernière fois qu'elle s'était sentie aussi tranquille, aussi libérée.

12

De Damas à Bagdad

Au Khan al-Harir, Agatha acheta un lé de soie blanche brodée de bleu marine qu'elle enverrait à sa sœur et une paire de pantoufles en cuir rehaussées d'or pour Charlotte. Pour Rosalind, elle choisit une poupée d'épouse syrienne, avec sa robe écarlate et sa coiffe à sequins. Puis elle retrouva Nancy et Katharine dans une échoppe de vêtements artisanaux.

— Je les envie, dit Nancy. Je pense que j'aimerais assez me déplacer couverte d'un voile. Pensez au temps que ça nous ferait gagner ! Fini, les problèmes de coiffure et de maquillage…

— On *peut* voir ça comme ça, oui, répondit Katharine. Mais n'y a-t-il pas quelque chose de fondamentalement injuste, dans le fait que les femmes se couvrent alors que les hommes s'habillent exactement comme ils veulent ?

— Bien sûr, vous avez raison. Mais si c'est la femme qui choisit de se voiler, cela peut présenter certains avantages, n'est-ce pas ?

— Est-ce que vous songeriez à en acheter un ? s'enquit Agatha en caressant un châle de cachemire lilas.

— Pas un voile, non, mais je dois dire que cette robe me plaît beaucoup.

Elle indiqua une longue robe en soie couleur eau du Nil avec une col bordé d'argent.

— Elle rendrait très bien sur vous, estima Katharine. Pourquoi ne la prendriez-vous pas ?

— Non, il ne vaut mieux pas…

Nancy regarda Agatha.

— Mais je pourrais acheter quelques longueurs de tissu et essayer de me coudre quelque chose de ressemblant quand nous serons à Bagdad.

Katharine jeta un coup d'œil à sa montre.

— Ne tardez pas trop à vous décider : notre autocar part dans une heure.

— J'ai vu quelque chose de cette couleur, là-bas, intervint Agatha en montrant l'étal où elle avait fait ses achats. Suivez-moi…

Un quart d'heure plus tard, elles rejoignaient Katharine dans un café en plein air juste à côté du souk. Elle avait commandé un énorme assortiment de nourriture qui leur fut servi au même moment.

— C'est pour nous trois, déclara-t-elle. Il y a des falafels, du taboulé et du moutabbal[1] – oh, et ça c'est la viande que nous avons vue en allant au hammam.

Agatha n'avait jamais entendu parler de ces plats. Pendant qu'elles se servaient, Katharine en énuméra les différents ingrédients : pois chiches, menthe, tomates, aubergines, blé concassé, pignons de pin, cerises noires et agneau haché. Quand elles eurent presque terminé, elle fit signe au serveur et lui parla en arabe.

Elle sourit.

1. Caviar d'aubergines.

— Je viens de commander la spécialité maison pour le dessert: glace à l'eau de rose et aux amandes garnie de pistaches fraîches.

Agatha pensait que rien ne pourrait surpasser l'expérience de la crème glacée vénitienne, mais c'était sublime. Elle eut soudain une vision de Max se pourléchant la commissure des lèvres pour récupérer une goutte de *crema dei Dogi*. Comment réagirait-il à ce parfum? se demanda-t-elle. Elle essaya de deviner où il se trouvait à cet instant. Quelque part en Méditerranée, probablement plus proche de l'Asie que de l'Europe.

Sa mise en garde lui revint en mémoire alors qu'elle savourait la dernière cuillerée: *Elle vous jette un sort et, avant même de vous en rendre compte, vous devenez son esclave.* Elle glissa un regard en direction de Katharine, occupée à essayer d'attirer l'attention du serveur pour régler l'addition. Tout ce qu'elles avaient fait à Damas, c'est elle qui l'avait organisé et elles l'avaient suivie sans poser de questions. Alors oui, elle leur avait jeté un sort, mais c'était un merveilleux enchantement. Les chameaux, le massage, le souk, le repas… Agatha sourit intérieurement: elle savait que ce jour resterait gravé en elle jusqu'à la fin de sa vie.

***

Une armada d'autocars à six roues attendait les passagers du Taurus-Express à destination de Bagdad. L'opération était supervisée par deux frères australiens, les Nairn, dont l'un observa Katharine des pieds à la tête d'un air appréciateur quand elle vint s'enquérir du placement des passagers. Ses yeux bleus et francs étaient prolongés de pattes d'oie blanches là où le soleil du désert n'avait pu se faufiler.

Katharine soutint son regard.

— Nous avons besoin des sièges avant. Mon amie supporte mal les voyages, elle sera malade si vous l'installez à l'arrière.

Elle jeta un coup d'œil en direction d'Agatha, qui était trop loin pour l'entendre et semblait écouter Nancy d'un air préoccupé.

— Les sièges sont déjà attribués, répondit l'Australien.

— Eh bien, réattribuez-les !

Katharine brandit les billets sous son nez.

— Sans quoi vous risquez d'avoir des dégâts très déplaisants à nettoyer.

Il pencha la tête pour examiner les billets.

— Je vais voir ce que je peux faire, mademoiselle…

— Moi c'est madame.

Elle hocha lentement la tête.

— Merci, monsieur Nairn.

Ses lèvres s'écartèrent, révélant ses dents parfaites. Elle se retourna, et sentit son regard la suivre.

— Appelez-moi Jim !

Elle vit Agatha et Nancy terminer leur conversation. Leur visage avait une expression curieuse.

— Tout est réglé, leur dit-elle. Pas besoin de vous inquiéter pour votre mal des transports.

— C'est un soulagement…

Agatha jeta un coup d'œil en direction du car le plus proche.

— … mais nous avons vu un des conducteurs monter à bord avec une paire de fusils. Ils étaient à moitié cachés sous une couverture cependant les canons étaient visibles.

— Oh, c'est tout à fait normal ! Il y a peu de risques qu'on ait des ennuis en chemin, mais jamais de la vie je ne traverserais le désert sans armes à feu. Allez, installons-nous…

Trois femmes arabes voilées qui venaient d'embarquer furent poussées à l'arrière du véhicule. L'une d'elles portaient une cage remplie de poules, qui joignirent leur caquètement aux protestations bruyantes des passagères.

— Je me sens mal de prendre leurs places, avoua Agatha.

— Il ne faut pas, voyons.

Katharine se laissa tomber sur un siège près de la fenêtre.

— Elles ont l'habitude, vous pas. Et puis, ce serait vraiment regrettable que vous soyez prise de vomissements violents au beau milieu d'un voyage de dix-neuf heures, surtout par cette chaleur.

Dix minutes plus tard, l'autocar quittait Damas, passant devant un paysage de vergers, d'arbres fruitiers, de dattiers, qui peu à peu laissa la place à la nature sauvage et dénudée du désert. Bientôt, il ne resta plus que des dunes et des rochers. La monotonie du décor avait un effet hypnotique et, bientôt, Agatha et Nancy s'assoupirent.

Katharine jeta un coup d'œil à leurs visages endormis avec l'espoir qu'elle aussi puisse trouver le sommeil. Sa montre indiquait 18 h 30. Elle compta les heures dans sa tête. Moins de quarante avant de se retrouver devant l'autel de l'église anglicane de Bagdad. Imaginant Leonard qui l'attendrait, se tournerait vers elle avec un sourire puis l'embrasserait, elle sentit son sang se figer.

Elle éprouvait un besoin désespéré de se détendre, d'évacuer les peurs qu'elle avait refoulées en elle depuis qu'elle était montée dans le train à Londres. Elle regarda de nouveau les femmes assoupies, sans doute sous le coup de la fatigue après avoir veillé sur elle presque toute la nuit précédente.

Quelque chose avait changé au cours de ce voyage à travers la Turquie. Cela avait commencé le soir de la tempête, quand elles s'étaient retrouvées toutes ensemble dans le compartiment jusqu'au petit matin. Mais, avec la fièvre de Katharine, elles étaient devenues bien plus que des compagnes de voyage. À présent, un lien tangible s'était noué entre elles. Et Katharine avait envie de se confier à elles…

Un mot prenait peu à peu forme dans son esprit, la laissant interdite.

Des amies.

Elle ne se voyait pas comme une femme qui avait des amis. Pas des *amies*, en tout cas. Si quelqu'un lui avait demandé de faire la liste de ses intimes, elle aurait énuméré les hommes du chantier de fouilles. Sa sœur à Norfolk, bien sûr. Mais ils n'avaient jamais été ce que Katharine décrirait comme des proches. Pas assez pour s'épancher auprès d'eux à la mort de Bertram. Et pas assez pour leur avouer… quoi ? Il n'y avait pas de mot pour désigner ce que le médecin avait qualifié, dans son jargon charabiesque, d'insensibilité hormonale congénitale. Même lui n'avait pas été en mesure de trouver un nom à la chose qui avait provoqué la mort prématurée de Bertram.

Elle jeta un coup d'œil par la fenêtre. À perte de vue, rien que du sable et du ciel. Ce paysage lumineux avait quelque chose d'assez sinistre. Malgré son ouverture infinie, on pouvait facilement s'y perdre. À midi, il était impossible de savoir si on marchait vers le nord, le sud-est ou l'ouest. Et, dans le dédale de pistes, ces autocars prenaient parfois la mauvaise route.

C'est peut-être ça qui est en train de t'arriver ?

Dans sa tête, la voix de Bertram. Elle la portait encore en elle. Si seulement il lui avait parlé du diagnostic du médecin, au lieu de partir seul dans la nuit avec un revolver…

Vous n'êtes pas obligé d'aller jusqu'au bout, vous savez…

— Oh, mais moi si, murmura-t-elle à son reflet dans la vitre.

Si elle renonçait à son mariage avec Leonard, il ne lui restait plus qu'à prendre son billet de retour pour Londres par le premier train. Et, une fois qu'elle aurait quitté l'équipe de fouilles, plus question de travailler pour le British Museum. Elle en serait réduite à racoler les maisons de couture. Mais, à ses yeux, le monde de la mode et du luxe, jadis si glamour, n'avait plus aucun attrait. Elle ne pouvait pas revenir aux ourlets, aux sacs à main et aux chapeaux alors que, dans le monde des hommes, elle commençait à se faire reconnaître. Un monde de royaumes perdus et de trésors enfouis. Vivre comme un homme était ce qu'elle aimait. Ce dont elle rêvait.

Elle était parvenue à dominer tous les jeunes hommes avec qui elle travaillait. Si elle s'y prenait intelligemment, elle arriverait aussi à se rendre maîtresse de Leonard. En dépit de toute sa *gravitas*, il était totalement novice dans les affaires du cœur. Son absence de protestation quand elle lui avait expliqué ce qui ne se passerait *pas* pendant leur nuit de noces le lui avait confirmé. Elle devrait l'envoûter, comme elle avait envoûté Max. Lui dévoiler un aperçu d'elle-même, comme un tableau dans une galerie d'art – quelque chose que l'on peut regarder mais pas toucher.

Assise à côté d'elle, Nancy s'agitait dans son sommeil. Son corps se contractait comme en réaction à un cauchemar. Sauf que son cauchemar, songea Katharine, c'était *bel et bien* la réalité. Et Agatha n'était pas beaucoup mieux lotie. D'après les journaux, l'encre était à peine sèche sur son formulaire de divorce et elle sortait à peine d'une dépression nerveuse provoquée par son mari volage. Comment ces deux femmes allaient-elles réagir quand Katharine leur annoncerait son mariage ? Elles feindraient sûrement l'enthousiasme, se diraient ravies pour elle… Ensuite viendraient les questions sur son histoire d'amour… Ce serait atroce. Et pourtant, elle avait envie de les inviter à l'église. Pourquoi ? Par besoin d'un soutien moral ? À l'approche du moment crucial, elle se sentait terrifiée au-delà de toute expression.

Lorsque le bus tourna à droite, une immense dune de sable apparut. Cette étendue de désert ressemblait beaucoup au paysage aux abords du Caire. C'était à peu près à cette époque, au moment où le soleil se couchait, que le mari de Katharine était monté sur la Grande Pyramide de Gizeh et s'était tiré une balle dans la tête.

Elle n'avait jamais vu le corps de Bertram. Son commandant était venu la trouver pour lui annoncer la terrible nouvelle. Elle avait demandé à se rendre à la morgue, mais il le lui avait déconseillé. En état de choc, elle avait acquiescé. Plus tard, elle regretterait cette faiblesse. Elle se torturait en imaginant ce qui s'était passé. À cause de ses cauchemars, s'endormir était devenu une source d'angoisse.

La pensée de ce qu'elle s'apprêtait à faire – prononcer le même serment déjà formulé devant Bertram – déclencha en elle une panique soudaine. La douleur et la culpabilité la submergèrent.

Je vais me marier après-demain.

Elle essaya d'imaginer le moment où elle informerait ses amies. Peut-être ferait-elle mieux d'attendre qu'elles soient arrivées à Bagdad, sur le point de se séparer… *Oh, au fait, demain je me marie, vous venez ?*

Alors, elles n'auraient plus le temps de l'interroger…

***

Pendant tout le trajet de Damas à Bagdad, le seul véritable repère était la forteresse d'al-Routbah. Les autocars y arrivèrent peu après minuit. Agatha se réveilla quand le chauffeur actionna les freins. L'unique signe de vie était une lumière vacillante émergeant des ténèbres. Lorsqu'ils s'arrêtèrent, elle vit d'immenses portes en bois. Le bruit sourd de leur ouverture résonna jusque dans le car. Deux gardes coiffés d'un casque colonial et chaussés de hautes bottes de cuir flanquaient l'arche d'entrée, fusils dressés. Ils montèrent à bord de chaque autocar et l'inspectèrent en détail, scrutant chaque passager d'un air farouche.

— Les Camel Corps, murmura Katharine. Ils sont à la recherche de bandits se faisant passer pour des voyageurs.

Une fois l'inspection terminée, les autocars furent autorisés à pénétrer dans le fort, et les portes aussitôt refermées derrière eux. Puis Jim Nairn entra dans l'autocar avec un mégaphone.

— Nous allons faire une brève halte, annonça-t-il. Dans trois heures, nous reprendrons la route. Le fort n'a pas beaucoup de chambres mais, si cela ne vous dérange pas de partager, il y a suffisamment de lits.

C'était encore plus bondé que ce qu'il avait suggéré. Katharine, Agatha et Nancy s'entassèrent dans une pièce sans fenêtre aux murs de pisé, meublée en tout et pour tout de deux lits doubles. Avant de pouvoir décider qui dormirait où, trois autres femmes – toutes voilées – apparurent dans la pièce.

— Une chance qu'aucune de nous ne soit grosse ! observa Katharine en tapotant le matelas, ce qui eut pour effet de soulever une petite pluie de sable. Qui se met au milieu ?

Nancy se glissa avec précaution sur le lit.

— Vous pensez qu'on devrait s'allonger sur nos manteaux ?

Elle indiqua aussitôt une forme sombre se déplaçant sur le mur.

— Pouah ! C'est un cafard ?

— Et là, un autre ! renchérit Agatha en regardant au plafond éclairé par une ampoule nue.

Il y eut un bruissement de l'autre côté de la chambre. Une des femmes voilées s'avança, tenant une petite boîte en étain à la main.

— Pas s'effrayer, dit-elle. J'ai le feu.

— Qu'est-ce qu'elle fait ?

Nancy tendit la tête lorsque la femme gratta une allumette.

— Elle enflamme des graines d'*ajowan*, expliqua Katharine. Vous sentez cette odeur ?

Une spirale de fumée s'éleva de la boîte et traversa la pièce.

— Oh, dit Agatha, on dirait… du romarin, ou du thym, ou quelque chose dans ce genre.

— Ils l'utilisent pour faire fuir les insectes.

Katharine hocha la tête, regardant la femme qui posa sa boîte par terre entre les deux lits.

— C'est très efficace. Ah, si seulement j'en avais eu dans le train…

Quand la fumée atteignit le plafond, les cafards se mirent à dégringoler des murs pour disparaître dans un trou de la plinthe que l'une des autres femmes bloqua avec sa valise. Puis tout le monde s'installa pour le peu de nuit qu'il restait.

Katharine ferma les yeux mais le sommeil refusa de venir. Elle sentait la chaleur du corps de Nancy à travers le manteau dans lequel elle s'était enveloppée. À en juger par leur respiration, ses amies dormaient déjà.

De l'autre côté de la chambre, une femme arabe ronflait. Katharine ne pouvait pas regarder sa montre dans le noir mais il devait être une heure du matin. Lundi matin. Elle avait encore une nuit de liberté.

Elle essaya d'imaginer ce qu'elle ressentirait si c'était Leonard et non Nancy qui était allongé à côté d'elle. La pensée la fit frémir intérieurement. Ce n'était pas qu'elle ne l'aimait pas. Il n'était pas beau comme Bertram, qui l'avait subjuguée la première fois qu'elle avait posé les yeux sur lui. Mais, même si Leonard avait été la créature la plus sublime à avoir foulé la terre de Dieu, cela n'aurait rien changé. Elle aurait encore eu peur.

Elle sentit le lit bouger alors que Nancy se retournait.

— Vous êtes réveillée, Katharine ? murmura-t-elle.

— Oui. Je n'arrive pas à trouver le sommeil.

— Moi non plus. Je voudrais que ce soit déjà le matin. Je n'aime pas cet endroit. Si je m'endormais, je suis sûre que je ferais des cauchemars… pas vous ?

Katharine eut alors envie de tout lui avouer. Son secret s'accrochait à elle comme le parfum des graines brûlant à côté du lit. Si elle le révélait à mi-voix, maintenant, dans la pénombre, quelle importance ? Cela pourrait peut-être même l'aider… Nancy et les autres ne pouvaient rien faire pour changer le cours de choses. Mieux valait garder son secret pour elle, ne serait-ce que pour préserver l'image d'une femme confiante et professionnelle, qui agit comme elle l'entend et ne craint personne.

— Ce ne sont pas les cauchemars qui m'inquiètent. C'est à cause des ronflements que je n'arrive pas à fermer l'œil… On dirait le chameau de Mary quand il lui a craché dessus, vous ne trouvez pas ?

Nancy rit dans l'obscurité.

— Ça me rassure que vous ne dormiez pas, dit-elle. C'est horrible de rester éveillée toute seule, non ?

***

Il faisait encore nuit quand Jim Nairn vint frapper aux portes pour réveiller tout le monde. Les passagers se traînèrent dans la cour et grimpèrent à bord des autocars comme des somnambules. Après une heure de voyage, un premier soupçon de lumière fit vibrer le ciel à l'est. Alors que l'horizon passait du gris à l'abricot, les autocars stoppèrent. Agatha regarda à travers la fenêtre, les yeux voilés par le sommeil. Un groupe d'hommes vêtus de tuniques arabes traditionnelles installaient des réchauds et sortaient de grands paniers en osier des casseroles en cuivre. Ensuite, à sa grande surprise, ils sortirent de grosses boîtes de conserve apparemment remplies de saucisses.

Les passagers furent tirés de leurs places par Jim Nairn, dont l'œil vif et le dynamisme avaient quelque chose d'agaçant de la part d'un homme qui n'avait sans doute pas dormi du tout.

— Breakfast ! aboya-t-il. Alignez-vous devant le car, s'il vous plaît !

Agatha sentit l'odeur des saucisses en descendant sur le sable. La vapeur de la cuisson s'élevait des rangées de casseroles juchées sur les poêles. Elle rejoignit la file des autres passagers et, bientôt, on lui tendit une fine galette de pain fourrée d'une grosse saucisse, accompagnée d'un quart en zinc plein à ras bord de thé noir chaud et sucré.

Agatha s'assit en tailleur sur le sable. Dès la première bouchée, elle se dit que c'était la nourriture la plus délicieuse qu'elle eût jamais dégustée. Se trouver dans le désert au petit jour, baignée par l'air pur et les couleurs de l'aube – rose pâle, corail et bleu –, conférait à l'expérience une dimension magique. Tout à coup, sa vie d'avant, en Angleterre, lui parut étriquée, insignifiante. Tout ce dont elle avait toujours rêvé se trouvait ici, dans ce paysage aride, loin de tout. Elle savourait l'air silencieux du matin, le soleil levant, le sable sous ses fesses et l'arôme des saucisses et du thé.

Quand le moment fut venu de repartir, les hommes qui avaient préparé la collation disparurent avec leurs chameaux chargés de paniers derrière la crête des dunes.

— Ce sont des Bédouins, déclara Katharine. Vous en verrez d'autres quand vous viendrez aux fouilles.

Elle se tourna vers Nancy.

— Vous viendrez aussi, n'est-ce pas ?

— Eh bien, euh…

Le regard de Nancy passa de Katharine à Agatha, comme si elle demandait la permission.

— Nous pouvons voyager ensemble, ça vous va? suggéra Agatha. À quelle distance se trouve Bagdad?

— C'est assez loin, environ douze heures en train. Mais il y a des visites intéressantes à faire en cours de route. Vous pouvez prendre votre temps. Arrêtez-vous un jour ou deux à Karbala et à Ukhaidir. Ensuite, nous pourrons vous héberger dans l'annexe pendant quelques jours. C'est assez sommaire, mais je pense que vous apprécierez l'endroit. Et les garçons seront ravis de vous connaître, j'en suis sûre.

— C'est extrêmement gentil de votre part, répondit Nancy. Ça m'a l'air tout à fait fascinant.

Un cri retentit dans l'autocar. Tous les passagers tournèrent la tête vers le chauffeur qui, brusquement, propulsa l'autocar vers la gauche. Par la fenêtre apparut la raison de ce vacarme: un camion était garé au milieu de la piste. Par les vitres baissées, des fusils étaient braquées vers l'autocar.

— Des bandits! siffla Katharine. Ne vous inquiétez pas, ils ne vont pas s'en prendre à nous. Ils attendent les caravanes.

— Ces hommes à dos de chameau?

Nancy fronça les sourcils.

— Pas ceux qui ont préparé notre petit-déjeuner, ils sont déjà loin. Mais il y en aura d'autres: des marchands de retour de Damas. Ce sont eux qu'ils guettent.

Après un détour de plusieurs kilomètres, l'autocar regagna la piste. Sur le coup de 10 heures, Agatha repéra un dôme et des minarets qui scintillaient dans la chaleur montant du sable.

— C'est Falloujah, précisa Katharine. Bientôt, on va apercevoir le fleuve qui passe devant la mosquée. C'est l'Euphrate.

Pour entrer dans la ville, l'autocar dut emprunter un pont posé sur des bateaux. Agatha ressentit une nausée qui disparut heureusement dès que les roues retrouvèrent la terre ferme. Après quoi le convoi s'engagea sur une piste défoncée traversant une palmeraie. Sur la gauche se profilèrent bientôt les dômes dorés d'une autre mosquée, plus importante. Katharine apprit à ses amies qu'elle se trouvait dans une ville appelée Kadhimain.

— On ne va pas tarder à voir le Tigre, reprit-elle. Il est à quelques kilomètres seulement de Bagdad.

Ils roulaient à présent sur une route carrossable bordée de rangées de palmiers et de troupeaux de buffles noirs pataugeant dans des mares. Puis ce furent des maisons et des jardins fleuris. Agatha aperçut des courts de tennis où se démenaient des Européens – jeunes hommes et jeunes femmes – tout de blanc vêtus.

— Bienvenue dans le pays *memsahib* ! lança Katharine avec un sourire. Nous sommes à Alwiah, la banlieue chic. À éviter, si j'étais vous.

Les tennis et les jardins impeccables furent bientôt remplacés par ce qui ressemblait à un bidonville. Des cabanes faites de bidons d'essence entouraient un vaste enclos boueux rempli de buffles. La puanteur du fumier pénétra dans l'habitacle de l'autocar, obligeant les passagers à se pincer le nez.

— C'est Buffalo Town.

Katharine désigna deux femmes qui bavardaient dans la boue. Elles souriaient tout en jetant du fourrage dans une mangeoire pour animaux.

— Ça ressemble à un taudis, n'est-ce pas ? En fait, ces personnes sont assez aisées par rapport aux normes arabes. Un buffle vaut cent livres, voire plus cher. Vous voyez ces bracelets sur leurs jambes ?

Agatha observa les femmes et remarqua, en effet, une lueur d'argent autour de leurs chevilles. Chaque femme portait un assortiment de bracelets, des chaînes d'argent entrelacées de perles de lapis, de jade et d'ambre.

Buffalo Town était située sur les rives du Tigre. L'autocar traversa le fleuve sur un autre pont flottant – pas aussi long que le premier – puis ce fut l'entrée dans Bagdad par une rue bordée d'immeubles branlants. Elle débouchait sur une imposante mosquée aux dômes turquoise. Puis le convoi s'arrêta et Agatha comprit que ça y était : après un périple de cinq jours, elle était enfin là, devant le Tigris Palace Hotel.

Katharine sortit leur dire au revoir pendant que le chauffeur déchargeait les bagages d'Agatha et de Nancy.

— Dernières recommandations, dit-elle. Quand vous irez faire des courses, rappelez-vous qu'au Moyen-Orient, les apparences sont trompeuses. Si vous voyez un homme qui gesticule violemment comme s'il vous ordonnait de partir, en réalité il vous propose d'approcher. À l'inverse, s'il semble vous saluer, c'est qu'il vous chasse. Et si vous voulez qu'on vous écoute, vous devez hurler. C'est comme ça qu'ils font, ici. Si vous parlez normalement, personne ne prêtera attention à vous : on pensera que vous marmonnez pour vous-même.

— Où est-ce que vous logez ? demanda Nancy.

— De l'autre côté de la ville, au Maude. C'est une maison d'hôtes, pas un hôtel. Leonard déteste dépenser de l'argent pour se loger.

Elle leva les yeux au ciel.

— Je suis désolée, vous allez sûrement trouver ça déloyal de ma part mais…

Elle marqua une pause.

— En fait, nous allons nous marier demain. Je veux dire, Leonard et moi. Vous voulez bien venir ?

13

Bagdad

Nancy se demanda si elles étaient les seules clientes du Tigris Palace. Elles ne croisèrent personne dans le hall au sol de marbre quand, l'après-midi venu, elles descendirent après avoir défait leurs bagages. Le thé était servi dans la cour intérieure par un garçon en livrée qui n'aurait pas déparé au Claridge.

— Pourquoi ne nous a-t-elle rien dit plus tôt ? s'interrogeait Nancy en étendant une serviette sur ses genoux.

— Elle ne voulait pas faire son intéressante, je suppose. Agatha s'arrêta pendant que le serveur versait du thé dans sa tasse.

— C'est son second mariage, après tout.

— Elle aurait quand même pu en parler. Vous croyez qu'elle a des doutes ?

— Elle y a peut-être réfléchi pendant le voyage… elle s'est peut-être demandé si c'était vraiment ce qu'elle voulait.

— Je me rappelle avoir aussi ressenti cela quand Felix m'a fait sa demande.

Nancy prit un sandwich au concombre.

— Je l'avais dit à mon père – qui était absolument ravi – mais je me rappelle avoir regardé, par la fenêtre, les bourgeons sur les branches de marronniers en pensant que, devenir une femme mariée, ce serait être aussi vulnérable que ces feuilles naissantes. Si pâles, si tendres, exposées aux coups de vent et aux gelées… Et puis, impossible de revenir en arrière.

— Vous connaissiez Felix depuis longtemps ?

— Pas vraiment. Je l'avais déjà vu à quelques occasions à l'approche de Noël. Et puis, il était invité à une fête organisée par une fille avec qui j'étais à l'école. Une soirée déguisée, complètement folle, où la moitié des gens étaient déjà saouls quand je suis arrivée. Felix s'était déguisé en Zorro avec une cape rouge et un chapeau noir. On aurait dit Douglas Fairbanks. J'ai appris plus tard qu'il avait demandé en mariage plusieurs autres filles présentes ce soir-là avant de venir me voir.

Nancy secoua la tête.

— Je pensais qu'il aurait tout annulé quand il se serait rendu compte de ce qu'il avait fait… Mais mon père avait déjà publié un avis dans le *Times* ! Il était trop tard pour faire marche arrière. Nous nous sommes donc mariés six semaines plus tard…

Agatha prit la théière, remplit la tasse de Nancy puis la sienne.

— Le mariage est toujours un saut dans l'inconnu, même si vous pensez connaître l'autre sur le bout des doigts. Cela fonctionne pour certains couples… mais je doute qu'il y ait beaucoup de mariages *vraiment* heureux.

Nancy jeta un coup d'œil au papillon rayé de rouge, de blanc et de noir qui s'était posé sur le mur au-dessus de la tête d'Agatha. On aurait dit un drapeau.

— L'autre jour, dans le train, vous m'avez avoué que votre mari avait été amoureux d'une autre. Il a fini par renoncer à elle ?

Agatha regarda au fond sa tasse.

— Il… Nous… nous ne sommes plus mariés.

— Oh… Je suis désolée. Ma question était indiscrète…

Agatha laissa échapper un long soupir.

— C'est terriblement difficile pour moi d'en parler, même aujourd'hui. Quand j'ai rencontré Katharine, j'avais trop honte pour le lui dire. Du coup, je l'ai laissée croire que mon mari avait été tué pendant la guerre…

— Eh bien, je ne vous jette pas la pierre. D'après ce que vous m'avez dit l'autre soir, ce n'était pas de votre faute si tout ne s'est pas passé comme prévu.

Nancy avala une bouchée de sandwich.

— Le problème, c'est que les gens pensent toujours que, quand les hommes en ont assez, la faute en revient forcément à leur femme. Parce qu'elle n'a pas fait les efforts nécessaires. Pour peu qu'elle ait un enfant, elle se sent encore plus minable…

Dans sa bouche, Nancy sentit le pain se transformer en sciure. Qu'allait-elle dire à cet enfant quand il serait en âge de comprendre, si son père ne tenait pas sa promesse ?

Si tu peux juste rester là-bas quelques mois, le temps que ça retombe…

Le souvenir de ses paroles la tourmentait. Elle se trouvait dans cette ville étrangère à l'autre bout du monde, dépendante d'une femme qu'elle connaissait à peine. Une femme qui, sans nul doute, tressaillirait de dégoût si elle apprenait le secret de Nancy. Comment allait-elle pouvoir survivre à ces prochaines semaines, sans parler des mois ?

***

Agatha se réveilla tôt le lendemain matin. Il lui fallut quelques secondes pour se rappeler où elle se trouvait. La nuit précédente, elle s'était effondrée dans son lit, épuisée. Elle jeta un coup d'œil à son horloge de voyage posée sur la table de chevet et constata qu'elle avait dormi plus de douze heures.

Un moment, elle resta allongée, s'abandonna au plaisir d'être dans un bon lit, dans sa chambre *à elle* pour la première fois depuis presque une semaine. Puis elle sortit de sous les draps, marcha jusqu'à la fenêtre qui donnait sur un petit balcon. Au-dessous d'elle se trouvait la rue Al-Rasheed, l'artère principale de Bagdad. Elle était bondée. Presque tous les passants étaient des hommes en costume arabe, une minorité seulement étaient vêtus à l'occidentale. Certains occupaient des charrettes tirées par des mulets ou des chevaux. Un vieil autobus passait, tiré par un attelage de mules. À l'arrière, une dizaine de passagers s'amassaient sur un escalier en colimaçon branlant. Ce doit être l'heure de pointe du matin, se dit Agatha.

À l'ombre d'un auvent de l'autre côté de la rue, un homme coiffé d'un turban à la mode indienne servait de la nourriture dans une échoppe de fortune. Derrière lui, un autre homme retournant des tranches de ce qui ressemblait à des aubergines sur une grille posée sur un feu de bois. Un troisième enfin glissait des feuilles de laitue et une sorte de sauce blanche dans des pains aplatis. Les clients faisaient la queue, bavardaient et crachaient sur le trottoir en attendant. L'odeur de cuisine atteignit le poste d'observation d'Agatha, qui sentit se réveiller son appétit.

Elle avait rendez-vous avec Nancy pour le petit-déjeuner à 8 h 30. Le mariage était prévu pour 10 heures et, après la cérémonie, elles avaient plusieurs projets pour la journée : Agatha devait partir à la recherche d'un logement et Nancy se rendre au consulat britannique pour savoir exactement ce qui était arrivé à sa cousine.

Agatha se demandait comment Katharine allait se sentir, en se réveillant le jour de son mariage. Elle-même était partagée quant à sa présence à l'église. Ce serait un douloureux rappel de ce qu'elle voulait oublier – de ce à cause de quoi elle avait accompli ce long voyage. Archie et sa fiancée devaient se marier dans seulement quatre jours.

Elle repoussa l'image de son esprit, puis chercha parmi ses vêtements la tenue appropriée pour un mariage dans une ville où la température annoncée au sortir de l'église devait atteindre les 34 °C. Elle opta pour une robe de soie lilas à boutons rose crème. Elle la porterait avec un chapeau cloche en paille qu'elle avait trouvé chez Harrods. Elle grimaça en la sortant de la boîte, se souvenant de son embarras quand la vendeuse lui avait expliqué la signification des différents rubans proposés pour ce couvre-chef.

— C'est une mode qui fait fureur, avait dit la jeune fille en indiquant les têtes aux yeux vides de mannequins en porcelaine. Le ruban que vous choisissez envoie un message, une sorte de code.

Elle montra un ruban gros-grain rose en forme de flèche.

— Cette forme indique que la femme qui le porte est célibataire mais a déjà donné son cœur à quelqu'un.

Elle jeta un coup d'œil à Agatha, vit à son expression que cela ne correspondait pas.

— Ou alors cet autre…

Elle désigna un ruban de soie mauve noué de façon complexe.

— Celui-ci signifie que vous êtes déjà mariée.

En guise de réponse, Agatha fronça les sourcils.

— Peut-être que celui-ci serait plus approprié ?

Elle prit un chapeau avec un nœud spectaculaire, rouge cerise à pois blancs.

— Pour les célibataires désireuses de faire des rencontres.

— Je veux juste quelque chose de simple, en fait.

Le visage cramoisi, Agatha avait déjà pris un chapeau sur le mannequin le plus proche. Orné d'un étroit ruban crème garni d'un unique bouton de nacre – et si lui aussi avait une signification cachée, elle ne voulait rien en savoir.

Agatha posa le chapeau sur le lit, quand quelques coups nerveux furent frappés à la porte de sa chambre. Elle regarda l'heure. Elle avait commandé du thé pour 7 h 30, mais il était juste 7 heures. Pensant que c'était peut-être Nancy, elle alla ouvrir. Et, ébahie, tomba sur Katharine.

— Désolée de vous déranger si tôt.

Elle avait l'air agitée, des plis apparaissaient sur son front lisse.

— C'est Max et Michael. Ils ont été retenus. Ils ont envoyé un télégramme de Beyrouth hier soir : il y a un problème avec le navire qui transporte nos équipements.

Elle soupira.

— Quoi qu'il en soit, cela signifie que nous n'avons aucun témoin pour le mariage. Je me demandais si Nancy et vous accepteriez de les remplacer.

— Oh…

Agatha resta coite.

— Vous voulez dire… signer le registre ?

La conséquence d'un tel geste était évident : impossible de préserver son anonymat. Utiliser une fausse identité sur un certificat de mariage rendrait celui-ci invalide. Transformerait toute la cérémonie en une mascarade. Katharine et Leonard Woolley vivraient effectivement dans le péché.

— Je… je ne sais pas si…

Elle était à court de prétexte. Comment refuser une telle faveur sans paraître affreusement grossière ?

— Vous n'avez plus besoin de faire semblant, vous savez.

Katharine s'approcha, posa la main sur le bras d'Agatha.

— Je sais qui vous êtes.

En une fraction de seconde, Agatha sentit qu'elle se recroquevillait sous le regard de Katharine. *Elle savait.* Elle avait très probablement deviné quelques heures après leur première rencontre.

Des épisodes de leur voyage défilèrent à toute vitesse dans son esprit. Chaque fois que Katharine l'avait observée avec son sourire de Mona Lisa… *Et vos lunettes ? Vous en avez une autre paire ? Celles-ci ne vous vont pas du tout.* Elle avait dû passer tout le trajet à rire sous cape…

— Vous n'êtes plus dans l'Orient-Express, à présent.

La voix de Katharine se transforma en un léger murmure.

— Vous n'avez plus à avoir peur qu'on vous montre du doigt. À Bagdad, vous pourrez sans problème vivre cachée.

Agatha respira profondément. Elle avait l'impression que ses lèvres étaient collées.

— Quand avez-vous compris ?

— Quand je vous ai vue sans vos lunettes, après votre chute. Vous dormiez profondément et je vous ai comparée avec la photo au verso de mon livre… Avant, j'avais déjà des soupçons. Je mourais d'envie de vous poser la question mais je ne voulais pas vous embarrasser.

Agatha se détourna en secouant la tête.

— J'étais idiote de penser que je pourrais m'en sortir. C'est juste que…

— Vous ne me devez aucune explication. Je comprends tout à fait.

Une pause, puis :

— Bien sûr, comme tout le monde, j'ai lu votre histoire dans les journaux. Si cela peut vous réconforter, je sais ce que ça peut faire, de voir sa vie privée déballée à tous comme un sac de linge sale.

— Vraiment ?

Katharine acquiesça.

— Je n'ai pas été très honnête, dans le train. Quand vous m'avez dit que vous étiez veuve de guerre, je vous ai laissée croire que moi aussi. Il n'en est rien. Mon époux s'est suicidé six mois après notre mariage.

— Oh, Katharine, je suis vraiment désolée. Je…

Katharine leva la main.

— Ne vous sentez pas obligée. Mais, s'il vous plaît, ne me laissez pas tomber, maintenant. D'accord?

— Oui, bien sûr.

***

La Saint George's Church de la rue Haïfa paraissait minuscule comparée aux minarets de la mosquée Abou Hanifa. Mais, malgré la taille modeste et l'architecture quelconque de l'édifice, Agatha ne put s'empêcher d'éprouver un sentiment apaisant quand elle et Nancy suivirent Katharine à l'intérieur.

— Il n'est pas nécessaire de le dire à Nancy, pas encore, avait ajouté Katharine en sortant de la chambre d'Agatha pour se préparer à la cérémonie. Je lui demanderai de signer le registre en premier pour qu'elle ne puisse pas voir votre nom.

Agatha s'était sentie à la fois coupable et hypocrite quand Nancy l'avait saluée d'un « Bonjour, Mary » au petit-déjeuner. Mais il n'était pas temps de se lancer dans des explications sur son besoin de dissimulation d'identité et la façon dont elle s'était retrouvée prise dans une toile de mensonges. Aussi, après avoir annoncé à Nancy qu'elles seraient témoins de Katharine, elle avait rapidement escamoté le sujet du mariage pour parler du projet de location d'une maison tout en faisant un sort aux œufs, au bacon et aux toasts.

Katharine était venue les chercher en calèche. Sa tenue était superbe: un costume Chanel en laine ivoire bordé d'un galon noir, un sautoir de perles et un chapeau cloche à larges bords orné d'un ruban de soie et d'une fleur de tulle blanc. Sur le siège à côté d'elle, un petit bouquet de muguet.

Elles ne mirent pas plus de dix minutes pour arriver à l'église, malgré l'obstacle passager d'un homme conduisant deux buffles de l'autre côté de la route. Katharine n'avait pu s'empêcher de rire de cette péripétie.

— Mon Dieu, avait dit Nancy. Vous ne craignez pas que nous soyons en retard ?

— C'est une prérogative de la mariée, n'est-ce pas ? avait répondu Katharine. De toute façon, Leonard ne peut aller nulle part sans moi : c'est moi qui ai la clé de notre nouveau camion d'expédition !

Quand la calèche arriva devant l'église, Katharine devint mutique. Agatha remarqua que ses doigts tremblaient légèrement autour du bouquet quand elle avança sur le trottoir.

— Ça va aller ? murmura Agatha en entrant. Pas trop nerveuse ?

Avant que Katharine ait le temps de répondre, un homme à la moustache rousse émergea de l'ombre.

— Oh là, Katharine, vieille fille !

— Michael ! Vous avez réussi à venir !

— Quoi ?

Il lui adressa un sourire en coin qui révélait une dent en or.

— Vous ne pensiez quand même pas qu'on vous aurait laissé tomber, pas vrai ?

— Est-ce que Max est là ?

— Il est devant.

Il indiqua l'autel d'un signe de tête.

— Prêt à accomplir son devoir, avec les alliances.

— Eh bien, c'est… merveilleux.

Katharine se tourna vers Agatha et Nancy.

— On dirait que vous allez pouvoir vous détendre, finalement ! Michael, permettez-moi de vous présenter mes amies…

À ce moment, l'orgue fit entendre les premiers accords de l'*Arrivée de la reine de Saba*.

— Oh, on verra ça plus tard, le temps presse !

Et, prenant le bras de Katharine, il la guida le long de l'allée centrale.

Agatha et Nancy attendirent que la mariée et son escorte soient arrivés devant l'autel pour leur emboîter le pas. Alors qu'elles remontaient les travées, Agatha se demandait comment interpréter ce brusque changement de programme. L'expression sur le visage du témoin qui attendait Katharine l'avait trahie : sa perplexité amusée laissait deviner qu'il avait interprété comme une blague la remarque de son amie à propos de son arrivée. Les deux témoins avaient-ils vraiment été retenus ? Katharine aurait-elle inventé une ruse pour obliger Agatha à tomber le masque ? Elle balaya cette idée. C'était pure vanité d'imaginer qu'une femme puisse se réveiller le jour de son mariage en pensant à quelqu'un d'autre qu'elle-même ou son futur mari.

Agatha s'arrêta devant un banc situé en retrait, du côté de la mariée. Au même instant, Max se retourna et lui sourit en agitant discrètement la main.

Katharine arrivait à l'autel. Leonard se pencha vers elle. Agatha l'aurait reconnu même de profil. Son haut front incliné, ses sourcils touffus et sa longue barbe broussailleuse étaient caractéristiques. À cette distance, il sembla avoir l'âge requis pour être le père de Katharine.

La musique stoppa et le pasteur s'avança pour bénir le couple.

— Mes très chers amis, nous sommes réunis ici, ce matin, pour célébrer le saint sacrement du mariage.

C'était peut-être une église anglicane mais son accent ondulant sortait tout droit des vallées galloises. Dans sa bouche, le mot « mariage » comptait trois syllabes.

— Leonard et Katharine…

Il les regarda à tour de rôle.

— Vous allez prononcer votre serment devant Dieu, qui juge tout et connaît les secrets de nos cœurs. Par conséquent, si l'un de vous deux connaît une raison pour laquelle vous ne pouvez pas vous marier légalement, vous devez le déclarer maintenant.

Il y eut un moment de silence. Du coin de l'œil, Agatha vit Max baisser la tête. Elle se demanda à quoi il pensait. S'il s'était déjà passé quelque chose entre lui et Katharine, il devait être au supplice.

Les secrets de nos cœurs… La phrase résonna dans sa tête. Oui, pensa-t-elle, il est probable que chacune des six autres personnes présentes dans cette église – y compris le curé – possède au moins un secret qu'elle ne divulguerait jamais. Certains secrets pouvaient être révélés sans trop de répercussions. D'autres pouvaient briser des vies. Ce matin, deux secrets avaient été dévoilés : sa véritable identité – ce qui était ennuyeux mais pas non plus la fin du monde – et la façon dont le premier mari de Katharine était mort. Elle se demanda pourquoi Katharine avait choisi ce jour, entre tous, pour faire cet aveu. À première vue, pour contrebalancer l'embarras d'Agatha. Mais s'il y avait plus que cela ? *Pourquoi* s'était-il suicidé ?

C'était la question implicite. Katharine avait-elle voulu dire autre chose ? Avait-elle cherché une sorte de réconfort avant de prendre un nouvel époux ?

Cet imbécile n'aurait jamais dû lui dire… Un choc pareil…

Le délire de Katharine, cette nuit-là, semblait être la clé de tout ce qu'elle gardait enfermé dans son cœur. Mais, ce matin, quelque chose l'avait retenue. Si elle était venue à l'hôtel dans l'intention de se confier à sa nouvelle amie, quelque chose l'avait fait changer d'avis.

— Leonard, acceptes-tu de prendre Katharine pour épouse ?

La voix mélodieuse du pasteur rompit le silence.

— De l'aimer, de la réconforter, de l'honorer, de la protéger et, renonçant à toutes les autres, de lui être fidèle aussi longtemps que tu vivras ?

Quelque chose en Agatha se consuma comme un papier enflammé. En quelques années, Archie avait trahi toutes ces promesses. Il ne l'avait vraiment aimée qu'au tout début – avant que la vie ne vienne ruiner l'image impossible qu'il se faisait de la vie conjugale. Quand elle avait vraiment eu besoin de lui – lorsque, enceinte, elle avait eu peur ou s'était sentie vulnérable, quand la mort de sa mère l'avait heurtée de plein fouet –, il n'avait pas été là pour elle. Il ne l'avait ni aimée ni réconfortée. Et il ne l'avait jamais protégée : il avait réclamé *qu'elle* le protège. Il ne supportait pas que quiconque soit malade ou malheureux car cela perturbait son équilibre. Quant à honorer son épouse, le vestige de cette promesse avait achevé de s'écrouler lorsqu'il était tombé amoureux d'une autre femme.

Tandis qu'Agatha écoutait Leonard Woolley prononcer son serment de mariage, elle se demanda si Archie éprouverait ne serait-ce qu'un infime résidu de honte quand il prononcerait ces mêmes paroles dans quatre jours.

Elle jeta un coup d'œil à Nancy, qui devait trouver tout cela aussi démoralisant qu'elle – sans doute plus encore, puisque son mariage remontait seulement à quelques mois. Nancy regardait droit devant elle, non pas en direction du couple mais du vitrail derrière l'autel. Son expression était impénétrable.

Le pasteur se tourna vers Katharine et répéta sa formule rituelle.

— Moi, Katharine…

— Moi, Katharine, je te prends comme mon mari, Leonard.

La voix de Katharine était basse et grave, comme si elle venait de sortir d'un profond sommeil. Le bord de son chapeau plongeait son visage dans l'ombre, ne laissant aucun moyen de deviner ce qu'elle ressentait. Pendant qu'elle parlait, Max s'avança avec les alliances. Le pasteur les lui prit et les plaça sur un coussin de velours rouge.

— Seigneur, par Ta bénédiction, que ces anneaux soient pour Leonard et pour Katharine un symbole d'amour infini et de fidélité, qu'ils leur rappellent leur serment et l'alliance qu'ils ont contractées aujourd'hui en Jésus-Christ notre Seigneur.

Il tendit le coussin à Leonard qui prit la bague. Pendant quelques secondes, il sembla avoir du mal à la passer à l'annulaire de Katharine. Finalement, elle retira sa main et le fit elle-même.

— Katharine, par cette alliance, je fais de toi mon épouse.

Avec un sourire maladroit, Leonard lui prit à nouveau la main.

— Avec mon corps, je t'honore, et tous mes biens terrestres avec toi je partage…

Agatha ne pouvait s'empêcher de les imaginer au lit ensemble, ce qui se produirait dans quelques heures. C'était une pensée étrange, plutôt désagréable. Sa propre voix intérieure lui reprochait d'être si superficielle. Le fait que Leonard soit plus âgé et moins séduisant physiquement que sa nouvelle épouse ne le disqualifiait pas comme mari. Et si Katharine avait choisi un mari beaucoup plus jeune et beaucoup plus beau comme Max par exemple ? Cela aurait-il été plus acceptable ? À son grand étonnement, Agatha constata que cette vision lui était encore plus pénible. Comment était-ce possible ?

La proclamation du pasteur court-circuita ses pensées.

— Katharine et Leonard ont échangé leur serment d'amour et se sont donné leur alliance. Par conséquent, je les proclame mari et femme. Que nul ne sépare ceux que Dieu a unis.

Une pause, puis :

— Vous pouvez embrasser la mariée.

Ce n'était pas vraiment un baiser, plutôt un mouvement de tête de Leonard vers le visage relevé de Katharine. C'était comme si Leonard avait peur que ses lèvres ne tachent la peau parfaite de son épouse. Puis il passa son bras sur le sien et ils redescendirent l'allée. Ni lui ni elle ne souriait. Il paraissait embarrassé et elle avait l'air… Agatha s'efforça d'identifier l'expression du visage de Katharine. Trois mots lui vinrent à l'esprit : résignation, détermination et angoisse. C'est ce qu'Agatha avait ressenti lors de son jugement de divorce, quand elle avait été appelée à la barre pour entendre le récit du faux adultère d'Archie au Grosvenor Hotel de Brighton. Oui, pensa-t-elle, Katharine ressemblait à une femme sur le point d'affronter une terrible épreuve.

Max et Michael suivaient les mariés et Nancy se faufila le long du banc pour se placer juste derrière eux. Agatha, elle, ne bougea pas. Elle ressentait un besoin impérieux de se retrouver seule dans cet endroit, juste pour quelques instants. Elle resta assise, les yeux rivés sur le vitrail représentant saint Georges terrassant le dragon.

Je suis désolée.

Elle ne savait pas si elle avait murmuré ces mots ou si elle les avait simplement prononcés dans sa tête.

Désolée de ne pas être une assez bonne épouse et d'avoir privé Rosalind de son papa.

Archie serait-il parti voir ailleurs si elle ne l'avait pas laissé seul à Londres pendant qu'elle allait soigner sa mère ?

Et si, après la naissance de Rosalind, elle avait davantage pris soin de son apparence, aurait-il tout de même cédé aux charmes d'une femme plus jeune et plus jolie ?

Elle s'excusait de tout cela auprès d'un être dont elle n'était plus certaine qu'il l'écoutait, ni même qu'il existait. Mais, malgré tout, formuler ces regrets lui faisait du bien.

Quand elle sortit de l'église, elle vit Nancy près de la calèche en compagnie des deux témoins et du marié. Katharine, elle, discutait avec le pasteur.

— Oh, vous êtes là ! lança Katharine en affichant un sourire fantomatique. J'ai bien peur qu'il soit trop tard pour organiser une réception.

Elle parlait en agitant les mains, sans cesser de tenir son bouquet de muguet.

— Nous devons partir pour Ur dans une heure et rouvrir la maison des fouilles au reste de l'équipe. Max reste ici quelques jours, le temps de récupérer notre matériel.

Elle jeta un coup d'œil en direction des trois hommes.

— Je ne vous les ai pas encore présentés, n'est-ce pas ?

Saisissant Agatha par le bras, elle s'approcha du petit groupe.

— Leonard, Michael, Max, voici mon amie Agatha. Agatha *Christie*.

14

Jebel Sinjar

Le lendemain du mariage, Agatha déjeuna seule sur la terrasse surplombant le Tigre. Nancy passait la matinée au lit, se remettant toujours de sa nuit blanche sur le Taurus-Express et de la longue traversée du désert en autocar.

La vue sur le fleuve lui rappelait Venise. Les bateaux arabes avec leurs hautes proues chantournées et leurs couleurs délavées n'étaient pas si différents des gondoles. Agatha jeta un coup d'œil en amont et vit s'avancer des embarcations plus primitives, semblables à des radeaux, que Katharine appelait des *gufas*. Elles transportaient des cargaisons de melons, de poulets et de sacs de céréales. Alors qu'elle les regardait filer dans l'eau brune et boueuse, elle réfléchit aux événements de la veille.

La révélation publique de sa duperie, à la sortie de l'église, l'avait presque terrassée de honte. Sur le chemin du retour à l'hôtel, Nancy avait très bien réagi : personne ne pouvait lui reprocher de vouloir voyager incognito, l'avait-elle rassurée. D'une certaine manière, c'était un soulagement que la vérité ait pu éclater au grand jour. Mais elle n'avait pas eu l'occasion de s'expliquer auprès de Max – il était parti avec Katharine et Leonard sitôt la cérémonie achevée.

Aussi fut-elle surprise lorsque le serveur, avec son café, lui apporta un message. Max était venu à l'hôtel. Il l'attendait dans le hall.

— Pourriez-vous lui demander de me rejoindre, ici ?

Agatha ne savait pas si le serveur avait compris. Elle étalait de la confiture sur son toast quand elle vit Max qui franchissait les portes-fenêtres, une main en visière pour se protéger du soleil.

— Bonjour !

Il avança vers elle, rayonnant, écartant au passage la branche d'un grand palmier en pot qui menaçait de faire tomber son chapeau.

— Bonjour.

Agatha essaya de déchiffrer l'expression de son visage. Il souriait toujours mais paraissait plutôt nerveux, comme s'il avait quelque chose de désagréable à lui annoncer.

— Je vous en prie, asseyez-vous. Vous voulez un café ou vous préférez du thé ?

— Un café, c'est parfait.

Elle en versa dans la tasse prévue pour Nancy.

— Du lait et du sucre ?

— Juste noir, merci.

Elle attaqua directement.

— Je suis vraiment navrée de vous avoir joué ce petit tour, à Venise. C'est juste que je…

Max leva la main.

— Je vous en prie ! Ne vous en faites pas, je comprends parfaitement qu'une romancière à succès désire voyager incognito. Ce doit être horrible d'être sans cesse abordée par des inconnus alors que vous avez juste envie de vous détendre.

— C'est très gentil de votre part.

Agatha sentit toute la tension de son corps s'évanouir.

— Et maintenant, n'hésitez pas à vous servir. Ils ont apporté beaucoup trop de toasts pour une seule personne.

— Merci, madame Christie. J'ai justement un petit creux. La nourriture au Maude n'est pas précisément enchanteresse…

— Eh bien, allez-y. Et appelez-moi Agatha.

Comme elle aurait voulu pouvoir reprendre son nom de jeune fille. *Mme Christie* lui rappelait tout ce qu'elle n'était pas. Mais c'était sous ce nom que le monde entier la connaissait : elle n'avait pas d'autre choix que de le garder.

— Merci, Agatha.

Ses joues devinrent légèrement roses quand il prononça son prénom. Il fit diversion en prenant un toast et en l'enduisant généreusement de beurre et de confiture.

— Vous vous demandez sans doute pourquoi je suis ici, dit-il en posant le couteau. Je reste quelques jours à Bagdad pour m'occuper de l'acheminement des fournitures à nos équipes de fouilles et je voulais vous proposer, à vous et à votre amie, une petite excursion. Ça pourrait vous intéresser ?

— Oh ? C'est très aimable à vous.

Agatha se rendit compte que Nancy pouvait être la raison de l'invitation. Max et elle avaient à peu près le même âge et Nancy était très séduisante. Elle se demanda si Katharine l'avait informé du désastre de son mariage.

— Le problème, reprit-elle, c'est que je ne sais pas si Nancy est prête à reprendre la route si vite. Elle n'a pas beaucoup dormi ces derniers temps et elle essaie de rattraper son retard de sommeil.

Elle scruta le visage de Max. S'il était déçu, il était trop bien élevé pour en laisser rien paraître.

— Tant pis, dit-il. Et vous ?

— Eh bien, où comptez-vous aller ?

— Je me suis dit que vous pourriez aimer le sanctuaire des Yézidis à Djebel Sinjar, dans les collines kurdes près de Mossoul. On l'appelle le Cheikh Adi. Ça vous dit quelque chose ?

— Eh bien, j'ai entendu parler des Yézidis, oui… Ce ne sont pas des adorateurs du diable ?

— C'est ce qu'on prétend, mais ce n'est pas tout à fait vrai. Leur religion est fondée sur un esprit appelé Shaitan – très similaire à Satan dans la Bible – mais ils ne l'adorent pas, ils le craignent. Ils croient que Dieu lui a confié le monde et qu'un jour, Jésus lui succédera. Pour eux, Jésus est un prophète qui n'est pas encore arrivé au pouvoir. En attendant ce jour, leur culte vise à apaiser Shaitan.

Max mordit dans son toast.

— Ce sont des gens très bienveillants, et leur sanctuaire est un des lieux les plus beaux et les plus tranquilles que j'aie jamais vus.

Le temps qu'Agatha finisse de l'interroger sur la tribu des Yézidis et leur habitat montagneux, Max avait avalé tous les toasts. La perspective d'un voyage dans cette région reculée du Nord de la Mésopotamie lui semblait beaucoup plus excitante que son projet initial de passer la matinée en quête d'un logement. Après tout, ça pouvait bien attendre jusqu'au lendemain. Elle se demanda si Nancy réviserait elle aussi ses plans quand elle entendrait parler de la proposition de Max.

— Cela ne vous dérange pas de marcher, n'est-ce pas ? demanda Max.

— Quoi ? Jusqu'à Mossoul ?

Il sourit.

— Non. Pendant les derniers kilomètres jusqu'au sanctuaire. On ne peut les faire qu'à pied ou à cheval. Les températures sont assez fraîches, même l'après-midi, à cause de l'altitude.

— Non, ça ne me dérange pas. Mais j'ai peur que ce soit trop difficile pour Nancy. Je vais aller la prévenir que nous partons. Et pour le déjeuner ? Vous voulez que je demande au maître d'hôtel s'il peut nous préparer un pique-nique ?

— Inutile, on achètera des petits pains fourrés sur un marché en chemin. En revanche, une bouteille remplie de thé serait la bienvenue.

Une demi-heure plus tard, ils arrivaient à destination. Pendant son séjour à Bagdad, Max avait l'usage d'une voiture, une Austin 7 noire brinquebalante au pare-brise poussiéreux, dont les suspensions portaient les stigmates d'années de conduite sur les pistes du désert. À mi-parcours, ils s'arrêtèrent pour déjeuner. Max étendit sur le sable une couverture écossaise rongée aux mites pendant qu'Agatha sortait le ballon et deux tasses en fer-blanc. Quelques mètres plus loin, sur la route, un groupe de femmes ramassaient des racines et cueillaient des feuilles. Elles portaient des turbans orange vif et des robes aux teintes vertes et violettes.

— Ce sont des femmes kurdes, expliqua Max.

— Elles sont très grandes, n'est-ce pas ? constata Agatha après avoir servi le thé.

Elle vit que les femmes les avaient repérés. Elles se mirent en marche vers eux, se tenant bien droites, la tête haute. Agatha remarqua les reflets de bronze de leur visage et leurs joues roses. Puis le bleu de leurs yeux.

Elles crièrent quelque chose en guise de salut, puis l'une d'elles s'adressa à Max, dont la réponse les fit rire. Une autre saisit un pli de la jupe d'Agatha et l'examina avec intérêt. Elles se mirent à discuter entre elles avec force sourires et hochements de tête. Puis, aussi soudainement qu'elles étaient venues, elles se détournèrent et, ondulant comme un bouquet de fleurs exotiques, se mirent en marche vers les montagnes bleues qui se découpaient à l'horizon.

— Qu'est-ce qu'elles ont dit ? demanda Agatha.

— Oh, rien que des choses aimables.

Max repoussa une mouche qui s'était posée sur le bord de sa tasse.

— Elles avaient l'air de trouver mes vêtements très étranges.

— Oh non, ce n'est pas ça.

Il eut à nouveau cette expression penaude et ce regard qu'il lui avait lancé quand il lui avait demandé de taire à Katharine sa présence à bord de l'Orient-Express.

— Quoi, alors ? insista-t-elle.

— Si vous voulez vraiment savoir... Elles m'ont demandé si vous étiez ma femme.

— Ah !

C'était au tour d'Agatha de se sentir gênée.

— Je leur ai répondu que nous étions amis, et elles m'ont dit qu'elles le savaient car, si vous étiez ma femme, ce ne serait pas vous qui serviriez le thé.

Agatha lui jeta un coup d'œil perplexe.

— Vraiment ?

— Ce sont de sacrés numéros, ces femmes kurdes.

Max émit un bruit de gorge rauque, entre le grognement et le rire.

— Sur le chantier de fouilles, les ouvriers arabes ont l'habitude de taquiner les hommes kurdes parce qu'ils sont menés à la baguette par leurs femmes ! Ce sont tous des musulmans mais impossible de confondre une femme kurde et une femme arabe.

Il écarta les mains, paumes levées.

— Ce n'est pas seulement leur façon de s'habiller... Les femmes arabes sont timides et pudiques, elles baissent toujours les yeux quand vous leur parlez, alors qu'une femme kurde ne doute pas une seconde être l'égale de n'importe quel homme. Elles parlent à tout le monde, y compris à des étrangers, et quand elles se marient, ce sont elles qui dirigent le couple.

Agatha sourit.

— Formidable ! Je peux m'inscrire ?

Max sourit.

— Qu'est-ce que *monsieur* Christie en penserait ?

Le visage d'Agatha s'obscurcit.

— Oh, mince… j'ai gaffé ?

Agatha ne pouvait pas soutenir son regard. Ainsi, il n'était pas au courant ? Il n'avait pas lu les journaux ?

— Je suis…

Elle hésita.

— Nous ne… nous ne sommes plus mariés.

— Oh, je suis vraiment désolé. Je ne voulais pas vous tendre un piège.

— C'est bon. Tout est sorti dans la presse, il y a quelques semaines. Du coup, je pars du principe que les gens savent…

— Ce doit être terrible…

— Ce n'est pas agréable.

Elle versa le reste de thé dans les tasses.

— Toutes sortes de choses blessantes ont été écrites sur moi. Quand les journalistes ne connaissent pas les faits, ils spéculent et leurs lecteurs prennent ce qu'ils écrivent pour argent comptant.

Max acquiesça.

— Je devais être vaguement au courant d'un incident vous concernant… mais je n'ai jamais rien lu de spécial.

— Eh bien, c'est un soulagement. À un moment donné, il n'y en avait que pour moi à la une des journaux. Je pensais que la terre entière connaissait tout de ma vie.

Elle marqua une pause, se demandant jusqu'où elle pouvait se confier.

— Les choses ont fini par me peser et j'ai disparu du jour au lendemain, sans prévenir personne. Jamais je n'aurais cru que ça provoquerait un tel emballement. Les gens ont pensé que je voulais faire parler de moi…

— Ça remonte à quand ?

— Presque deux ans. Juste avant Noël.

— Ah, ça explique tout. À l'époque, je ne vivais pas en Angleterre.

Il prit sa tasse, but une gorgée de thé et la reposa.

— J'avais un ami, un ami proche, qui était très malade. Sa famille l'avait emmené en Méditerranée, espérant que le climat lui ferait du bien. Je suis parti le rejoindre mais…

De l'index, il triturait un trou dans la couverture.

— Quelques jours après mon arrivée, il est mort.

Agatha faillit lui avouer qu'elle connaissait déjà l'histoire d'Esme Howard, que Katharine lui avait tout raconté dans le train. Mais elle sentit que Max détesterait autant qu'elle l'idée que sa vie privée avait été passée au crible. Au lieu de cela, elle tendit la main et effleura la sienne. Le contact fut bref – le temps d'un battement de cœur.

— Vous avez dû être dévasté…

— Oui.

Ses yeux croisèrent les siens, puis se baissèrent vers la couverture.

— Jamais je n'aurais cru possible de ressentir un tel vide… C'était mon meilleur ami.

Un instant, ils restèrent assis sans dire un mot. Le vent froissait les emballages en papier contenant les restes de leur déjeuner.

— Je sais que ce n'est pas tout à fait comparable, reprit Agatha, mais j'ai éprouvé la même sensation quand mon mariage a pris fin. Moi qui croyais que nous resterions ensemble toute notre vie. C'était comme un deuil.

— Je suis désolé d'avoir remué tout ça, alors que vous devez avoir pris ces vacances pour vous changer les idées.

— C'est vrai.

Elle tenta de se relever mais ses pieds étaient engourdis.

— Mon Dieu, j'ai des fourmis dans les jambes !

— Attendez, je vais vous aider.

Max se redressa et lui tendit le bras.

— Vous allez aimer cette partie du voyage : plus on monte, plus le paysage devient intéressant.

Au bout de quelques kilomètres, la voiture attaqua une côte. Ils se retrouvèrent sur une route en lacets sinuant dans les collines qu'ils avaient vues à l'horizon. Des chênes et des grenadiers bordaient un ruisseau de montagne.

— Voilà Djebel Sinjar, la montagne des Yézidis.

Max baissa entièrement la vitre et respira profondément.

— Ah ! C'est mieux comme ça ! Vous n'avez pas trop froid ?

— Non.

Agatha passa la tête par la fenêtre. L'air était frais et limpide, rehaussé de notes d'agrumes et de thym sauvage. Ils croisèrent un couple d'hommes qui les saluèrent d'un geste de la main. Ils avaient la peau pâle, les yeux bleu vif et un regard doux, presque mélancolique.

— Ils dégagent quelque chose de très innocent, vous ne trouvez pas ? observa Max. On prétend que, dans ces régions, la nature humaine est si pure que les femmes chrétiennes peuvent se baigner nues dans les ruisseaux sans aucune crainte.

— Et elles le font ?

— Je ne sais pas. Je n'ai jamais rencontré personne qui le fasse, homme ou femme ! C'est sans doute une légende…

Il gara la voiture au bord de la route et coupa le moteur. De la main, il indiqua quelque chose au loin.

— Regardez ! C'est le Cheikh Adi.

Agatha vit des flèches blanches s'élever d'un bosquet d'arbres. Elle sortit de la voiture, un châle enroulé autour des épaules. Bientôt, ils passèrent devant des maisons en bois de plain-pied, près desquelles jouaient des enfants blonds aux yeux clairs. Quand elle se retourna pour leur sourire, ils se mirent à rire.

Puis ils arrivèrent aux portes du sanctuaire. En pénétrant dans la cour, Agatha eut du mal à croire que cet endroit se trouvait au sommet d'une montagne cernée par le désert. Partout autour d'elle, pêchers, figuiers et citronniers tendaient leurs branches chargées de fruits. Le murmure de l'eau ajoutait à la sensation de calme et de tranquillité. À leur entrée, un groupe de Yézidis au visage doux vint les saluer. Bientôt, ils se retrouvèrent assis sur des tapis, parmi des coussins brodés, sirotant un thé dans des tasses en terre cuite. Puis leurs hôtes les laissèrent seuls.

— Comme c'est paisible, ici… C'est incroyable, murmura Agatha.

Max acquiesça.

— Je n'ai connu ça nulle part ailleurs. Dans un moment, nous irons au temple. C'est très différent d'une église ou d'une mosquée. Assez lugubre, aussi, quand on s'attarde sur les motifs ornementaux, mais ça laisse une impression très forte. On se dit qu'on pourrait y rester pour toujours.

Ils finirent leur thé et se dirigèrent vers l'entrée du temple. Agatha comprit tout de suite ce que Max avait voulu dire, à propos des ornements. À l'entrée, les visiteurs étaient accueillis par un grand serpent noir sculpté dans une des colonnes en pierre.

— Le serpent est sacré pour eux, expliqua Max. Les Yézidis pensent que l'Arche de Noé s'est échouée sur le Djebel Sinjar et que, sous le choc, une brèche s'est formée dans la coque. Selon le mythe, un serpent s'est lové dans la brèche pour la colmater, sauvant ainsi la vie de tout l'équipage et de tous les animaux.

Max se pencha pour défaire ses lacets.

— Nous devons retirer nos chaussures. Et, quand nous serons à l'intérieur, ne marchez surtout par sur le seuil : il est interdit de le toucher. Vous devez l'enjamber. Autre détail important : ne montrez surtout pas vos plantes de pied. C'est la pire des insultes.

Tout en retirant ses chaussures, Agatha repensa à l'amulette que Katharine leur avait montrée dans le train : un serpent enroulé autour d'une paire de pieds. Comme il était étrange que, des milliers d'années après les adorateurs de la Lune de l'ancienne Mésopotamie, ces motifs occupent une place aussi importante dans une autre religion. Plus étrange encore que, dans ces deux religions, le serpent soit vénéré comme un animal protecteur au lieu d'être considéré comme une incarnation du Mal.

À l'intérieur du temple, l'obscurité et la fraîcheur régnaient. À la surprise d'Agatha, elle entendait toujours de l'eau ruisseler. Elle demanda à Max d'où provenait ce bruit.

— C'est une source sacrée, murmura-t-il. L'eau est censée aller jusqu'à La Mecque. Vous voyez la statue, là-bas ?

Les yeux d'Agatha s'habituèrent à la pénombre, et elle vit ce qu'il lui montrait. Une immense figure de paon se tenait près d'un autel éclairé d'une seule bougie. La statue scintillait sous sa flamme. Elle semblait faite d'argent, avec des plumes ornées de pierres précieuses – émeraude, améthyste et lapis-lazuli – qui éclaboussaient les parois de pierre d'une pluie de couleurs.

— Ils la déposent dans le temple pour leurs cérémonies, reprit Max. C'est l'Ange Paon, aussi connu sous le nom de Lucifer, Fils du Malin.

Tandis qu'Agatha admirait la statue, un groupe d'hommes vêtus de tuniques blanches franchit une porte à droite de l'autel. Les clochettes d'argent qu'ils portaient autour des poignets produisaient des tintements à chaque mouvement. Associés aux murmures de la source, ils donnaient à Agatha l'impression de se retrouver dans un pré des Alpes suisses.

— Nous devons nous asseoir en même temps qu'eux, murmura Max. Juste là-bas, sur ces coussins.

Agatha s'aperçut rapidement qu'il n'était pas évident de s'asseoir par terre en tailleur sans montrer ses plantes de pied. Elle finit par replier ses jambes sur le côté et ses orteils sous ses fesses. Elle ne pouvait s'empêcher de se demander pourquoi les Yézidis réprouvaient à ce point la vue des pieds alors que, selon Max, un corps féminin dénudé ne les choquait pas.

Sans qu'elle sache pourquoi, ces considérations lui rappelèrent Katharine. Elle repensa à la façon dont elle se promenait, nue, dans le hammam de Damas, totalement à l'aise, fière de son corps voluptueux.

Elle jeta un coup d'œil à Max. Il avait fermé les paupières, comme s'il priait ou méditait. Les paroles de Katharine lui revinrent en mémoire : *Pendant les fouilles, il va à la messe tous les dimanches, même si ça l'oblige à parcourir trente kilomètres de désert aller-retour à dos de mulet.* Il semblait étonnant qu'un homme aussi profondément spirituel ait pu tomber sous le charme d'une femme comme Katharine. Mais, pensa Agatha, Leonard Woolley était lui aussi un homme religieux, et il était fou amoureux d'elle.

Elle ferma les yeux et s'appuya contre le mur. Elle se sentit glisser dans un état de semi inconscience. Des images se mirent à voleter dans son esprit tels des flocons de neige, puis elle eut l'impression de prendre son envol. Comme si elle flottait quelque part au-dessus de son corps, se regardait elle-même. Soudain, elle entendit la voix d'Hercule Poirot. Ses paroles étaient aussi claires que si elles avaient été prononcées par une personne réelle : *Et pourquoi donc, chère amie, cela vous dérange-t-il tant, que cet homme et cette femme puissent éprouver… de la tendresse l'un pour l'autre ?*

Un coup de gong la fit sortir de son état de transe. Un des hommes en tunique blanche passait devant eux en balançant un encensoir d'où s'échappaient des volutes de fumée âcre.

Max ouvrit les yeux et sourit.

— C'est le signal, murmura-t-il. Il faut qu'on parte.

Agatha se leva, non sans difficulté. Elle avait de nouveau des fourmis dans les jambes, et fit quelques pas en chancelant, comme une vieille femme. Max était déjà devant elle, ayant bondi de son coussin avec l'agilité d'un chat.

— Qu'en avez-vous pensé ? demanda-t-il une fois de retour dans la cour.

— C'est étonnant et même... charmant. Pas du tout ce qu'on pourrait imaginer de la part d'une religion fondée sur Lucifer ! Ça me fait penser à ces lieux un peu magiques que l'on croise parfois lors de promenades dans la nature : un bosquet d'arbres traversé par les rayons du soleil, ou une cascade au fond d'une vallée... Ils dégagent quelque chose d'unique. Un mélange d'archaïsme et de béatitude, même s'ils peuvent être liés à des cultes païens ancestraux. Quand on y est, on sent qu'on se trouve *au bon endroit*.

— C'est exactement ça, acquiesça Max. Tout comme ce temple, on peut dire que ce sont aussi des sanctuaires.

Ils franchirent les grandes portes et rejoignirent le sentier montagneux.

— À vrai dire, ce lieu est devenu plus qu'un sanctuaire pendant la guerre. Des centaines d'Arméniens se sont réfugiés à Djebel Sinjar pour échapper aux Turcs. Si les Yézidis ne les avaient pas accueillis, ils auraient été massacrés.

Ils atteignirent la voiture et Agatha regagna sa place en silence. Elle songeait que, malgré la sérénité qui émanait de Cheikh Adi – ou, peut-être, à cause d'elle –, elle se sentait à présent moins cohérente, moins sûre d'elle-même qu'en entrant dans cet espace sombre et frais aux murs tachetés de pierres précieuses. Le problème, c'est que ces havres de paix autorisaient toutes sortes de pensées parasites à s'insinuer dans votre esprit.

Pourquoi cela vous dérange-t-il tant, chère amie, que cet homme et cette femme puissent éprouver de la tendresse l'un pour l'autre ?

C'était une question à laquelle elle préférait ne pas répondre.

15

Bagdad, trois jours plus tard

Nancy ayant quitté l'hôtel de bonne heure pour un rendez-vous au consulat britannique, Agatha prenait seule son café. Le serveur apparut sur la terrasse et lui remit une lettre. À la vue de l'écriture ample et soignée sur l'enveloppe, elle sentit son cœur tressauter. C'était Rosalind.

> Chère maman,
>
> Merci beaucoup pour ta lettre, même si elle a mis du temps à arriver. Je suis désolée d'apprendre que tu as eu le mal de mer en traversant la Manche. Flora Peterson aussi a été malade hier, en cours de géographie. Elle a vomi sur mon dessin d'un isthme…

Agatha sourit et continua sa lecture. Mais son sourire s'effaça en lisant que Flora Peterson était déjà rétablie quand sa mère était venue la chercher le lendemain après-midi, et comme elle était jolie avec le chapeau que sa mère lui avait acheté. La culpabilité redoubla avec la fin abrupte de la lettre:

> Comme je commence à en avoir un peu assez de t'écrire, je vais écrire une petite lettre à papa…

À neuf ans, Rosalind pouvait être d'une sincérité brutale. Comme son père. Elle tenait beaucoup plus d'Archie que d'Agatha, tant en apparence que dans le tempérament. Regarder *Rosalind*, c'était voir le visage d'Archie sur une poupée de porcelaine. Parfois, Agatha se demandait si Rosalind l'aimait autant qu'elle aimait son papa. Ils étaient si semblables…

Elle glissa la lettre dans son sac et se fit la réflexion qu'Archie étant à Londres, il avait sans doute déjà reçu la sienne. Son estomac se glaça. Aujourd'hui, il allait devenir le mari d'une autre femme. Elle se demanda si, dans sa lettre, Rosalind, lui adressait ses vœux de bonheur pour son mariage.

Par réflexe, elle baissa les yeux sur son poignet. Mais elle les détourna avant d'avoir pu noter la position des aiguilles sur le cadran. Elle ne voulait pas savoir dans combien d'heures sa fille aurait une belle-mère.

***

Nancy traversa le souk des chaudronniers pour se rendre au consulat britannique. Dans les alcôves sombres, elle aperçut des hommes munis de chalumeaux occupés à façonner des pièces métalliques aux formes fantastiques. Dans la rue, les objets terminés attendaient les acheteurs : bouilloires, casseroles et assiettes brillaient au soleil du matin. Un peu plus loin, c'étaient des piles de tapis et de tapis de selle de cheval à rayures. Un jeune garçon tirant une mule passa devant elle. L'animal transportait des ballots de coton aux couleurs vives et, malgré la charge qui semblait colossale, réussissait encore miraculeusement à avancer. Nancy s'écarta pour le laisser passer, et se retrouva assaillie par d'autres garçons qui portaient des plateaux attachés à leur cou.

— Madame, regarde, j'ai des épingles, des broches et des boutons !

L'enfant n'avait pas l'air d'avoir plus de cinq ans, le bas de sa tunique était déchiré et sale.

— Regarde, madame ! Bon élastique, bon pour les culottes !

Cette remarque provoqua une avalanche de rires. Nancy ne put s'empêcher de sourire. Katharine l'avait mise en garde : si vous achetez des articles à des colporteurs, ils vous colleront comme des mouches. Mais comment résister à ces visages espiègles et à ces grands yeux noirs ? Ils avaient l'air si maigres et leurs vêtements n'étaient que des guenilles. Elle prit au fond de sa poche le peu d'argent qu'il lui restait. La veille, elle avait converti vingt livres en dinars, dont la majeure partie était réservée à la note d'hôtel. Agatha avait été très généreuse : depuis leur arrivée en ville, c'est elle qui avait payé tous les repas, mais Nancy était trop fière pour se laisser offrir également la chambre.

Elle répartit équitablement la monnaie entre les enfants, en échange d'un paquet d'épingles et de quelques élastiques. Elle en aurait besoin quand elle commencerait à confectionner ses propres vêtements. Elle avait trouvé un patron pour le tissu acheté dans le souk de la soie à Damas. Dès qu'elles quitteraient l'hôtel, elle sortirait sa machine à coudre et se lancerait. Agatha avait déjà repéré une maison qui lui plaisait. Avec un peu de chance, elles pourraient s'y installer dès le lendemain.

Les enfants suivirent Nancy quand elle traversa un pont enjambant un canal parallèle au Tigre puis s'engagea dans Banks Street. Elle accéléra le pas, se retourna à deux reprises pour les chasser. Finalement, ils se ruèrent vers une voiture étincelante arrêtée devant l'une des banques d'où sortit une femme occidentale portant un caniche sous son bras.

Nancy jeta un coup d'œil dans la rue, soucieuse de ne pas se faire piéger une nouvelle fois. Beaucoup de monde, beaucoup de bruit. Aux cris des marchands et aux braiments des ânes et des mulets s'ajoutaient les raclements de gorge des hommes crachant sur le trottoir. À Bagdad, c'était un acte banal, personne ne semblait gêné d'être surpris en train de le faire. Nancy s'habituait donc à marcher les yeux baissés pour ne pas poser le pied sur un crachat glissant.

Elle passa rapidement devant des hommes assis en tailleur occupés à coudre des pièces de tissu, à côté de photos de costumes occidentaux chics. Puis elle parvint devant des étals où des lés de velours voisinaient avec du brocart brodé. Ce trajet lui était familier, désormais. C'était sa troisième visite au consulat britannique, sa dernière tentative pour obtenir des réponses au sujet de la mort de Delia. À chacune de ses précédentes visites, elle s'était heurtée à des fonctionnaires certes toujours polis et respectueux mais résolument inébranlables. Elle n'avait pas obtenu d'autre information que la date du décès de sa cousine, l'emplacement de sa tombe dans le cimetière anglais et le fait qu'elle était morte dans son appartement à Bagdad.

C'était Agatha qui lui avait suggéré d'exiger un rendez-vous avec le plus haut responsable : le consul général. Elle avait proposé de l'accompagner mais Nancy avait le sentiment qu'elle devait agir seule. Maintenant que le moment était venu, elle se demandait si elle avait pris la bonne décision. Agatha était bien plus assurée qu'elle, elle avait un esprit vif. Elle ne serait pas du genre à se laisser intimider par un fonctionnaire, fût-il d'un rang élevé.

Nancy arriva devant l'entrée. Elle sonna, attendit. Elle fut conduite en silence de l'autre côté d'un patio jusqu'à une porte où une plaque en laiton poli portait la mention « Consul général ». Quand la porte s'ouvrit, elle sentit sa bouche se dessécher. Elle aperçut un homme de grande taille à la chevelure blanche, regardant par la fenêtre. Quand elle pénétra dans le bureau, il se retourna pour lui faire face. Il ressemblait à un oiseau de proie prêt à fondre du ciel. Ses yeux étaient d'un bleu froid et son nez aquilin.

— Madame Nelson ?

Il se pencha au-dessus de son bureau et lui serra la main d'une poigne si puissante qu'elle lui broya les os.

— Asseyez-vous s'il vous plaît. Mes sincères condoléances pour la perte de votre cousine. Mlle Grandfield était un élément exceptionnel de l'équipe, ici à Bagdad. Son absence est cruellement ressentie par tous ceux qui ont travaillé avec elle.

— Merci.

Nancy sentit une boule dans sa gorge. Elle ne devait pas pleurer. Pas maintenant.

— Je… je voulais juste savoir ce qui s'est passé. Personne ne semble pouvoir me l'expliquer.

Il joignit les mains, les abattit sur une chemise posée devant lui.

— Je crains que les circonstances de la mort de Mlle Grandfield ne soient couvertes par le secret d'État. Je ne suis pas autorisé à en divulguer des détails.

— Mais vous pouvez tout de même me dire comment elle est morte ? Était-ce une mort naturelle ou…

Elle hésita, incapable de verbaliser ses pires craintes. Le consul la fixait sans ciller, sans un mot. Son silence était insoutenable. Le seul bruit audible était le tic-tac de l'horloge sur la cheminée. Si Nancy avait écouté son instinct, elle se serait levée et enfuie, loin de son regard pénétrant. Mais elle se rappela les recommandations d'Agatha : *Ne le laissez pas vous intimider. Vous devez insister pour obtenir une explication.*

Nancy déglutit péniblement.

— Je suis désolée mais votre réponse n'est tout simplement pas recevable. Il doit bien y avoir autre chose que vous pouvez me dire. Qu'en est-il des effets personnels de Delia ? Ses biens, les objets dans son appartement, où sont-ils passés ?

Le consul serra les mâchoires, Nancy vit ses muscles se crisper.

— Il y a eu un incendie dans l'appartement de Mlle Grandfield. Il n'y a plus rien, j'en ai peur.

— Un incendie ? C'est comme ça qu'elle est morte ? C'était un accident, alors ?

— Je ne peux vraiment pas approfondir la question.

Ses yeux fixèrent la chemise sur son bureau.

— Comme je vous l'ai dit, sa mort est soumise à la loi sur le secret d'État. À présent, si vous voulez bien m'excuser…

Il se leva, visiblement désireux de se débarrasser de la visiteuse. Comme par magie, une porte s'ouvrit derrière elle et l'homme qui avait accueilli Nancy apparut. Il la raccompagna à travers le bâtiment et, deux minutes plus tard, elle était de nouveau dehors.

En revenant à l'hôtel, elle se maudit de ne pas avoir été plus persévérante avec le consul. Peut-être aurait-elle dû faire une scène, crier ou pleurer ; alors, il aurait cédé. C'était maintenant qu'elle avait envie de pleurer, en pleine rue, à la pensée de Delia mourant de cette façon. Mais le choc de cette nouvelle l'avait engourdie. C'est seulement en se retrouvant sur le trottoir, une fois les portes refermées derrière elle, qu'elle fut frappée par la portée de ses paroles. *Un incendie dans l'appartement de Mlle Grandfield…* Si ç'avait été un accident, il aurait sûrement pu le lui dire. Alors, que s'était-il passé ? Une vague de nausée monta en elle. Elle imaginait sa cousine se réveillant dans un appartement empli de fumée, terrifiée, incapable de s'échapper.

Un autre scénario tout aussi horrible lui vint à l'esprit : quelqu'un avait assassiné Delia puis mis le feu à son appartement pour faire disparaître toute trace.

Elle se fraya un chemin à travers les passants attroupés le long de Banks Street. Elle était impatiente de rentrer. Elle avait besoin de parler à Agatha. Agatha, elle en était sûre, saurait quoi faire. Elles avaient prévu de se retrouver pour déjeuner sur la terrasse surplombant le fleuve. Nancy se sentait incapable d'avaler quoi que ce soit – pas maintenant – mais elle pouvait s'asseoir et parler pendant qu'Agatha mangeait.

À son arrivée au Tigris Palace, il était 13 h 30. Pas le temps de monter dans sa chambre. En traversant le hall, elle aperçut Agatha à travers la porte-fenêtre. Elle était assise à l'une des tables et regardait le Tigre.

— Bonjour. Nancy tira une chaise. Vous avez déjà commandé ?

Agatha eut l'air surprise, comme si elle revenait du lointain pays de son imagination. Son visage était plus pâle que d'habitude et ses yeux gonflés, rougis. Comme si elle venait de pleurer. Nancy s'apprêtait à lui demander ce qui se passait quand elle reconnut un des hommes du mariage qui s'avançait sur la terrasse.

— Oh ! c'est Max.

De l'index, Agatha rajusta une mèche folle derrière son oreille.

Il leur sourit et, posant les mains sur le dossier d'une chaise :

— Désolé de faire irruption, mesdames. Vous étiez sur le point de déjeuner ?

— En effet, et vous êtes le bienvenu si vous voulez vous joindre à nous, répondit Agatha.

— J'adorerais, mais j'ai peur de ne pas avoir le temps : je pars pour Ur cet après-midi. Et Mme Woolley m'a laissé la consigne stricte de ne pas m'en aller sans avoir fixé de date précise pour votre visite.

Il regarda les deux femmes d'un air interrogateur, s'attendant à une réponse. Comme ni l'une ni l'autre ne parlait, il reprit :

— Mon Dieu, quelles mines solennelles ! Il y a un problème ?

Nancy avait le sentiment qu'Agatha n'était pas disposée à parler de ce qui, manifestement, l'avait bouleversée – du moins pas devant Max. Elle-même n'avait pas prévu de raconter sa visite au consulat mais se lança dans son récit pour protéger Agatha.

Max laissa échapper un long soupir.

— C'est épouvantable. Mais très représentatif de la façon dont les choses fonctionnent par ici, hélas…

— On doit bien pouvoir découvrir quelque chose d'autre, non ?

Agatha était un peu moins pâle tout à coup et fronçait les sourcils d'un air résolu.

— Si on lançait une enquête privée ?

Max se frotta le menton.

— Je vous le déconseille. Ce que vous devez comprendre, c'est qu'en ce moment, cette région est un vrai baril de poudre. En théorie, les Britanniques ont la situation sous contrôle, mais ils doivent constamment déjouer des complots qui visent à nous chasser.

Il se tourna vers Nancy, croisa son regard une fraction de seconde avant de se concentrer sur le fleuve.

— Votre cousine exerçait un travail qui impliquait de vivre avec le danger. Je l'ai rencontrée une seule fois – brièvement – quand elle est venue sur le chantier. J'ai été impressionné par sa force de caractère et sa détermination. Mais, quand j'ai compris ce qu'elle faisait, je dois admettre que je me suis inquiété pour sa sécurité.

Le sentiment anti-britannique qui règne ici est très puissant…

— Alors vous pensez qu'on ne devrait rien faire?

Agatha paraissait scandalisée.

— Malheureusement, oui. Comme je l'ai dit, nous vivons une époque périlleuse. Nous pourrions être pris dans une tornade politique et, selon moi, il serait très imprudent de nous y mêler.

Il marqua un temps d'arrêt, son regard passa de Nancy à Agatha.

— Écoutez, je suis vraiment désolé. Je vous donne une image atroce de cet endroit. Alors que c'est un pays magnifique… tant que vous n'essayez pas de marcher sur les pieds du voisin. C'est une nation en transition, avec toutes les incertitudes que cela implique, mais vous devez apprendre à la connaître. Alors, dites-moi, quand venez-vous à Ur? Je vous promets que nous serons aux petits soins…

***

Max leur laissa les horaires de chemin de fer ainsi qu'une boîte de poudre jaune à l'odeur fétide destinée à être saupoudrée sur les sièges du wagon du train pour Ur, par précaution contre les puces. S'il avait offert ce cadeau *avant* que Nancy et Agatha fixent une date pour leur visite, elles auraient peut-être changé d'avis. Mais Agatha avait déjà promis de faire le voyage début décembre. Pendant ses vacances en Mésopotamie, c'était l'endroit qu'elle avait le plus envie de découvrir et, comme elle l'avait expliqué à Max, elle préférait se réserver le meilleur pour la fin.

Le déjeuner arriva peu après le départ de Max. Nancy avait commandé une salade et, à son grand étonnement, Agatha fit de même.

— Je pensais que vous vouliez du rôti d'agneau?

— Oh, mon Dieu, vous commencez à bien me connaître.

Agatha prit la vinaigrette.

— En règle générale, je reste fidèle à mes plats préférés.

— Mais pas aujourd'hui ?

Elle laissa poindre une hésitation.

— Je… je n'ai pas très faim.

Nancy vit les yeux d'Agatha briller, comme si les larmes n'étaient pas loin. Elle se pencha sur son assiette, planta son couteau dans une motte de beurre et tartina une tranche de pain avec la concentration d'un peintre appliquant de la gouache sur sa toile.

— J'ai bien vu tout à l'heure que quelque chose n'allait pas, reprit Nancy. Cela vous ferait peut-être du bien d'en parler ?

Agatha posa son couteau, le fixant comme s'il était sur le point de se planter dans son cœur.

— Ce n'est rien du tout, vraiment. Rien comparé à ce que vous avez vécu.

— Ça n'avait pas l'air d'être « rien du tout ».

Nancy tendit le bras et lui prit la main.

— Quelque chose vous a suffisamment contrariée pour vous faire pleurer.

Agatha hocha la tête, prit sa serviette et tapota sa joue où venait de glisser une larme.

— Je suis désolée, marmonna t-elle. C'est juste qu'Archie – mon époux – se marie aujourd'hui…

— Oh, Agatha ! Pourquoi ne me l'avez-vous pas dit ? Je comprends que vous soyez bouleversée !

— Je pensais pouvoir le supporter… Je pensais qu'en venant ici, à des milliers de kilomètres, cela ne me semblerait pas si grave. Mais c'est…

Elle se tut, respira profondément.

— Je suis descendue déjeuner plus tôt en laissant ma montre dans ma chambre pour ne pas savoir l'heure – ne pas savoir le moment exact où ils le feraient…

Elle se mordit les lèvres, qui passèrent du rouge au blanc.

— Il épouse la fille avec laquelle il était, le soir où j'ai roulé jusqu'à cette carrière à l'abandon. Je n'aurais pas dû le savoir, mais ma fille me l'avait dit. Elle rêvait d'être demoiselle d'honneur…

Nancy se sentit soudain glacée de l'intérieur. C'était comme si Agatha racontait sa propre histoire, mais du point de vue opposé. L'intensité de son chagrin jetait une lumière crue sur la lettre que Nancy avait écrite à son amant, le suppliant de l'accompagner et d'abandonner sa femme et sa fille pour commencer une nouvelle vie à Bagdad. La honte qui l'étreignait était accablante. Jamais elle n'avait pensé à *l'épouse*, ni à ce que serait sa vie si son mari la quittait. Et soudain, elle comprit qu'être seule avec un jeune enfant était une expérience aussi dévastatrice qu'être seule et enceinte. Comment avait-elle pu se convaincre que son propre dilemme lui donnait le droit de ruiner la vie d'une autre femme ?

16

Bagdad, cinq semaines plus tard

Le premier jour de décembre, Agatha se réveilla et s'habilla avant le lever du soleil. Aucun bruit ne parvenant de la chambre de Nancy, elle se dirigea sur la pointe des pieds vers la cuisine pour préparer du thé. En attendant que l'eau soit chaude, elle étala de la confiture d'abricot sur une pita. Elle avait juste assez de temps avant de prendre le bateau qui devait l'emmener jusqu'à la ville en ruine de Séleucie du Tigre.

Depuis son arrivée à Bagdad, Agatha avait connu une poussée de créativité. Jusqu'au mariage d'Archie – pendant toute la durée de son voyage –, elle n'avait pas pu écrire la moindre ligne. Mais, une fois la date fatidique passée, ce fut comme si un barrage avait cédé dans sa tête. Les idées se mirent à affluer. Des scènes qu'elle avait vues, des fragments de conversation qu'elle avait surpris, se combinèrent pour former des motifs. Et, au fil des excursions dans les villes et les villages au-delà de Bagdad, de nouvelles idées lui étaient venues. Elle avait déjà rempli trois carnets de notes que Nancy dactylographiait, et tracé les plans de deux romans, l'un se déroulant dans l'Orient-Express et l'autre à Bagdad.

Aujourd'hui, elle allait visiter la dernière capitale de Babylone, édifiée par Alexandre le Grand. À son retour, elle avait aussi prévu d'observer la communauté des expatriés de Bagdad, sans pour autant s'aventurer dans le quartier où ils vivaient. En prenant un bateau, elle traverserait Alwiah – les jardins et les courts de tennis – d'assez près pour les espionner sans se faire remarquer.

Une fois son petit-déjeuner terminé, elle attrapa son sac et un châle pour se couvrir la tête. Puis, sans bruit, elle ouvrit la porte donnant sur la véranda. Il ne faisait pas encore tout à fait jour, aussi descendit-elle prudemment les marches qui menaient au bord de l'eau. Elles s'arrêtaient brusquement et, si on ne faisait pas attention, on pouvait tomber directement dans le fleuve.

Son attente ne fut pas longue. Au bout de quelques minutes, elle vit un *gufa* approcher de la rive. Ce n'était pas vraiment une croisière de luxe : elle partageait l'embarcation avec une cargaison de caisses de fruits et une chèvre qui avait déjà marqué son territoire d'un assortiment de déjections. Agatha réussit à embarquer en évitant le pire à ses chaussures.

— S'il te plaît, assise !

L'Arabe au corps rabougri lui désigna un tapis jeté sur ce qui ressemblait à un sac de graines.

Agatha prit place en souriant. Voilà ce qu'elle voulait. Faire partie de la vie du fleuve, se fondre dans le décor. Lorsque le bateau s'éloigna, elle jeta un coup d'œil vers la rive orientale du Tigre où le ciel se teignait de corail avec les premières lueurs de l'aube. C'était merveilleux d'être sur l'eau de si bonne heure, avec une journée de nouvelles découvertes devant soi. Ces dernières semaines, Agatha s'était sentie plus heureuse qu'elle ne l'avait été pendant des années. L'idée de retourner à Londres suscitait en elle des émotions mitigées. Elle avait envie de revoir Rosalind, mais savait aussi combien elle serait malheureuse lorsque sa fille retournerait à l'école, la laissant seule dans l'appartement de Chelsea. Agatha se dit qu'elle ne devait pas y penser. Pas aujourd'hui. Il lui restait encore trois semaines et, dans quelques jours, l'enthousiasme de se rendre à Ur.

Elle se concentra sur ce que Katharine devait être en train de faire, au même moment. Ses lettres décrivaient le travail sur le chantier. Tout le monde était à pied d'œuvre dès l'aube, elle creusait dans les tranchées en compagnie des hommes et, le soir venu, dessinait chacune des trouvailles du jour. Leonard se couchait rarement avant 2 ou 3 heures du matin, car il pouvait se contenter de quelques heures de sommeil par nuit. Pas précisément l'idéal pour une vie conjugale épanouissante, songea Agatha.

Elle se demanda comment se déroulaient les soirées pour Katharine. Elle dînait avec Leonard et quatre autres hommes, et Agatha imaginait sans peine ce qui leur passait par la tête quand ils voyaient la femme de leur patron aller se coucher seule, sachant que Leonard était enfermé dans son bureau, l'esprit entièrement monopolisé par les fragments de vies mortes qui l'entouraient. Et Katharine, la belle Katharine, à quoi pensait-elle en se déshabillant, en se brossant les cheveux et s'allongeant dans un lit vide ?

Agatha ne pouvait s'empêcher d'imaginer le pire : sous ses airs sincères et pieux, Max était follement amoureux de la nouvelle épouse de son patron. Comment, sinon, expliquer son attitude méfiante, dans le train ? Si Katharine avait été désagréable, irritable ou insultante, cela aurait pu être compréhensible. Mais elle avait été une compagne de voyage délicieuse – parfois un peu trop directive, peut-être, mais rien d'insupportable.

Mais qu'est-ce qui te prend de penser à lui, tout à coup ?

Cette fois, ce n'était pas la voix d'Hercule Poirot mais celle de sa mère. Sa mère avait toujours eu un instinct infaillible vis-à-vis des hommes. Elle n'avait pas aimé Archie, bien qu'elle n'en eût rien laissé percevoir quand elle avait compris qu'un mariage se profilait. Agatha se souvenait encore de ses propos après la première visite d'Archie. *Il n'est pas très prévenant, n'est-ce pas? Il a l'air assez brutal.* Comme elle avait eu raison.

Elle chassa Archie de ses pensées en sortant un carnet de son sac et en notant une description du spectacle qui s'offrait à elle : la façon dont l'eau changeait de couleur avec le lever du soleil, les couronnes laiteuses de brume accrochées aux berges, le groupe de femmes marchant à travers les palmeraies avec des paquets de linge en équilibre sur la tête.

Alors qu'elle levait les yeux, Agatha se fit la réflexion que, si elle était encore mariée à Archie, elle n'aurait rien vu de tout cela. Il prétendait que piloter des avions pendant la guerre l'avait dégoûté de voyager à l'étranger. Il était beaucoup plus heureux à Londres ou quand il passait le week-end à Sunningdale. L'idée d'une excursion d'une journée dans les ruines d'une cité mésopotamienne ne l'aurait pas du tout excité. Il aurait passé son temps à penser aux parcours de golf qu'il aurait pu arpenter chez lui, en Angleterre.

Oui, pensa-t-elle en rangeant son carnet dans son sac. Être célibataire présente plus d'un avantage.

***

Alors que les premiers rayons de soleil pénétraient entre les persiennes de la fenêtre de sa chambre, Nancy fut réveillée par un violent coup de pied dans les côtes. Elle s'était habituée à la gymnastique de son bébé mais les séances se déroulaient en général après un repas, pas pendant qu'elle dormait encore. Elle se leva doucement en tirant sur la robe de chambre qu'elle avait confectionnée avec les chutes de soie achetées au souk de Damas. Le patron était des plus simples – une sorte de kimono suffisamment ample pour dissimuler son tour de taille en expansion. Elle s'était aussi confectionné trois robes – toutes de style arabe – qui remplissaient la même fonction pendant la journée.

Si Agatha se demandait pourquoi son amie avait adopté cette mode vestimentaire, elle ne fit aucun commentaire. Elle-même s'était mise à porter des vêtements longs et amples et à se couvrir la tête quand elle allait faire des courses ou des excursions. En partie, imaginait Nancy, pour ne pas être reconnue. Si le petit groupe d'expatriés frivoles avait eu vent de la présence d'une célèbre romancière britannique en ville, les invitations auraient sans doute débordé de sa boîte aux lettres. Mais Agatha avait choisi de louer une maison loin de la banlieue résidentielle où vivait tout ce petit monde.

Elle se trouvait au cœur de la ville, juste à côté de la rue Al-Rasheed, au bord du Tigre. Un endroit idéal pour regarder le va-et-vient des bateaux sur le fleuve. La plupart des soirées, les deux femmes restaient assises sur la véranda en silence, lisant ou cousant, levant les yeux pour regarder passer une embarcation ou faire signe aux enfants qui couraient sur la rive opposée.

La vue des enfants provoquait toujours un certain malaise chez Nancy. Parfois, elle arrivait presque à oublier ce qui l'attendait, s'imaginait qu'elle pourrait continuer à vivre dans cette bulle de tranquillité. Mais les cris et les éclats de rire des enfants arabes la ramenaient à la réalité. Agatha quitterait Bagdad la semaine juste avant Noël. Qu'adviendrait-il de Nancy, alors ? Elle avait essayé, sans succès, de trouver un travail de secrétariat en ville. Seul le consulat britannique proposait un poste de dactylographe anglaise ne nécessitant pas de parler arabe. Or, après sa confrontation avec le consul au sujet de la mort de sa cousine, elle avait apparemment été placée sur une liste noire. Le sentiment de panique, jamais loin de la surface, menaçait de la submerger à nouveau.

Les mains tremblantes, elle ouvrit les persiennes et regarda dehors. Une fine couche de brouillard flottait au-dessus de l'eau. Sur la rive éloignée, elle apercevait les mâts de voiliers dressés comme des aiguilles dans une pelote de laine blanche. Elle songea à Delia qui, près de deux kilomètres en aval, devait sans doute avoir le même genre de panorama. Elle se demanda si, contemplant le Tigre, sa cousine avait eu le pressentiment qu'elle ne reverrait jamais l'Angleterre.

Penser à Delia lui était douloureux. Elle n'arrivait pas à surmonter l'impression de l'avoir laissée tomber. Ces dernières semaines, elle s'était rendue sur sa tombe une demi-douzaine de fois et lui avait parlé comme si elle se trouvait à côté d'elle, invisible. Le cimetière était un endroit magnifique, avec des amandiers en fleur. Mais elle n'avait jamais éprouvé la paix qu'elle était venue y chercher. La colère et la frustration dominaient tout.

Nancy se força à aller dans la cuisine pour se préparer un petit-déjeuner. N'importe quoi ferait l'affaire pour s'arracher à ce maelström de peur et de tension. Agatha avait engagé une cuisinière pour les repas du soir mais, le reste du temps, elles se débrouillaient toutes seules pour se faire à manger. Avant de venir à Bagdad, Nancy n'avait jamais cuisiné dans sa vie, pas même un œuf à la coque, mais au bout d'une semaine environ, Agatha lui avait appris plusieurs recettes.

Ce matin, elle opta pour une omelette au fromage. Un plat qui nécessitait de la concentration. Et si, après cela, elle avait encore faim, il lui restait toujours du pain et de la confiture. Son bébé allait être énorme.

Après son petit-déjeuner, elle s'installa dans la pièce qu'elles utilisaient comme bureau et passa la matinée à taper à la machine les notes d'Agatha. Elle était fascinée par le récit de sa visite au sanctuaire yézidi et par sa façon de prendre la statue de l'Ange Paon comme point de départ de l'intrigue d'un roman. Agatha avait simplement écrit le mot « Lucifer » en haut de la page et noté toute une série d'idées fondées sur le fait que ce mot faisait partie d'un message codé prononcé par un mourant entré par accident dans la chambre d'une jeune Anglaise récemment arrivée Bagdad. Elle sourit en tapant le texte, se demandant si l'héroïne lui ressemblerait d'une façon ou d'une autre.

À 13 heures, elle se fit réchauffer un reste de *keema*, ragoût à base de viande hachée, de tomates et de pois chiches servi au dîner de la veille. Elle alla manger dans la véranda, avant de retourner à sa machine à écrire. Elle avait besoin d'écrire une lettre et préférait la taper plutôt que l'écrire à la main. C'était une lettre pour lui, pour lui faire croire qu'elle avait trouvé un travail dans un bureau.

> Mon chéri,
>
> Merci pour ta dernière lettre et cette broche ravissante. Elle est bien arrivée au bureau de poste, et je crois que je me suis ridiculisée en ouvrant tout de suite l'enveloppe et en éclatant en sanglots quand j'ai vu ce qu'elle contenait ! J'aimerais pouvoir t'envoyer un cadeau, moi aussi. Je vois souvent des choses qui, selon moi, pourraient te plaire, mais je sais que cela risquerait de créer des problèmes, chez toi.
>
> Comme tu peux le constater, j'ai réussi à trouver un travail de sténodactylo. Pour l'instant, c'est juste provisoire mais j'espère que, d'ici la fin de l'année, ce sera un emploi permanent.

Tu me manques terriblement et il me tarde de te sentir à nouveau dans mes bras. Mais j'ai bien conscience que la vie chez toi doit être difficile. Tu me dis que ton couple est mort, mais j'ai des scrupules quand je pense à ta femme et à la situation qu'elle devrait affronter si tu la quittais. En même temps, je ne peux pas empêcher mes sentiments pour toi. Je sais que je suis égoïste quand je…

Elle s'interrompit. Du coin de l'œil, elle avait perçu un mouvement. Près de la fenêtre. Elle tourna la tête et se figea. Un serpent. Couleur du sable, avec des yeux émeraude et une paire de pointes squameuses au-dessus de la tête. Le personnel du Tigris Palace l'avait mise en garde contre ce type de serpent. *On dirait un diable, mademoiselle.* La vipère à cornes. Spécimen mortel. Son corps avait l'épaisseur d'un poignet. Et elle se rapprochait du bureau en sinuant.

Sans trop savoir comment, Nancy réussit à bondir de sa chaise tout en la projetant vers le serpent. Elle atterrit près de sa tête, et il fit un écart vers l'arrière, loin des jambes de la jeune femme. Qui se mit à courir, claqua la porte derrière elle, se rua dans le couloir, ouvrit la porte arrière et déboula dans la véranda où elle faillit heurter Agatha, de retour de son excursion.

— Bonté divine ! Vous êtes blanche comme du papier ! Il y a un problème ?

Nancy lui expliqua l'apparition de la vipère et Agatha appela à la rescousse l'Arabe dont la *gufa* était toujours amarrée au bas des marches. Il saisit son fusil et, moins d'une minute après avoir pénétré dans la maison, un coup de feu retentit. L'homme ressortit rapidement avec le serpent autour du cou, comme une écharpe.

— Ça alors, sacrée taille ! s'exclama Agatha. Vous avez eu beaucoup de chance… Maintenant, je crois qu'un bon thé nous ferait le plus grand bien. Si vous alliez nous en préparer pendant que je vais chercher un pourboire pour notre ami ?

C'est seulement en versant l'eau chaude dans la théière que Nancy prit conscience de la situation. L'argent était dans le bureau – Agatha le laissait toujours dans un tiroir verrouillé – et la lettre était encore sur la machine à écrire. Si Agatha tombait dessus…

Elle sortit précipitamment de la cuisine, s'engouffra dans le couloir… Trop tard. Par la porte ouverte du bureau, elle entendit le bruit de la feuille qu'Agatha retirait du chariot.

17

Agatha était tellement furieuse qu'elle avait du mal à regarder Nancy. Passant devant elle dans un silence glacial, elle alla payer le batelier. Quand elle remonta le perron, Nancy arpentait la véranda, le visage livide.

— Je… je vous dois une explication. Je sais de quoi ça a l'air, mais si vous voulez bien m'écouter…

— *De quoi ça a l'air ?* Vous m'avez prise pour une imbécile, voilà tout !

Agatha se laissa tomber dans un fauteuil en osier et suivit du regard le *gufa* qui s'éloignait sur le fleuve.

— Je vous ai logée, nourrie, je me suis pliée en quatre pour vous… et vous me remerciez avec des mensonges ! En plus, vous utilisez *ma* machine pour écrire des lettres d'amour à un homme marié !

— Je ne voulais pas vous tromper, je vous jure ! Pas du tout…

La voix de Nancy montait dans l'aigu, prête à se briser.

— Ce soir-là, dans le train, j'étais à bout de forces et vous avez été si gentille avec moi, si bienveillante… Vous comprenez ? Je ne pouvais pas vous raconter toute mon histoire, pas après ce que vous m'aviez confié sur votre mari…

— Vous avez donc joué le rôle de la pauvre petite épouse fuyant une brute alors que vous êtes en réalité… une femme *adultère*.

Agatha cracha le mot comme une arête de poisson. Un long silence s'ensuivit, seulement troublé par les cris des échassiers picorant la boue de l'autre côté du Tigre.

Nancy s'appuya à la balustrade de la véranda, le regard perdu vers le fleuve.

— Je ne suis pas fière de moi, si c'est ce que vous croyez.

Elle se tourna pour faire face à Agatha.

— Mais ce n'est pas arrivé par hasard. S'il vous plaît, laissez-moi vous expliquer.

Agatha posa un regard froid sur Nancy.

— Écoutez-moi bien, jeune fille : vous m'avez déjà manipulée, n'essayez pas de me mentir une nouvelle fois !

Elle croisa les bras sur sa poitrine.

— Donnez-moi une bonne raison de ne pas vous mettre à la porte sur-le-champ.

— La raison pour laquelle je suis tombée amoureuse de… quelqu'un d'autre… c'est que…

Nancy ravala ses larmes.

— … mon mari a fait venir sa maîtresse pendant notre lune de miel. Je les ai surpris ensemble au lit.

— Quoi ?

— L'homme à qui j'écrivais…

Nancy jeta un coup d'œil à la lettre déchirée sur la table.

— Il était là aussi, dans cette villa de Venise, et lui…

Elle se détourna. Une larme coula sur sa joue.

Agatha se releva aussitôt.

— Je vais prendre cette théière, dit-elle. Et vous allez me raconter toute votre histoire.

***

À mesure que la théière se vidait, Nancy retrouvait des couleurs. Elle décrivit d'une voix saccadée sa romance enflammée avec Felix, le mariage à l'abbaye de Westminster et son enthousiasme à la perspective d'une lune de miel à Venise.

— Il m'a dit qu'il louait une villa près du Lido. Il y aurait d'autres personnes là-bas, des amis, mais d'après lui ça n'en serait que plus amusant. Il y aurait des fêtes le soir, on pique-niquerait sur la plage, on danserait, on ferait des promenades en bateau… Tout cela semblait si tentant… Même si je ne savais pas qui étaient ces gens, car je ne connaissais pas Felix depuis longtemps.

Nancy regarda dans sa tasse.

— Il y avait là une femme – une femme mariée – qui était très séduisante. Elle et Felix semblaient très bien s'entendre, mais je n'aurais jamais pensé que… Son mari était là aussi ! Et puis, quand je me suis réveillée la deuxième nuit en me demandant pourquoi Felix ne m'avait pas rejointe, j'ai décidé d'aller voir dans sa chambre. Quand j'ai ouvert la porte, je l'ai trouvé…

Sa main trembla quand elle reposa sa tasse sur la soucoupe. Agatha regardait Nancy attentivement. À l'évidence, ce souvenir était encore très vif pour elle. Elle ne pouvait pas l'avoir inventé.

— Alors… je suis sortie en courant de la maison. Je ne savais pas quoi faire, où aller. Un des hommes de la soirée était dehors, en train de fumer. Il a vu que je pleurais, il m'a fait asseoir et il m'a écoutée. J'ai déversé tout ce que j'avais sur le cœur. Puis il est allé chercher une bouteille de cognac. Nous avons dû rester là pendant des heures car je me souviens d'avoir vu les étoiles se déplacer dans le ciel et la lune s'enfoncer dans la mer. Le lendemain matin, il est venu frapper à ma porte avec du café et des pêches cueillies dans le jardin. Il m'a parlé du film sur lequel il était venu travailler à Venise, il m'a fait rire avec des anecdotes sur les autres acteurs, les potins des coulisses… Le lendemain matin, nous nous sommes retrouvés pour aller nager.

Elle porta de nouveau la tasse à ses lèvres.

— J'étais tellement malheureuse, j'avais tellement besoin d'une écoute amicale… Je ne savais pas qu'il était marié. Il ne m'a rien dit, jusqu'au dernier jour des vacances. Et, à ce moment-là, il était trop tard…

Agatha attendit un moment, se repassant la scène dans son esprit.

— Et votre mari, il était au courant ?

— Je ne pense pas. Nous étions très discrets. Bien sûr, j'ai exigé une explication de Felix au sujet de sa maîtresse. Je voulais savoir pourquoi il avait tant insisté pour m'épouser s'il était amoureux d'une autre. Après tout, je n'étais pas exactement un cadeau : mon père était ruiné.

— Qu'est-ce qu'il a répondu ?

— Oh, il n'a pas pris de gants : il m'a expliqué qu'il devait se marier pour toucher son héritage et qu'il pensait que je ferais aussi bien l'affaire que les cinq autres filles dont il avait déjà demandé la main à la fête où nous nous sommes rencontrés.

Agatha en eut le souffle coupé.

— Et quelle réaction il espérait de vous, quand vous avez appris l'existence de l'autre femme ? Que vous accepteriez, tout simplement ?

Nancy acquiesça.

— Il m'a dit qu'une fois que j'aurais eu un enfant, mon travail serait fini. Peu importe qu'il s'agisse d'un garçon ou d'une fille, du moment qu'il y avait un bébé. Apparemment, c'était l'autre condition pour qu'il hérite du comté de ses ancêtres – son père devait sans doute craindre qu'il ne se marie jamais. Une fois mon devoir accompli, j'étais tout à fait libre de prendre un amant et nous mènerions des vies séparées sous le même toit.

Agatha secoua la tête.

— Quelle situation abominable. Je suppose que vous étiez amoureuse de lui, au début ?

— Oh, oui. Dès le premier soir, quand il m'a demandée en mariage, j'étais subjuguée. Il devait être ivre, mais je ne m'en suis pas rendu compte. Je menais une vie très tranquille à la campagne avec mon père. J'étais trop occupée à maintenir le domaine en état pour faire partie des petits cercles londoniens. À vrai dire, c'était la première fois que je me retrouvais dans ce genre de fêtes. Quand Felix m'a fait sa demande, j'ai compris tout à coup que c'était la solution à nos problèmes. Mon père n'aurait plus à s'inquiéter pour l'argent.

Les larmes montèrent encore à ses yeux, mais elle les ravala.

— Quand je lui ai annoncé mon mariage, il était fou de joie. Mais il est mort deux semaines après mon retour de Venise.

— Oh, Nancy…

Agatha se pencha vers elle et lui prit la main.

— Je comprends mieux votre état, dans le train. Où est-il, maintenant, votre… votre ami ?

— Il est rentré à Londres. Il a rejoint son épouse et sa fille.

Agatha eut un mouvement de recul. *Son épouse et sa fille*. C'était si affreusement familier… Son esprit la transporta deux ans auparavant, à cette nuit de décembre où elle s'était retrouvée à Godalming, assise dans sa voiture devant le cottage des amis d'Archie, observant les ombres portées sur les rideaux, sachant qu'il s'y trouvait avec…

Elle leva les yeux.

— Qui est-ce, l'homme à qui vous écriviez ? Comment s'appelle-t-il ?

Soudain, tout faisait sens. Les pièces du puzzle venaient de se mettre en place. C'était *lui* qu'elle avait vu ! Dans le train… Lui qu'elle avait aperçu sur le quai à Paris, puis le lendemain matin. Ce reflet dans la vitre, c'était le visage de l'amant de Nancy. Elle était en train de lui dire adieu, et les larmes coulaient sur son visage… Elle saluait un homme dont les traits évoquaient étrangement Archie. Mais ce n'était pas Archie, ce n'était pas possible. Elle avait parlé d'un acteur de cinéma…

Nancy baissa la tête.

— Je… je ne peux pas le dire. Il me l'a fait promettre. Il a trop peur que ça arrive un jour dans les journaux… Non que je vous soupçonne de faire une chose pareille, bien sûr…

Elle agrippa la main d'Agatha comme elle aurait saisi une bouée de sauvetage.

— Je pense qu'il y a quelque chose d'autre que vous devez me dire, n'est-ce pas ?

Agatha s'interrompit. C'était un coup de bluff.

— Vous attendez un enfant, n'est-ce pas ?

Nancy ferma les paupières.

— Oui, murmura-t-elle.

— C'est lui le père ou c'est votre mari ?

— C'est lui.

— Vous en êtes certaine ?

— Absolument.

Elle ouvrit les paupières, cligna des yeux au soleil.

— Felix et moi… Après ces premiers jours de lune de miel, je ne pouvais plus supporter de l'avoir près de moi. Pour le tenir à distance, je lui ai dit que j'étais tombée enceinte la première nuit où nous avions fait l'amour. J'ai honte, mais je l'ai laissé croire ça jusqu'à ce que je le quitte. Avant de partir, je lui ai écrit une lettre où je lui avoue mon mensonge.

— C'est cela qui vous a décidé à fuir ? Apprendre que vous étiez enceinte de l'autre homme ?

— Oui. Je n'avais pas de plan précis, il fallait juste que je m'enfuie. Felix n'est pas le genre d'homme qu'on a envie de se mettre à dos. Quand il est en colère, il peut être terrifiant.

— Et… l'autre homme, il est au courant ?

Nancy secoua légèrement, presque imperceptiblement la tête.

— Je voulais qu'il quitte sa femme, bien sûr, mais pas question de lui faire de chantage émotionnel.

Agatha resta silencieuse. Comment aurait-elle pu donner un avis, un conseil ? Comment aurait-elle pu rester impartiale ? Elle eut soudain la vision précise de l'épouse de l'amant de Nancy, occupée aux tâches quotidiennes dans sa maison, quelque part à Londres. Pour elle, l'endroit ressemblait à celui dans lequel elle et Archie, jeunes mariés, s'étaient installés. Cette femme s'occupait de son intérieur et de son enfant, passait la soirée avec son mari sans deviner qu'il était amoureux d'une autre. Non seulement amoureux mais aussi, bientôt, le père d'un bébé porté par une autre femme. Quel cauchemar.

Quand Archie lui avait parlé de sa liaison, elle l'avait supplié de rester, de donner une seconde chance à leur couple, de se laisser trois mois de réflexion. Elle se souvint à quel point ç'avait été horrible, comme il était glacial envers elle, avec quelle violence ils se disputaient. La situation s'était tellement envenimée que, dès qu'elle entrait dans une pièce, il se levait et partait.

Finalement, elle avait compris qu'en s'accrochant à lui, elle n'avait fait que prolonger l'agonie. Avec Archie, il n'y avait pas de demi-mesures. *Je ne supporte pas de ne pas avoir ce que je veux et je ne supporte pas de ne pas être heureux. Tout le monde ne peut pas être heureux, il faut bien que quelqu'un soit malheureux*. Pendant ces trois mois, il avait si souvent répété ces phrases… Au fil des semaines, elle avait senti sa haine, son impression d'être pris au piège, et cela l'avait effrayée. Elle craignait qu'il ne veuille sa mort.

C'était déconcertant de voir un scénario presque identique à travers les yeux de Nancy. Agatha aurait dû la mépriser mais, au fond, ce n'était pas le sentiment qu'elle éprouvait. Pourquoi ? Peut-être parce qu'elle venait de comprendre quelque chose qu'elle n'avait jusqu'alors jamais accepté : vivre avec un mari qui ne vous aime pas est bien pire que vivre seule.

— Je suppose que vous vous demandez ce que je vais faire, quand le bébé sera né.

La voix de Nancy la traversa des pensées.

— Si je trouve un emploi, je pourrai louer un appartement et engager une nourrice.

— Vous en êtes à combien ?

Agatha jeta un coup d'œil à l'ample tunique que Nancy s'était cousue. Impossible de dire quelle forme avait son corps.

La main de Nancy se posa sur son ventre.

— Je ne suis pas complètement sûre. Environ six mois, je pense.

— Six ! répéta Agatha, estomaquée. Vous n'allez pas vous mettre à chercher du travail à six mois de grossesse, voyons. Nous allons devoir trouver une autre solution…

Nancy leva les yeux.

— Nous ?

— Vous ne croyez quand même pas que je vais vous laisser seule dans cette situation, n'est-ce pas ? Écoutez, si le pire arrive, vous devez rentrer avec moi en train. Vous vous installerez chez moi à Londres, au moins jusqu'à la naissance du bébé.

Nancy secoua la tête.

— C'est extrêmement gentil de votre part, mais je ne peux pas accepter. Vous avez déjà été si bonne avec moi. Et, d'ailleurs, s'il le découvrait, Felix serait capable du pire. Je pense que je préfère tenter ma chance à Bagdad.

— Vous pensez que le père de votre enfant finira par quitter sa femme ? Et par vous rejoindre ici ?

Les yeux de Nancy se détournèrent d'Agatha pour suivre un pélican solitaire volant en rase-mottes au-dessus de l'eau.

— Si seulement je savais, murmura-t-elle.

18

De Bagdad à Ur – cinq jours plus tard

— Vous-êtes sûre de vouloir venir ?

Agatha était dans la cuisine, enveloppant des œufs durs dans un torchon. Elle les mit dans un panier à côté d'un tas de pains pita et d'un pot de confiture de quetsches.

— Oui, absolument.

Nancy déposa dans le panier quatre pêches dans du papier brun.

— Quand nous sommes arrivées, je ne pensais pas que j'en serais capable à cause de la chaleur, mais le climat est beaucoup plus frais à présent. Ça ne devrait pas être trop insupportable dans le train.

— J'espère que non. C'est un long trajet. Mais, avec un peu de chance, nous en passerons une bonne partie à dormir.

— Vous avez bien pris la poudre que Max nous a donnée ?

Agatha tapota la poche de sa veste.

— Elle est ici.

Elles se rendirent à la gare en charrette tirée par des mules. En chemin, elles firent halte au souk des chaudronniers, où Agatha descendit et passa quelques minutes à marchander avec l'un des commerçants. Quand elle revint à la charrette, elle était suivie d'un jeune garçon portant une grande boîte en bois.

— Je me débrouille de mieux en mieux, lança-t-elle en souriant pendant que le garçon hissait la boîte sur leurs bagages. J'espère que ça plaira à Katharine.

Elle se retourna et souleva le couvercle de la boîte pour révéler un service à café protégé par de la paille. La cafetière était dotée d'un col de cygne et ornée d'un motif complexe à base de filaments d'argent incrustés dans le cuivre. On retrouvait le même motif sur les tasses et les soucoupes.

— Elle va adorer, répondit Nancy. Ce sera bien pour elle d'avoir quelque chose de raffiné. D'après ce qu'elle a dit dans ses lettres, la vie sur le chantier est assez rudimentaire.

Agatha se réinstalla alors que les mules repartaient.

— C'est étrange de penser à elle dans cet environnement. Elle est la dernière personne qu'on imaginerait passer son temps à quatre pattes dans une sépulture, sous un soleil de plomb.

— C'est si différent de ce qu'elle faisait avant… Je me demande comment elle en est arrivée là.

— Je crois me rappeler qu'elle est venue ici en tant qu'infirmière. C'est ce qu'elle m'a raconté, dans le train. Après le décès de son mari, elle est restée au Moyen-Orient et a continué à gagner sa vie comme infirmière. Ensuite, elle a commencé à dessiner pour les archéologues et, quand ils ont constaté son talent, ils lui ont proposé un travail.

— Elle a du cran, n'est-ce pas ? Après ce qui s'est passé en Égypte, la plupart des gens seraient rentrés chez eux sans demander leur reste.

Agatha hocha la tête.

— Elle a dû trouver plus facile de rester loin de l'Angleterre. Elle avait sûrement deviné que les journaux auraient tôt ou tard appris la nouvelle. C'est insupportable, de se dire que tout le monde peut avoir accès aux détails les plus intimes de votre vie tout en dégustant des toasts à la confiture.

— Je ne sais pas comment vous avez réussi à survivre à ça. Ça a dû être un enfer.

Nancy fit claquer sa langue contre son palais.

— Les journalistes se frotteraient les mains s'ils décidaient de s'intéresser à ma vie, pas vrai ?

— Espérons que ça ne se produira jamais. Ici, vous êtes plutôt en sécurité.

La charrette s'arrêta devant la gare et le chauffeur sauta pour décharger ses bagages. Dix minutes plus tard, elles étaient installées à bord d'un confortable wagon Pullman semblable à ceux de l'Orient-Express.

— C'est beaucoup mieux que ce à quoi je m'attendais, déclara Nancy en rangeant son sac de voyage. Je ne peux pas croire qu'il y ait des puces.

— Nous ferions quand même mieux de traiter les banquettes, au cas où.

Agatha ouvrit la boîte et commença à saupoudrer les moelleuses assises.

— Pouah ! Ça sent mauvais !

— Aérons un peu…

Non sans difficulté, Nancy parvint à descendre la vitre de quelques centimètres. Au moment où elle s'assit, le train se mit en mouvement.

— C'est mieux. Je… Oh ! Qu'est-ce que c'est que ça ?

La bouche d'Agatha s'ouvrit alors qu'un nuage d'insectes se faufilait par l'interstice.

Nancy bondit.

— Oh ! Regardez cette taille ! Ce sont des frelons !

Les femmes se cramponnaient l'une à l'autre tandis que les insectes bourdonnaient dans le compartiment comme des avions de combat.

— Vite !

Agatha ouvrit la porte, tira Nancy dans le couloir avant de refermer derrière elle. Par chance, le compartiment voisin était inoccupé. Elles se laissèrent tomber sur les banquettes, et Agatha jeta un coup d'œil à la boîte d'insecticide qu'elle tenait toujours dans la main gauche.

— Je pense que les puces sont l'option la moins dangereuse, n'est-ce pas ?

Sa remarque fit rire Nancy.

— Oui. *Les Frelons de la mort*, ça pourrait être le titre d'un de vos romans, n'est-ce pas ? Ou plutôt *La Piqûre de la mort* ?

Agatha sourit.

— Vous êtes sûre de ne pas vouloir revenir en Angleterre avec moi ?

***

Au bout d'une demi-heure de route, le paysage au-dehors n'avait plus grand intérêt : broussailles et dunes sablonneuses. Alors que le soleil se couchait à l'horizon, un steward arriva avec du thé et une assiette de biscuits difficiles à avaler. Quand Agatha expliqua que leurs bagages se trouvaient dans le compartiment voisin, infesté de frelons, le steward alla les récupérer. Cinq minutes plus tard, il revint, apparemment indemne, rangea leurs affaires et baissa la couchette.

Nancy n'avait pas compris qu'il y aurait des lits dans le train. Elle pensait qu'elles dormiraient assises. Ayant délibérément sous-estimé la durée de sa grossesse, elle redoutait de se déshabiller devant Agatha. Elle ne savait pas exactement où elle en était, car ses cycles menstruels n'avaient jamais été très réguliers. Le bébé avait peut-être été conçu au cours des derniers jours des vacances à Venise ou bien six semaines plus tard, quand il l'avait emmenée dans un appartement de Pimlico appartenant à un ami militaire en poste à l'étranger. Cela pouvait donc être sept ou huit mois. Le genre de nouvelle qui aurait paniqué Agatha et contrarié tous ses projets, ce qui n'était pas juste. Nancy avait fait de son mieux pour convaincre son amie qu'elle pouvait très bien se débrouiller toute seule et que, dès l'arrivée du bébé, elle aurait tout réglé.

Hier après-midi, en se rendant sur la tombe de Delia dans le cimetière en fleurs, quelque chose comme un miracle s'était produit. Alors que Nancy, agenouillée, nettoyait la pierre tombale couverte du sable rouge du désert, un homme âgé était apparu derrière un des amandiers. Il l'avait appelée par son nom et s'était présenté comme un ancien collègue de Delia. Ils avaient arpenté les allées du cimetière en discutant, et il lui avait appris ce qu'il savait de la mort de sa cousine. Elle avait sans doute été assassinée par un tueur envoyé par l'un des chefs tribaux qu'elle surveillait de près.

— Pourquoi me cherchiez-vous ? demanda Nancy alors qu'ils retournaient devant la tombe.

— Parce que Delia a laissé ça pour vous.

Il avait glissé une main dans sa poche et en avait ressorti une enveloppe.

— Votre cousine était une femme très courageuse. Elle a toujours su que ce qu'elle faisait était dangereux. Elle ne faisait pas confiance aux banques ici, alors elle m'a demandé de garder ça pour elle. Ne l'ouvrez pas tout de suite, attendez d'être rentrée chez vous.

L'enveloppe contenait trois cents livres. Nancy et Agatha s'étaient regardées avec étonnement tandis que les billets glissaient sur ses genoux. Elles avaient passé la soirée à chercher le meilleur moyen de dépenser cet argent. Dès leur retour d'Ur, elles iraient voir le propriétaire d'Agatha et renégocieraient le bail de la maison pour que Nancy puisse y prolonger son séjour. Il lui resterait assez pour couvrir les besoins du bébé et vivre encore pendant trois ou quatre mois. Ce qui, dans le meilleur des cas, lui laisserait le temps de trouver un emploi quelconque.

— Vous avez faim, Nancy?

La voix d'Agatha la ramena au présent.

— On peut manger les œufs si vous voulez, à moins que vous ne préfériez les garder pour demain matin?

— Un œuf, oui, volontiers. Je prendrai aussi du pain et de la confiture…

Nancy avait tellement faim qu'elle aurait très bien pu dévorer tout de suite le contenu du panier. Avec un peu de chance, on leur servirait quelque chose de consistant à leur arrivée au chantier de fouilles, le lendemain matin.

Quand elles eurent terminé leur repas, Agatha déclara:

— Je vais me coucher maintenant. Je prends la couchette du haut, non?

Nancy lui lança un sourire reconnaissant.

— Ça ne vous dérange pas?

— Pas du tout. J'aime bien l'idée de grimper à une échelle pour aller me coucher. Ça me rappelle mon enfance! Ma sœur, mon frère et moi on s'était fait une sorte de refuge dans la grange – on nous permettait parfois d'y dormir.

— Ça devait être amusant.

Nancy regarda son estomac. Son bébé aurait-il un jour un frère ou une sœur? Elle ne voulait pas qu'il soit enfant unique, comme elle l'avait été. Elle s'allongea sur la banquette et ses pensées la ramenèrent à Londres. Quelle heure était-il, là-bas? À quoi s'occupait-il? C'était samedi après-midi… Il devait faire des achats de Noël avec sa fille ou bien l'emmener au parc. Ensuite, il rentrerait chez lui, peut-être lui lirait-il une histoire après le dîner. Et alors… Elle détestait l'idée qu'il monte dans son lit avec son épouse. Maintenant, quand elle imaginait cette femme, elle lui prêtait les traits d'Agatha.

***

Le train arriva en gare d'Ur-Junction peu après l'aube. Le steward frappa à la porte pour réveiller Agatha et Nancy. Agatha posa un pied sur l'échelle et se laissa glisser. Nancy était allongée sur le côté, au-dessus des draps, le dos tourné vers l'échelle. La pauvre, pensa Agatha, elle devait être trop épuisée pour se déshabiller.

— Quoi… quelle heure est-il ? marmonna Nancy, tirant son foulard sur ses yeux.

— 6 h 30.

Agatha regarda par la fenêtre.

— Oh, il y a une petite église, juste à côté de la gare ! C'est sûrement là que Max va à la messe.

À cet instant, la porte de l'édifice s'ouvrit et deux religieuses en tunique noire et voiles blancs gonflés par le vent en émergèrent. Elles étaient jeunes, petites, à la peau brune. Leurs traits étaient plus indiens qu'arabes. Agatha avait vu des chrétiens indiens entrer dans l'église anglicane de Bagdad et avait reconnu certains commerçants du souk des chaudronniers. Mais elle ne s'attendait pas à trouver une communauté indienne dans un endroit aussi éloigné que celui-ci.

Elle essaya d'imaginer Max parmi elles, arrivant en sueur et couvert de poussière après son périple dans le désert. Elle revit l'expression apaisée, presque béate, qui l'avait envahi au sanctuaire yézidi. Oui, songea-t-elle, il devait se sentir chez lui ici, parmi ces gens dont la spiritualité avait une saveur orientale.

Nancy était assise à présent et se frottait les yeux.

— Nous sommes arrivées ? J'ai atrocement soif. Vous pensez qu'ils vont nous apporter du thé ?

Agatha sourit.

— J'en doute. Mais j'espère que quelqu'un va venir nous chercher. Vous n'aurez pas longtemps à attendre.

En effet, dès qu'elles eurent quitté la gare, elles découvrirent le nouveau moyen de transport qui les attendait. On aurait dit un wagon de chemin de fer coupé en deux et monté sur des pneus en caoutchouc. Sous la couche de poussière sablonneuse transparaissait une jolie nuance de bleu lavande, et la carrosserie était couverte de rayures et de bosses. L'homme qui sauta pour venir les saluer était Michael Cruft-Deacon, l'autre dessinateur du chantier qui avait accompagné Katharine jusqu'à l'autel le jour de son mariage.

— Bonjour, mesdames ! lança-t-il avec un large sourire en jetant leurs sacs à l'arrière. Désolé de venir vous chercher avec ce genre de taxi… Le gars auquel Leonard l'a acheté avait dû le récupérer dans un fossé peu de temps après la Première Guerre mondiale et le retaper pour la somme royale d'environ dix livres. Nous avons dû faire surélever le châssis à cause du terrain accidenté. Ça lui donne un petit air majestueux, vous ne trouvez pas ?

Il ouvrit la porte et leur fit signe de monter à bord.

— Ce n'est pas très respectueux de notre part mais nous lui avons trouvé un surnom : Queen Mary !

Le site des fouilles n'était qu'à quelques kilomètres mais la piste était défoncée et cahoteuse.

— Vous avez de la chance, commenta Michael tandis que Queen Mary bondissait de nid-de-poule en nid-de-poule. Il a plu par ici à la fin du mois dernier et l'oued a été inondé. Nous sommes restés bloqués pendant une semaine.

— Comment vous avez fait ? demanda Agatha en forçant sa voix pour se faire entendre malgré le vacarme du moteur. Pour la nourriture, je veux dire.

— Oh, nous avions assez de réserves pour survivre à peu près. On en a juste eu marre de manger des haricots et du riz tous les soirs, mais heureusement le cheikh a pu nous ravitailler avec quelques chèvres.

Agatha et Nancy échangèrent un regard.

— Cette saison, le cuisinier que nous avons au chantier se débrouille pas mal du tout. Ses puddings n'ont pas grand intérêt mais ses ragoûts et ses currys sont fabuleux. J'imagine qu'il vous a préparé un petit-déjeuner. Vous aurez tout l'endroit pour vous car les autres sont déjà partis travailler sur la colline. Une fois que vous vous serez installées, je trouverai quelqu'un pour vous y emmener et on vous fera une petite visite guidée.

Alors que le camion tournait dans un virage, Agatha aperçut un bâtiment au loin, entouré d'une haute clôture de barbelés.

— Voici la maison de l'expédition.

Michael secoua la tête en direction de l'habitation.

— Elle s'appelle *Qamar al-Sahra*, « lune du désert » en arabe. Vu d'ici, j'ai bien peur que ça n'ait pas l'air très attirant. La clôture nous protège des maraudeurs. Nous avons déterré tellement d'or que nous ne trouvons plus d'endroits où le stocker. On le cache littéralement sous nos matelas !

Il manœuvra le levier de vitesse et négocia un autre virage.

— Vous pouvez voir le monticule maintenant, là-bas. Les Arabes appellent cela un *tell*[1].

Agatha et Nancy regardèrent vers la gauche, et aperçurent une sorte de petit volcan se découpant sur le jaune pâle du ciel matinal, un tas de terre de forme conique dépassant de la garrigue plate qui l'entourait. Quelque

1. Sorte de monticule né de l'accumulation de matières et de leur érosion sur une longue période, sur un lieu autrefois occupé par les hommes. Il s'agit d'une colline artificielle formée par les différentes strates d'habitations humaines.

chose qui bougeait à sa surface. Des hommes qui, à cette distance, ne paraissaient guère plus gros que des fourmis.

— Combien de personnes travaillent sur le chantier ? s'enquit Nancy.

— En règle générale, une centaine d'hommes, mais ça varie d'une semaine à l'autre. Ils viennent tous des villages alentour. Parfois, dès qu'ils ont touché leur paie, on ne les revoit plus pendant un certain temps. Puis ils réapparaissent une fois que tout l'argent a été dépensé. Max s'occupe d'eux car il parle très bien l'arabe. Ce n'est pas une tâche facile, de les diriger tous. Un peu comme un maître d'école, en fait.

Il ralentit à l'approche de l'entrée du complexe. Deux grands gardes arabes munis de fusils et harnachés de cartouches en bandoulière bondirent en entendant le camion. Michael leur fit signe de la main en pénétrant dans la cour. Puis il coupa le moteur et des aboiements retentirent.

— Des chiens de garde, expliqua-t-il. Une fois qu'ils se seront habitués à votre odeur, ils ne vous dérangeront pas.

Un autre Arabe – un jeune garçon en robe blanche qui n'avait pas plus de douze ou treize ans – sortit du bâtiment, suivi par un petit chiot sautillant.

— C'est Saleem. Il va prendre vos bagages et les déballer pour vous. Je vais vous faire le tour du propriétaire, ensuite vous pourrez manger un morceau.

Ils passèrent par une véranda pour entrer dans le bâtiment principal, qui, expliqua Michael, était construit en briques de boue séchée recueillie à la surface du monticule creusé pendant les fouilles.

— La brique la plus récente a vingt-cinq siècles, mais elles sont incroyablement résistantes.

Agatha fut surprise de découvrir un intérieur aussi agréable. Les murs rugueux étaient peints couleur *terracotta* pâle et le sol recouvert de nattes de jonc. Le salon, malgré son mobilier spartiate, était des plus accueillants.

— Voici mon bureau.

Michael tendit la main vers une alcôve dans le salon, juste assez grande pour accueillir une table et une chaise.

— Au bout du couloir, vous avez la salle des antiquités. Elle reste verrouillée pendant la journée mais je suis sûr que Katharine se fera un plaisir de vous la montrer ce soir.

Il les guida ensuite jusqu'à une annexe située de l'autre côté de la cour.

— Les chambres des Woolley se trouvent dans le bâtiment principal. Sinon, tout le monde loge ici.

Agatha avisa, par-dessus son épaule, deux petites fenêtres fermées de rideaux.

Dans ses lettres, Katharine n'avait pas précisé qu'elle et son mari faisaient chambre à part. Peut-être parce que Leonard, habitué à travailler jusque tard dans la nuit, ne voulait pas la déranger quand il se couchait. Agatha se surprit à se demander – et ce n'était pas la première fois – comment un couple marié depuis peu s'accommodait d'une telle situation.

— Voici vos chambres.

Michael les conduisit au bout d'un couloir, où le jeune garçon qui avait pris leurs sacs installait à présent des serviettes dans une armoire à linge.

— Il n'y a qu'une seule salle de bains, je le crains, mais Saleem vous apportera des cruches d'eau chaude matin et soir.

Les chambres étaient petites et sans fioritures mais les lits simples en fer forgé, les tapis en peau de chèvre et les tulipes sauvages alignées en pot sur le rebord des fenêtres dégageaient un charme rustique. Michael les quitta et c'est seulement une fois rafraîchies qu'elles allèrent découvrir ce qu'on leur avait préparé pour le petit-déjeuner.

En entrant dans le bâtiment principal, elles sentirent une odeur de friture. C'était des omelettes au fromage de chèvre et aux tomates qu'Ibrahim, le cuisinier, leur servit avec des gestes élégants et une petite courbette. Vinrent ensuite des triangles de pain grillé soigneusement découpés et disposés sur un porte-toast. Le beurre et la confiture attendaient déjà sur la table.

— Mon Dieu ! rit Nancy. Ce n'est pas vraiment sauvage, n'est-ce pas ?

— C'est beaucoup plus agréable que ce à quoi je m'attendais, admit Agatha. Moi qui nous voyais déjà mangeant autour d'un feu de camp et dormant à même le sol…

— Je pensais que Katharine nous aurait accueillies à notre arrivée, tout de même.

— Elle doit sûrement commencer à travailler en même temps les autres. Elle devait se dire que le train aurait du retard et ne voulait pas perdre son temps à faire les cent pas à la maison.

Nancy acquiesça.

— Vous êtes prête pour la visite guidée ?

— Et vous ?

Agatha se demanda s'il était bien raisonnable que Nancy gravisse le monticule. Il n'était que 7 h 30 mais la température augmentait rapidement.

— Ça va aller.

Nancy sourit. Puis, se penchant sur la table, elle murmura :

— Je suis seulement enceinte, pas malade !

19

Ur

Gravir le *tell* n'était pas aussi pénible qu'Agatha l'avait craint. La chaleur du soleil était agréable – pas insoutenable comme pendant les premières semaines à Bagdad – et un sentier praticable avait été creusé à flanc de monticule. Elles retrouvèrent Katharine à mi-hauteur, accroupie dans la terre, en pleine conversation avec un homme en keffieh arabe et tunique rayée. Elle portait une chemise et une jupe kaki et un chapeau à larges bords. Bien que chaussée de boots et au travail en plein milieu du désert, elle réussissait à être élégante sans effort.

Quand Agatha cria son nom, elle sursauta.

— Oh ! Vous êtes là !

Elle les embrassa sur les deux joues, à la française, les lèvres effleurant à peine la peau.

— Vous avez l'air en pleine forme ! Bagdad vous réussit. Et Nancy, vous avez l'air d'une vraie Bédouine avec ce bronzage et cette tenue !

D'un signe de tête, elle indiqua l'homme à qui elle parlait et qui, en se relevant, avait retiré sa coiffe, révélant un très beau visage.

— Voici Hamoudi. C'est lui qui a fabriqué le talisman en ivoire que je vous ai montré dans le train. C'est notre chef de chantier.

Elle lui dit quelque chose en arabe et il sourit en s'avançant, la main droite tendue.

— Il ne parle pas bien anglais, expliqua-t-elle en lui serrant la main. Max et lui sont très amis – de nous tous, Max est celui qui parle le mieux l'arabe.

— Où est-il ? demanda Agatha.

— Il creuse avec Leonard, de l'autre côté. Nous irons les voir.

Nancy et Agatha attirait les regards curieux des hommes et des garçons qui s'affairaient devant les tas de pierres arrachés au monticule.

— Ils ne voient pas souvent de femmes occidentales, commenta Katharine. Ils pensent sans doute que vous êtes les épouses d'un des hommes de l'équipe de fouilles.

Devant l'expression de ses amies, elle ajouta :

— Ne vous inquiétez pas, Max leur expliquera tout !

Le chemin faisait le tour du *tell* et, alors qu'elles se dirigeaient vers l'autre côté, Agatha aperçut sur sa gauche un immense édifice en escalier, à la couleur rouge profond. Elle s'arrêta net.

— Oh ! C'est une ziggourat ?

Katharine acquiesça.

— Nous l'avons mise au jour la saison dernière. C'était un temple au dieu de la lune. Vous voyez la tour, tout en haut ? C'est le sanctuaire, l'endroit où avaient lieu toutes sortes de cérémonies mystérieuses…

— Lesquelles ? demanda Agatha en se protégeant les yeux du soleil avec ses mains.

— Eh bien, des rites de fertilité par exemple. Il y avait une couche sur laquelle le roi s'étendait pour incarner la divinité, et il devait avoir une relation sexuelle avec une femme représentant la déesse – en général, sa fille ou sa sœur. Ensuite, l'assemblée chantait des hymnes pour glorifier les parties intimes de la femme.

Elle jeta un coup d'œil vers Agatha et Nancy.

— Désolée, j'espère que je ne vous choque pas.

— J'ai lu quelque chose à ce sujet dans les journaux, répondit Agatha. Mais ils ne mentionnaient ni l'inceste, ni les chansons vulgaires. Pas très agréable mais ça reste fascinant…

— Je suis sûre d'avoir lu quelque chose sur des sacrifices humains, intervint Nancy.

Katharine hocha la tête.

— Ça se passait là-bas.

Elle indiqua une rangée de colonnes à droite de la ziggourat.

— C'est le cimetière royal. Chaque fois qu'un souverain mourait, toutes ses femmes, concubines et domestiques étaient sacrifiées avec lui, ainsi que des animaux. Et toutes sortes d'objets précieux étaient enterrés dans sa tombe. Il fallait que le roi ait tout ce dont il avait besoin dans l'Au-delà. Bien sûr, c'était une tradition terrible – notamment pour les femmes – et elle a finalement été abandonnée.

— Alors ce trésor, toutes les choses que vous avez déterrées, proviennent de ce sanctuaire, c'est ça ? demanda Nancy.

— En grande partie, oui. Mais je dois quand même dire qu'on nous a attribué des découvertes complètement folles. Ainsi, nous aurions déterré un sphinx en or massif ! C'est complètement faux. Nous avons bien des objets en or, mais rien d'aussi énorme. Quand on voit circuler ce genre de rumeurs, ça nous rend très nerveux… Vous imaginez la convoitise que ça peut provoquer. C'est pour ça que des hommes armés gardent la maison de l'expédition.

— Bonjour !

Le cri avait résonné quelque part au-dessus de leurs têtes. Elles levèrent les yeux et virent Max en train de descendre le monticule, de petits filets de terre et de sable ruisselant sous ses semelles.

— Qu'est-ce que vous faites là-haut ? cria Katharine. Vous avez trouvé quelque chose ?

— Une statue ! On dirait Ningal.

— La déesse de la lune, traduisit Katharine à l'intention de ses amies.

Max était presque devant elles, à présent. Son short était frangé de boue et ses cheveux noirs avaient pris la teinte rouille et rouge du sable. Son visage – ce qu'Agatha pouvait en voir – était encore plus bronzé qu'avant.

— Ravi de vous revoir toutes les deux !

Il regarda ses mains.

— Désolé, je ne peux pas vous saluer comme il faut, comme vous le voyez je fais un métier salissant !

Katharine leva la main vers le bord de son chapeau, regardant vers le haut.

— Leonard arrive ?

— Il est en route. Il veut juste s'assurer que la statue est correctement emballée avant de la laisser. Il m'a dit qu'il nous retrouvait chez le boulanger.

— Le boulanger ? répéta Agatha. C'est impossible…

Max sourit.

— De nos jours, oui. Mais il y en avait un, voilà trois mille ans. Juste en bas !

Il indiqua une zone de murets ponctués de souches rondes.

— Au temps de Nabuchodonosor, c'est là que se trouvaient les magasins et les maisons.

— Comme dans la Bible ? demanda Nancy.

Max acquiesça.

— Ce lieu est tout droit sorti de l'Ancien Testament : « Ur des Chaldéens » est mentionné dans la Genèse. On pense qu'Abraham a vécu ici avant d'émigrer en Palestine. C'est une partie de notre travail ici : chercher des preuves physiques de ce qui est décrit dans la Bible.

— Max, vous voulez bien les emmener là-bas ?

Katharine pencha la tête avec une expression plutôt impérieuse. Agatha se dit que, depuis son mariage, Katharine n'était plus l'égale de Max mais, *de facto*, sa supérieure.

— Bien sûr.

Si Max vivait mal ce changement de statut, il n'en montrait rien.

— Je vous retrouve à la maison pour le déjeuner ! lança Katharine avant de rejoindre Hamoudi.

— Par ici, mesdames.

Max les conduisit vers un nouveau chemin. Quand ils furent hors de portée de voix de Katharine, il ajouta :

— Vous allez avoir droit au grand numéro de Leonard Woolley ! C'est un vrai comédien. Il n'hésite jamais à récrire les livres d'histoire, et il aime raconter nos découvertes aux visiteurs.

En attendant l'arrivée du grand homme, ils se promenèrent parmi les ruines. Max expliqua qu'à la construction de la ville, le fleuve Euphrate coulait beaucoup plus près, mais son cours avait été dévié de quinze kilomètres au cours des trois derniers millénaires.

— C'était une grande cité commerçante. Grâce à des tablettes de pierre, nous savons que des orfèvres, des bijoutiers mais aussi des bouchers et des boulangers y exerçaient. Des navires arrivaient du golfe Persique chargés de cargaisons d'émeraudes d'Égypte, de saphirs du Cachemire, de lapis-lazuli d'Afghanistan…

Il s'arrêta devant une volée de marches menant à un sol en pisé.

— Je n'oublierai jamais le jour où nous avons découvert la première des tombes royales : il y avait soixante-quatorze corps, tous enterrés vivants au fond d'un puits profond. Quand on a commencé à la dégager, on a d'abord cru voir un tapis d'or mais c'était les coiffes des dames de la cour – en feuilles de hêtre doré – et les harpes et les lyres en or sur lesquelles elles avaient joué leur chant funèbre, jusqu'à leur dernier souffle.

— C'est presque inimaginable, vous ne trouvez pas ? dit Agatha. De se laisser sacrifier, comme ça...

Nancy acquiesça.

— Ça me rappelle le *Titanic*. Quand les musiciens ont continué à jouer en se noyant...

— Qui parle de noyade ?

Une voix retentit derrière eux.

— J'espère que ce jeune homme n'a pas essayé de me voler la vedette !

Les lèvres de Leonard Woolley étaient relevées dans ce qui se voulait probablement un sourire, mais l'intensité de son regard donnait à Agatha l'impression d'être une vilaine fille sur le point d'être grondée par le directeur.

Sa poignée de main était ferme et brève.

— Suivez-moi maintenant, dit-il. Et Max, fermez la marche : nous ne voulons pas d'accidents.

Il les emmena à travers les bâtiments en ruine jusqu'à une vaste fosse dont les parois étaient striées de dépôts sédimentaires vieux de milliers d'années.

— Elle fait plus de quinze mètres de profondeur...

Il se tenait juste au bord, tendit la main.

— Il y a des marches taillées dans les parois. Quand nous atteindrons le fond, nous serons au-delà de toute date historique connue.

Il s'avança, fit signe aux autres de suivre et disparut.

Agatha jeta un regard inquiet à Nancy.

— Qu'est-ce que vous en pensez ? C'est tout de même très raide.

— Allez-y vous. Moi, j'attendrai là-bas.

Elle désigna un muret en pisé juste à la bonne hauteur pour s'asseoir.

Max fut à ses côtés en un instant.

— Vous ne vous sentez pas bien ? J'ai de l'eau, si ça peut être utile.

— Non, merci, dit-elle en souriant. Je suis juste un peu fatiguée après le voyage. Je vais bien, vraiment. Emmenez Agatha avec vous.

— Eh bien, si vous êtes sûre…

Il se tourna vers Agatha, lui offrant sa main alors qu'elle enjambait le bord de la fosse.

Ils descendirent les marches en file indienne, s'enfonçant peu à peu progressivement dans la semi-obscurité. Quand ils eurent rattrapé Leonard, il parut ne pas le remarquer. Il regardait attentivement quelque chose à mi-chemin de la paroi.

— Vous voyez la couche de sable rougeâtre, là-bas ? dit-il sans se retourner.

Agatha scruta la fosse, le temps que ses yeux s'adaptent à l'obscurité.

— Oui, dit-elle, je la vois.

— C'est à cette période que l'écriture a été inventée.

Il s'arrêta un instant. Quand il reprit la parole, sa voix avait une intonation différente, comme s'il prononçait une conférence apprise par cœur. Ici, dans la vallée méridionale de l'Euphrate, entre 3500 et 3200 avant J.-C., les anciens scribes ont conçu un système scripturaire à base de marques triangulaires tracées dans l'argile – l'écriture cunéiforme, qui a donné naissance au premier alphabet.

Il y a plus de cinq mille ans, pensait Agatha. Elle compta les couches de terre entre celle-ci et le sommet de la fosse, essayant de deviner combien de générations elles couvraient. Elle se demanda si un de ses lointains ancêtres écrivait des histoires sur des tablettes d'argile.

— Maintenant, dit Leonard, observez plus bas cette large strate brune d'argile alluviale.

Agatha suivit son regard.

— Ce type d'argile ne pouvait être déposé que par des eaux de crue, reprit-il. Celui-ci date du livre de la Genèse. Au niveau de cette strate, nous avons trouvé des tombes préhistoriques. Les restes d'humains noyés pendant le déluge.

— Vraiment ?

Agatha regarda avec admiration la mince ligne de terre brune coincée entre deux couches jaunes sales.

— Je ne savais pas que Noé était originaire de Mésopotamie.

Leonard acquiesça.

— Son histoire figure sur la onzième tablette de Gilgamesh, le plus ancien document écrit au monde. Il porte un nom différent, bien sûr : en sumérien, on l'appelle Utnapishtim. Mais de nombreux détails de l'histoire – comme le lâcher d'oiseaux depuis l'Arche – sont suffisamment proches de ce qui est écrit dans la Bible pour prouver que cela s'est produit ici même.

Il fendait l'air avec ses mains, regardant au-dessus de lui comme s'il cherchait l'approbation du Très-Haut.

— Bien sûr, ce que vous voyez au niveau du sol s'est formé des milliers d'années après le Déluge, poursuivit-il. La plupart des gens ne se rendent pas compte que la période qui sépare Noé de Nabuchodonosor est aussi longue que celle qui nous sépare de Nabuchodonosor.

Il indiqua le fond de la fosse.

— Venez, allons sur la dernière marche.

Ils reprirent leur descente mais Agatha heurta une pierre du bout du pied. Elle se sentit basculer sur le côté et, désorientée par l'absence de lumière, battit des bras pour chercher appui sur la paroi. Elle sentit une main se poser sur son épaule et la stabiliser.

— Attention, ça devient un peu difficile à partir d'ici.

Elle sentit le souffle chaud de Max sur sa nuque.

— Merci, murmura-t-elle.

Quand ils atteignirent la dernière marche, Leonard resta silencieux un moment. L'ambiance évoquait une église, lorsqu'on attend le début du service.

— Vous venez de traverser dix mille ans d'existence humaine, annonça-t-il enfin. Nous nous tenons désormais sur un sol vierge. Et, dans la couche juste au-dessus, nous avons trouvé des fragments de huttes de roseaux construites par les tout premiers habitants, quand cet endroit n'était qu'une île au milieu d'un marais.

Agatha sentit un frisson remonter sa colonne vertébrale.

— Comme ce doit être merveilleux, d'être l'homme qui a découvert tout cela.

— Bien sûr, il reste encore beaucoup à découvrir.

Son visage était dans l'ombre, mais le ton de sa voix – plus doux, avec une pointe d'excitation – trahissait un sentiment de fierté évident.

— Maintenant, nous allons remonter à la surface – là où Abraham a vécu.

Pendant qu'ils se frayaient un chemin à travers les ruines, il donnait vie à toutes sortes de détails. Il s'animait, guidait ses hôtes dans les ruelles étroites, mimait le geste de frapper aux portes et expliquait que, grâce aux tablettes cunéiformes trouvées sur place, le nom de chaque habitant de la ville était connu. Et son métier : marchand, tailleur, bijoutier ou maître d'école. On savait si leur activité était florissante ou non, combien d'enfants ils avaient et à quel âge ils étaient morts. Il leur montrait l'emplacement d'une auberge quand Michael apparut au volant de Queen Mary et proposa de ramener qui le souhaitait à la maison de l'expédition.

Nancy – qui avait suivi le petit groupe quand ils étaient remontés de la fosse – se tourna vers Agatha.

— Ça vous dérange si je repars ? Une petite sieste me ferait du bien.

— Bien sûr que non. Vous voulez que je vous accompagne ?

— Non, non, restez et écoutez la suite. C'est pour cela que vous êtes venue. Je vais me débrouiller.

Leonard Woolley s'éclaircit la gorge d'une manière théâtrale. À l'évidence, il n'aimait guère que son numéro soit interrompu. La portière claqua et Nancy s'éloigna dans une traînée de poussière.

— Et maintenant, en route vers le temple de la lune.

Leonard indiqua d'un signe de tête la ziggourat, dont la façade en degrés projetait une ombre monstrueuse sur le sable.

Il guida Agatha et Max vers un escalier extérieur flanqué de deux rangées de marches parallèles.

— Avant qu'on lui ordonne de quitter Ur et d'adorer Jéhovah, Abraham était un adorateur de la lune, expliqua-t-il alors qu'ils s'élevaient au-dessus du désert. Le dieu de la lune était la principale divinité dans toute l'Arabie, on en trouve encore la trace dans le symbole du croissant de lune de l'islam.

Il pénétra à l'intérieur de la ziggourat puis dans ce qu'il présenta à Agatha comme une sorte d'antichambre du sanctuaire.

— Nous devons passer par là.

Il tendit le doigt vers une arche étroite ne dépassant pas un mètre cinquante.

— Après, il y a un escalier en colimaçon. L'ensemble est plutôt claustrophobique, je le crains : les Sumériens étaient beaucoup plus petits que nous.

Il prit une lampe à huile sur une étagère creusée dans le mur et l'alluma.

— Suivez-moi.

Leonard, qui n'avait pas une once de graisse en trop, disparut sans problème à travers l'arche. Agatha, elle, dut s'y faufiler latéralement pour cause de hanches trop larges.

Un court passage débouchait au pied d'une volée de marches en pisé, tout juste visibles dans le faisceau de lumière bondissant projeté par la lampe de Leonard. Elle dut pencher la tête pour éviter de se cogner en grimpant. Passé le premier tour d'escalier, elle se retrouva dans une obscurité presque totale. Pour suivre son chemin, elle devait tâtonner le long des murs rugueux et se concentrer sur l'écho lointain des pas de Leonard. Il n'avait pas précisé combien d'étages il fallait passer ni le temps qu'ils mettraient à rallier le sanctuaire. Elle sentit la sueur couler dans son dos. L'air était sec, chargé de poussière. Soudain, la panique lui tomba dessus. Incapable de continuer, elle fit un pas en arrière, tenta en vain de se retourner dans l'espace exigu.

— Oh!

Elle avait oublié que Max était juste derrière elle. Elle ressentit la fermeté de son torse contre son dos, de ses cuisses contre ses fesses. En une fraction de seconde, sa panique s'évanouit, remplacée par une chose très différente: le frisson érotique du corps de cet homme pressé contre le sien. Ce contact déclencha au fond d'elle-même une sensation de pétillement, de picotement, si familière qu'elle en devenait choquante.

Elle s'éloigna, trébuchant sur la marche qu'elle venait de quitter.

— Je suis vraiment désolée… Je…

Max lui tendit la main dans l'obscurité.

— Ça va? Prenez mon bras. Attendez: je vais gratter une allumette.

Son visage apparut dans un halo de lumière.

— Nous y sommes: vous voyez où vous allez, maintenant? Encore quelques marches et vous serez en haut.

Agatha grogna en voyant à quel point elle était proche de la fin de l'escalier.

— Oh mon Dieu, dit-elle. Vous devez me trouver pathétique.

— Pas du tout, dit-il.

Puis, avec un sourire :

— Je ne peux pas vous reprocher de paniquer. Leonard cavale toujours à mille à l'heure. Il ne se rend pas compte de la difficulté pour les gens qui ne sont pas habitués.

L'allumette s'éteignit, il en alluma une autre.

— Je vais lui demander de vous laisser la lampe en redescendant.

Ils finirent par retrouver Leonard, assis sur une sorte de trône creusé dans un mur, au fond d'une pièce nue et basse de plafond.

— C'est ça, le sanctuaire ?

Agatha s'efforça de ne pas laisser filtrer la déception dans sa voix.

— Vous devez imaginer cette pièce telle qu'elle était au temps d'Abraham, répondit Leonard. C'était le luxe suprême : revêtue de céramiques bleu ciel, le sol couvert de tapis de soie, et meublée d'immenses couches où le roi et ses servantes pouvaient s'allonger. Pour la nourriture et le vin, des assiettes et des gobelets en or. Et là-bas, ajouta-t-il, une énorme statue de Nannar, le dieu de la lune. Il était représenté sous l'apparence d'un vieillard coiffé d'un turban avec une barbe couleur lapis-lazuli. Chaque soir, il montait dans sa barque – qui, aux yeux des mortels, apparaissait sous la forme d'un brillant croissant de lune – et s'élançait à travers le ciel nocturne.

La lumière vacillante de la lampe donnait à la pièce un aspect plutôt sinistre. Agatha se souvint de ce que Katharine avait dit au sujet des cérémonies qui s'y étaient déroulées.

— Cet endroit était imprégné de magie, reprit Leonard.

Puis, comme s'il avait entendu ses pensées :

— Cette pièce a été le théâtre des rituels païens les plus immoraux – que notre esprit moderne réprouve.

— Oui, Katharine nous a raconté, précisa Agatha.

— Ah bon ?

Pour la première fois, Leonard la fixa droit dans les yeux. Ce qu'elle lut dans son regard lui laissa deviner qu'elle s'aventurait en terrain périlleux. Répéter la description que Katharine leur avait faite de l'ancien rite de fertilité risquait de terriblement gêner son mari.

— Elle a aussi parlé de leur rituel de mort, ajouta-t-elle pour changer de sujet. Plutôt terrifiant, j'imagine, pour une femme ou un serviteur du roi. Ils devaient tout le temps le surveiller. Dès qu'il tombait malade, ils devaient se demander s'ils allaient bientôt mourir…

Leonard acquiesça, sans détacher ses yeux d'Agatha. Ce regard perçant la mettait mal à l'aise.

— Difficile à accepter, n'est-ce pas ? Mais, vous savez, il existe encore aujourd'hui des vestiges de ce type de pratique. En Inde, par exemple, le rituel de la *sati* veut que la veuve se jette sur le bûcher funéraire de son mari. Il a été proscrit voilà un siècle, mais il est toujours considéré par certains hindous comme la forme ultime de dévotion féminine.

Leonard avait prononcé ces deux derniers mots avec un léger changement d'intonation. Agatha se laissait-elle troubler par son imagination ou cette nouvelle inflexion avait-elle des accents plus durs ? De cette pièce émanaient de mauvaises vibrations, un sentiment presque tangible de menace. À cause des actes contre nature qui s'y étaient déroulés en des temps ancestraux, ou de la rivalité qui opposait, en cet instant, Max et Leonard ?

20

Max et Agatha revinrent à la maison de l'expédition à dos de mules. Les autres membres de l'équipe de fouilles étaient déjà rentrés déjeuner chez eux mais Agatha déclarant qu'elle n'avait pas vraiment faim, Max lui avait proposé de rentrer par la route panoramique.

Elle ne faisait que six kilomètres, mais le terrain obligeait les animaux à ralentir. Ce fut un soulagement pour Agatha, qui trouva les mules un peu moins intimidantes que les chameaux.

— Nous allons traverser l'oued dans une minute, annonça Max en se rapprochant d'elle. Il n'est pas très profond pour le moment, vous ne vous mouillerez même pas les pieds.

En descendant le long d'une dune, Agatha aperçut un ruban d'eau scintillante et des berges parsemées de fleurs sauvages. Les délicates tulipes rouges qu'elle avait vues dans les vases sur le rebord de sa fenêtre poussaient à côté d'iris violets et de touffes de plumes blanches semblables à du cerfeuil sauvage.

— Là-bas, vous avez le village bédouin.

Max regardait vers l'horizon, en direction de l'ouest. Agatha distinguait tout juste une palissade en bois au-dessus de laquelle se devinaient les toits arrondis des tentes, dont la couleur se confondait avec celle du sable environnant.

— Nous leur rendrons visite plus tard dans la semaine. Ils nous ont tous invités à un festin.

— Vraiment ? Ah, comme c'est excitant !

Agatha mit ses mains en visière.

— Ils ne sont pas dangereux, alors ? Katharine nous a dit que vous aviez dû vous battre contre les rumeurs qui se propagent à propos de vos découvertes.

— Nous payons la tribu locale pour nous protéger. Le chef a une petite armée d'hommes qui patrouillent dans la région et surveillent les bandits. Il a le titre le plus merveilleux qui soit : Cheikh Munshid du Ghazi !

Il sourit, ses yeux étincelèrent dans son visage couvert de poussière.

— Je crois que j'aimerais bien me réincarner en cheikh bédouin. Ils ont tous l'air d'avoir au moins dix femmes !

Agatha lui lança un regard dubitatif.

— Je plaisante ! C'est leur vie nomade qui m'attire. Cette faculté à plier bagage pour partir quand et où l'envie leur prend… Cela ne me déplairait pas, d'errer dans le désert, de vivre dans une tente, de toujours trouver de nouveaux endroits à explorer…

Il s'interrompit, haussa les épaules.

— Nous vivions dans des tentes, quand nous sommes arrivés ici. Pendant longtemps, ça a posé des difficultés, compte tenu des objets que nous trouvions pendant les fouilles. Vous avez vu la salle des antiquités ?

— Pas encore.

— J'espère que Katharine vous la montrera elle-même. À condition que Leonard ne s'y enferme pas tout l'après-midi…

— Il est très passionné, n'est-ce pas ?

Agatha jeta un coup d'œil à Max, scruta son visage. C'est tout à fait volontairement qu'elle n'avait pas ajouté « par son travail ».

Max leva la main pour essuyer un filet de transpiration qui traçait un sillon sur son profil gauche empoussiéré. Le mouvement masqua ses yeux à Agatha.

— Oui. C'est certainement l'homme le plus dévoué à sa tâche que j'aie jamais rencontré. Il travaille toutes les heures que Dieu fait. Et il a une mémoire exceptionnelle des faits – même ceux qu'il invente.

— Oh ?

Sa remarque la décontenança.

— Tout ce baratin sur Abraham et Noé… il vaut mieux ne pas le prendre comme parole d'Évangile !

Il la regardait franchement, à présent.

— On a cherché de toutes nos forces une tablette où Abraham est bien mentionné par son nom, mais on n'a rien trouvé jusqu'à présent. Et cette couche d'argile alluviale… il vous a expliqué qu'elle résultait d'une inondation. C'est vrai, mais on n'a aucune certitude qu'il s'agissait du Déluge – celui de la Genèse.

— Pourtant, il semblait si sûr de lui…

— Ça fait partie du spectacle.

Max laissa échapper un soupir.

— Pour plaire aux personnes qui pourraient avoir les moyens de soutenir financièrement le chantier, le temps que Leonard trouve enfin les preuves de ce qu'il avance.

Il marqua une pause.

— J'espère que vous ne me trouvez pas impoli d'attirer votre attention sur ces détails. Je voulais juste vous avertir, c'est tout. Les Woolley sont vraiment un couple à part : ils savent parfaitement charmer les gens. Mais vous ne devez pas vous sentir obligée de leur céder.

Il s'éloigna alors, dirigeant sa mule le long de la rive vers le lit du fleuve. Agatha le suivait, tout en méditant ses paroles. Est-ce que *lui* leur avait cédé ? Avait-il laissé Katharine lui voler son cœur, pour mieux le rejeter dès qu'une perspective plus intéressante s'était présentée à elle ? Cette pensée se dissipa quand ils entreprirent de traverser l'oued, avec force éclaboussures, jusqu'à ce que leurs mules grimpent la berge opposée. Max était si attentif, si patient, toujours tourné vers les autres… En ce sens, il était aux antipodes de Katharine, qui, malgré toute la séduction qu'elle déployait, privilégiait nettement ses propres intérêts.

Les contraires s'attirent.

Le jour où Agatha avait annoncé à sa mère ses fiançailles avec Archie, elle lui avait fait remarquer : *Il est différent des autres jeunes hommes, n'est-ce pas, ma chérie ?* Elle avait posé la question avec un sourire vif et crispé, les yeux voilés de larmes. Agatha était trop amoureuse pour se rendre compte que ce n'étaient pas des larmes de joie. Elle avait interprété la remarque de sa mère comme un compliment pour son fiancé : en effet, il n'était pas comme les autres, il était impétueux, imprévisible et beau, si beau…

En cet instant, elle sentit que Max était exactement comme elle : captivé, ébloui et désespérément dépassé par les événements.

***

Saleem débarrassait les restes du déjeuner à leur retour à Qamar al-Sahra. Max attrapa une assiette de pitas avant que le garçon ait le temps de les remporter en cuisine.

— Vous avez faim ?

Il tendit l'assiette à Agatha.

— Il reste aussi du fromage de chèvre, si vous aimez.

Le visage de Katharine apparut dans l'embrasure de la porte.

— Ah, vous êtes de retour, enfin ! Je commençais à croire qu'on vous avait kidnappés…

Elle entra dans la pièce, saisit Agatha par le bras.

— Il faut que je vous montre la salle des antiquités. Profitons-en maintenant, Leonard est occupé avec Duncan dans la chambre noire. Vous n'avez pas encore rencontré Duncan, n'est-ce pas ? Ni Pierre ?

Agatha secoua la tête.

— Pierre est notre épigraphiste – il traduit les tablettes cunéiformes – et Duncan notre expert en céramique. Vous les verrez tous les deux au dîner, ce soir. Quoi qu'il en soit, suivez-moi. Nancy nous attend.

Sur ce, elles s'engouffrèrent dans un couloir menant à la pièce centrale de la maison de l'expédition.

— Elle n'a pas de fenêtres, il n'y a aucun moyen d'y entrer de l'extérieur. Et la porte est toujours verrouillée.

Agatha comprit pourquoi dès qu'elle en franchit le seuil. Éclairée par deux lampes à huile, la pièce brillait comme une caverne d'Ali Baba. Nancy se trouvait à côté d'une statue en or représentant un lion surmonté de ce qui ressemblait à une tête de pharaon, et tenait dans la main un gobelet de la même matière au rebord orné de têtes de béliers.

— Regardez ça !

Nancy le tendit à Agatha.

— C'est vraiment très lourd. C'est de l'or massif ?

Katharine acquiesça.

— Mais ce n'était pas le cas de la statue, qui est en ivoire doré. C'est elle qui a déclenché les rumeurs dont je vous ai parlé. Si c'était vraiment de l'or massif, elle vaudrait une fortune.

— Elle ressemble presque à une statue égyptienne, remarqua Agatha.

— Il y a des ressemblances entre les Sumériens et les Égyptiens. Cette coiffe à rayures est presque identique. Et regardez ça…

Elle prit une boîte en haut d'une étagère et souleva le couvercle pour révéler une belle dague en or à la poignée incrustée de pierres bleu foncé.

— Ça provient de la tombe d'un prince, et nous pensons que les saphirs sont d'origine égyptienne. Nous avons dû payer l'ouvrier qui l'a trouvée son poids en or – c'était très cher, mais indispensable si nous voulons décourager le vol. Nous avons trouvé d'autres tombes royales, mais la plupart avaient déjà été pillées.

Elle désigna le gobelet dans la main de Nancy.

— Cette coupe est notre plus belle trouvaille. Débuts de la civilisation akkadienne. Unique.

— Qu'est-ce que c'est ?

Nancy regardait une tête d'homme grandeur nature. Son style était très différent des autres têtes sur les étagères, la coiffe plus arabe qu'égyptienne. La couleur aussi était différente ; pas dorée mais d'une teinte plus foncée, presque fauve.

— Oh, rit Katharine. Celle-là, c'est moi qui l'ai faite ! C'est Hamoudi, notre contremaître à la fouille. Vous ne le reconnaissez pas ?

Vous avez sculpté ça ?

Agatha tendit la main pour toucher les traits sculptés.

— La saison dernière, oui. Je l'ai fait couler en bronze à Londres et je l'ai offerte à Leonard comme cadeau de mariage.

— C'est extrêmement ressemblant, déclara Nancy. Très réaliste.

— Eh bien, il a fallu beaucoup de temps pour obtenir ce résultat. Pauvre Hamoudi : il a dû s'ennuyer ferme, posant pour moi soir après soir, quand tous les autres ouvriers étaient déjà rentrés chez eux…

Une expression mélancolique traversa le visage de Katharine, qu'elle escamota rapidement d'un sourire.

— Et maintenant, nous ferions mieux de nous faire discrètes… Leonard va venir travailler sur les découvertes du jour.

Elle les fit sortir de la pièce et ferma la porte à clé.

— En général, nous nous accordons une sieste, l'après-midi – sauf Leonard, qui ne dort jamais…

Elle grimaça.

— Je suppose que vous êtes toutes les deux fatiguées après votre voyage en train. Je vous vois dans quelques heures, d'accord ?

***

Katharine se coucha et ferma les yeux mais le sommeil ne voulait pas venir. Elle sentait la pulsation d'un début de migraine derrière ses yeux. Elle se demandait ce qui l'avait déclenché. Peut-être passait-elle trop de temps dans la nouvelle tranchée, du côté oriental du monticule, sous les rayons impitoyables du soleil du matin ? À moins que l'arrivée d'Agatha et de Nancy ne lui fasse anticiper des questions qu'elle n'était pas sûre d'être capable d'esquiver…

Se glissant hors du lit, elle enfila un peignoir et déverrouilla la porte de sa chambre. Elle resta un moment dans le couloir, à l'affût. Elle percevait des bruits métalliques provenant de la cuisine : Ibrahim et Saleem préparant le repas du soir. Le raclement de la terre cuite sur le bois : Leonard prenant un objet sur une étagère dans la salle des antiquités. Il ne l'entendrait pas quand elle passerait sur la pointe des pieds devant sa porte pour aller retrouver Max. Il n'aurait aucune idée de sa façon d'occuper le reste de l'après-midi.

Les chiens endormis ne bougèrent pas quand elle traversa la cour. La porte de l'annexe était légèrement entrouverte afin de permettre à l'air de circuler dans le dortoir en briques crues à plafond bas dont les six chambres étaient désormais toutes occupées. Celle de Max étant la plus proche de l'entrée, elle n'avait pas besoin de passer devant les chambres de ses collègues pour l'atteindre.

Elle hésita un instant, les doigts sur la poignée. Elle n'entendit pas de bruit à part les grognements étouffés de quelqu'un qui ronflait. Probablement Michael, ou bien Pierre. Sans un bruit, elle souleva la poignée. Il y avait un loquet à l'intérieur mais Max ne le fermait jamais. Elle ouvrit la porte.

Il était allongé sur le lit, entièrement vêtu. Un livre avait glissé, encore ouvert, sur la courtepointe. Les yeux fermés, Max avait l'air serein, presque royal, comme un jeune pharaon dans un sarcophage.

— Max, murmura-t-elle.

Il ne bougea pas. Elle s'approcha, se pencha sur lui. Sa bouche était à quelques centimètres de son oreille.

— Max, vous êtes réveillé ?

Ses yeux s'ouvrirent brusquement.

— Quoi ?

Il se redressa d'un coup, le livre tomba avec un bruit sourd sur le tapis en peau de chèvre.

— Il y a un problème ?

Il se frotta les yeux.

— J'ai mal à la tête.

Elle leva une main vers sa tempe, se frotta la peau.

— Vous pourriez me masser ? Ça me fait toujours beaucoup de bien.

Max hésita. Son front se plissa.

— Oui, pourquoi pas. Laissez-moi juste me laver…

Katharine resta assise sur le lit tandis qu'il versait de l'eau dans la bassine en fer-blanc de la coiffeuse. Elle vit que ses jambes étaient encore couvertes de sable. Il trempa son gant de toilette dans la bassine, se frotta le visage puis les bras jusqu'aux coudes.

— Asseyez-vous sur la chaise, dit-il en s'essuyant.

— Je préfère m'allonger. Si je mets l'oreiller à l'autre bout du lit, vous pourrez vous asseoir sur la chaise. Ce sera plus confortable pour vous.

— Très bien.

Max lui lança un regard perplexe.

— Je vais essayer.

Il prit la chaise sous la fenêtre et s'installa pendant que Katharine s'allongeait sur le lit, tirant sa tunique de soie sur ses jambes nues. Puis elle ferma les yeux, attendant le moment délicieux où les doigts du jeune homme entreraient en contact avec sa peau.

***

Agatha se réveilla en sursaut. Elle mit une fraction de seconde à se rappeler où elle se trouvait. Elle s'était endormie nue sur les couvertures, après avoir ouvert la fenêtre afin de faire entrer un peu d'air dans la petite pièce étouffante. Elle se demanda ce qui l'avait réveillée. Un bruit dehors, peut-être.

Enfilant sa robe de chambre, elle s'approcha de la fenêtre. Les épais barreaux de métal bouchaient en partie la vue – non qu'il y ait grand-chose à voir : une plaine déserte ponctuée d'un étrange rocher. Elle n'entendait pas grand-chose non plus, juste un ronflement sourd dans une chambre voisine.

Elle décida de s'habiller et de se rendre dans le salon avec son carnet. Ce serait plus agréable que de rester là. Il pourrait aussi y avoir quelque chose à manger. Il faudrait attendre encore quelques heures avant le dîner et elle regretta d'avoir refusé ce qui restait du déjeuner.

Quelques minutes plus tard, elle ouvrit la porte de sa chambre en prenant soin de ne pas laisser retomber le loquet. Elle ne voulait pas déranger Nancy, juste à côté. Alors qu'elle progressait le long du passage étroit, elle remarqua que l'une des autres portes était légèrement entrouverte. Elle ne savait pas de quelle chambre il s'agissait. Apparemment, un des hommes avait renoncé à sa sieste pour occuper son après-midi autrement. Elle se demanda si elle allait le croiser dans le salon. Plutôt gênant, pensa-t-elle, si c'était l'un des deux hommes auxquels elle n'avait pas encore été présentée. Et, surtout, pas idéal quand elle avait envie de coucher au propre ses observations sur les fouilles.

Ce qu'elle vit en approchant de la porte la stoppa net. Par l'entrebâillement, elle reconnut Katharine étendue sur le lit, à l'envers, une jambe nue dépassant d'une robe de chambre en soie cramoisie. Et Max était penché sur elle, les mains enfouies dans ses cheveux.

Alors qu'elle se tenait là, comme paralysée, il tourna brusquement la tête et, dans la fraction de seconde où il la reconnut, ses yeux scintillèrent, sous le choc. Agatha se précipita dans la cour, atteignit le salon et, haletante, s'enfonça dans un des fauteuils branlants. Il n'y avait personne dans la pièce – c'était déjà ça. Quand elle se fut un peu remise de ses émotions, elle alla prendre la cruche sur la table et se servit un verre d'eau. Elle le sirota lentement, à chaque gorgée elle sentait son pouls battre dans sa gorge.

Elle essaya de mettre à distance la scène qu'elle venait de surprendre. Tenta de la regarder froidement, comme une scène de film. En quoi ça la concernait, ce que ces deux-là fabriquaient ensemble ?

Mais le coup de poignard dans l'estomac n'était que trop familier – c'était la même douleur physique qu'elle avait ressentie cette nuit-là, dans sa voiture, devant la maison des amis d'Archie.

La jalousie, pure et simple.

Comment peux-tu être jalouse ? Pourquoi cours-tu après un jeune homme qui a dix ans de moins que toi ?

— Je ne sais pas, maman, chuchota-t-elle dans la pièce vide.

***

Juste avant 18 heures, Agatha retourna à l'annexe. La porte de la chambre de Max était fermée, à présent. Elle passa devant sans s'arrêter – elle préférait ne pas entendre ce qui pouvait se passer à l'intérieur. Si elle n'avait pas promis à Nancy de la réveiller à temps pour dîner, elle serait restée dans le salon jusqu'à ce que le repas soit servi.

Nancy n'entendit pas le premier coup, timide, frappé à sa porte. Quand Agatha réussit à la tirer de son sommeil, elle vint lui ouvrir.

— Pardon… je dormais à poings fermés, dit-elle en étouffant un bâillement. Vous avez réussi à vous reposer ?

Agatha hocha la tête.

— Pendant une demi-heure environ. Ensuite, j'ai pris des notes sur ce que nous avons vu ce matin.

Une partie d'elle aurait voulu avouer à Nancy ce qu'elle avait vu en se rendant au salon mais, alors que les mots prenaient forme sur sa langue, elle les ravala. Parler de cette scène à son amie risquait de la rendre réelle. Et l'ambiance à table allait déjà être assez pénible sans la mêler à cette histoire.

— Comment vous sentez-vous, maintenant ? Je me suis fait du souci pour vous, tout à l'heure.

— Bien mieux, merci.

Nancy baissa les yeux. Sa robe de chambre était ouverte, révélant la courbe de son ventre. Elle la referma et noua la ceinture.

— Vous ne le direz pas à Katharine et aux autres, n'est-ce pas ? Si tout le monde était au courant, je ne pourrais pas le supporter.

— Bien sûr que non, si vous ne voulez pas. Mais qu'allez-vous dire si Katharine s'en aperçoit ?

— Vous pensez qu'elle le verra ? C'est si flagrant ?

— Pas quand vous portez votre tunique. Là, personne ne pourrait le deviner. Mais si elle commence à vous interroger ? Elle va forcément vous demander ce que vous comptez faire quand je serai rentrée à Londres.

— Je vais lui dire la vérité : que Delia m'a laissé suffisamment d'argent pour continuer et que je vais commencer à chercher un emploi au printemps.

— Mais…

Agatha hésita, scrutant le visage de Nancy. L'idée qu'elle puisse affronter l'épreuve de l'accouchement sans le soutien d'autres personnes que des inconnus l'inquiétait. Il fallait prévenir Katharine. Mais la scène dont Agatha venait d'être témoin lui faisait l'effet d'une trahison, et elle répugnait à lui révéler le secret de Nancy.

Nancy fronça les sourcils.

— Mais quoi ?

Elle devait le lui dire. Quelle que soit la façon dont Katharine menait sa vie privée, elle pouvait toujours être une amie pour Nancy.

— Eh bien, c'est juste que…

Agatha hésita.

— Je sais que, le moment venu, vous allez faire appel à une nounou mais Katharine pourrait peut-être vous aider. En cas d'urgence, je veux dire.

— Je ne vois pas comment. Ur est loin de Bagdad.

— Mais elle connaît forcément des gens. Ça ne pourrait pas faire de mal de lui parler du bébé, n'est-ce pas ? Tant qu'elle garderait ce secret pour elle…

***

Katharine était seule dans le salon à leur arrivée. Nulle trace de gêne dans ses yeux quand elle les salua. Max avait-il parlé ? se demandait Agatha. Il semblait peu probable qu'il lui cache une telle information, étant donné leur intimité évidente. Peut-être voulait-il juste rayer cet épisode de son esprit, agir comme si rien ne s'était passé, dans l'espoir qu'Agatha se convaincrait d'avoir imaginé la scène ?

— Montons, proposa Katharine. De là-haut, la vue est magnifique avec le coucher du soleil.

Elles la suivirent dans l'escalier qui se découpait sur un mur au fond de la cour et aboutissait au toit-terrasse en briques blanchies à la chaux. Le soleil était déjà bas dans le ciel, une boule rouge suspendue au-dessus du monticule, au loin. Agatha distinguait les minuscules silhouettes des ouvriers qui descendaient de ses flancs.

— C'est ici que nous stockons tous les morceaux de céramique que nous avons déterrés dans la journée.

Katharine indiqua les fragments de terre cuite qui recouvraient la terrasse.

— Si ça vous tente, j'ai du travail pour vous deux, ce soir. Vous aimez les puzzles ?

Ses yeux passaient d'Agatha à Nancy.

— Nous avons une salle, en bas, où nous descendons ces morceaux pour les assembler et essayer de savoir à quoi ils correspondent. Un peu comme des puzzles en trois dimensions. Il peut y avoir des bols, des pichets, des récipients divers, des bocaux – c'est assez amusant quand on se prend au jeu. Et ça nous donnera une occasion de rattraper le temps perdu ! Je meurs d'envie de savoir comment se passe votre vie à Bagdad...

Nancy et Agatha échangèrent un regard. Alors qu'elles examinaient certaines des pièces cassées, un visage apparut en haut de l'escalier. Un homme d'une cinquantaine d'années aux cheveux gris bouclés et à la barbe touffue les salua en s'inclinant rapidement.

— Bonsoir.

Il parlait avec un accent français.

— C'est Pierre, déclara Katharine. Il vient de la Sorbonne.

Elle posa une main sur l'épaule d'Agatha et, d'une légère pression, la poussa vers l'avant.

— Agatha parle très bien le français, Pierre. Je suis sûre que vous allez bien vous entendre.

De fait, au moment où le soleil tombait sous l'horizon, Agatha était en pleine conversation avec l'épigraphiste. Il lui parlait des tablettes cunéiformes trouvées dans les maisons d'Ur, lui proposait de lui dessiner un alphabet dans son carnet afin qu'elle comprenne les bases de cette langue ancestrale. Quand le gong sonna pour le dîner, il la prit par le bras et l'aida à descendre l'escalier.

— Asseyez-vous près de moi, lui glissa-t-il en français alors qu'ils se dirigeaient vers la table. C'est agréable d'avoir une nouvelle personne à qui parler. Max est le seul sur le chantier à pratiquer couramment la même langue que moi.

Agatha vit que Max avait déjà pris place de l'autre côté de la table, près de Michael. Elle baissa les yeux en s'asseyant, évitant de croiser son regard. Elle jeta un coup d'œil à Katharine, qui faisait signe à Nancy de s'asseoir à côté d'un jeune homme. Sans doute le Duncan que Katharine avait mentionné dans ses lettres. C'était un archéologue écossais – le dernier venu dans l'équipe – tout juste diplômé de l'université de Saint-Andrews. Il avait une apparence très juvénile. Si elle n'avait pas connu son cursus, Agatha l'aurait pris pour un adolescent.

Leonard fut le dernier à venir dîner. L'air absent, il s'installa entre Katharine et Michael. Agatha sentit que, pour lui, se restaurer était une interruption parasite mais nécessaire et non quelque chose qu'on attendait avec impatience. Elle se demanda quelle serait sa réaction s'il apprenait ce qui se passait à quelques mètres de son cabinet de travail, cet après-midi – s'il voyait ce qu'elle avait vu.

Elle regarda Katharine tandis qu'un plat fumant de ragoût d'agneau se matérialisa sur la table. Elle se penchait vers Leonard, disait deux mots à Michael. Son expression ne trahissait aucune tension, aucun signe que, voilà moins de deux heures de cela, elle partageait le lit d'un autre homme.

Pour Agatha, le repas se révéla une expérience déplaisante. Elle passa tout son temps à essayer d'éviter le regard de Max, entreprise peu aisée compte tenu de la nature du repas : il s'agissait en effet de prendre des pitas au centre de la table et de les tremper dans le ragoût. Chaque fois qu'Agatha prenait un morceau de pain, elle baissait les yeux. Il y eut un moment délicat lorsque la main de Max s'avança vers l'assiette en même temps que la sienne et que leurs doigts faillirent s'effleurer.

De l'autre côté de la table, Leonard avait assisté à la scène, l'air perplexe. Agatha se demandait s'il avait la moindre idée de ce qui se passait. Une fraction de seconde, son cœur s'arrêta.

— Je viens de terminer un de vos romans, déclara-t-il. C'était très bien.

— Oh ?

Elle ressentit une vague de soulagement.

— Lequel était-ce ?

— *Le Meurtre de Roger Ackroyd.* Katharine me l'a prêté.

Il regarda sa femme avec un sourire fugace.

— J'en ai lu d'autres de vous, également. J'aime beaucoup les romans policiers.

Agatha fut agréablement étonnée. Elle l'avait d'abord cru trop cérébral pour s'intéresser au genre de littérature qu'elle pratiquait.

— En l'occurrence, reprit-il, j'ai une idée pour une énigme criminelle…

— Vraiment ?

Agatha allait de surprise en surprise.

Il acquiesça.

— Une histoire située dans l'Égypte ancienne. Je sais que ce n'est pas votre période de prédilection mais je suis sûr qu'en vous documentant suffisamment, vous pourriez y arriver.

Katharine se tourna vers lui en secouant légèrement la tête.

— Pauvre Agatha ! Voyons, elle est venue ici pour se reposer !

— Ça va !

Agatha sourit.

— Je suis toujours à la recherche de nouvelles idées. Je pourrais peut-être prendre quelques notes, plus tard.

À la fin du repas, le café fut servi dans la cour, métamorphosée en un lieu magique éclairé par des lampes-tempêtes suspendues aux murs par des crochets. Leonard et Katharine furent les premiers à sortir. Agatha resta dans la salle à manger jusqu'à ce que Max ait quitté la table. Après quoi Pierre lui demanda si elle aimerait voir la tablette cunéiforme sur laquelle il travaillait en ce moment.

— Oh oui, dit-elle, saisissant l'occasion de pouvoir s'échapper.

— *Restez là*, dit-il en français lorsqu'elle se leva d'un bond. *Je vais vous l'apporter.*

Il proposa de la rejoindre dans la cour. Agatha n'avait donc plus le choix ; elle allait devoir se mêler aux autres.

Max attendait de l'autre côté de la porte.

— Il faut que je vous parle, murmura-t-il.

Elle passa devant lui, comme si elle n'avait pas entendu. Elle sentit sa main sur son bras.

— S'il vous plaît ! Je vous dois une explication. Suivez-moi, vous voulez bien ? Juste une seconde.

— Vous n'avez pas besoin de m'expliquer votre vie privée, Max, répondit-elle sèchement. Ce ne sont pas mes affaires.

— Si, j'en ai besoin.

Il jeta un coup d'œil par-dessus son épaule, vit les autres convives se servir du café.

— Je ne veux pas que vous pensiez qu'il y a quelque chose entre moi et…

Il se tut lorsque le Français réapparut avec la tablette cunéiforme. Prenant le bras d'Agatha, Max l'attira à l'intérieur.

— Excusez-moi, Pierre, je dois absolument montrer quelque chose à notre invitée. Je vous la rends dans cinq minutes…

Il emmena Agatha dans un petit cabinet à côté du salon, meublé d'une table à tréteaux recouverte de fragments de poterie. Il referma la porte derrière eux.

— Désolé, dit-il. Je voulais juste mettre les choses au clair. Ce que vous avez vu… je sais quelle impression ça a pu vous donner, mais ce n'est pas ça.

Ses yeux trouvèrent les siens, et il soutint son regard.

— Ça va vous sembler bizarre, mais Katharine souffre de terribles maux de tête. Des migraines sévères. Et elle m'a demandé de les apaiser.

Il baissa les yeux sur ses mains.

— C'est une tâche dont je ne tire aucun plaisir, mais elle prétend que seuls mes massages parviennent à soulager sa douleur.

Agatha prit un temps de réflexion. Puis :

— Et pourquoi diable ne demande-t-elle pas à Leonard de s'en charger ? C'est étrange de s'en remettre à un collègue…

— Il est beaucoup trop occupé pour ça.

— Dans ce cas, pourquoi ne va-t-elle pas consulter un médecin ?

— Le médecin le plus proche est à Nasiriyah, à cinquante kilomètres d'ici et nous avons appris à nous en passer, d'autant que nous n'avons même pas le téléphone.

Il fit claquer sa langue.

— Souvent, la nuit, Katharine est tirée de son sommeil par ses douleurs. Elle essaie de réveiller Leonard, mais il dort comme une souche, ce qui n'est pas vraiment surprenant compte tenu du peu de sommeil qu'il s'accorde. Quelques jours après leur mariage, elle a imaginé nouer un bout de ficelle autour de son orteil et elle tirait violemment dessus quand elle avait besoin de lui – mais rien à faire. Alors, maintenant, en cas d'urgence, c'est moi qu'elle vient voir.

Malgré elle, Agatha eut envie de sourire devant l'image du grand archéologue à l'orteil noué.

— Parfois, je dois aussi appliquer des sangsues sur son front.

Max imita l'expression ironique d'Agatha.

— Un médecin de passage sur le chantier la saison dernière nous a expliqué que des saignées pouvaient se révéler bénéfique.

— Oh… c'est glauque !

Elle perçut le soulagement de Max devant la légèreté de sa remarque.

— J'ai sans doute tiré des conclusions hâtives quand je l'ai vue allongée sur votre lit… Après ce que vous m'aviez dit dans le train, quand vous ne vouliez pas qu'elle sache que vous étiez à bord, eh bien…

Il hocha la tête.

— Je comprends votre déduction. C'est une femme très problématique à fréquenter – si vous êtes un homme, bien sûr. Ma mère l'aurait qualifiée d'*allumeuse*.

Malgré sa pratique courante du français, Agatha n'avait jamais entendu ce mot auparavant.

— Euh…, hésita-t-elle… vous voulez dire, comme une allumette ?

— Exactement, répondit Max. Elle attire les hommes à elle comme la flamme attire les papillons de nuit. Sauf que, contrairement à elle, une flamme ne le fait pas exprès. Et si vous n'êtes pas intéressé, elle redouble d'insistance. C'est comme un jeu pour elle.

Il ramassa un fragment de poterie sur la table, examina ses contours rugueux.

— Quand je suis arrivé ici, il y a trois ans, elle me demandait de lui brosser les cheveux. Ça se passait le soir, quand Leonard s'enfermait dans la salle des antiquités. S'il avait su ce que je faisais, il serait devenu fou : pas parce qu'il était jaloux ou quoi que ce soit, mais parce qu'il ne supporte pas l'oisiveté. J'ai essayé de la mettre en garde, mais elle ne voulait rien entendre. Elle a ce don de vous amener à faire exactement ce qu'elle veut. Elle peut être totalement envoûtante mais, si vous la contrariez, elle peut générer une ambiance empoisonnée.

Son visage était toujours dans l'ombre. Apparemment, il avait peur de trahir ses sentiments. Jusqu'où les choses étaient-elles allées, se demanda Agatha. Katharine l'avait-elle repoussé ou était-ce l'inverse ? Elle mourait d'envie de le savoir mais sentait bien que Max ne se laisserait pas emmener sur ce terrain-là.

— Et son mari, il est au courant de tout cela ? demanda-t-elle pour faire diversion.

Elle l'entendit soupirer avant d'entendre sa voix.

— C'est à cause de cela qu'il s'est marié. Les rumeurs sur le comportement de Katharine sont parvenues jusqu'aux oreilles des administrateurs du British Museum. Une grande partie de nos financements provient de l'Église presbytérienne d'Amérique et, si ses responsables en entendaient parler à leur tour, il y aurait de grands risques qu'ils coupent les vivres. Les administrateurs ont alors décrété que Katharine ne pouvait pas continuer à travailler sur le chantier si elle restait célibataire.

— Et pourquoi Leonard ?

— Parce que c'est le patron.

Max leva des yeux méfiants, comme s'il craignait d'être entendu.

— Elle aime faire croire aux gens qu'elle est très indépendante mais, la vérité, c'est qu'elle cherche la sécurité, quelqu'un qui puisse la protéger.

Agatha avait du mal à associer cette description à la personnalité confiante et sûre d'elle-même qu'elle avait découverte dans le train. Mais elle se rappela qu'elle avait déjà eu un aperçu de ce qui se tramait sous la surface, lorsque Katharine avait déliré toute une nuit. Et quand, la voix tremblante, elle avait parlé du suicide de son premier mari. Ou encore, le matin du mariage, quand elle avait reconnu combien il était violent de voir sa vie privée étalée dans la presse. Peut-être n'était-ce pas si difficile d'imaginer qu'elle avait envie de la solide respectabilité qu'un homme comme Leonard pouvait lui offrir.

Au risque de paraître indiscrète, Agatha demanda :

— Mais est-ce qu'elle l'aime ?

Si Katharine n'aimait pas son mari – si c'était juste un mariage de convenance –, alors peut-être gardait-elle toujours une attirance secrète pour Max.

Max ouvrit la bouche pour répondre mais un coup frappé à la porte l'en empêcha.

— *Vous avez bientôt fini ?*

Pierre semblait s'impatienter.

— Nous ferions mieux d'y aller, annonça Max. Sinon, c'est à propos de toi que des rumeurs vont courir.

21

— Vous n'imaginez pas à quel point c'est bon de vous avoir ici !

Katharine tenait sa cigarette dans une main et l'anse d'une urne antique en terre cuite dans l'autre.

— Je ne voulais pas vous quitter, à Bagdad. Je vous aurais rangées toutes les deux dans le coffre de Queen Mary si j'avais pu…

Nancy jeta un coup d'œil malicieux à Agatha.

— Je ne suis pas sûre que Leonard aurait apprécié. Je suppose qu'il préférait vous avoir pour lui tout seul.

Katharine glissa la cigarette entre ses lèvres, inspira profondément. Quand elle expira, la fumée resta suspendue comme un nuage dans l'espace confiné de la pièce.

— Voulez-vous savoir à quoi j'ai passé ma nuit de noces ?

Elle marqua une pause, regarda successivement ses deux amies.

— À superviser le creusement des latrines ! À notre arrivée, les ouvriers n'avaient pas fini de préparer le nouveau site de fouilles. J'ai donc dû rester avec eux toute la nuit, pour m'assurer qu'ils le faisaient avant l'arrivée des autres.

— Oh, ma pauvre, c'est sordide ! s'exclama Nancy. J'espère que les choses se sont améliorées, depuis ?

— Pas exactement.

Sa voix avait une intonation menaçante.

— Eh bien, si ça peut vous consoler, ma lune de miel à moi est sans doute la pire de l'histoire de l'humanité !

Katharine écouta Nancy raconter sa découverte de l'infidélité flagrante de son mari avec des yeux emplis d'une intensité curieuse.

— À votre place, j'aurais voulu le tuer ! Qu'est-ce que vous avez fait, coincée avec ces deux-là ?

Nancy regarda Agatha avant de répondre.

— J'ai bien peur d'être tombée de Charybde en Scylla...

Agatha scruta le visage de Katharine pendant que Nancy lui racontait d'une voix hésitante sa liaison avec l'acteur marié. Son expression était indéchiffrable. Agatha se demanda si ce récit trouvait des échos dans le passé de Katharine. Avait-elle été infidèle à son premier mari ? Est-ce pour cela qu'il s'était suicidé ?

Elle fouilla dans sa mémoire pour retrouver les mots exacts prononcés par Katharine quand elle délirait. *Cet imbécile n'aurait jamais dû lui dire... Un choc pareil... Personne n'aurait pu le supporter.* Oui, cela pouvait très bien être l'explication. Katharine avait emmené un amant en Égypte. Peut-être un ami ou un collègue de son mari. Et quelqu'un lui avait révélé l'infidélité de sa femme.

— Et le résultat...

Nancy se tut. Agatha regarda une volute de fumée de cigarette flotter sur la table, tourbillonner au-dessus des tessons de poterie.

— ... c'est que... j'attends un bébé.

Katharine émit un petit murmure, comme une feuille sèche écrasée sous la semelle. Elle devint très pâle, tout à coup. Même ses yeux semblaient avoir perdu une partie de leur couleur. Leur bleu-violet intense avait pris une opalescence spectrale.

— Un bébé ?

Nancy rougit.

— Je suis désolée. Je vous ai choquée. C'est une chose horrible à avouer. Je comprendrais très bien si vous me jetiez dehors…

— Non je…

Agatha sentait Katharine à court de mots. Elle ne l'avait jamais vue comme ça. Toute sa confiance semblait s'être évaporée. La nouvelle de Nancy l'avait frappée de plein fouet. Pourquoi ?

— Je suis surprise, c'est tout.

Katharine écrasa sa cigarette et en sortit une autre.

— Je veux dire, vous n'avez pas l'air enceinte…

Nancy se tapota le ventre.

— Il me reste encore un peu de temps. J'ai essayé de le cacher. Je vous serais reconnaissante de ne pas en parler aux autres.

— C'est promis. Je leur dirai juste que vous avez une indigestion si l'un d'eux essaie de vous embarquer dans une escapade à travers le désert.

Elle alluma son briquet, l'approcha de l'extrémité de sa cigarette.

— Essayez de ne pas trop vous formaliser s'ils flirtent avec vous. Max et Duncan, en particulier. C'est difficile, pour eux, de rester coincés ici pendant des mois. Et vous êtes très jolie.

Agatha tressaillit. Ainsi, Katharine associait dans son esprit Max et Nancy. Aurait-elle dit cela si elle s'intéressait toujours à lui ?

***

Cette nuit-là, alors que tous les autres étaient partis se coucher, Katharine demanda à Saleem de lui apporter de l'eau chaude pour son bain. La salle de bains du bâtiment principal n'était pas beaucoup plus grande que celle de l'annexe. Elle abritait un petit tub en cuivre, juste assez grand pour s'asseoir en repliant les genoux. Il fallut cinq voyages à Saleem pour rapporter de l'eau de la cuisine mais c'était un rituel nocturne auquel Katharine ne voulait pas déroger. L'unique luxe de sa vie au chantier.

Quand le bain fut prêt et la lampe à huile posée par terre, elle renvoya Saleem et se glissa hors de sa tunique. Ensuite, elle versa une goutte d'un liquide émeraude dans un flacon acheté au rayon Beauté chez Harrods la semaine avant son mariage. Elle remua l'eau du bout des doigts, créant une petite effervescence.

Puis elle grimpa dans la baignoire, ramena la mousse autour de ses seins. Seuls son cou et son visage étaient visibles au-dessus de l'eau. La salle de bains était équipée d'une fenêtre – un carré d'à peine trente centimètres de côté –, dont elle avait délibérément laissé les persiennes ouvertes.

Elle commença à se savonner, ses mains parcouraient son corps avec des gestes lents et voluptueux. Elle savait qu'il la regardait.

***

Agatha ne savait pas combien de temps elle avait dormi. Quand elle avait éteint sa bougie, elle avait laissé les volets ouverts. Le ciel par la fenêtre était une tache grise dans le noir du mur de briques.

Elle se redressa et distingua une seule étoile. Est-ce en la voyant que l'idée lui vint ? Ou parce qu'elle se sentait à l'étroit dans sa petite chambre ? Elle eut soudain envie d'aller sur le toit. Inutile d'allumer la bougie. Elle traverserait la cour à la lueur des étoiles.

Elle avança à tâtons le long du couloir, dans le grondement désormais familier des ronflements de la chambre du fond. Michael ou Pierre ? Elle ne savait pas de qui il s'agissait. Sûrement pas Duncan, bien trop jeune pour avoir déjà pris une telle habitude. Quant à Max, eh bien, elle savait où se trouvait sa chambre et aucun bruit n'en provenait quand elle passa à grands pas devant sa porte.

Elle pénétra dans la cour, tourna le visage vers le ciel. La vision de toutes ces étoiles la stupéfia. À Bagdad, elle s'était souvent assise sur la véranda, la nuit, pour observer la Voie lactée. Mais cela n'avait jamais été aussi spectaculaire. Les étoiles paraissaient si proches qu'elle aurait pu les toucher.

Prudemment, elle gravit les marches jusqu'au toit. Elle parcourut le dédale des morceaux de poteries jusqu'à trouver un endroit pour s'asseoir. À cause de la chaleur emmagasinée du soleil ou bien du feu allumé par Saleem après le dîner, le toit était encore un peu chaud. Elle transforma son châle en oreiller et se coucha à plat. Elle aurait voulu connaître les noms de toutes les constellations éparpillées au-dessus d'elle telles des gouttes de pluie sur une toile de soie indigo.

Elle remarqua un halo d'une couleur différente, bas dans le ciel. Une brume d'abricot, comme les rayons mourants du soleil. Qu'est-ce que ça pouvait être ? Pas le soleil, il était bien trop tard. Comme elle le scrutait intensément, le halo changea de forme. Ses contours se précisèrent, courbés comme une tranche de melon. Agatha laissa échapper un petit cri quand elle reconnut ce que c'était. La lune. Un croissant renversé s'élevant de l'horizon, un bateau d'or glissant dans un océan d'encre.

Tout en suivant son ascension, elle songea à Nannar, le dieu sumérien de la lune, le vieil homme guidant son bateau dans le ciel nocturne. Elle ne connaissait peut-être pas les noms des constellations, mais du moins savait-elle qu'un croissant de lune qui se lève tard dans la nuit signifie qu'elle est en phase décroissante. Pas une nouvelle lune :

une vieille lune. Dirigée par un vieil homme. Étrange que ce soit un homme et non une femme alors que, dans tant d'autres cultures, la lune était perçue comme une divinité féminine, sa forme changeante faisant écho aux rythmes du corps d'une femme.

La jeune fille, la mère et la vieille.

Elle avait été une jeune fille et une mère. Était-ce tout ce qui lui restait, désormais ? Être semblable à cette tranche de lune qui rétrécit sans cesse, devenant plus pâle et plus insignifiante à chaque heure qui passe ?

J'ai trente-huit ans.

Elle n'était pas prête à abandonner la phase de pleine lune de sa vie. Pas prête à renoncer à… quoi ? Aux possibilités. C'était tout pour elle.

Elle pensa à sa mère qui, à son âge, était déjà veuve. N'avait-elle jamais pensé qu'elle était trop jeune pour vivre seule le reste de sa vie ? À Paris ou en Égypte, des hommes l'avaient-ils remarquée, seule avec cette jeune fille ? Avaient-ils guetté une parole d'encouragement, un regard invitant ?

D'après ce qu'Agatha en savait, sa mère n'avait jamais manifesté le moindre intérêt pour personne d'autre. Il était peu probable qu'elle aurait voulu, en ce moment, se trouver ailleurs qu'à l'endroit où elle avait été enterrée, à côté de son mari. Pourtant, parfois, Agatha ressentait si fort son esprit… Ici. Maintenant. Et sa voix murmurant à son oreille.

Était-ce possible ?

Elle se concentra sur une étoile, plus lumineuse que les autres, non loin du croissant de lune. Les scientifiques prétendaient que la lumière d'une étoile met des milliers, des millions d'années pour atteindre les gens sur Terre. Cela semblait extraordinaire. Incroyable. Mais c'était vrai. En regardant les étoiles, tout semblait possible. Une étrange sorte de paix envahit Agatha. Elle était complètement seule. Juste elle, la lune et les étoiles. Et cela n'avait aucune importance. C'était amplement suffisant.

Un petit bruit, comme un caillou lancé contre une fenêtre, la fit se retourner. Elle tendit l'oreille. Quelqu'un montait l'escalier jusqu'au toit. Leonard, venu chercher d'autres tessons à examiner ? Que dirait-il s'il la voyait allongée là ? Elle se redressa rapidement, les étoiles tourbillonnant dans une brume vertigineuse.

— Agatha ?

La silhouette de Katharine émergea en haut de l'escalier, se découpant contre le ciel.

— Que faites-vous ici ?

Il y avait un sourire dans sa voix.

— Vous n'arrivez pas à dormir ?

Elle se glissa parmi les fragments de terre cuite avec la grâce et la vélocité d'un chat.

— C'est merveilleux, n'est-ce pas ?

Elle s'assit en tailleur à côté d'Agatha et renversa la tête en arrière.

— Vous voyez cette étoile très brillante, juste au-dessus de nous ? C'est Sirius. Et à sa gauche, c'est la constellation du Verseau.

Agatha tendit le cou.

— Je ne savais pas qu'elle ressemblait à ça. Oh ! oui, je la vois : on dirait une femme assise qui tient une amphore. Incroyable !

— Je sais. On imagine très bien nos ancêtres faire la même chose que nous, il y a des milliers d'années, n'est-ce pas ? Assis autour d'un feu de camp, admirant le ciel, nuit après nuit, observant ces figures en mouvement. L'ampleur du spectacle… si beau et si vide à la fois. Je viens souvent ici, juste pour m'échapper.

— Je suis désolée, je vous gâche votre plaisir.

— Pas du tout. Ce sont des hommes que je veux m'échapper – pas de vous.

— Ça doit parfois être oppressant, je suppose…

Agatha s'arrêta. Elle aurait voulu demander à Katharine si les choses avaient changé – pour le meilleur ou pour le pire – depuis son mariage. Mais elle avait peur de s'aventurer dans ce qu'elle croyait être un territoire interdit.

— Ce n'est plus aussi tendu qu'avant.

Katharine étendit les jambes, se cala sur les coudes.

— Maintenant que Len et moi sommes mariés, c'est… bien… Comme une ligne tracée dans le sable. Nous savons tous où nous en sommes.

Len. Elle ne l'avait jamais appelé comme cela, auparavant. Agatha interpréta cela comme un lâcher-prise, une envie de se confier. Si elle restait silencieuse, si elle se rendait presque invisible, elle pourrait sûrement en apprendre bien plus sur Katharine.

— Je sais maintenant pour quelle raison vous êtes ici.

Katharine avait parlé sans détacher ses yeux des étoiles. Ses paroles prirent Agatha par surprise.

— J'ai écrit à ma sœur en Angleterre et je lui ai raconté que vous alliez me rendre visite… Elle m'a envoyé un article de journal. Votre époux s'est remarié.

Une pause, puis :

— Je ne vous reproche pas de vouloir vous enfuir. Si j'avais su, je ne vous aurais pas infligé mon propre mariage. Ça a dû être un rappel terrible, pour vous.

Agatha sentit sa gorge se rétrécir. Elle fixa son regard sur cette étoile très brillante, qui se brouilla à mesure que des larmes brûlantes envahissaient ses yeux. *Sirius.* Elle répéta ce nom dans sa tête, encore et encore, comme on compte jusqu'à dix quand on se cogne l'orteil. Elle ne voulait pas parler d'Archie. Mais Katharine essayait de faire amende honorable, elle se sentait manifestement très embarrassée. Après tout, pourquoi s'acharner à garder le silence quand sa vie était désormais, de toute façon, de notoriété publique ?

— Je crois que je ne me remettrai jamais de la mort mon mari.

Toujours assise, Katharine tira de la poche de sa robe de chambre son étui à cigarettes.

— C'était le premier homme que j'aie totalement aimé... et on ne se remet jamais vraiment de ça.

Elle ouvrit son briquet, l'enveloppa dans ses paumes. La flamme projeta une lueur jaune sur son visage.

— Il y a eu une enquête sur la mort de Bertram et un journaliste m'a téléphoné pour me poser des questions. C'était atroce... comme si je ne me sentais pas déjà détruite, il a fallu que la presse vienne s'en mêler.

Elle aspira de la fumée et la souffla.

— Ça a dû être dix fois pire pour vous, cette histoire d'Harrogate.

— Oui, sans doute.

Agatha avait l'impression que quelqu'un d'autre contrôlait sa bouche, comme si sa voix surgissait d'un univers parallèle. Elle n'avait jamais parlé de ces dix jours passés à Harrogate, exactement deux ans auparavant. Décembre 1926. Finalement, elle avait laissé sa voiture dans la carrière, et marché à travers l'aube d'hiver jusqu'à la gare la plus proche.

— J'ai fait une dépression.

Ici, dans la nuit du désert d'Arabie, elle se sentait assez en confiance pour s'épancher. C'était comme chuchoter un secret au confessionnal.

— J'étais loin d'Archie depuis plusieurs semaines, occupée à soigner ma mère chez elle, dans le Devon. Nous étions très proches... puis elle est morte, et ça m'a dévastée. Le week-end suivant, Archie est descendu de Londres pour m'annoncer qu'il était amoureux d'une autre femme. En quelques jours, tout mon univers s'est effondré.

Dans le silence qui suivit, Agatha entendait Katharine tirer sur sa cigarette.

— Quand j'ai commencé à avoir des doutes sur votre identité, dans l'Orient-Express, j'ai eu envie de vous poser des questions à ce sujet.

La voix de Katharine s'était faite plus douce, plus grave.

— Je suis navrée. C'était grossier de ma part, de vous demander si vous aviez vraiment souffert d'amnésie…

— Je peux difficilement vous en vouloir. À l'époque, toute la population des îles Britanniques semblait se poser la même question.

Agatha changea légèrement de position.

— D'ailleurs, vous aviez raison : l'idée d'invoquer une perte de mémoire venait d'Archie. Selon lui, c'était le seul moyen de sauver nos deux réputations. Il a dit aux journaux que j'avais traversé une période de dépression provoquée par le surmenage. J'ai même consulté un psychiatre pour parfaire le scénario. Quand je suis rentrée à la maison, j'ai été prise en filature par un journaliste tous les jours, pendant plusieurs semaines. Je me sentais comme une criminelle.

Katharine se recula, soufflant un panache de fumée dans le ciel nocturne.

— J'ai ressenti la même chose à la mort de Bertram… Je me sentais coupable même si je n'avais rien fait de mal.

Rien fait de mal ? Ainsi, pensa Agatha, sa théorie de l'amant en Égypte ne tenait pas.

— Vous en avez déjà parlé à quelqu'un ? demanda-t-elle. J'ai le sentiment que, lorsque vous l'avez évoqué – le matin de votre mariage –, quelque chose vous tourmentait. Un fardeau dont vous vouliez vous soulager avant d'épouser Leonard.

Katharine se pencha pour faire tomber la cendre de sa cigarette sur le parapet.

— Vous êtes très perspicace… Mais non. C'est vraiment… intime. Je ne peux pas me résoudre à le mettre en mots. C'est trop douloureux.

Une pause puis :

— Je suis désolée. Vous me comprenez ?

Brusquement, Agatha comprit ce que Max avait voulu dire. *Elle vous attire à elle*. C'était exactement ce que Katharine venait de faire. Inciter Agatha à dévoiler les moments les plus sombres de sa vie, puis se refermer au moment de se livrer à son tour. Ce faisant, elle avait acquis un avantage psychologique. Maintenant, elle savait des choses que personne d'autre ne savait.

— Agatha ?

Quelque chose dans le timbre de sa voix la trahissait. Il y avait de la peur dans ce murmure rauque. Une fois de plus, Agatha songea qu'elle se trompait sur Katharine. Ce n'était pas un jeu. Les circonstances de la mort de son mari étaient une énigme dont elle ne pouvait vraiment pas parler. Un fragment de conversation flottait dans l'esprit d'Agatha. L'annonce de la grossesse de Nancy et la réaction de Katharine. Était-elle enceinte, en Égypte ? Avait-elle accouché d'un enfant mort-né ou fait une fausse couche ?

— Bien sûr, dit doucement Agatha. Certaines choses sont *vraiment* trop douloureuses pour en parler. Je comprends.

22

D'Ur à Ukhaidir

Agatha était profondément endormie lorsque Nancy vint frapper à sa porte. Elle regarda sa montre : 8 h 30. Elle sauta du lit, tirant son châle autour de ses épaules.

— Je me suis dit que j'allais vous réveiller, expliqua la jeune femme. Je n'ai pas envie de petit-déjeuner, les autres ont déjà pris leur breakfast.

Agatha s'habilla rapidement. Au moment où elle arriva dans la maison principale, Saleem débarrassait la table. Elle eut juste le temps de prendre un toast et de lui demander une tasse de thé. Pendant qu'elle buvait, la tête de Max apparut dans l'embrasure de la porte.

— Bonjour. Envie d'une promenade dans le désert ? Je dois aller à Nadjaf chercher de quoi payer les salaires de nos hommes. Je pourrais en profiter pour vous montrer le palais d'Ukhaidir.

— Oh.

Agatha posa sa tasse.

— J'ai lu des choses sur ce palais… Il a plus de mille ans, c'est bien ça ?

— En effet. Il a été construit en 775 après J.-C. Bien sûr, de nos jours c'est une ruine mais il reste tout de même spectaculaire. Je pars dans une demi-heure, si ça vous tente.

— Dans ce cas, je vais en parler à Nancy.

Agatha vida sa tasse et se leva. Max haussa les épaules.

— Malheureusement, je ne vais pas pouvoir vous emmener toutes les deux. Nous devons rapporter de Nadjaf des fournitures et revenir avec un garde bédouin.

Il pencha la tête vers la cour.

— Katharine a prévu quelque chose pour occuper Nancy, je crois. Comme, apparemment, elle ne se sent pas très bien, Katharine va lui demander un coup de main pour classer des photos.

Agatha hocha la tête.

— Nadjaf est loin d'ici ?

— Environ quatre-vingts kilomètres. Il y a un immense lac à proximité.

Il sourit.

— Nous pourrons nous arrêter pour un pique-nique sur le chemin du retour, si vous le souhaitez. Vous n'allez pas pouvoir tenir pendant tout le voyage avec un simple toast dans le ventre.

Agatha lui rendit son sourire. De toute évidence, Max était aussi gourmand qu'elle, contrairement à son patron qui semblait ne s'alimenter que contraint et forcé.

Alors qu'elle se préparait, elle aperçut Katharine et Nancy ouvrir une porte de l'autre côté de la cour. Elle était reconnaissante – et assez surprise – que Katharine ait orchestré les choses pour rendre ce voyage possible. Cela semblait confirmer son impression de la nuit précédente : elle avait mal jugé Katharine. Pourquoi aurait-elle voulu l'envoyer en excursion dans le désert avec Max si elle avait des vues sur le jeune homme ?

***

En route vers Nadjaf, Agatha fit partager à Max sa surprise d'apprendre que Leonard aimait les romans policiers.

— Il n'est pas aussi coincé qu'il en a l'air, n'est-ce pas ? gloussa son compagnon de voyage. Je suis impatient de l'entendre vous raconter son histoire de meurtre en Égypte... Il vous en a déjà parlé ?

Agatha secoua la tête.

— Pour être honnête, ce n'est pas l'inspiration qui me manque, en ce moment. Et toutes mes histoires se déroulent dans un cadre contemporain. Écrire un roman policier historique ne m'a jamais vraiment effleuré.

Et elle lui détailla les intrigues des deux livres qu'elle était en train d'échafauder. Il sourit quand elle lui expliqua son idée d'utiliser des symboles du sanctuaire yézidi comme code utilisé par le meurtrier.

— C'est brillant ! Je suis ravi que les endroits que je vous ai montrés vous aient intéressée à ce point.

Il ralentit à l'approche d'un gros nid-de-poule.

— Peut-être que vous devriez ajouter un camp d'archéologues dans votre prochain roman.

Il lui lança un regard ironique.

— Ce ne sont pas les motifs de meurtre qui manquent, là-bas !

— Ah tiens ?

Max éclata de rire.

— À l'exception peut-être de Duncan – qui a dû passer en tout et pour tout cinq minutes avec nous –, je pense qu'il n'y a pas un seul membre de l'équipe que je n'aurais pas étranglé avec plaisir, à un moment ou l'autre de ces trois dernières années. Vous n'imaginez pas à quel point l'ambiance peut être irrespirable, parfois. Un groupe d'hommes réunis vingt-quatre heures sur vingt-quatre... On n'en est jamais vraiment arrivés aux mains mais, à plusieurs reprises, il s'en est vraiment fallu de peu.

— Quels genres de sujets provoquent ces disputes ?

Agatha pensait à Katharine. Elle semblait être la cause la plus probable de tensions. Il n'était pas difficile d'imaginer des hommes se battre pour elle.

— Toutes sortes de choses. Ça va de celui qui ne travaille pas assez au chantier à celui qui a pris le dernier paquet de cigarettes... La veille de votre arrivée, il y avait une ambiance horrible au petit-déjeuner parce que Katharine se plaignait de ne pas avoir eu de toasts...

— Vraiment ? Ça semble dérisoire...

Max secoua la tête.

— Ça l'est ! Mais, ici, la moindre chose prend des proportions délirantes. Et Katharine, je le crains, est devenue experte en la matière. Vivre avec elle, c'est comme marcher sur une corde raide.

— J'en ai eu un aperçu hier soir.

Elle lui raconta sa nuit sur le toit à observer les étoiles et l'apparition soudaine de Katharine.

— Elle a beaucoup de mal à parler de son passé mais j'ai l'impression que ce qui a causé le suicide de son premier mari la hante toujours. Je me demande si c'est la raison de sa nervosité...

— C'est fort probable. Moi aussi, je me suis souvent posé des questions à ce sujet. Elle vous a dit qu'elle refusait son lit à Leonard ? Tout ce qu'il a le droit de faire, c'est la regarder prendre un bain tous les soirs.

Agatha se tourna vers lui, bouche bée.

— Tout le monde dans l'équipe est au courant. Je ne pense pas qu'elle m'en voudrait de vous en parler. Pauvre vieux... Je ne sais pas comment il supporte ça.

— Ça paraît très bizarre, en effet. Elle vous a expliqué pourquoi ?

— Pas vraiment.

Ses mains se crispèrent sur le volant, les phalanges de ses doigts blanchirent sur sa peau bronzée.

— Comme vous dites, elle a du mal à parler de son passé. Mais il y a certainement une explication psychologique au fait qu'elle attire les hommes et les repousse aussitôt. Elle réussit à se faire pardonner à cause de son apparence et de son magnétisme… mais je me sens vraiment désolé pour Leonard. Ça doit être terrible pour lui.

Il prit un virage vers la gauche et Agatha eut vaguement conscience de minarets d'une mosquée se profilant au loin. Mais elle les voyait sans vraiment les regarder. Son esprit était tout entier monopolisé par Katharine. Elle était convaincue, maintenant, que quelque chose s'était *vraiment* passé entre elle et Max. Elle l'entendait dans sa voix, dans sa façon de se contracter quand il parlait d'elle. Katharine avait dû le mener par le bout du nez puis le laisser tomber, comme elle agissait maintenant avec Leonard. À cette différence près que Leonard était son mari. À ce titre, il avait des droits, des attentes légitimes. Comment était-il possible qu'un homme aussi énergique dans la conduite de sa vie puisse accepter une telle situation ?

Bientôt, ils passèrent devant des étals au bord de la route et des femmes tirant des mules chargées de paniers de fruits. Max s'arrêta près d'un marché à l'ombre de la mosquée et Agatha le suivit d'étal en étal, l'aidant à choisir les meilleurs oignons, oranges, tomates et concombres. Puis ils se rendirent au poste de police pour chercher le garde bédouin qui les accompagna à la banque. Une fois l'argent collecté et rangé à l'arrière du camion, ils mirent le cap sur Ukhaidir.

***

De tout ce qu'Agatha avait pu voir dans sa vie, le palais était ce qui se rapprochait le plus d'un mirage. Il semblait apparaître au milieu de nulle part, après des kilomètres de plaine sableuse sans relief ni broussailles. Ses murs couleur corail se dressaient comme une falaise, et des vautours tournoyaient entre ses quatre tours flanquées de tourelles.

— C'est incroyable ! (Agatha se pencha en avant, protégeant ses yeux.) Mon Dieu, comment une civilisation aussi ancienne a-t-elle réussi à construire un édifice aussi gigantesque ?

— Impressionnant, n'est-ce pas ? Ces murs mesurent plus de dix-huit mètres de haut. J'espère que vous n'avez pas le vertige.

Les remparts entouraient une vaste esplanade déserte. Les seuls vestiges du palais d'agrément qui s'y trouvait jadis étaient des colonnes de pierre décorées de motifs de feuilles d'acanthe. Max expliqua que la principale occupation des visiteurs était de grimper aux parapets pour avoir une vue panoramique sur le désert. C'est seulement en émergeant d'un escalier en colimaçon qu'Agatha put apprécier la hauteur des murs.

— Oh !

Elle se stabilisa aux montants d'une arche en pierre. L'à-pic abrupt lui donnait le vertige.

— C'est terrifiant, n'est-ce pas ?

— Prenez ma main si vous voulez.

Max lui tendit la main.

— On va y aller doucement et lentement.

Sa main était chaude et ferme dans la sienne. Il la conduisit le long des remparts, jusqu'à une tour dont la meurtrière ouvrait sur une vue spectaculaire. Le jaune poussiéreux du désert cédait la place à une étendue d'eau aux miroitements turquoise.

— C'est Bahr al-Milh. Ça signifie « mer de sel » en arabe.

— C'est à couper le souffle.

Elle restait immobile, se demandant s'il allait dégager sa main. Il n'en fit rien.

— C'est là que nous allons pique-niquer ?

— Oui. Il y a un joli endroit du côté sud. C'est très paisible, on ne croise personne à part, de temps en temps, un pêcheur. Nous pourrons enlever nos chaussures et plonger nos orteils dans l'eau, si vous voulez.

Il était si proche qu'elle percevait son odeur. Peau chauffée par le soleil avec une fragrance plus acidulée, le thym ou l'eucalyptus. Agatha sentit un frémissement dans son ventre – comme lorsque leurs corps s'étaient frôlés dans l'obscurité du sanctuaire du dieu de la lune. Elle sentait bien que la sueur perlait sur son front et espérait que sa main n'était pas moite dans la sienne.

Il la serrait toujours. Et il la garda pendant qu'ils faisaient le tour du parapet jusqu'à atteindre le bas de l'escalier.

Le garde bédouin les attendait à côté du camion que Max avait garé à l'ombre des murailles. Son fusil était posé à côté de lui, calé contre un sac d'oignons. Max lui dit quelque chose en arabe, il releva sa tunique et d'un bond agile se jucha sur un autre sac de victuailles.

Agatha fut surprise de la rapidité avec laquelle ils rallièrent le lac. Des murs du palais, il avait paru très loin mais une demi-heure leur suffit.

— Vous avez faim ?

Max sauta du véhicule et vint lui ouvrir la portière. Dès qu'elle fut sur le sable, il lui reprit la main.

— Assez, oui, reconnut-elle. Mais je meurs de chaud. On peut peut-être faire trempette, avant ?

À vrai dire, elle aurait aimé faire bien plus. Le lac paraissait si accueillant. Il lui rappelait le bord de mer à Torquay. Les longues journées de son enfance passées à la plage. Nager était une passion qu'elle n'avait pas eu l'occasion d'assouvir très souvent quand elle vivait avec Archie.

Max avait dû lire dans ses pensées.

— Vous ne préférez pas plutôt une bonne baignade ?

— Ce serait le paradis ! Mais je n'ai pas pensé à prendre un costume de bain. Quel dommage…

— Je me demande si nous pourrions…

Max regarda ses pieds.

— Vous pourriez… improviser, peut-être ?

Il jeta un coup d'œil en direction du camion.

— Je vais demander à notre ami de nous tourner le dos. Et je promets de nager les yeux fermés.

Le cœur d'Agatha se mit à marteler sa poitrine. Pouvait-elle faire une chose pareille ? Était-ce bien raisonnable ? Tout ce qu'elle avait sous sa robe était un gilet en soie et une culotte. Il faisait trop chaud pour porter d'autres sous-vêtements. Elle pouvait à peu près rester décente en s'immergeant dans le lac mais elle savait très bien que ses vêtements seraient totalement transparents quand elle en sortirait. Elle pourrait aussi bien être nue.

— Eh bien…

Elle hésita. Le lac était si tentant.

— Comment ferons-nous pour nous sécher ?

Max sourit.

— Avec cette chaleur, ce ne sera pas un problème. Mais je peux vous proposer quelques sacs pour vous envelopper lorsque vous sortez : pas très chic, j'en ai peur, mais c'est mieux que rien.

Elle souriait aussi, à présent.

— Et vous promettez de ne pas regarder ?

Il porta ses doigts à sa tempe.

— Parole de scout.

Max était déjà dans l'eau quand elle sortit du camion. Elle baissa les yeux sur son corps, douloureusement consciente de ses jambes blanches et du petit bourrelet de graisse qu'elle n'avait jamais réussi à perdre depuis la naissance de

Rosalind. Elle prit une profonde inspiration, essayant de le faire disparaître au cas où Max ou le garde la regardaient. Elle n'était plus qu'à quelques mètres du lac. Elle décida de les franchir en courant et plongea dans la glorieuse fraîcheur de l'eau.

— Bravo !

Max apparut soudain. Il était près d'elle, et ses yeux étaient fermés.

— Vous pouvez les ouvrir, maintenant ! cria-t-elle. Je suis parfaitement visible, du cou jusqu'à la tête.

Elle regarda les paupières du jeune homme s'ouvrir pour révéler ses iris. Dans la lumière réfléchie par l'eau, ils avaient la couleur du chocolat fondant.

— C'est beau, n'est-ce pas ?

Il pencha la tête en arrière et flotta à la surface, son short ondulant sur ses cuisses.

— Je ne peux pas vous dire à quel point ça fait du bien après des semaines et des semaines dans une tranchée de fouilles.

— J'imagine, oui !

Agatha essayait de ne pas regarder ses jambes. Elles étaient dorées, musclées, striées de poils sombres scintillant au soleil. Craignant qu'il ne surprenne son regard, elle se détourna.

— C'est un ponton, là-bas ? On y va ?

— Oui, si vous vous en sentez capable…

Max se remit d'aplomb dans l'eau.

Agatha se lança dans un crawl énergique.

— Je parie que j'y arrive la première ! cria-t-elle pardessus son épaule.

Elle l'entendit rire derrière elle. Leurs mains s'agrippèrent au même moment au plancher en bois du ponton.

— Houah ! Où est-ce que vous avez appris à nager comme ça ?

Il prit une bouffée d'air et se hissa sur la plate-forme, puis lui tendit les mains pour qu'elle fasse de même.

— J'ai grandi au bord de la mer. Je ne me souviens pas d'avoir réellement appris. C'est ma sœur qui m'a montré comment faire, je crois.

Elle se rendit alors compte qu'elle était assise à côté de lui, trempée. Et qu'il avait les yeux ouverts. Elle plaqua les mains sur ses seins, puis s'efforça aussi de couvrir sa culotte.

— Je suis vraiment confus. Je… J'ai oublié de fermer les yeux.

Voyant la rougeur qui, sous son bronzage, gagnait le visage du jeune homme, elle ne put s'empêcher de rire. Elle renonça à se couvrir et lui caressa la joue. Sa peau était aussi fraîche et lisse que de l'argile humide.

Il posa sa main sur la sienne, caressa ses doigts.

— Vous êtes si belle.

Les mots vibrèrent dans l'air comme un coup de tonnerre. Avait-il vraiment dit ça ? Elle sentit soudain sa langue nouée, paralysée. L'eau clapotait contre les pilotis du ponton. Quelque part derrière eux, tapis dans les roseaux, un oiseau poussa son cri.

Doucement, il prit sa main et la porta à ses lèvres. Ce fut un baiser imperceptible, aussi léger qu'un papillon caressant sa peau. Mais Agatha sentit son corps électrisé. Elle n'était plus qu'une pulsation.

— Oh, Max…

Elle plongea le regard dans ses yeux voluptueux, se demanda ce que sa mère dirait si elle la voyait en cet instant, assise au bord d'un lac, presque nue, avec ce jeune homme.

Mais, pour une fois, sa mère resta absolument silencieuse.

— On ferait mieux de rentrer.

Il lâcha sa main, se détourna d'elle et regarda de l'autre côté du lac. Il voulait dire : retourner au camion, au pique-nique emballé que la chaleur du soleil rendait sans doute moins appétissant de minute en minute. Mais elle se demanda s'il regrettait ce baiser. Ces mots.

Il plongea sans même une éclaboussure. Elle le suivit jusqu'au rivage, gardant ses distances, puis attendit dans l'eau pendant qu'il grimpait sur la rive. Il revint lui apporter les sacs pour qu'elle se protège en sortant, mais lui tourna aussitôt le dos et s'éloigna. Attitude de gentleman, ou avait-elle déjà perdu tout intérêt pour lui ?

Ils déjeunèrent dans un silence inconfortable. Elle avait envie de lui demander à quoi il pensait, mais elle n'en fit rien. L'intensité de ce qu'il avait suscité l'effrayait. Il fit une remarque à propos d'un bateau de pêche qui venait d'apparaître sur le lac. Avec un peu de chance, ils pourraient acheter du poisson frais et le rapporter au camp – un festin assez rare, ajouta-t-il, pour des personnes qui vivent des mois durant en plein désert. Allait-il continuer à faire comme si ce baiser n'avait jamais existé ? Peut-être avait-il aussi peur qu'elle de ses propres sentiments. Trop bouleversée pour avoir de l'appétit, elle picorait sa nourriture.

Quand le repas fut terminé, il s'éloigna, la laissant débarrasser les affaires. Elle recouvrit de tissu les paniers afin d'éloigner les mouches puis les rangea dans le camion. Elle se demanda où Max avait pu passer. Elle marcha jusqu'au bord de l'eau, revint sur ses pas, tourna comme un lion en cage, l'esprit en ébullition. Pour calmer ses pensées, elle alla chercher son carnet dans le camion afin d'y noter tout ce qu'elle avait vu depuis qu'elle avait quitté la maison de l'expédition. Mais dès qu'elle formait des mots, une seule image revenait la hanter : le regard de Max pendant qu'il l'embrassait. Elle rangea le carnet dans son sac, se précipita vers le lac, scruta l'horizon. Soudain, il apparut. Il portait quelque chose dans ses bras. D'une couleur orange vif, qui tranchait avec ses vêtements kaki. À mesure qu'il approchait, elle reconnut ce que c'était. Une brassée de fleurs.

Des soucis sauvages. Tressés les uns avec les autres pour former une guirlande.

— C'est pour vous.

Il leva la guirlande au-dessus de sa tête, la plaça autour de son cou.

— Il y en a plein de l'autre côté de ces buissons.

— Oh, c'est adorable!

Elle avait envie de l'embrasser. Bien, cette fois. Mais elle était consciente des regards curieux du garde bédouin qui l'avait suivie jusqu'au lac quand elle cherchait Max.

— Et maintenant, rentrons! Ils vont se demander ce qu'on fabrique.

Les yeux de Max étaient pleins de promesses. Ils grimpèrent dans le camion et il mit le contact. Le moteur gémit, craqua. Marmonnant dans sa barbe, Max sauta de la cabine. Bientôt, lui et le garde dégageaient les roues ensablées. En vain.

Max se pencha par la vitre baissée, les tempes ruisselant de sueur.

— Je suis désolé de vous annoncer que nous sommes bel et bien coincés. C'est de ma faute, nous n'aurions jamais dû nous arrêter ici. Le sable est encore humide de l'averse d'il y a quelques semaines. J'aurais dû m'en apercevoir…

— Je peux faire quelque chose? Faire démarrer le moteur pendant que vous poussez, tous les deux?

— Non… Merci de la proposition mais les passages de roues sont remplis de sable. Il va falloir qu'on attende quelqu'un pour nous tracter.

Après avoir prié Allah, le gardien partit à pied pour aller demander de l'aide à quarante kilomètres de là.

— Nous allons devoir attendre très longtemps, je le crains. Je n'aurais pas dû vous mettre dans ce pétrin. Je me sens très mal…

Le visage de Max était grave.

— Ce n'est rien.

Agatha sauta du camion et se dirigea du côté conducteur, qui était à l'ombre. Elle étendit les sacs sur lesquels elle s'était séchée et s'allongea.

— Ne vous en faites pas pour moi, je vais juste dormir un moment.

Il s'agenouilla à côté d'elle avec un sourire ironique.

— Vous êtes vraiment une femme remarquable, madame Christie. Si j'avais fait la même chose avec Katharine Woolley, je n'aurais pas fini d'en entendre parler. Elle aurait passé les prochaines heures à m'accabler pour mon incompétence, à m'en vouloir de nous avoir coincés au beau milieu de nulle part…

— Vraiment ?

— Vraiment.

Max ramassa plusieurs poignées de sable, façonna un monticule en forme d'oreiller près de sa tête.

— Est-ce que ce serait exagéré de ma part de vous demander la permission de m'allonger à côté de vous ?

Agatha se redressa, caressant son collier de soucis.

— C'était adorable de votre part de m'avoir offert ces fleurs. Pardonnez-moi d'être méfiante, mais…

Elle respira profondément.

— … vous savez que j'ai beaucoup souffert et… ce que j'essaie de vous dire, c'est que j'ai du mal à comprendre pourquoi quelqu'un comme vous s'intéresserait à quelqu'un comme moi.

Il y eut un moment de silence. De l'index, Max dessinait une spirale dans le sable.

— Parce que vous êtes intéressante.

Il avait chuchoté, comme s'il avait peur d'être entendu.

— Vous êtes talentueuse, vous êtes agréable et vous avez les yeux les plus merveilleux que j'aie jamais vus. Voilà. Je l'ai dit.

C'était à elle de se taire, à présent. Elle sentit le sang refluer de son cou vers son visage. Depuis combien de temps quelqu'un ne lui avait pas parlé de la sorte ? Archie disait des choses romantiques. Il y avait des années de cela. Avant la naissance de Rosalind.

— Merci, murmura-t-elle. C'est… très flatteur. Mais… eh bien, tout d'abord, je suis beaucoup plus âgée que vous. J'ai été mariée. Et j'ai un enfant.

Elle fit une pause. Son index traçait de nouvelles formes dans le sable. Son prénom.

— Sur quoi tout cela pourrait déboucher ?

— Eh bien, si nous réussissons à nous voir un peu plus souvent, peut-être pourrons-nous le découvrir.

Il frotta le sable et lui prit la main.

— Écoutez, je dois retourner à Londres avant Noël. Gardez ça pour vous mais, au début du mois, nous avons déterré un masque mortuaire en or massif et Leonard ne veut pas prendre le risque de le renvoyer par les canaux habituels. Il veut que je l'achemine en personne. Je me demandais… Quand pensez-vous rentrer chez vous ? Peut-être pourrions-nous voyager ensemble ?

— Ce serait…

Il l'embrassa avant qu'elle ait le temps de terminer la phrase. Ses mains enveloppèrent sa tête, l'inclinèrent doucement pendant que sa bouche explorait la sienne, que sa langue parcourait ses lèvres, goûtant le sel du lac mélangé à sa propre transpiration. Elle sentit la dureté de son corps alors qu'il enroulait ses bras autour d'elle, le sable dans ses cheveux… Elle aurait dû s'arrêter, mais elle n'en faisait rien… Des mots explosaient en gerbes colorées dans sa tête : *Pourquoi pas ? Pourquoi pas nous ?*

Il frôlait sa nuque de ses lèvres quand deux coups de feu retentirent au loin. Max bondit.

— Restez allongée ! Glissez-vous sous le camion si vous pouvez…

Il se plaça devant elle, la protégeant de son corps. Puis, tendant la main en arrière, il attrapa une paire de jumelles dans la cabine du camion.

— Ça alors ! C'est Mahmoud ! Il a trouvé quelqu'un !

Agatha se releva et se mit à sauter. Max adressait de grands signes du bras en direction d'un point mouvant à l'horizon. Ils virent bientôt apparaître une voiture, une vieille Ford T. Par un coup de chance étonnant, le garde bédouin était tombé dessus – une voiture bondée de passagers sur le chemin de Nadjaf à Bassora. Ils étaient quatorze – tous des hommes – et, bientôt, ils mirent pied à terre et aidèrent à tracter le camion hors du sable.

Le voyage du retour à Ur fut silencieux. Agatha se sentait dépassée par ce qu'elle venait de vivre. Son cerveau était en feu, elle se repassait chaque seconde de ces moments d'abandon sensuel, mais elle n'arrivait pas à faire taire les voix de sa mère et d'Archie lui répétant qu'elle devrait avoir honte, qu'aucune femme ne se serait jamais permis de se retrouver dans une telle situation.

Une ou deux fois, elle regarda Max, se demandant à quoi il pensait.

Son expression était impénétrable.

Quand ils atteignirent la maison de l'expédition, il sauta du camion et vint lui ouvrir la portière.

— Je dois décharger notre cargaison, puis aller sur le site des fouilles pour payer nos hommes. Ça va aller, si vous restez seule ici un moment ?

Elle acquiesça.

— Max… je…

Elle se mit à balbutier. Ce qui avait paru si naturel, là-bas dans le désert, semblait maintenant terriblement gênant.

— J'espère que vous ne pensez pas que j'ai profité de vous, cet après-midi. Je pensais vraiment ce que je vous ai dit : j'ai envie de vous connaître mieux. Vous voulez bien réfléchir à ma proposition de rentrer ensemble à Londres ?

Elle se pencha vers lui et l'embrassa sur le bout du nez.

23

Le lendemain matin, quand Agatha se réveilla, elle sut que quelque chose avait changé. Ses sens enregistrèrent les grattements d'un oiseau sur le toit, l'odeur des fleurs flétries sur la table de chevet, le grincement d'une porte à l'autre bout du couloir. Tout était plus net, plus précis comme si, jusqu'à hier, elle avait vécu la vie derrière un voile. Quelque chose lui était arrivé, dans le désert. Quelque chose d'important. Quand Max lui avait passé autour du cou la guirlande, elle avait entrevu la femme qu'elle était avant. Avant Archie.

Elle tendit la main vers les fleurs, approcha son visage des pétales. Sans cette preuve tangible, elle se serait demandé si cet épisode avait réellement eu lieu.

Elle se demanda à quoi Max avait pensé en se réveillant ce matin. La veille au soir, ils s'étaient évités, échangeant juste quelques regards timides de part et d'autre de la table à l'heure du dîner. Puis Max avait été convoqué par Leonard pour examiner une collection d'outils découverts dans l'après-midi. Ils étaient toujours enfermés ensemble quand Agatha était allée se coucher.

Après le dîner, elle et Nancy avaient poursuivi la tâche que Katharine leur avait confiée : reconstituer des éclats de poterie. Elles travaillaient seules, Katharine étant partie aider Leonard et Max.

Agatha avait eu du mal à garder le silence sur ce qui s'était passé au bord du lac. Elle brûlait de parler de cette romance inattendue et soudaine mais il lui semblait injuste d'en parler à Nancy, compte tenu de sa situation sentimentale difficile. Elles avaient donc échangé leurs impressions sur presque tous les membres de l'équipe – en dehors de Max.

Nancy se faisait du souci à propos du couple Woolley. Partie chercher des photos dans la chambre noire, elle était passée par la cour où elle avait surpris un échange entre Katharine et Leonard.

— Katharine lui a passé un savon terrible. Tout ça pour une histoire d'oranges pourries trouvées dans une des caisses qu'ils avaient achetées... Vraiment rien d'important. Lui était si patient avec elle... pas une seule fois il n'a élevé la voix.

Agatha ne répéta pas ce que Max lui avait appris sur la non-consommation physique du mariage des Woolley. Elle trouvait déloyal de discuter de la vie sexuelle – ou de l'absence de vie sexuelle – du couple qui les hébergeait.

— Ils forment vraiment un couple étrange, poursuivit Nancy. Il est très distant, vous ne trouvez pas ? On n'imagine pas ce genre d'homme intéressé par le mariage. J'ai l'impression que, pour lui, un fragment de poterie antique sera toujours plus excitant que n'importe quel être humain né au XXe siècle après J.-C.

Agatha hocha la tête.

— Vous croyez que c'est un mariage de convenance ? Je veux dire, ils font quand même chambre à part...

Le visage de Nancy exprimait combien cette idée lui était familière, fruit d'une amère expérience.

Plutôt que de s'appesantir sur des souvenirs douloureux pour la jeune femme, Agatha tenta de changer de sujet. Une minute plus tard, Katharine fit son apparition. Elle portait un plateau sur lequel reposait le service à café qu'Agatha lui avait offert comme cadeau de mariage. Elle était d'excellente humeur, ne tarissait pas d'éloges sur leur travail de reconstitution de poterie. Elle leur expliqua qu'elle venait leur servir ce que les Arabes appelaient le « café de couleur sauvage », moulu avec de la cardamome verte, des bâtons de cannelle et du safran. Elle leur enseigna aussi la coutume qui allait avec.

— Vous allez en avoir besoin demain, quand nous serons à la fête au village bédouin. Ne soyez pas offensées si la personne portant la cafetière passe devant vous pour servir un homme. C'est la tradition. Dans une assemblée, l'aîné est toujours servi en premier.

Elle leva le pot à col de cygne.

— C'est ce qu'on appelle un *dallah*, et des tasses comme celles-ci – sans poignées – sont appelées *finjan*. Lors des réceptions officielles, ils versent le café à environ trente centimètres de l'invité – plus près, c'est considéré comme un manque de respect.

Elle fit la démonstration en leur servant à chacune une tasse.

— La tasse ne doit être remplie qu'au quart. Comme ça, le café n'est pas trop chaud, donc plus facile à savourer. La personne qui vous l'offrira dira « *Samm* », qui est une invitation à dire le nom de Dieu.

— Faut-il dire « Allah » ? demanda Nancy.

Katharine acquiesça.

— Cela ne les dérange pas que vous ne soyez pas musulmanes, ils ne verront pas ça comme une hypocrisie de votre part. Ils pensent que notre Dieu et le leur sont les mêmes, seuls les noms diffèrent.

Elle leva sa tasse et respira l'arôme.

— Une fois que vous l'avez bu, deux possibilités s'offrent à vous : secouer la tasse indique que vous en voulez encore, la reposer à l'envers montre que vous en avez assez.

— Hmm, c'est délicieux !

Agatha vida sa tasse et la secoua.

— Où avez-vous trouvé ce café ? Il faut absolument que j'en achète avant de rentrer à la maison.

— Ils en vendent dans n'importe quel étal du souk aux épices de Bagdad. Il suffit de savoir quoi demander, et ils le mélangeront pour vous.

Pendant toute l'heure qui précéda son coucher, Agatha observa Katharine et ne remarqua aucun signe de l'angoisse décrite par Max. Agatha se demanda si elle prendrait un bain une fois qu'elles auraient regagné leur chambre. La pensée de Leonard assis là, condamné à regarder sa femme sans avoir le droit de la toucher était presque inimaginable. Comment un homme pourrait-il se contrôler dans une situation pareille ? C'était pure torture.

***

Quand Agatha traversa la cour pour aller prendre son petit-déjeuner, elle croisa Katharine, assise seule avec un livre. Elle leva les yeux de sa lecture.

— Vous n'avez pas envie de vous promener un moment ? Juste un petit peu, avant d'aller manger ?

Elle souriait, mais sa voix la trahissait. Agatha sentit une tension en elle. Elle se demanda ce que cela annonçait.

Elles passèrent devant des chiens endormis, franchirent les portes de l'enceinte et arrivèrent sur un terrain légèrement en pente. C'était le lit d'un fleuve asséché. Des buissons rabougris poussaient le long de ses berges, avec çà et là quelques tulipes naines – les mêmes que celles du vase dans la chambre d'Agatha.

— Vous avez passé un bon moment avec Max, hier ?

Ah, c'était donc de cela qu'il s'agissait. Agatha se demanda ce que Max lui avait raconté, au juste.

— Oui, répondit-elle en essayant de préserver un ton neutre. C'était très intéressant et très agréable.

— Vous êtes allés au lac ?

— Oui. C'est magnifique, n'est-ce pas ?

— Et Max est allé nager.

Sa remarque décontenança Agatha. Elle avait du mal à l'imaginer raconter cet épisode à Katharine. Pas après tout ce qu'il avait dit à son sujet…

— N'essayez pas de le couvrir, reprit Katharine. J'ai vu son short accroché à la corde à linge, ce matin. Il ne les lave qu'une fois par semaine, toujours le samedi. C'est une preuve absolue.

Elle ôta son chapeau, le fit tournoyer vers le nuage de mouches qui s'était formé autour d'elles.

— J'espère qu'il s'est bien comporté. Il sait que vous n'êtes pas une invitée comme les autres. Je ne voudrais pas qu'il prenne des libertés…

Elle s'interrompit, le temps d'assener aux mouches un violent coup de chapeau qui passa à quelques centimètres de l'oreille gauche d'Agatha.

— Pourquoi pensez-vous cela ?

Agatha se demanda si Katharine avait également vu ses sous-vêtements sécher sur la corde à linge. Tandis qu'elle les accrochait, il ne lui était pas venu à l'esprit que quelqu'un devinerait qu'ils lui avaient servi de costume de bain. Laver ses sous-vêtements après une chaude journée dans le désert lui semblait des plus logique.

Katharine se tourna vers elle, les yeux incandescents.

— Parce que je le connais. C'est un jeune homme à sang chaud et vous êtes une femme séduisante, intelligente, qui a du succès. Soyez très prudente, Agatha. Soyez lucide. Les hommes seront toujours attirés par vous, et pas toujours pour de bonnes raisons.

À ces paroles, Agatha sentit son estomac se nouer. Soudain, les épisodes de la veille lui apparurent sous un jour nouveau. Max lui tenant sa main sur les remparts du palais, la baignade dans le lac, le corps à corps dans le sable : et si tout cela n'avait été qu'un stratagème pour l'endormir, au bénéfice des Woolley ? Elle entendait déjà les consignes de Katharine : *Faites qu'elle se sente bien, flattez-la un peu… avec un peu de chance, elle pourrait contribuer à nous financer…* Manifestement, il était allé un peu trop loin au goût de Katharine. Au-delà de ses attentes. Et, comme une imbécile, Agatha avait tout gobé. Il lui vint même à l'esprit qu'il avait mis en scène l'ensablement du camion afin de pouvoir renvoyer le garde et passer un moment seul avec elle.

Les mouches bourdonnaient autour de ses oreilles, noyant les voix dans sa tête. Sa mère, douce mais ferme, lui assenant qu'elle aurait dû se méfier. Et Archie, de ce ton froid et haineux qu'elle avait entendu pour la première fois à Harrogate, se moquant d'elle pour avoir pensé qu'un homme la trouverait désirable à son âge – *a fortiori*, un homme aussi jeune que Max !

C'est alors que la voix de Max résonna, couvrant les autres voix. Max qui lui demandait de rentrer avec lui à Londres. Si tout cela n'était qu'une imposture, pourquoi aurait-il insisté pour passer une partie de la semaine enfermé dans un train avec elle ?

Katharine la regardait toujours, attendant une réponse. Agatha bouillonnait d'indignation face à cette tentative éhontée de la décourager. De toute évidence, Katharine était jalouse. Max avait été son esclave, mais il s'était affranchi d'elle. Elle ne supportait pas d'être témoin de son attirance pour une autre.

— Nous avons nagé ensemble, oui.

Agatha essaya de contrôler sa voix pour ne trahir aucune émotion.

— C'était une journée chaude, nous avons décidé de nous mettre à l'eau. Max s'est comporté en parfait gentleman. Pendant que nous nagions, il ne m'a pas regardée une seule fois.

Pendant un moment, Katharine resta silencieuse. Puis :

— Oh. Vous m'étonnez, Agatha. Je ne vous voyais pas comme… un esprit *libre*.

La mâchoire d'Agatha se crispa.

— Laissez-moi vous rappeler une chose, Katharine…

Cette fois, elle luttait pour ne pas élever le niveau de sa voix.

— Vous êtes mariée. Max ne l'est pas. Et moi non plus. Si nous nous apprécions mutuellement, en quoi cela vous concerne-t-il ?

— Oh ! Je vous en prie ! Vous n'allez pas me dire que vous êtes amoureuse de lui !

Agatha se sentit rougir.

— Ne soyez pas ridicule ! Mais j'ai du mal à comprendre pourquoi cette histoire vous met dans un état pareil… Peut-être est-ce à *vous-même* que vous devriez poser cette question, non ?

Ce fut comme si elle venait de tirer sur Katharine avec un pistolet. Elle s'écroula par terre. Assise dans le sable, elle prit sa tête entre ses mains.

— Katharine !

Agatha s'agenouilla à côté d'elle.

— Qu'est-ce qui vous arrive ?

Katharine releva un peu la tête. Ses yeux débordaient de larmes.

— Je… je suis désolée. Je me déteste !

Le cœur d'Agatha martelait sa cage thoracique.

— Vous vous détestez ?

Mais alors, elle avait vu juste ? Katharine était amoureuse de Max ?

— Je… Ce n'est pas…

— Ce n'est pas quoi ?

— Je… Il… Ce n'est pas lui.

Sa bouche tremblait.

— Ce n'est pas Max… J'essaie toujours de… de contrôler les gens, vous savez. Je sais que c'est mal, mais moi… c'est mon…

Elle pressa ses lèvres l'une contre l'autre, comme si elle avait peur des mots qui pouvaient s'en échapper.

Agatha lui prit la main.

— Qu'est-ce qui vous tourmente ? Vous pouvez me le dire ?

— Je… je ne… ne peux pas.

Les dents de Katharine vibraient à chaque syllabe.

— Je pensais que je pouvais y arriver… mais c'est trop dur…

— Respirez profondément.

Agatha essuya une larme sur le visage de Katharine.

— Là. C'est mieux. Ne vous forcez pas à parler si vous ne voulez pas.

Lorsque Katharine finit par reprendre la parole, sa voix semblait plus apaisée.

— Je me suis… trop reposée sur Max. C'est un véritable ami. Une présence rassurante.

— Mais vous avez Leonard maintenant, n'est ce pas ?

Agatha retint son souffle, guettant sa réponse.

— Je ne l'ai pas, non.

Elle fit un bruit entre un sanglot et un soupir.

— Je ne peux pas être une femme pour lui, Agatha. Ni pour Leonard, ni pour un autre.

— Comment ça ? Pourquoi ?

Une pensée traversa brièvement son esprit : Katharine était sur le point de lui avouer sa préférence pour son propre sexe. Mais ce n'était pas possible, n'est-ce pas ? Selon Max, c'était une mangeuse d'hommes.

— Je voulais vous en parler le jour du mariage, mais j'avais peur. Vous savez, je n'en ai jamais parlé à personne.

Les yeux de Katharine fixaient le sable entre elles.

— De quoi ? chuchota Agatha. De quoi vouliez-vous me parler ?

Katharine la regarda, puis détourna les yeux vers l'horizon.

— Le jour où Bertram est mort – quand il s'est suicidé –, il avait envoyé chercher un médecin. Pour m'ausculter.

Elle fouilla dans sa poche, sortit un mouchoir pour s'essuyer le nez.

— Nous avions eu… des problèmes…

Elle redevint silencieuse. Agatha retint son souffle, effrayée : à partir de maintenant, tout ce qu'elle pouvait lui demander ressemblerait à une terrible indiscrétion.

— Je… Nous… avions beaucoup de mal. C'était impossible… de…

Katharine scruta le visage d'Agatha.

— Vous comprenez ce que je vous dis ?

Agatha hocha la tête. Elle ne comprenait pas. Pas vraiment. Elle ne savait pas si Katharine lui parlait de sa vie sexuelle avec son premier mari ou de leur incapacité à avoir un enfant. Mais si elle posait la question franchement, elle risquait de forcer Katharine à rentrer dans sa coquille.

— Moi, bien sûr, j'en avais envie, poursuivit-elle. Je suis tombée folle amoureuse de Bertram au premier regard. Mais, le soir de notre mariage… nous… je… Enfin, on dit souvent que la première fois est douloureuse, n'est-ce pas ? Mais jamais je n'aurais cru que ça puisse faire aussi mal. Et ça ne s'est jamais arrangé. Chaque fois qu'il…

Elle porta le mouchoir à son nez.

— Au bout de six mois, nous avons décidé de consulter un médecin. Nous étions en Égypte à l'époque, pas longtemps après la guerre, et ce n'était pas facile d'en trouver un. Il m'a… examinée. Je n'oublierai jamais l'expression de son visage quand il m'a dit de me rhabiller. Je lui ai demandé quel était le problème, mais il n'a pas voulu me l'expliquer. Il m'a répondu qu'il devait d'abord en parler avec mon mari.

Agatha vit une autre larme couler sur le visage de Katharine et s'écraser sans bruit dans le sable.

— Je n'ai découvert que plus tard ce qu'il avait dit.

Katharine ferma les yeux, un résidu de larmes aux commissures de ses paupières.

— C'était peut-être un problème de langue… Il parlait arabe, bien sûr, mais son anglais était rudimentaire. La façon dont il a exposé le problème était très… brutale. Il a dit à Bertram qu'il avait épousé un homme, pas une femme.

— Quoi ?

Agatha en resta bouche bée. C'était incroyable. Elle avait vu Katharine nue, au hammam de Damas, et son corps était de ceux qui emplissaient les femmes de jalousie et les hommes de convoitise. Difficile d'imaginer spécimen plus parfait de féminité. Quelle cruauté avait pu pousser ce médecin à un tel diagnostic ?

— Il avait découvert que je n'avais pas… d'organes féminins. Pas à l'intérieur, en tout cas. Pas d'utérus, pas d'ovaires. Et seulement un tout petit…

La voix de Katharine s'éteignit, son visage se fit fantomatique.

— Voilà pourquoi c'était si douloureux.

— Oh, Katharine…

Agatha la prit dans ses bras, sentit ses épaules se soulever à chaque sanglot. Maintenant, elle comprenait. Le suicide. Le regard de Katharine en descendant l'allée de l'église de Bagdad. Le rituel de la baignade nocturne, pour tenir Leonard à bonne distance. Et la façon dont elle jouait avec des hommes comme Max… Même cela, c'était compréhensible à la lumière de ces révélations. Quelle tragédie, d'être attirée par un homme, de le sentir attiré lui aussi, sachant que ce désir mutuel ne pourrait jamais être consommé.

— Il n'y a pas… de nom pour ça.

Katharine leva la tête, se tamponna le visage avec son mouchoir.

— Naturellement, j'ai essayé d'en savoir plus quand je suis rentrée en Angleterre. Eh bien, tous les manuels médicaux le disent : je suis un monstre de la nature. Une femme sur cent mille naît avec la même malformation que moi. Notre malédiction, c'est que nous avons l'apparence de vraies femmes. Et que nous nous sentons *aussi* comme de vraies femmes.

— Katharine, pardonnez-moi, je dois vous demander une dernière chose…

Agatha s'interrompit. Ce n'était pas indiscret. Si elle pouvait aider Katharine, elle devait en avoir le cœur net.

— Pourquoi avez-vous épousé Leonard ?

Une lueur de résignation traversa le regard de Katharine.

— Je m'attendais à cette question. Et la réponse ne va pas vous plaire. Le fait est que je n'avais pas le choix. Les administrateurs n'approuvaient pas que je sois ici en tant que femme célibataire. Si je n'avais pas épousé Leonard, j'aurais perdu mon emploi. Alors, quand il m'a demandé ma main, j'ai accepté.

— Il est au courant ?

— Mon Dieu, non !

Katharine réprima un frisson.

— Vous pensez qu'il m'aurait épousée, s'il savait ? Il a peut-être l'air d'un animal à sang froid mais, croyez-moi, il s'est révélé passionné par… cet aspect des choses… Comme tout homme.

— Mais vous étiez bien consciente de vous engager dans une voie sans issue, non ?

Katharine haussa les épaules.

— Pas vraiment. Je pensais qu'il voulait m'épouser autant pour son propre confort que pour le mien. Il n'avait jamais montré le moindre intérêt pour les femmes. J'en étais même arrivée à me demander s'il n'était pas homosexuel. Quand j'ai compris mon erreur, je… eh bien, je me suis convaincue que je pouvais agir avec lui exactement comme avec d'autres hommes : le laisser faire certaines choses… mais l'empêcher de trop s'approcher. Maintenir une distance. Seulement, c'est…

Elle s'interrompit, secoua la tête.

— Au début, il était très patient avec moi. Depuis quelque temps, il n'arrête pas de me demander quand je vais lui ouvrir mon lit.

— Vous l'aimez ?

— Quelle question !

Katharine fit claquer sa langue.

— Je l'apprécie. Je le respecte. Mais… je ne sais pas si je suis capable d'aimer à nouveau un homme. Pas après Bertram.

— Je vous comprends. Mais est-ce vraiment juste de l'induire à ce point en erreur ? Ne pourriez-vous pas trouver une sorte de… compromis ?

Agatha se demandait comment dire ce qu'elle pensait sans rendre les choses encore plus affreusement gênantes pour Katharine.

— Comment cela ?

Agatha hésita.

— Ce n'est pas à moi de vous expliquer comment vous comporter dans votre propre couple, Katharine. Mais ne vaudrait-il pas mieux tout lui avouer ? J'ai du mal à croire qu'un homme aussi intelligent que Leonard ne montrerait pas une certaine compréhension, s'il avait connaissance des faits exacts.

— Et s'il avait la réaction inverse ? S'il exigeait l'annulation du mariage ?

— Est-ce qu'il vous aime ?

— Il m'assure que oui.

— Alors il se souviendra des vœux qu'il a prononcés, n'est-ce pas ? *Pour le meilleur et pour le pire. Jusqu'à ce que la mort nous sépare.*

— Je ne peux rien imaginer de pire qu'apprendre que votre épouse est incapable de la seule chose qui distingue le mariage de tout autre type de relation…

— Il y a bien pire, pourtant. La maladie. Le handicap. Des tas de gens se marient et restent ensemble malgré ce genre de drame.

Elle marqua une pause.

— Vous dites qu'il est très patient. Et si vous lui accordiez le bénéfice du doute ? Pourquoi ne pas lui donner la possibilité de trouver un moyen de surmonter cela ? À l'inverse, si vous ne lui parlez pas, vous vous condamnez à une vie de souffrance, n'est-ce pas ? Aucun métier ne mérite qu'on s'inflige une punition pareille.

Katharine ne dit rien. Son regard semblait perdu au loin.

— Vous vivez un mensonge, tout comme moi avec Archie, à la fin de notre histoire. Je sais ce que ça fait. C'est un fardeau insupportable. C'est pourquoi j'ai fait cette dépression – et la même chose pourrait vous arriver si vous n'ouvrez pas votre cœur à Leonard.

Katharine acquiesça. Un mouvement de tête infime, imperceptible.

— Je sais que vous avez raison. Mais je ne suis pas sûre d'en avoir le courage. Comment pourrais-je le lui dire ?

— Vous me l'avez bien dit, à moi. C'est un début, non ?

— Sans doute, oui.

Elle acquiesça de nouveau, avec un peu plus de conviction cette fois.

— Vous ne le direz à personne, n'est-ce pas ? Ni à Max, ni à Nancy. Je ne pourrais pas le supporter, si je sentais qu'on se mettait à parler dans mon dos…

Agatha lui serra la main.

— Bien sûr que non. Je vous le promets, votre secret est en sécurité avec moi.

24

Il fallut plusieurs heures avant qu'Agatha revoie Katharine. En regagnant la maison, elles apprirent qu'un fonctionnaire du consulat britannique à Bagdad était arrivé à la gare d'Ur et s'apprêtait à débarquer sur le chantier. Cette nouvelle eut l'effet d'un branle-bas de combat pour l'ensemble de l'équipe. Le breakfast fut expédié et chaque habitant de la maison – y compris Agatha et Nancy – se vit assigner un secteur à nettoyer en urgence.

— Pourquoi vient-il ? demanda Nancy tandis qu'elle tapait les coussins du canapé.

— Je ne sais pas, répondit Agatha, dont le travail consistait à vider les cendriers parsemés à travers toute la maison et débordant toujours de mégots le matin. Je suppose qu'il vient pour une inspection. Avec tous les objets de valeur découverts sur le chantier, ça se comprend.

Michael apparut sur le seuil de la porte, portant fièrement ses moustaches couleur gingembre.

— Je pense qu'il vient à cause des problèmes récents à Bassora. Il y a eu un soulèvement près de la frontière. Rien à craindre pour nous, mais ils veulent peut-être nous demander de redoubler de vigilance.

Max était allé envoyer chercher le visiteur. Lorsque les deux hommes franchirent les portes de la maison, elle avait l'air à peu près respectable. Postées à la fenêtre du salon, Agatha et Nancy observèrent Leonard et Katharine venir saluer le nouveau venu.

— Je l'ai déjà vu, commenta Nancy. C'est l'assistant du haut-commissaire. Son nom est Hugh Carrington. Pas très gentil, je le crains.

— C'était à propos de Delia ?

Nancy acquiesça.

— Il a essayé de me décourager en m'expliquant qu'il était inutile de poursuivre l'affaire parce qu'elle relevait de la loi sur les secrets d'État. Quand j'ai insisté pour voir son patron, il est devenu très agressif. Il ne m'a rien *dit* de désagréable mais ses manières étaient glaciales. Il m'a bien fait sentir que je n'étais pas la bienvenue.

Agatha et Nancy ne virent directement Hugh Carrington qu'un peu plus tard dans la journée. Max les conduisit d'abord sur le site des fouilles afin que Leonard et Katharine puissent rester seuls avec lui.

Il y avait une tente installée à l'ombre de la ziggourat. Nancy s'y installa pour lire pendant qu'Agatha se dirigeait vers l'une des nouvelles tranchées. Max lui confia une truelle et une brosse puis lui montra comment s'y prendre.

— Si vous trouvez quelque chose, n'importe quoi, criez.

C'était excitant, de se retrouver là, accroupie dans le sable comme une véritable archéologue. Peu de temps après, sa truelle entra en contact avec quelque chose de dur. Elle dégagea le sable et distingua un objet pointu, bleu et vitreux. Elle appela Max, qui arriva en courant.

— Un fragment de gobelet, à en juger par son apparence, estima-t-il. Ne vous embêtez pas trop à essayer de le retirer en un seul morceau : c'est beaucoup plus tardif que la période qui nous intéresse. Ça doit avoir seulement mille ans, au plus.

— Oh ! Quel dommage.

Max sourit devant l'expression dépitée d'Agatha.

— Gardez-le, si vous voulez. Vous le rapporterez chez vous comme souvenir.

Quand elles rentrèrent à la maison, Agatha en avait un sac plein. Les éclats colorés lui rappelaient ces fragments de verre polis par la mer qu'elle trouvait parfois sur la plage, quand elle était enfant. De minuscules morceaux bleu, vert et ambrés, dont les arêtes avaient été lissées par les vagues. Elle déposa ses nouvelles découvertes sur le lit de sa chambre dans l'annexe, les orientant vers le soleil pour qu'elles brillent comme des bijoux.

Seulement mille ans, au maximum...

La remarque de Max la fit sourire. Elle s'allongea à côté de son trésor, fermant les yeux et laissant affluer des images de la veille. Était-ce dangereux de laisser ainsi vagabonder son esprit ? D'imaginer une sorte d'avenir avec cet homme ? Était-ce même lointainement envisageable, avec le genre de vie qu'il menait ?

Elle somnolait quand sa voix la réveilla. Il était de l'autre côté de la porte et l'avertissait qu'il était temps d'aller au village bédouin pour la fête du cheikh.

— Je vais vous déposer en premier, si cela ne vous dérange pas, annonça-t-il en ouvrant la porte.

Son ton était professionnel. Elle se demanda pourquoi. Jusqu'à ce qu'elle remarque la présence de Duncan dans le couloir.

— Pierre, Michael et Duncan seront aussi du voyage. Ensuite, je reviendrai chercher Katharine, Leonard et notre visiteur.

Max les emmena dans le camion, les hommes à l'arrière sur des sacs, Agatha et Nancy à l'avant dans la cabine. Agatha était au milieu, sa jambe contre le levier de vitesse. Il y eut un moment où la main de Max glissa sur le pommeau. Elle sentit la chaleur de sa peau à travers le tissu de sa jupe.

— Oh… pardon !

Il dégagea sa main avec un petit coup d'œil de côté. Elle vit qu'il s'efforçait de ne pas sourire. Elle lui rendit son sourire, sachant que Nancy ne s'apercevrait de rien. Des images de la veille glissèrent à nouveau dans son esprit. Son corps ruisselant de gouttelettes scintillantes, son visage flottant au-dessus du sien quand elle était allongée sur le sable, l'éclat dans ses yeux au moment de leur baiser.

— Ce n'est pas Hamoudi ?

La voix de Nancy s'invita dans sa rêverie. Elle regardait par la vitre, une main au-dessus de ses yeux.

— Oui, c'est bien lui.

Max fit un signe de la main à la silhouette en tunique juchée sur une mule. Arrivant à sa hauteur, il baissa la vitre et lui dit quelque chose en arabe. Après une brève conversation, ils repartirent.

— Il est allé les prévenir que nous avions un visiteur, expliqua Max. C'est un peu inhabituel que des représentants du gouvernement se joignent à la fête sans y être invités. Ça peut rendre nerveux les membres de la tribu, et la situation est déjà assez délicate comme ça.

— Ça va bien se passer ? demanda Nancy, nerveuse.

— Oh oui, ne vous inquiétez pas, dit Max. C'est juste une question d'étiquette, vous savez. Respecter les codes, c'est capital dans cette partie du monde.

Il ralentit à l'apparition du village de tentes.

— Au passage, ne soyez pas vexées s'ils vous installent à l'écart de notre groupe. Leurs femmes ne sont pas autorisées à la fête et les femmes occidentales y sont admises, mais seulement si elles sont bien éloignées des hommes.

Il s'arrêta devant la palissade en bois qui encerclait le village. En sortant, Agatha sentit l'arôme appétissant de la viande rôtie. Elle provenait d'une fosse creusée dans le sable. À côté, suspendu au-dessus d'un feu, un énorme chaudron en cuivre autour duquel s'activaient deux hommes en tunique.

— Venez que je vous présente au cheikh, commença Max. Mais n'essayez pas de lui serrer la main – les femmes n'y ont pas droit. Hochez simplement la tête.

Le cheikh Munshid du Ghazi était un individu remarquable, avec une coiffe vert émeraude et une barbe teinte au henné. Il les salua d'un signe de tête sous le grand auvent brun de sa tente ouverte. Une fois les présentations faites, Agatha et Nancy furent conduites à l'extrémité de la vaste tente où devait se dérouler la fête. Elles s'assirent sur des coussins colorés posés sur des tapis en peau de chèvre, et regardèrent Max présenter au cheikh Michael, Pierre et Duncan.

Quand Max partit chercher les autres au camp, Agatha entendit des gloussements étouffés, quelque part derrière eux. Nancy les avait aussi entendus.

— Qui est-ce ?

Agatha regarda par-dessus son épaule. Un large rideau occultait une partie de la tente et elle devina des mouvements juste derrière – un coude ou une épaule qui formaient une bosse dans le tissu puis disparaissaient sitôt apparus.

C'est seulement à l'arrivée de Katharine qu'elles découvrirent de quoi il retournait.

— Ce sont les femmes du cheikh. Elles ne sont pas autorisées à s'asseoir avec nous, mais elles aiment regarder les invités et écouter ce qui se dit.

Peu à peu, la tente se remplissait de Bédouins. Agatha cessa de compter à partir de trente. Lorsque tout le monde se retrouva assis en cercle, le cheikh donna un ordre et un homme à sa gauche sortit, pour revenir peu après avec un faucon au poignet. Il posa l'oiseau sur un perchoir en bois au milieu de la tente. Max se pencha vers le cheikh et lui glissa quelques mots en arabe. Agatha et Nancy regardèrent Katharine.

— Il félicite le cheikh pour son magnifique oiseau, expliqua Katharine. Cela fait partie du rituel. Parce que nous le payons pour nous protéger, il doit nous montrer ses possessions et nous devons le complimenter.

Elle sourit.

— Ne vous inquiétez pas, cela ne dure pas longtemps. La nourriture va bientôt arriver.

Effectivement, le faucon ne tarda pas à être sorti de la tente et trois hommes firent leur entrée, portant l'énorme chaudron en cuivre qu'Agatha avait vu à leur arrivée. Ils le déposèrent au milieu du cercle. La fumée serpentait en volutes parmi les invités. L'air s'emplissait d'odeurs, un délicieux mélange d'épices et d'agneau rôti.

— Le chaudron est rempli de riz et de morceaux de viande cuite à la broche, annonça Katharine. Ils vont bientôt revenir avec des morceaux de pita. Vous devrez les plonger dans le chaudron et manger avec vos doigts.

Les hommes furent servis les premiers. L'estomac d'Agatha gargouilla tandis qu'elle regardait le cheikh et les hommes âgés du village marcher en procession vers le chaudron, suivis de Max et des autres archéologues puis, enfin, des jeunes Bédouins. Allait-il leur rester quelque chose à manger ?

Inquiétudes inutiles. Après que tous les convives assis en cercle se furent servis plusieurs fois, le chaudron était encore à moitié plein. Une fois les femmes rassasiées, il fut déplacé au milieu d'un second cercle formé par les invités plus jeunes. Agatha reconnut parmi eux Hamoudi et Saleem.

Pendant ce temps, des plats de sucreries circulaient autour du cercle du cheikh, et le café était servi aux convives. Agatha mordit dans un carré brun sur le dessus avec une base de biscuit.

— Oh, c'est délicieux !

Elle en prit aussitôt un autre.

— Qu'est-ce que c'est ?

— On appelle ça du *holwa tamar*, expliqua Katharine. À base de dattes, de noix et de graines de sésame.

Nancy regarda à l'autre bout de la tente. Une foule d'hommes et de femmes déguenillés s'était assemblée juste devant l'entrée. Ils paraissaient tous affamés et balayaient la tente de leurs regards anxieux.

— Que se passe-t-il là-bas ?

— Ils attendent les restes, répondit Katharine. Ils peuvent manger tout ce qui reste au fond du chaudron une fois que les serviteurs se sont servis. Ce sont surtout des os et un peu de riz. Mais ce sont des mendiants, ils ne feront pas la fine bouche.

Les femmes observèrent la scène quand le chaudron fut sorti. Les mendiants se ruèrent sur la nourriture. Quand le chaudron de cuivre fut récupéré, les serviteurs le basculèrent vers l'intérieur de la tente afin que l'assemblée puisse constater qu'il était bien vide.

Le cheikh se leva et hocha la tête vers les hommes assis autour de lui. À ce signe, on aurait cru qu'il allait faire un discours. Au lieu de quoi il glissa la main à l'intérieur du châle drapé sur ses épaules et en sortit un pistolet. À la stupéfaction des convives, il le pointa sur Leonard Woolley.

— Oh mon Dieu, gémit Katharine, qu'est-ce qui lui prend ?

Leonard jeta un coup d'œil à Max, qui dit quelque chose en arabe. Le cheikh éclata de rire et lui répondit. Haletante, Katharine agrippa Agatha par le bras.

— Que se passe-t-il ? chuchota Agatha. Qu'est-ce qu'il a dit ?

— Max lui a demandé si l'arme était chargée.

Katharine broyait le bras d'Agatha.

— Il a répondu « Oui, quel intérêt sinon ». Et il a ajouté qu'il l'avait achetée avec l'argent que lui a payé notre…

En voyant Max se lever de son coussin, elle s'interrompit brusquement. Il s'adressa de nouveau au cheikh. Lui montra quelque chose à l'extérieur de la tente. Avec un large sourire, le cheikh se retourna et visa. Une balle siffla au-dessus de la tête des hommes de la tribu, rapidement suivie par un fracas venu de l'extérieur. Tous les Bédouins se précipitèrent pour voir ce que le cheikh avait touché – et éclatèrent de rire.

Max s'avança vers les femmes.

— Ne vous inquiétez pas, C'est seulement une des urnes dans lesquelles ils transportent de l'eau. J'ai pensé qu'il valait mieux lui changer les idées en lui proposant du tir sur cible…

— Cet homme est fou ! soupira Katharine. Pauvre Len : il est blanc comme un linge !

— Vous ne croyez pas que vous devriez aller le voir ? suggéra Nancy.

Katharine haussa les épaules.

— Je ne peux pas. Si l'une de nous rejoignait les hommes à l'autre bout de la tente, ce serait considéré comme un grave affront.

— Max est bien venu nous voir…

Max sourit.

— C'est différent, je le crains. Terriblement injuste, je le sais, mais c'est ainsi au sein de ces tribus.

Il se tourna pour voir le cheikh et ses partisans revenir terminer leur café.

— Mieux vaut que je les rejoigne, ajouta-t-il. Je ne voudrais pas qu'il se mette à tirer dans votre direction.

Quelques minutes plus tard, Max était de retour.

— Le cheikh a une demande spéciale.

Il regarda Katharine, puis Agatha.

— Il veut que vous examiniez certaines de ses femmes. Apparemment, elles ont des petits soucis de santé.

— *Certaines* de ses femmes ?

Agatha haussa les sourcils.

— Combien en a-t-il ?

— Une douzaine, je pense. Mais il en a peut-être deux ou trois nouvelles depuis la dernière fois que je lui ai demandé.

Max avait l'air de faire de son mieux pour ne pas sourire.

— Vous étiez infirmière, vous aussi, n'est-ce pas ? Vous croyez que vous pourriez donner un coup de main à Katharine ?

Agatha hésita.

— Eh bien… oui, sans doute. Mais nous n'avons aucun équipement médical…

— Mais si. La trousse de premiers secours est à l'arrière de Queen Mary.

Max et Nancy allèrent la chercher pendant que les autres se dirigeaient vers l'arrière de la tente, derrière le rideau. Les femmes du cheikh attendaient toutes là, assises sur des coussins. Quand elles virent entrer Katharine et Agatha, leurs gloussements se transformèrent en un crescendo de rires.

— Il faudrait que Max soit là, dit Katharine. Son arabe est tellement meilleur que le mien. Bon, on va se débrouiller comme on peut.

L'âge des femmes semblait aller de l'adolescence à la fin de la trentaine. Elles étaient quinze, et toutes s'avancèrent quand Katharine demanda qui était malade. La première lui montra ses yeux.

— Nous avons de l'acide borique dans la trousse ?

Agatha regarda Katharine, qui sourit.

— Oh, vous pensez que c'est de la conjonctivite ?

— Possible, oui…

Soudain, Katharine eut un petit rire.

— Je viens de comprendre ! L'an dernier, nous étions déjà invités à cette fête et j'ai donné de l'acide borique à l'une des femmes pour qu'elle se fasse des bains d'œil. Apparemment, je me suis mal fait comprendre car… elle en a bu !

— Mon Dieu ! Et qu'est-ce qui s'est passé ?

— Quelques mois plus tard, elle donnait naissance à des jumeaux. Deux garçons. Je vous parie que le cheikh espère que, cette fois, je vais en donner à toutes ses femmes !

À cet instant, comme par une coïncidence, elles entendirent la voix du cheikh à travers le rideau. Il parlait à Max. Les lèvres de Katharine frémirent. Elle plaqua sa main sur sa bouche.

— Qu'est-ce qu'il dit ?

— Que la *khatun* – c'est moi – accomplit de miracles. Il demande si Max a de la poudre blanche magique dans sa boîte…

C'était bon, de voir Katharine rire. L'hilarité gagna l'ensemble des épouses et il fallut un certain temps avant que les deux amies soient en état de découvrir qui était vraiment malade. Après avoir distribué des remèdes contre les maux de tête, de l'iode et montré comment faire des bains oculaires, elles saluèrent les épouses et retournèrent au camion.

Il ne restait plus qu'elles, Max ayant déjà reconduit les autres à la maison de l'expédition. Katharine s'installa entre Agatha et Max.

— Notre visiteur a demandé à passer la nuit au camp, déclara Max en mettant le contact. Monsieur n'avait pas envie de dormir dans le train…

— Oh, la barbe…, grommela Katharine. Évidemment, il nous rend visite quand toutes nos chambres sont occupées ! Bon, il suffira qu'il dorme dans celle de Leonard.

Agatha lui lança un regard. Son expression était impénétrable. Elle n'avait pas hésité à attribuer au visiteur la chambre de son mari, alors qu'elle aurait très bien pu demander à Max dc laisser la sienne et de dormir sur le toit. Agatha sentit que c'était une décision parfaitement pesée. Peut-être avait-elle enfin décidé, ce soir, de dire la vérité à son mari.

25

Katharine ne dormait pas quand Leonard la rejoignit au lit, mais elle fit semblant. Elle était restée éveillée dans l'obscurité pendant une éternité, répétant mentalement ce qu'elle comptait lui dire. Pourtant, dès qu'elle entendit le déclic de la poignée de la porte, elle sut qu'elle n'y arriverait pas.

Au cours des six dernières semaines, elle avait multiplié les excuses. Le soir de leur mariage – la seule nuit où ils s'étaient retrouvés juste tous les deux dans la maison –, elle avait prétendu qu'elle avait ses règles. Ce fut le premier mensonge d'une longue série. Elle n'avait jamais eu de règles, juste entendu d'autres femmes en parler. Puis, après plus d'une semaine, elle avait invoqué des douleurs gastriques qui l'affaiblissaient. Elle s'était ensuite réfugiée derrière les autres occupants de la maison, affirmant que leur présence l'inhibait. Un mois après leur mariage, il l'avait épiée pendant qu'elle prenait son bain et, depuis, c'était devenu leur rituel nocturne. Elle frappait à la porte de la salle des antiquités pour lui indiquer qu'elle allait se coucher. C'était le signal. Quand elle était debout, nue, devant la baignoire, elle entendait le raclement du tabouret en bois qu'il apportait dehors, tous les soirs, afin de se hisser au niveau de la fenêtre.

Deux nuits plus tôt, il avait frappé à la porte et lui avait demandé s'il pouvait la rejoindre dans sa chambre. À sa grande honte, elle s'était servie de Bertram comme excuse, marmonnant à travers la porte que c'était l'anniversaire de sa mort et qu'elle se sentait trop triste pour avoir de la compagnie. Encore un mensonge. Bertram était mort au printemps, mais Leonard l'ignorait. Il y avait tant de choses qu'il ne savait pas. Mais maintenant, il était là. Dans la chambre de Katharine. Et il n'avait nulle part où aller.

Elle ferma les paupières de toutes ses forces en le sentant approcher. Elle entendit le bruissement des vêtements qu'il retirait et un léger grincement quand il les déposa sur le dossier de la chaise. Elle sentit le lit bouger quand il prit place à côté d'elle. Son corps se raidit. Elle était couchée face au mur. Elle sentit son bras frôler le sien. Un mouvement doux et hésitant.

— Katharine, vous êtes réveillée ?

Elle resta immobile, effrayée à l'idée même que sa respiration puisse la trahir. Elle entendit la voix d'Agatha dans sa tête. *Allez-y ! Ne laissez pas passer cette occasion ! Vous ne pouvez pas continuer à vivre comme ça…*

Non, elle n'y arrivait pas. La perspective d'ouvrir la bouche, de prononcer ces paroles accablantes alors qu'il était allongé à côté d'elle la terrorisait.

Au bout d'une ou deux minutes, elle le sentit se retourner. Il avait renoncé. Elle resta paralysée jusqu'à ce qu'elle entende sa respiration régulière. Il dormait.

Et demain ? Et après-demain ?

La voix d'Agatha, à nouveau.

Elle devait lui parler. Elle était obligée de le faire. Mais pas de cette façon. Pas dans sa chambre, lieu de toutes ses souffrances. Et pas en face-à-face. Elle ne pouvait pas supporter la réaction que ses aveux risquaient de déclencher. La colère, la pitié et l'incrédulité mêlés dans un regard de mépris total. Ce regard qu'elle avait surpris dans le miroir, le jour où le médecin l'avait auscultée.

Je vais lui écrire une lettre. L'idée lui apparut brusquement. Ce serait bien mieux pour lui de lire cette nouvelle que d'entendre Katharine la lui annoncer. Elle lui laisserait le soin de l'apprendre quand elle serait ailleurs, partie bien loin. Ainsi, il ne pourrait pas l'affronter directement, il aurait le temps de se calmer… Agatha et Nancy donneraient à Katharine l'excuse dont elle avait besoin. Demain était leur dernier jour sur le site. Elle suggérerait un pique-nique au bord du fleuve. Toutes les trois.

Elle respira profondément, s'étira juste un peu pour relâcher la tension dans ses muscles. Elle essaya d'orienter ses pensées vers des choses insignifiantes – quelle nourriture prendre pour le pique-nique, Nancy aurait-elle envie de nager, comment s'organiser pour rendre le camion en temps et en heure pour la récupération des ouvriers sur le chantier… Elle dressa une liste mentale pour le pique-nique, espérant que le sommeil la rattraperait avant d'arriver à son terme. En vain. Elle tenta de classer par ordre alphabétique toute la nourriture du garde-manger de la maison… Tout était bon pour repousser les autres pensées. Il fallait qu'elle dorme. Il fallait qu'elle…

***

De l'autre côté de la cour, Nancy aussi était réveillée. Elle ne savait pas trop ce qui l'avait tirée de son sommeil, d'ordinaire profond. En se retournant dans son lit, elle sentit une douleur étreindre son ventre.

Elle y posa la main, massa la peau tendue à travers la chemise de nuit. Était-ce à cause de ce qu'elle avait mangé à la fête ? Elle pensa à l'agneau rôti… Et si des mouches étaient venues y pondre ? Peut-être n'était-il pas assez cuit ?

Elle se mit sur le dos et la douleur s'apaisa. Mais Nancy était bien réveillée, maintenant. Elle se demanda l'heure qu'il était. Nulle trace d'aube dans la portion de ciel étoilé découpée par sa fenêtre. Elle ferma les yeux, sachant ce qu'elle allait voir.

Son visage.

Allongée dans ce lit, seule, aux petites heures de la nuit, elle éprouvait son absence avec une intensité rare. Les questions habituelles se pressèrent dans son esprit. Où était-il en ce moment ? Que faisait-il ? Avec qui ?

Est-ce qu'il va venir ?

Cette question revenait sans cesse, un murmure troublant qui, dans des moments comme celui-ci, s'amplifiait au point d'étouffer toute autre pensée. Elle se demanda si, à son retour à Bagdad, elle trouverait une lettre en attente. Dans la dernière en date, il ne parlait pas de sa situation avec sa femme. Peut-être estimait-il que lui annoncer la nouvelle avant Noël serait trop cruel… Et puis, bien sûr, il devait penser à sa fille : ç'aurait été injuste envers elle de gâcher cette période de l'année.

Nancy devait-elle lui parler du bébé, au cas où elle accoucherait avant l'arrivée de son père à Bagdad ? Cette lettre, elle l'avait déjà écrite mille fois en pensée. Elle s'était promis de ne jamais utiliser de chantage émotionnel. Mais, depuis qu'elle avait senti ce frémissement en elle, l'envie de tout lui dire la taraudait.

Comment réagirait-il à une telle lettre ? Sauterait-il dans le premier train ? La ramènerait-il avec son bébé à Londres ? Où habiteraient-ils ? On ne pouvait pas dire qu'il roulait sur l'or, et il aurait toujours une femme et un enfant à charge. Tout ce qu'elle avait, elle, se limitait à l'argent que lui avait laissé Delia. À Londres, il serait vite englouti. Mais il lui avait dit qu'il était impossible pour lui de vivre à Bagdad…

Elle sentit son estomac se nouer – une sensation différente des crampes qui l'avaient réveillée. La panique lui retournait le ventre. Et s'il avait décidé de ne jamais venir ? Quelle sorte de vie pourrait-elle mener, et offrir à son bébé ? Auprès de qui pourrait-elle trouver de l'aide une fois Agatha rentrée à Londres ?

Son esprit chancelait sous le poids de ces questions. Elle devait à tout prix arrêter de penser.

Se rendormir. Pour le bien du bébé comme pour le sien. Elle tenta une nouvelle diversion en réfléchissant au prénom… serait-ce un fils ou une fille ? Elle avait lu dans une revue que certaines femmes avaient un sixième sens pour deviner le sexe de leur bébé mais ce n'était pas son cas. Elle chercha d'abord des prénoms adaptés aux deux sexes. À nouveau, elle fit défiler l'alphabet.

Alex… Evelyn… Jamie… Kim…

Le sommeil la saisit avant qu'elle aille plus loin.

***

Katharine rédigea sa lettre avant le petit-déjeuner, pendant que Leonard travaillait dans la salle des antiquités. C'était la lettre la plus difficile qu'elle ait jamais eu à écrire. Elle dévoilait son âme à l'homme qui tenait son avenir entre ses mains. Et, si elle était consciente d'avoir pris la bonne décision, elle n'en était pas moins tourmentée pour autant.

Quand elle eut terminé, impossible de glisser la lettre sous la porte de la chambre de Leonard puisqu'elle était occupée par Hugh Carrington. Elle ne voulait pas non plus la mettre ailleurs, de peur que quelqu'un d'autre la trouve. Elle se résigna à attendre le départ de leur visiteur.

En attendant, elle s'occupa des préparatifs du piquenique, demanda à Ibrahim de rassembler la nourriture nécessaire pendant qu'elle allait chercher des couvertures, des coussins et des serviettes. Elle mit son appareil photo dans le sac contenant son maillot de bain. Toute la semaine, elle avait eu l'intention de prendre des photos mais elle n'avait jamais trouvé le bon moment. Ce serait bien d'avoir une photo d'elle-même avec Agatha encadrée au mur du salon. Un beau sujet de conversation pour les futurs visiteurs…

Si vous êtes toujours là.

Sa main s'immobilisa en l'air alors qu'elle retirait l'appareil du sac. Après avoir lu la lettre, Leonard voudrait-il la répudier ? Trouverait-elle ses valises faites de retour de pique-nique ?

Des coups frappés à la porte l'arrachèrent à cette sombre spirale de pensées. C'était Max.

— Il veut voir les fouilles avant de prendre son train. Je voulais juste vous avertir.

— Il n'aime vraiment pas les femmes, n'est-ce pas ? soupira Katharine. Hier, on ne peut pas dire qu'il ait été très poli avec moi. Monsieur était soi-disant surpris d'apprendre que je travaillais sur le chantier parce qu'il pensait qu'un homme aussi renommé que Leonard n'aurait pas voulu prendre le risque d'être distrait par son épouse.

Elle roula des yeux.

— Quel culot !

Max secoua la tête.

— Oui, il est vraiment très vieux jeu.

— Eh bien, ne vous inquiétez pas, d'ici son départ pour Bagdad, j'ai prévu d'être très distante : j'emmène Agatha et Nancy pique-niquer. Une fois que vous aurez déposé les autres, vous voulez bien nous conduire au fleuve ? Vous pourrez venir nous récupérer après le déjeuner.

Max fronça les sourcils.

— Est-ce bien raisonnable de vous laisser seules, comme ça ?

— C'est juste pour quelques heures… et puis je prendrai un fusil. De toute façon, sans véhicule, nous ne présentons aucun intérêt pour les bandits.

— Hmm.

Il n'avait pas l'air convaincu.

— Bon, si vous êtes sûre de vous.

— Alors tout est arrangé !

Un sourire glacial flotta brièvement sur les lèvres de Katharine.

— Agatha va adorer. Elle aime bien nager, n'est-ce pas ?

***

L'endroit que Katharine avait choisi était un bosquet d'arbres bordant le fleuve. Leurs branches basses touchant presque le vert émeraude de l'eau leur donnaient des allures de saules pleureurs.

— Ce sont des peupliers babyloniens, expliqua Katharine lorsque Agatha lui fit remarquer la ressemblance.

Elle étendit une couverture sous l'un des arbres et posa les coussins dessus.

— Nancy aura peut-être envie de s'asseoir à l'ombre quand nous irons nager.

Agatha regarda en direction de la jeune femme. Nancy avait trouvé une parcelle de fleurs sauvages – de minuscules épis bleus et mauves, comme des lupins – et en tenait une contre son nez.

— C'est dommage que je n'aie pas de costume de bain à vous prêter, reprit Katharine. Je n'ai que celui-ci.

— Aucune importance, répondit Agatha sans se retourner.

Si Katharine lui tendait des perches pour obtenir des détails sur son après-midi avec Max, elle avait bien l'intention de ne pas les saisir.

— Et puis, d'abord, j'ai envie d'une cigarette.

Katharine alla prendre son sac, suspendu à une branche. Agatha s'assit sur un coussin, admirant le cours paresseux du fleuve, sa surface vitreuse à peine troublée d'une ondulation. Bientôt, l'arôme piquant d'une cigarette turque flotta dans l'air. Agatha regarda la fumée s'enrouler et s'élever tel un serpent fantomatique que le vent chaud du désert emportait vers le fleuve.

L'eau lui faisait vraiment envie. Elle aurait tellement voulu que ce soit Max, pas Katharine, qui plonge avec elle… Depuis leur périple à Ukhaidir, elle n'avait pas eu la moindre occasion de se retrouver seule avec lui. Ni même de lui parler sans être entendue. Et c'était leur dernier jour. Demain, elle et Nancy seraient à bord du train pour Bagdad.

Ce matin, alors qu'elles grimpaient dans le camion, Max lui avait lancé un regard qui en disait long. La première fois qu'Archie était venu chez sa mère, à Torquay, il l'avait regardée de la même façon. Comme si ses yeux lui disaient : *J'ai tellement envie de toi que c'en est douloureux.*

La nuit dernière, allongée sur son lit, elle avait fantasmé sur ce que serait leur retour en train en Angleterre. Cinq jours entiers avec Max… Cela lui semblait incroyablement romantique : ils apprendraient à se connaître tout en traversant certains des paysages les plus sublimes du monde. Ils feraient halte à Istanbul, retourneraient explorer Venise…

Elle n'en avait soufflé mot ni à Nancy ni à Katharine. D'une façon générale, elle n'avait rien dit ni fait pour attiser les soupçons de Katharine. Et se confier à Nancy aurait été d'une cruauté sans nom, compte tenu de sa situation sentimentale chaotique. Pourtant, Agatha aurait aimé trouver une confidente, quelqu'un qui l'aurait rassurée : non, elle n'était pas folle d'espérer un avenir avec un homme comme Max.

— Allez, on se jette l'eau ?

La voix de Katharine la fit sursauter. Agatha regarda autour d'elle et s'aperçut qu'elle était déjà en costume de bain.

— Je me suis changée derrière les branches, dit-elle en souriant. Ce n'est pas que je sois prude, comme vous le savez, mais il y a parfois des pêcheurs le long du fleuve.

Ce matin, Katharine avait l'air tellement différente. Agatha avait du mal à croire que, moins de vingt-quatre heures auparavant, la même femme était si bouleversée qu'elle arrivait à peine à articuler deux mots d'affilée. Avait-elle enfin parlé à Leonard ? Avaient-ils réussi à trouver un compromis ? Elle n'osa pas le lui demander.

— J'arrive tout de suite !

Agatha se baissa sous les frondaisons pendantes de l'arbre. Elle retira ses chaussures, fit glisser ses bas puis enleva jupe et chemisier. Elle avait emporté dans son sac des sous-vêtements de rechange. Elle passa un caraco pardessus celui qu'elle portait déjà puis enfila sa culotte. Elle espérait que deux culottes, une fois trempées, préserveraient sa pudeur plus efficacement qu'une seule. Quand elle écarta les branches, elle vit Nancy installée sur le tapis, qui arrangeait les coussins pour mieux caler son dos.

— Allez-y, la dernière à plonger est une poule même pas mouillée !

Katharine courut vers la rivière, ses longues jambes minces cisaillant l'air avec élégance. Agatha se précipita après elle, mais se révéla incapable de la rattraper. Elle n'avait jamais été particulièrement sportive. La natation était la seule discipline où elle manifestait un semblant d'aisance. Et cela faisait longtemps qu'elle n'avait pas fait d'exercice. Quand elle atteignit la berge, elle était à bout de souffle. Katharine, elle, s'était déjà éloignée du rivage.

— Attendez-moi !

Agatha plongea. L'eau froide enveloppa son corps, propulsant en elle une poussée d'adrénaline.

— Allons de l'autre côté !

Katharine se balançait de haut en bas, remuant les jambes pour faire du sur-place en attendant qu'Agatha parvienne à sa hauteur. Au dernier moment, elle disparut sous la surface.

— Je suis là ! cria Katharine en émergeant de l'autre côté du fleuve.

Quand Agatha fut enfin proche d'elle, Katharine se mit à l'éclabousser avec fracas.

— C'est… votre… punition…

À chaque mot, elle expédiait une gerbe d'eau vers Agatha.

— … pour… avoir… plongé… en dernier !

En riposte, Agatha dressa un mur d'eau écumeuse en remuant les pieds de toutes ses forces. Bientôt, les rires eurent raison de leur combativité.

— Je meurs de faim, on va manger quelque chose ? demanda Katharine une fois qu'elles se furent calmées.

En quelques brasses aisées, elle traversa le fleuve et remonta la berge jusqu'à l'endroit où Nancy somnolait sur sa couverture. Attrapant quelques serviettes, elle en jeta une à Agatha qui, dans la vase au bord de l'eau, peinait à garder son équilibre.

Nancy se releva, s'essuya le visage aspergé de quelques gouttes d'eau.

— Oh, pardon ! dit Katharine.

Elle fouilla dans son sac et prit son appareil photo.

— Vous voulez bien nous prendre en photo ?

Avant qu'Agatha ait eu le temps de comprendre ce qui se passait, Katharine bondit et enroula un bras autour de son épaule.

— On sourit !

Le déclencheur cliqueta.

— Oh !

Agatha baissa les yeux, consternée à l'idée d'être immortalisée dans cette tenue.

— Ne vous inquiétez pas, gloussa Katharine, on ne voit rien du tout ! Nous en ferons une autre quand nous serons rhabillées. Et quand Max reviendra, je lui demanderai de nous prendre toutes les trois.

Agatha s'était réfugiée derrière les branches de peuplier et s'occupait d'attacher ses bas quand Nancy poussa un cri.

La voix de Katharine retentit.

— Qu'est-ce qui se passe ? Vous avez été mordue ?

Elles surgirent toutes les deux des frondaisons, les feuilles giflant leur visage. Nancy se tenait le ventre ; ses yeux exprimaient la terreur.

Oh non, pas le bébé… Agatha plaqua la main sur sa bouche.

— Oh ! Oh mon Dieu !

Nancy était pliée en deux.

— Je… je…

— Je crois qu'elle perd les eaux !

Agatha entendit le changement dans sa propre voix. C'était sa voix d'infirmière. Oubliée depuis une décennie, elle était revenue sans prévenir, à la vitesse de la lumière.

— Qu'est-ce qu'on fait ? demanda Katharine, apeurée.

Comme la plupart des infirmières en temps de guerre, elle n'avait soigné que des hommes. Elle se trouvait en territoire inconnu. Et, de toute évidence, elle attendait qu'Agatha prenne les choses en main.

Celle-ci ouvrit la bouche puis la referma. À quoi bon lui dire qu'elle n'en savait rien, que sa seule expérience d'un accouchement était son propre accouchement ? Nancy n'avait pas besoin d'entendre ça, en ce moment. Il fallait la calmer, Agatha devait lui donner l'impression de savoir ce qu'elle faisait.

— Tout va bien, Nancy. Inutile de paniquer. C'est le signe que le travail vient de commencer.

Agatha l'aida à retirer sa tunique trempée et fit un rapide calcul. Environ six mois… c'est ce que Nancy avait dit, la semaine passée. Mais était-ce six mois après ses dernières règles ou six mois depuis qu'elle avait découvert sa grossesse ? De toute façon, c'était beaucoup trop tôt. Si son bébé arrivait maintenant, ses chances de survie étaient minces.

— À quelle heure Max doit-il revenir ? chuchota Agatha par-dessus la tête de Nancy.

Katharine leva trois doigts.

Agatha regarda sa montre. Encore deux heures et demie. Comment allaient-elles tenir aussi longtemps ?

Nancy laissa échapper un gémissement angoissé et enfonça les ongles dans le bras d'Agatha.

— Pa… pardon, haleta-t-elle.

— Pas la peine de vous excuser, répondit Agatha en lui frottant le dos. Et maintenant, nous allons vous mettre dans une position plus confortable. Essayez simplement de vous allonger, moi je vais glisser ce coussin sous votre tête et d'autres sous vos genoux. Katharine, il y a de l'eau dans le panier de pique-nique ?

Katharine cligna des yeux, comme si elle ne comprenait pas tout à fait ce qui était en train de se produire.

Nancy poussa un autre cri de douleur.

— Elle va avoir très chaud, alors elle aura besoin de boire.

Agatha avait du mal à garder son calme. Elle regarda sa montre. Elle allait devoir chronométrer ses contractions. Mais elle savait déjà qu'elles survenaient beaucoup trop tôt. Rosalind avait mis des heures à arriver, mais Agatha avait entendu parler de femmes dont le travail était si rapide qu'elles avaient accouché à même le sol de la salle de bains.

Katharine bondit, alla prendre le panier de pique-nique près de l'arbre et en sortit une tasse en étain. Après l'avoir remplie d'eau, elle la tendit à Nancy.

— Vous avez une autre serviette ? lui demanda Agatha. Pas mouillée, si possible…

— Dans mon sac !

Katharine regarda Agatha soulever la tête de Nancy pour l'aider à avaler une gorgée d'eau.

— Il nous faut quelque chose de chaud et de sec pour envelopper le bébé quand il arrivera.

Et, se tournant vers Nancy :

— Je sais que c'est un peu délicat mais je dois absolument jeter un coup d'œil à ce qui se passe là-dessous. J'ai l'impression que ce bébé est très pressé de rencontrer sa maman…

Nancy ouvrit la bouche, horrifiée.

— Je ne… ne peux… ne peux pas…

Son visage se tordit de douleur.

— Ça va aller, dit Agatha, autant pour la rassurer que pour se rassurer elle-même.

— Mais… je…

La mâchoire de Nancy se crispa quand une autre contraction arriva.

Le corps des femmes est fait pour avoir des bébés !

Trop tard, Agatha s'aperçut combien sa remarque était violente pour Katharine, qui était juste à côté. Elle leva des yeux désolés sur elle, qui secoua la tête comme pour dire que ça n'avait pas d'importance.

— Souvenez-vous, je l'ai déjà fait.

Agatha murmura une prière silencieuse : *Faites que Nancy ne se rappelle pas que c'était en tant que femme enceinte, pas en tant que sage-femme.* Il fallait à tout prix que la jeune fille reste calme. Qu'elle soit persuadée qu'Agatha contrôlait parfaitement la situation. Sa survie et celle de son enfant dépendaient de sa capacité à faire exactement ce qu'on lui dirait en attendant l'arrivée de Max.

— Vous avez envie de pousser ?

Nancy hocha la tête, et ses yeux se fermèrent sous l'assaut de la douleur.

— Vous devez essayer de vous retenir, jusqu'à ce que le bébé soit prêt. Vous pouvez respirer pour moi ? Trois inspirations rapides, une expiration lente… c'est ça ! Faites ça chaque fois que vous avez mal.

Agatha se tourna vers Katharine :

— Vous pouvez la serrer contre vous ? La soulever et la tenir par les épaules ?

Katharine s'accroupit sur la couverture, glissa ses jambes autour de Nancy et la soulevant en position semi-assise.

— C'est mieux… Oh ! Je vois sa tête !

Agatha ravala péniblement sa salive, terrifiée par ce qui était en train de se produire, par cette petite vie sur le point de venir au monde et qu'elle était seule à pouvoir aider. Elle entendit la voix de l'aide-soignante de l'hôpital de Torquay. *Allez, infirmière Miller, montrez-moi que vous avez du cran !*

Elle attrapa la serviette et se tint prête. Si seulement elle avait été plus attentive aux gestes de la sage-femme quand Rosalind était née… Fallait-il vraiment pousser quand la tête apparaissait ? Ses souvenirs étaient confus, à travers la brume de douleur qui l'enveloppait, en ce jour d'août, voilà neuf ans… Pourtant, il fallait *absolument* qu'elle se souvienne…

— Nancy, vous vous en sortez vraiment bien…

La voix d'Agatha avait jailli, plus forte et plus aiguë qu'elle ne l'aurait voulue, trahissant son inquiétude.

— Maintenant, j'ai besoin que vous vous reteniez encore un peu… et puis, à mon signal, poussez de toutes vos forces…

Pitié, Seigneur, faites que tout se passe bien, ajouta-t-elle dans un murmure.

Nancy poussa un cri déchirant et son visage vira rouge sang. Katharine essuyait son front en nage avec la manche de sa chemise.

— Et maintenant, Nancy, on pousse ! On pousse !

La vitesse à laquelle la petite chose surgit était stupéfiante. Agatha réussit tout juste à l'attraper dans sa serviette. Elle la regarda, paralysée d'émerveillement. Un petit garçon. Presque aussi grand que Rosalind à sa naissance. Mais il ne bougeait pas. Et, sous les zébrures sanguinolentes, sa peau avait une teinte gris-bleu.

— Est-ce que… ? gémit Nancy dans un halètement, avant de s'effondrer sur les genoux de Katharine.

Agatha frotta le petit corps avec la serviette, essayant de le ranimer. Le cordon pendouillait, sanglant, de son ventre. Il n'était pas coincé autour de son cou quand il était sorti, alors pourquoi le bébé ne respirait-il pas ?

— Qu'est-ce que c'est ?

Soudain, Katharine était là, à côté d'elle. Elle prit le bébé, le posa sur la couverture puis se pencha sur son visage. Stupéfaite et horrifiée, Agatha vit alors Katharine couvrir le minuscule nez et la minuscule bouche avec sa propre bouche, comme si elle embrassait la petite chose morte. Elle leva la tête un instant, aspira une profonde goulée d'air et se pencha de nouveau.

— Katharine ! Non !

Agatha la saisit par le bras mais elle refusait de bouger et la repoussa d'un coup de pied, telle une possédée. Oh, mon Dieu, pensa Agatha, ce qu'elle a vu l'a rendue complètement folle…

Soudain, un hurlement aigu déchira l'air. Katharine rejeta la tête en arrière, haletante.

— Regardez ! cria-t-elle, à bout de souffle. Il est vivant !

26

Nancy était dans son lit à la maison de l'expédition, appuyée contre des oreillers, le bébé blotti au creux de son bras. Après son calvaire dans le désert, elle était encore très faible mais elle avait réussi à donner au petit James son premier repas convenable. Elle avait décidé qu'il s'appellerait James Frederick, les prénoms du père de Katharine et du père d'Agatha. Si ç'avait été une fille, leur avait expliqué Nancy, elle leur aurait donné le prénom de ses deux amies.

— Est-ce qu'elle dort ? murmura Katharine.

— Je crois, oui, répondit Agatha.

— Vous pensez qu'on devrait le mettre dans son lit ?

Katharine jeta un coup d'œil au lit de fortune qu'elles lui avaient préparé : un tiroir pris dans la commode de la chambre, tapissé d'une couverture et d'un rectangle de cachemire découpé dans un de ses châles les plus doux.

— Oui, murmura Agatha, si on y arrive sans le réveiller.

Elle regarda Katharine prendre doucement le bébé endormi des bras de sa mère. Elle n'aurait pas été plus méticuleuse si James avait été en or massif et déterré des sables d'Ur. Agatha avait été étonnée de la façon dont Katharine avait pris les choses en main à la naissance du bébé, alors que la situation semblait désespérée. Miraculeusement, elle avait su trouver les bons gestes.

Une fois le petit James installé dans son tiroir, elles sortirent de la chambre et allèrent prendre un café bien mérité dans la cour. Agatha en profita pour demander à Katharine où elle avait appris la technique de réanimation.

— C'est ce que font les femmes bédouines. Un jour, lors de notre deuxième saison, j'en ai vu une accoucher dans le désert. Elle était l'épouse d'un des ouvriers du site de fouilles et elle avait parcouru des kilomètres pour lui annoncer que son père était en train de mourir. Quelques minutes après son arrivée, elle s'est effondrée et le travail a commencé. Elle était parfaitement calme, elle a refusé toute aide, et elle a accouché toute seule. Quand elle s'est rendu compte qu'il ne respirait pas, elle a collé sa bouche sur son visage. Moi, je pensais qu'elle était juste désespérée et qu'elle l'embrassait parce qu'il était mort… Ensuite, j'ai vu qu'elle aspirait le liquide bouchant ses narines et sa bouche. Puis elle a inspiré de l'air qu'elle a insufflé dans ses voies respiratoires.

— Et ça a marché ?

Katharine acquiesça.

— Une demi-heure plus tard, nous les avons ramenés à leur village. Chaque fois que le camion passait sur un nid-de-poule, le bébé hurlait à pleins poumons !

Agatha sourit.

— Eh bien, Dieu merci. Grâce à cela, vous avez sauvé la vie de James.

— Je…

Katharine parut hésiter, fixa sa tasse de café.

— … je ne savais pas si ça marcherait. À l'instant où je l'ai vu étendu dans la serviette, tout bleu et plein de sang, j'ai su ce que je devais faire, mais jamais je n'aurais cru y arriver. Il avait l'air si…

Elle secoua la tête.

— Ça va vous sembler ridicule, maintenant, mais il m'a rappelé Bertram. Bien sûr, je n'ai jamais vu son corps, après que…

Elle s'interrompit, porta la tasse à ses lèvres mais ne but pas, se contentant de humer le parfum du café.

— J'ai vu tant de morts, pendant la guerre. Des soldats mais aussi des civils : des cadavres laissés par les Allemands dans les villages du front. Je me suis toujours félicitée d'avoir le cœur bien accroché. Mais quand j'ai vu James…

Elle ferma les yeux avec un soupir, inclina sa tasse – et renversa un peu de café.

— Oh, allons ! Quelle maladroite je fais !

Elle tamponna sa jupe.

— Vous imaginez un peu, si on me confiait un bébé !

À cet instant, Agatha perçut un infime fragment d'une réalité qu'elle n'avait pas saisie jusque-là. En décidant de tout faire pour sauver la vie de James, Katharine avait affronté cette chose en elle, cette chose qui devait la hanter depuis le suicide de son mari. Quand ce médecin avait rendu ce diagnostic brutal, ce n'était pas seulement son couple qu'il avait détruit. Il lui avait aussi annoncé qu'elle était incapable d'accomplir ce que toute femme s'attend à pouvoir faire : un enfant.

Pendant des années, Katharine avait vécu avec la conscience de cette incapacité, qui se mêlait aux autres considérations déplaisantes sur ses problèmes médicaux. Se lancer dans une nouvelle carrière avait été sa façon de lutter contre la fatalité. Agatha imaginait bien Katharine se dire que, quitte à être un homme à l'intérieur, il ne lui restait plus qu'à vivre comme un homme. Personne ne s'attendrait à ce qu'une femme – veuve, de surcroît – si dévouée à son métier, un métier qu'elle avait choisi, ait la moindre envie d'avoir des bébés.

Mais ce qui s'était passé au bord du fleuve avait tout changé. Agatha le lisait sur le visage de Katharine. Le bébé de Nancy semblait avoir fait naître des sentiments qui lui semblaient totalement déconcertants.

***

Max apparut dans la cour alors qu'elles terminaient leur café. Après avoir ramené Nancy et son bébé à la maison de l'expédition avec Agatha et Katharine, il avait dû retourner sur le site de fouilles chercher Hugh Carrington pour le déposer à Ur-Junction, juste à temps pour son train. Il s'approcha des deux femmes en s'essuyant le front du dos de la main.

Il prit une chaise et s'y laissa tomber.

— Comment va-t-elle, maintenant ?

— Elle dort, répondit Katharine.

— Et le bébé ? Il va bien ?

— Je crois que oui.

Katharine interrogea du regard Agatha, qui acquiesça.

— Et le docteur ? Avez-vous réussi à le contacter ?

— Oui. J'ai utilisé le téléphone de la gare. Il devrait arriver d'ici une heure.

Il prit la tasse que Katharine lui avait remplie.

— Vous avez été fabuleuses, toutes les deux.

Il sourit à Agatha par-dessus le rebord de sa tasse.

— Je ne crois pas que…

— Katharine !

L'appel de Leonard Woolley résonna à travers la cour, interrompant Max.

— J'ai besoin de vous dans la salle des antiquités, s'il vous plaît !

En une fraction de seconde, le visage de Katharine changea d'expression. Le sourire s'effaça, comme dissous par l'appréhension.

— Je ferais mieux d'y aller…

Elle se leva en faisant grincer sa chaise.

— Vous gardez un œil sur Nancy, d'accord Agatha ?

— Bien sûr. Mais vous viendrez plus tard, n'est-ce pas ? Une fois que le médecin l'aura vue ?

Katharine ne répondit pas. Elle traversa la cour à grands pas, le menton baissé contre la poitrine.

Comme Marie-Antoinette avançant vers la guillotine.

Agatha se demanda pourquoi cette image lui venait à l'esprit. Quelque chose dans le ton de la voix de Leonard et dans l'attitude de Katharine lui laissait penser que l'heure de la confrontation finale avait sonné. Mais pourquoi maintenant ? S'ils avaient eu une discussion la nuit précédente, la dispute aurait déjà eu lieu. Et Katharine n'avait pas eu l'occasion de parler à son mari cet après-midi : elle ne l'avait pas vu depuis leur retour du fleuve.

— Vous avez été très courageuse, vous savez.

La voix de Max s'immisça dans sa réflexion.

— Garder son calme dans une situation pareille, eh bien… peu de gens en sont capables.

Agatha haussa les épaules.

— Je ne savais pas vraiment ce que je faisais. À vrai dire, j'étais complètement terrorisée.

— Tout s'est bien passé, finalement. J'en ai touché deux mots à Hugh Carrington, en l'emmenant à la gare. Il se trouve qu'il était à l'école avec le mari de Nancy.

— Vraiment ?

Max acquiesça.

— Il était plutôt surpris, je crois, de la savoir ici. À ce qu'il m'a dit, leur mariage a eu lieu il y a un an, à peu près.

— Moins que ça, en fait.

Agatha parvint à lui expliquer les raisons de la présence de Nancy en Mésopotamie sans trop en dire. Elle avait promis d'être discrète, elle n'allait pas la trahir maintenant.

Le petit James aurait déjà une vie assez compliquée comme ça, inutile d'ébruiter le fait que c'était un enfant illégitime.

— Pauvre fille… Que va-t-elle faire, à présent ?

— Elle veut rester à Bagdad. Elle va garder la maison que je loue. Je crois qu'elle espère trouver un emploi.

— Eh bien, en voilà une qui n'est pas près de partir, n'est-ce pas ? Et vous ? Vous aussi, vous avez envie de rester ?

— Je préfère ne pas rentrer avant qu'elle soit en état de voyager.

Agatha soutint son regard et lui rendit son sourire.

— J'espère que je ne vais pas déranger…

— Comment serait-ce possible ?

Il jeta un coup d'œil par-dessus son épaule, puis lui prit la main et la porta à ses lèvres.

— Vous êtes un ange. Et je suis si heureux que vous ne preniez pas le train, demain.

***

Katharine ouvrit la porte de la salle des antiquités d'une main tremblante.

Leonard se tenait près de la sculpture de Hamoudi qu'elle lui avait donnée en cadeau de mariage. Il tenait sa lettre dans la main.

— Oh, vous l'avez trouvée, dit-elle d'une petite voix.

— Pourquoi ne m'avez-vous rien dit avant ?

Il paraissait anormalement calme, comme s'il faisait un effort suprême pour se contrôler.

— Je suis désolée, Len, je… J'avais peur d'en parler à quelqu'un.

— Mais je ne suis pas n'importe qui, Katharine. Je suis votre mari. Vous ne pensez pas que, si quelqu'un avait le droit de savoir, c'était bien moi ?

— Je croyais…

Elle hésita, incapable de le regarder dans les yeux.

— Je croyais que ce ne serait peut-être pas un problème.

Elle l'entendit respirer longuement.

— Et… pourquoi cela ?

Elle déglutit avec difficulté.

— Parce que, contrairement à tous les autres hommes qui ont travaillé ici au cours des trois dernières années, vous ne m'avez jamais témoigné le moindre intérêt. Ce *genre* d'intérêt…

— Oh, je vois.

Il remua les pieds sur le sol de terre battue.

— Vous m'avez pris pour un homosexuel, c'est ça ? Quelqu'un qui vous laisserait tranquille, juste bon à vous offrir ce vernis de respectabilité ? Eh bien, je suis navré de vous décevoir : comme vous l'avez compris, à présent, je suis aussi normal que la plupart des hommes sur ce plan-là.

— Je suppose que vous allez me demander de partir ?

Sa gorge était serrée, et les mots en sortirent dans un murmure croassant.

— Est-ce que j'ai dit ça ?

Elle leva la tête, perplexe. Le visage de Leonard avait perdu un peu de sa superbe. Il paraissait désormais plus triste qu'autre chose.

— Mais comment puis-je… Comment pouvons-nous…

— Venez ici un instant, vous voulez bien ?

Il lui tendit la main.

— Approchez. Je ne vais rien tenter, je vous le promets.

Elle fit un pas vers lui. Il attrapa le bout de ses doigts.

— Tout va bien. N'ayez pas peur.

Elle fit un autre pas, puis un autre, jusqu'à ce que son visage ne soit qu'à quelques centimètres du sien. Jusqu'à ce qu'elle distingue un voile de larmes sur ses yeux.

Il fit un petit bruit de gorge, comme s'il était sur le point de prononcer un discours appris par cœur. Mais ce qu'il dit la prit totalement au dépourvu.

— Écoutez, Katharine, ce n'est pas *ça*...

Sa voix se fit chuchotement.

— *L'acte* en lui-même n'est pas important. Pas vraiment. Non que ça ne m'aurait pas tenté si vous aviez pu, bien sûr, mais ce que je désire vraiment, c'est quelque chose de beaucoup plus simple...

Il retourna la main de Katharine, ses doigts caressèrent sa paume. Elle retint son souffle, s'efforçant de ne pas tressaillir. Malgré ce qu'il venait de lui promettre, elle redoutait la suite.

— Est-ce que ça va ?

Elle acquiesça lentement.

— Eh bien, vous voyez, ce geste, je ne l'avais jamais fait jusqu'à aujourd'hui.

Ses doigts étaient chauds. Des années passées à creuser avaient rendu sa peau rugueuse et sèche.

— Jamais ?

Il secoua la tête.

— Hormis des poignées de main et quelques plaquages sur le terrain de rugby à l'école, je n'ai jamais su ce que c'était que de toucher un autre être humain.

Elle cligna des yeux, sans comprendre.

— Ce n'est pas possible, tout de même... Dans votre enfance ?

— Ma mère est morte quand j'avais deux ans, je n'ai donc aucun souvenir de la sensation d'être pris dans des bras aimants.

Sa voix était très factuelle, sans aucune trace d'apitoiement sur soi.

— Et mon père était un prédicateur redoutable. Sauf dans ses sermons, il ne laissait jamais paraître la moindre émotion. Comme il estimait que les petits garçons devaient être endurcis, il m'a envoyé au pensionnat à l'âge de cinq ans.

Il lui prit l'autre main, la regarda dans les yeux.

— Alors, vous comprenez, Katharine, si je donne l'impression d'être un homme très distant, c'est parce que je n'ai jamais eu la chance d'être physiquement proche d'une personne. Jusqu'à présent.

— Qu'est-ce que vous voulez dire, Len?

Elle le dévisagea.

Ses lèvres s'entrouvrirent, puis se refermèrent, comme s'il avait peur d'exprimer ce qu'il avait en tête. Après un long moment, il répondit

— J'ai juste envie de me sentir… aimé. Pouvez-vous faire ça? Ou est-ce trop demander?

27

Une semaine plus tard

Agatha tenait James contre son épaule. Elle lui tapotait le dos pour le faire roter. Nancy était au lit, les yeux fermés. Agatha arpentait la chambre sur la pointe des pieds quand elle entendit des pas dans le couloir. Le visage de Katharine apparut dans l'embrasure.

— Tout se passe bien ? murmura-t-elle.

Agatha désigna le tiroir qui servait de lit au bébé et indiqua d'un geste du pouce la porte de la chambre. Katharine comprit tout de suite : elle se glissa dans la pièce, prit le tiroir sous son bras et Agatha la suivit hors de la chambre de Nancy, jusqu'à sa propre chambre.

— Vous voulez le porter avant que je le couche ? Il est presque endormi, je pense.

— Je ne voudrais pas le déranger. Il a l'air si paisible.

Agatha hocha la tête. James ne voyait sans doute aucun inconvénient à être tenu par une autre paire de bras. Il était encore trop jeune pour faire la différence entre sa mère et une autre femme. Mais, au cours des derniers jours, elle avait remarqué combien Katharine paraissait réticente à le toucher. Elle était toujours prête à aider, tant que cela n'impliquait pas de contact physique. Étrange paradoxe, comme si, lui ayant sauvé la vie, elle avait peur de ce qu'elle avait contribué à mettre au monde.

Agatha sentit qu'elle ne voulait pas en parler, ni de la situation avec Leonard. Depuis la naissance de James, elle avait changé de façon subtile mais perceptible : elle était plus silencieuse, moins autoritaire et… Agatha avait du mal à trouver le mot exact pour décrire cette évolution chez son amie. Plus douce. Oui, c'était ça. Agatha n'entrait plus dans la pièce en se demandant si elle allait la mettre sur le gril avec ses questions.

— Je vais vous le laisser maintenant, d'accord ?

Katharine posa le tiroir sur le tapis.

— Je suppose que vous voudrez faire une sieste, vous aussi, une fois qu'il sera endormi ?

Agatha hocha la tête.

— Vous voulez bien demander à Saleem de préparer du lait, au cas où James se réveillerait ? Je ne veux pas déranger Nancy avant le dîner.

Quand Katharine fut partie, Agatha étendit le bébé sur son lit. Puis elle s'agenouilla par terre et, plaçant une main sous la petite tête et l'autre autour de son corps, elle le fit descendre dans son lit-tiroir. Soucieuse de ne pas le réveiller, elle le borda doucement. Au moindre gémissement, elle savait que Nancy sortirait dans le couloir en clopinant et viendrait chercher son fils.

Elle s'inquiétait pour la jeune maman. Nancy ne mangeait pas beaucoup et sa peau avait pris une pâleur malsaine. Elle faisait de son mieux pour nourrir James mais, chaque fois, c'était une épreuve. À plusieurs reprises, Agatha l'avait trouvée en larmes, à bout de forces. Il avait donc fallu enrichir l'alimentation du bébé avec du lait de chèvre. Sans bouteille, le processus se révélait complexe : tordre l'extrémité d'un morceau de mousseline pour en faire une sorte de fuseau, le plonger dans le bol puis essayer de le faire glisser entre les lèvres de James.

Le médecin devait revenir pour une seconde visite le lendemain. La fois précédente, il avait déclaré la maman en bonne santé. Il avait également félicité Agatha pour l'accouchement, affirmant que Nancy n'aurait pas pu être en meilleure forme si son bébé était né à l'hôpital. Mais Agatha n'était qu'à moitié convaincue. Chaque nuit, quand elle s'endormait, elle revivait le traumatisme de cette expérience. Tout s'était passé si vite. Elle n'avait même pas pu se laver les mains avant d'aider Nancy, alors qu'elle sortait tout juste du fleuve – et Dieu sait de quelles bactéries dangereuses sa peau était couverte. Puis, une fois le bébé ranimé par Katharine et allongé, hurlant, sur la couverture, elles avaient dû couper le cordon. Agatha avait utilisé le couteau dont s'était servi Katharine pour peler les oranges de leur pique-nique…

Pour la énième fois, les images défilaient en boucle dans sa tête. Agatha songeait que les choses auraient été tellement différentes si elle n'avait pas amené Nancy à Ur, si elle était restée à Bagdad. Elles seraient parties à l'hôpital dès que la jeune femme aurait perdu les eaux… Autre chose la taraudait. James n'était pas un bébé prématuré – elle en était certaine. Peut-être était-il né avec quelques semaines d'avance, mais guère plus. Autrement dit, il devait avoir été conçu fin avril, quand Nancy était en lune de miel. Ce bébé n'était pas celui de son mari, elle avait été catégorique – mais pouvait-elle vraiment en être certaine ?

Agatha ferma les yeux. Inutile de s'en inquiéter maintenant. La chose la plus importante était de remettre Nancy sur pied, de la ramener à Bagdad et de renouer, tant que faire se peut, avec une vie normale.

Au fil de sa réflexion, Agatha glissa dans le sommeil. Elle rêva qu'elle nageait, non pas dans le fleuve Euphrate mais dans le lac avec Max. Il riait et tenait le petit James au-dessus de l'eau, le trempait jusqu'aux chevilles, puis le lançait en l'air et le rattrapait. Agatha nageait vers eux mais, en s'approchant, elle constatait que le bébé n'était pas James : il avait le visage de Max et ses cheveux blonds…

— Agatha ! Agatha !

La voix de Max la réveilla. Un chuchotement de l'autre côté de la porte, mais teinté d'urgence. Elle sortit du lit, prenant soin d'éviter le lit-tiroir de James. Le bébé dormait toujours profondément.

Elle ouvrit la porte, se frottant les yeux.

— Qu'est-ce qu'il y a ?

— Je peux entrer une minute ? Je ne le réveillerai pas, promis.

Ils s'assirent sur le lit. Elle devinait, à l'observer, qu'il ne s'agissait pas d'une visite de courtoisie.

— C'est Nancy. J'ai reçu un télégramme d'un ami à Bagdad. Son époux vient d'arriver là-bas. Apparemment, il est en route.

Agatha étouffa un cri.

— Quoi ? Mais… comment est-il au courant ?

— Hugh Carrington l'aura prévenu.

Max haussa les épaules.

— C'est de ma faute, j'en ai peur. Jamais je n'aurais imaginé qu'après lui avoir parlé de Nancy, il se précipiterait au téléphone pour alerter Felix Nelson.

Surgissant telle une torpille des abysses sombres de sa mémoire, des paroles resurgirent dans l'esprit d'Agatha – un détail du récit que Nancy lui avait fait de son atroce lune de miel vénitienne : *Il m'a dit qu'une fois que j'aurais eu un enfant, mon travail serait fini. Peu importe qu'il s'agisse d'un garçon ou d'une fille, du moment qu'il y avait un bébé.*

Oh mon Dieu, pensa Agatha, il vient prendre James.

***

— Nous devons les éloigner d'ici.

Katharine ne tenait pas en place, faisant les cent pas tandis que James suçotait le chiffon de mousseline gorgé de lait que lui donnait Agatha. Elle tendit la main vers la petite tête duveteuse comme si elle avait envie de toucher le bébé, de le protéger – mais ses doigts s'arrêtèrent à quelques centimètres.

— Mais comment faire ?

Agatha déplaça le bol de lait pour éviter que Katharine le renverse d'un coup de coude.

— Nancy est encore très faible. Elle n'est pas en état d'aller où que ce soit pour l'instant.

— Pas prête à voyager en train, c'est sûr, mais je ne pensais pas à cela. Elle pourrait aller dans un autre endroit…

— Où ça ?

— Le village bédouin. C'est à moins de huit kilomètres. Ils la cacheraient pour nous.

La main d'Agatha se figea à mi-chemin entre le bol et la bouche de James.

— Vous êtes sérieuse ? Abandonner un tout petit bébé et une femme qui vient d'accoucher dans une tente au milieu du désert ?

— Ce ne serait pas un abandon ! Les femmes bédouines s'occuperaient d'eux. Cela fait des millénaires qu'elles s'occupent de leurs nourrissons dans des conditions aussi rudes… Elles sont beaucoup plus expérimentées que vous et moi.

Agatha jeta un coup d'œil au morceau de mousseline dégoulinant de lait dont la plupart avait coulé autour de la bouche de James.

— Vous devez avoir raison. Il faudrait d'abord leur demander leur avis, non ?

Katharine secoua la tête.

— Pas le temps ! Il n'y a qu'un seul train en provenance de Bagdad aujourd'hui et, si l'ami de Max a raison, Felix Nelson est à bord. Cela nous laisse un peu moins de deux heures pour évacuer Nancy et James.

***

Max dormait quand Agatha frappa à sa porte. Il ouvrit, les cheveux en bataille comme un balai de ramoneur.

— Je me suis assoupi, marmonna-t-il.

Puis, voyant son visage :

— Comment Nancy a-t-elle pris la nouvelle ?

— Mal. Elle a peur de lui. Elle dit que ce n'est pas le genre d'homme qu'on a envie de contrarier… Nous devons les mettre à l'abri, elle et son bébé.

Elle lui exposa rapidement le plan de Katharine.

— Vous pouvez nous emmener ? Katharine va rester ici et s'occuper de lui dès qu'il arrivera.

Max semblait perplexe.

— Mais… James est son fils. Ils ne vivent peut-être plus comme un couple, mais il a tout à fait le droit de le voir.

— Sauf que…

Elle avait promis de ne rien révéler. L'urgence, pourtant, l'obligeait à dire la vérité, surtout si elles avaient besoin de l'aide de Max.

— James n'est pas son fils.

En s'entendant le dire, elle se rendit compte qu'un doute subsistait en elle. Mais Nancy n'était pas en état de répondre à ses questions, et une confrontation directe avec Felix risquerait de l'achever. L'urgence, c'était de l'emmener dans un endroit sûr. Un endroit où elle pourrait récupérer des forces pour affronter le monde.

— Quoi ? Ce n'est pas son fils ? répéta Max.

Agatha soupira.

— Je n'avais pas le droit de vous en parler… J'ai promis à Nancy de garder le secret. Je sais, cela semble terrible mais elle a des circonstances atténuantes…

Elle luttait pour trouver les mots justes.

— Je n'ai pas le temps de tout expliquer maintenant. Nancy a peur que Felix vienne lui prendre James.

— Pourquoi ferait-il une chose pareille, s'il n'est pas le père ?

— Parce qu'il a légalement besoin d'un enfant né pendant le mariage pour hériter d'un comté. Or, du point de vue du droit, c'est lui le père : il est toujours marié à Nancy.

La perplexité de Max redoublait.

— Dans ce cas… qui est le vrai père ?

— Je l'ignore. Elle refuse de me le dire.

— Il est au courant, pour le bébé ?

— Pas encore…

— Nom de nom ! Quel bordel…

— Vous avez raison : c'est un vrai gâchis, mais nous devons les aider, Max.

Ses yeux scrutèrent les siens.

— Nous ne pouvons pas laisser Felix prendre James.

Il resta immobile pendant ce qui parut une éternité. Pour un peu, Agatha aurait entendu les rouages de son cerveau tourner pour analyser la situation. Il avait des principes, il croyait en Dieu, or Nancy avait commis un adultère. Mais son bébé était une victime innocente et sa mère, en quelque sorte, davantage victime que pécheresse.

— Je vais préparer le camion ! lança-t-il enfin. Mais je ne fais pas ça pour elle, sachez-le : c'est James que je veux protéger. Parce qu'il a besoin de sa mère. Quand toute cette histoire sera terminée, je veux que vous me promettiez quelque chose.

— Quoi ?

— Que vous parlerez à Nancy. Demandez-lui d'écrire au père et de lui dire la vérité.

— Je ne peux pas l'obliger à faire ça, Max, répondit-elle d'une voix douce. Mais je vous promets d'essayer.

28

Un vent chaud souleva les cheveux d'Agatha lorsqu'elle se retrouva dehors avec Max, qui portait le lit-tiroir contenant James. Profondément endormi, le bébé n'avait aucune conscience du drame qui se jouait autour de lui. Aidée de Katharine, elles soutenaient Nancy qui, depuis l'accouchement, n'avait pas marché plus loin que la salle de bains.

Nancy porta sa main à ses yeux.

— Oh ! Quelle lumière !

Agatha leva les yeux vers le ciel. Il n'était pas spécialement dégagé, aujourd'hui. De gros nuages violets bouillonnaient à l'horizon, conférant au soleil une étrange teinte grisâtre. Mais pour Nancy, enfermée depuis une semaine, c'était encore trop éblouissant.

Katharine ouvrit la porte passager du camion.

— Vous allez vous installer au milieu, Nancy. Comme ça vous pourrez vous tenir à l'accoudoir si vous êtes trop secouée. Agatha prendra James sur ses genoux. Dans le tiroir, il risque d'être bringuebalé.

Max jeta un coup d'œil à sa montre.

— Dépêchons-nous ! Le train arrive dans dix minutes…

Quand ils furent tous installés, il mit le contact. Le moteur gémit lentement, comme un animal à l'agonie.

Max réessaya. Cette fois, aucun bruit. Il descendit et actionna la manivelle sous le radiateur.

— Qu'est-ce qu'il fait ? demanda Nancy, inquiète.

— Il lance le moteur, déclara Agatha. Ce n'est rien. Moi aussi, je le fais souvent avec ma voiture. Nous allons partir dans une minute…

Elle se pencha par la vitre.

— Vous voulez que je lance le moteur ?

— Vous savez faire ? demanda Max.

Agatha passa James à Nancy pour qu'elle le tienne pendant qu'elle se mettait au volant.

Katharine, qui sortait à l'instant de la maison avec un panier de nourriture, vit ce qui se passait.

— Vous savez quoi faire ?

Son expression inquiète reflétait celle de Nancy.

— Oh oui, bien sûr : vous avez une voiture…

Agatha attendit le vrombissement du démarreur. Dès qu'elle l'entendit, elle appuya sur la pédale d'accélérateur. Le camion eut une secousse quand le moteur se mit à tourner.

Nancy serra le bras d'Agatha. Le brusque mouvement arracha un gémissement à James.

— Ne pleure pas, mon trésor, nous partons, maintenant.

Agatha tendit la main pour caresser la joue de James. Il fronça les sourcils, dubitatif, puis ferma les yeux.

— Bien joué ! lança Max avec un grand sourire en remontant dans la cabine. Dieu merci, nous avons une spécialiste à bord !

Il leva les yeux vers le ciel.

— Je n'aime pas ce temps… on dirait qu'une tempête de sable se prépare. Espérons que nous arriverons au village avant.

***

Katharine se rendit dans la salle des antiquités et, en attendant la venue de Felix Nelson, se mit à nettoyer un couteau sumérien incrusté de sable. C'était un travail minutieux, exécuté avec une petite brosse en poils de blaireau, mais cela lui permit d'oublier un moment la situation.

Elle était l'unique membre de l'équipe à être resté à la maison. Max avait dû emmener les autres sur le site de fouilles avant de retourner à Qamar al-Sahra puis de foncer à travers le désert vers le village bédouin.

Katharine n'avait pas informé Leonard de l'arrivée imminente de Felix Nelson. Elle n'imaginait que trop bien sa réaction si elle avait essayé de lui expliquer dans quelle impasse Nancy se retrouvait. Mieux valait que la situation soit d'abord réglée, pensait-elle. Une fois Nancy et James hors de danger, il serait toujours temps d'essayer de lui faire comprendre.

Elle espérait que tout cela ne ruinerait pas le fragile équilibre des derniers jours. Leonard s'était épanoui comme une fleur. Il souriait aux gens – pas seulement à elle – et discutait pendant les repas. On aurait dit que leur explication avait dissipé le grand nuage noir qui pesait sur la maison de l'expédition. Au grand étonnement de Katharine, il avait très facilement accepté la présence du bébé de Nancy, là où l'ancien Leonard serait sûrement entré dans une rage folle. Mais son attitude aurait sans doute été tout autre s'il avait su que James était un enfant illégitime et que Nancy avait eu une liaison avec un homme marié. Malgré tous les progrès accomplis, Leonard restait le fils d'un prédicateur. Ces valeurs étaient inscrites en lui comme les fibres du bois dans une planche. Elles n'allaient jamais disparaître.

— *Khatun !*

Un cri lointain de Saleem la ramena au présent. Il était dans la cuisine, et avait dû repérer le mari de Nancy aux portes du campement. Elle reprit la brosse en poils de blaireau et se mit à nettoyer frénétiquement les nervures du manche en os du couteau. Elle dirait n'avoir pas entendu. Il fallait gagner du temps.

— *Khatun!*

Saleem était maintenant à l'entrée de la salle des antiquités. Elle reposa le couteau sur l'étagère. Lissa sa jupe. Respira profondément. À présent, la vie de Nancy dépendait de la capacité de Katharine à garder un calme imperturbable et à mentir avec assez d'aplomb pour donner le change à Felix Nelson.

Elle alla attendre au salon pendant que Saleem sortait prévenir les gardes de laisser entrer le visiteur. Lorsqu'il vint se présenter à Katharine, elle joua la surprise.

— Vicomte Nelson? Quelle agréable surprise!

Elle lui tendit la main avec ce sourire qu'elle avait perfectionné dans le miroir dès l'âge de seize ans – un sourire qui laissait la plupart des hommes les genoux flageolants.

— Madame Woolley…

Les photos du mariage dans *Tatler* ne lui avaient pas rendu justice. Il ressemblait à un acteur de cinéma, grand et mince, le front balayé par une mèche de cheveux châtain clair. Une fine moustache parfaitement taillée soulignait une lèvre hautaine. Il ne lui rendit pas son sourire.

— Puis-je vous proposer du café? Voyager dans ces régions donne vite soif…

Elle tenta un autre sourire – le sourire compatissant, cette fois.

— Merci, non.

Il parcourut la pièce d'un regard circulaire. Sa moustache tressaillit.

— Je crois que vous avez convié ma femme à passer quelques jours ici. Je suis venu la ramener à la maison.

— Nancy, oui. Nous avons beaucoup apprécié de la recevoir. Nous nous sommes rencontrées dans l'Orient-Express, elle vous en a peut-être parlé ?

Elle fit un calcul rapide. Le train pour Ur-Junction poursuivait jusqu'à Bassora, puis faisait demi-tour pour revenir à son point de départ quelques heures plus tard. Si Katharine pouvait persuader Nelson qu'il avait fait le déplacement pour rien, ils pourraient le faire remonter dans ce train, puis sortir Nancy de sa cachette.

— J'ai bien peur qu'elle vous ait causé beaucoup de souci…

Felix lui lança un regard pénétrant.

— Je… Nous… nous ne nous attendions pas à ce que le bébé arrive si vite.

— Eh bien, oui, c'était ce qu'on appelle une surprise, mais la plus merveilleuse qui soit. Mme Christie et moi avons aidé votre femme à accoucher. Par chance, nous étions toutes les deux infirmières pendant la guerre – non qu'un hôpital de campagne en France soit le meilleur endroit pour apprendre le métier de sage-femme, mais…

Felix coupa court à sa digression.

— Il va bien ? Le bébé ?

— Oui. Il va très bien. Nancy était un peu faible après la naissance mais…

— Où est-il ?

De toute évidence, l'état de santé de Nancy était le cadet de ses soucis. Seul le bébé l'intéressait. Devant l'expression de Katharine, il détourna le regard, conscient, peut-être, d'avoir l'air un peu trop impatient.

— Je m'inquiète pour les deux, bien sûr. Je veux les ramener en Angleterre dès que possible.

Il jeta un coup d'œil par la fenêtre.

— J'ai fait le trajet depuis la gare dans une charrette tirée par une vieille mule avachie. Un moyen de locomotion pas du tout adapté à une jeune mère et son bébé… Quoi qu'il en soit, j'ai renvoyé ce brave homme. Je me demandais si vous pourriez demander à un des fainéants avachis devant la porte de nous conduire à Ur-Junction ?

— C'est que… nous avons un seul camion, et il n'est pas là pour le moment. Dès qu'il reviendra de notre site de fouilles, je serai ravie de vous obliger mais… j'ai bien peur que vous vous soyez infligé ce voyage pour rien. Nancy et le bébé nous ont quittés hier.

— Quoi ?

Ses joues pâles virèrent à l'écarlate sous l'afflux du sang.

— Pour aller où ?

— Chez des amis à Bagdad, je crois.

Les yeux de Katharine restaient vrillés dans les siens.

— Elle parlait d'y passer une ou deux nuits avant de retourner en Angleterre, je crois…

— En Angleterre ? répéta-t-il.

Ses iris verts tachetés de jaune lui donnaient l'air d'un renard. Ses paupières se resserrèrent, transformant ses yeux en fentes.

— Et ces amis, qui sont-ils ?

— Elle ne nous l'a pas dit.

Katharine afficha une expression préoccupée.

— Vraiment, je suis désolée de ne pas pouvoir vous être plus utile.

Elle fouilla dans la poche de sa veste, sortit son étui à cigarettes, l'ouvrit.

— On dirait que vous en avez besoin.

— Merci.

Il prit une cigarette, approcha l'extrémité du briquet que Katharine lui tendait. Puis il se dirigea vers la fenêtre en fumant, contemplant le ciel assombri et les draps sur la corde à linge, gonflés par le vent.

— Combien de temps avant le retour de votre camion ?

— Oh… il ne devrait plus tarder à présent. Pendant que vous attendez, laissez-moi préparer une petite collation. Vous avez fait un long voyage et la nourriture servie dans ce train est affreuse, je le sais…

— Entendu. Un sandwich serait le bienvenu. Et une bière fraîche, si vous en avez.

Katharine haussa les épaules.

— Pas de bière, hélas. Mon mari n'autorise pas l'alcool dans la maison. Nous avons de la limonade ou du thé.

Felix marmonna quelque chose dans sa barbe.

— Je vais vous apporter les deux.

Katharine sortit précipitamment de la pièce, soulagée d'échapper au regard perçant du vicomte. Elle se rendit en cuisine où Saleem et Ibrahim étaient occupés à détailler des aubergines pour le repas du soir. Prenant tout son temps, elle demanda à Ibrahim de préparer un sandwich, mais de lui faire goûter avant toutes les garnitures possibles. Elle arrêta son choix sur de l'agneau épicé à la tomate accompagné d'une sauce au yaourt et au concombre. Pendant ce temps, Saleem allait chercher les boissons, avec lesquelles Katharine revint au salon.

— Votre sandwich ne va pas tarder, annonça-t-elle en entrant dans la pièce.

Pas de réponse. Elle posa le plateau sur la table, regardant autour d'elle. Où était-il parti ? À la recherche des toilettes, peut-être ? Soudain, un mouvement par la fenêtre attrapa son regard. Il était là, près des portes ouvertes du mur d'enceinte. Il avait l'air d'appeler quelqu'un. Elle tendit le cou. Deux hommes approchaient sur des mules. Duncan et Michael. Le vent plaquait leurs vêtements, et leur visage était enveloppé d'un foulard pour les protéger des tourbillons de sable. Len avait dû les renvoyer à cause de la tempête imminente.

Elle les observa mettre pied à terre. Felix leur parlait, à présent. Soudain, Michael pointa l'index en direction de l'horizon, vers l'est. Un affreux pressentiment la saisit. C'était la direction du village bédouin. Mais… c'était impossible qu'ils sachent, n'est-ce pas ?

Elle courut vers la porte et le vent s'engouffra dès qu'elle tourna la poignée. Elle atteignit les portes juste à temps pour voir Felix attraper les rênes de la mule de Duncan et sauter en selle. Avant qu'elle ait le temps de le rattraper, il donna des coups de talon dans les flancs de sa monture et le petit trot se transforma rapidement en galop.

— Où va-t-il ? demanda-t-elle, haletante. Qu'est-ce qu'il voulait savoir ?

Michael lui lança un regard interrogatif.

— Il nous a dit qu'il était le mari de Nancy et… il voulait savoir si nous l'avions vue.

— Nous venions de la croiser dans le camion avec Max, ajouta Duncan. Ils étaient coincés dans le sable, on les a aidés à se dégager. Du coup, on lui a répété ce que Max nous avait dit : qu'ils allaient au village bédouin.

— Vous avez fait quoi ?

Une rafale de vent noya les paroles de Katharine.

— Où est le problème ? Pourquoi vous êtes…

Michael n'eut pas le temps de finir sa phrase. Katharine arracha les rênes de sa mule et, enfourchant l'animal, s'élança à la poursuite de Felix Nelson.

29

Le sable fouettait le visage d'Agatha tandis qu'elle poussait de toutes ses forces l'arrière du camion. Max était à côté d'elle, la chemise trempée de sueur. Lorsque les roues avaient une nouvelle fois tourné dans le vide, il avait tenté de les dégager du sable pendant qu'Agatha lançait le moteur. Sans succès. Et maintenant, tout ce qu'elle pouvait faire, c'était l'aider à pousser.

— Ce n'est pas à vous de faire ça ! hurla Max pour se faire entendre par-dessus le sifflement cinglant du vent.

— Et pourquoi pas ? Parce que… je suis… une femme ?

Chaque mot était ponctué de grognements.

— Parce que je ne veux pas que vous vous blessiez !

— Aucun risque, franchement !

Elle grimaça quand le pare-chocs du camion heurta son tibia, mais elle tint bon.

— D'accord, si vous êtes sûre ! À mon signal, vous poussez !

Pendant un moment, ils crurent que ça allait marcher. Le camion remonta la pente de sable. Mais le mouvement avait aggravé la situation : les roues avant s'étaient enfoncées jusqu'au garde-boue.

— Ça ne va pas ! cria Max en se redressant, une pelle à la main. Il faut que j'aille chercher de l'aide !

— Où ça?

Agatha s'approcha, repliant son foulard autour de son visage.

— Le village est seulement à deux ou trois kilomètres. Je peux revenir avec des hommes.

Il se mordit les lèvres, qui blanchirent sous ses dents.

— Mais je n'aime pas l'idée de vous laisser ici… Je préfère que nous y allions tous.

Agatha se hissa jusqu'à la vitre de la portière: dans la cabine, Nancy était à moitié assise, à moitié allongée sur la banquette. Son front luisait de transpiration et ses joues étaient rouges. À côté d'elle, James dormait profondément. Elle avait l'air beaucoup plus affaiblie qu'au moment de leur départ. Le trajet accidenté et les pannes à répétition avaient eu raison d'elle. Elle paraissait incapable de marcher pendant quelques mètres, et encore moins deux kilomètres.

— On va se débrouiller, ne vous inquiétez pas.

— Vous êtes sûre?

Une rafale de vent projeta du sable dans ses yeux, l'obligeant à fermer les paupières.

— Oui!

Elle s'efforçait de sourire.

— Je me fais plus de souci pour vous, seul dans le désert avec cette tempête.

— Ça pourrait être pire: comme je marche vers l'est, j'aurai le vent dans le dos!

Il la prit par la main et l'attira vers lui. Elle sentit ses lèvres sur son front, et sa peau s'embraser.

— Je fais le plus vite possible! lança-t-il.

De l'intérieur de la cabine, Agatha le regarda s'éloigner. Malgré la force du vent, il progressait rapidement. En cinq minutes, il avait disparu. Nancy ouvrit les yeux et grogna, se frottant le cou et les épaules. Elle s'était endormie dans une position des plus inconfortables et Agatha tenta d'y remédier : elle roula sa veste en boule pour en faire un oreiller qu'elle glissa sous la tête de la jeune femme, puis lui releva les jambes pour les allonger correctement.

— Que se passe-t-il ? gémit-elle. Où est passé Max ?

— Parti chercher de l'aide. Il n'en a pas pour longtemps, tout va bien. On a tout ce qu'il faut si vous avez faim ou soif. D'ailleurs, vous voulez quelque chose ?

Nancy secoua la tête. Elle avait de la fièvre et son regard avait quelque chose d'étrange, de lointain. Agatha prit peur. Elle avait déjà vu ces signes chez des hommes morts de septicémie après une opération chirurgicale.

— Essayez de dormir un peu, alors.

Au moment où Nancy se rallongea, James poussa un cri. Agatha savait qu'il avait faim.

— Ne bougez pas : il y a du lait dans le panier à l'arrière, je peux le nourrir.

Elle souleva le bébé, le cala contre son épaule et sortit. Garder la portière ouverte était déjà une épreuve, alors que le vent tourbillonnait autour du camion. Elle protégea la tête de James avec sa main, redoubla d'efforts pour accéder à la portière arrière. Le vent la claqua violemment contre sa hanche gauche tandis qu'elle grimpait sur les sacs tapissant le sol. La douleur était cuisante mais elle ne pensait qu'à une chose : mettre James en sécurité à l'intérieur. Elle arrangea les sacs comme un nid et s'y installa. Puis, berçant le bébé dans ses bras, elle fouilla dans le panier à la recherche du flacon de lait enveloppé dans une bande de mousseline propre.

Au début, il ne voulait pas boire. On aurait dit que, si petit soit-il, il sentait que quelque chose n'allait pas. Agatha lui caressa la joue avec son doigt. C'était une astuce qu'elle avait apprise avec Rosalind, et cela semblait toujours fonctionner. En quelques minutes, il cessa de geindre et se mit à sucer le fuseau de mousseline.

Il ne lui fallut guère plus longtemps pour fermer les yeux. Une fois certaine que James dormait, Agatha le déposa au milieu des sacs. La douleur dans sa hanche la lançait, et elle se redressa du mieux qu'elle put, bien que le toit de l'habitacle soit trop bas pour se tenir correctement. Alors qu'elle frottait sa peau meurtrie, elle remarqua quelque chose par la vitre latérale. Un nuage en mouvement sur une dune. Quelqu'un arrivait. Elle pressa le visage contre la vitre à moitié occultée par les rafales de sable. Difficile de voir s'il s'agissait d'une voiture ou d'un chameau. Un frisson de peur parcourut son corps. Des bandits ? Alors que le nuage se rapprochait, elle reconnut la tête d'une mule. Un animal, seul. La peur céda la place au soulagement. Les bandits ne se déplaçaient jamais seuls. C'était un voyageur solitaire, venu peut-être proposer son aide ? Le cavalier apparut bientôt, et Agatha vit que ses vêtements étaient européens, pas arabes. Elle se précipita sur la portière et l'ouvrit en la tenant à deux mains pour l'empêcher d'être claquée par le vent. Puis elle sauta et courut en direction du bruit étouffé des sabots.

— Katharine !

Katharine sauta de la mule, retira le châle qui couvrait sa bouche et, à bout de souffle, demanda :

— Où… sont-ils ? Il n'est pas…

Agatha sentit un froid glacial monter en elle alors que le vent se faisait plus violent.

— Que s'est-il passé ? hurla-t-elle.

— Felix… est au courant… Michael et Duncan lui ont dit où vous étiez.

Katharine secoua violemment la tête.

— Pas le temps d'expliquer. Ils sont dans le camion ?

Agatha hocha la tête.

— Endormis, tous les deux.

— Max ?

— Parti chercher du secours.

Katharine se dirigea vers la portière arrière du camion, l'ouvrit. Elle pencha la tête vers le bébé endormi.

— Il vaut mieux que je le prenne! Coincées ici, vous êtes des cibles parfaites!

Agatha la regarda, horrifiée.

— Mais…

— Croyez-moi, il est fou furieux! S'il vous trouvait, je suis sûre qu'il vous arracherait James des mains…

Elle ôta son châle.

— Je peux le porter là-dedans, comme les femmes bédouines.

— Mais la tempête va…

— Nous serons très vite de retour!

Katharine fit taire ses protestations d'un geste de la main.

— Et il sera bien à l'abri.

Avant qu'Agatha ait le temps de réagir, elle se baissa à l'intérieur du camion et souleva James de son lit de sacs. Il gazouilla dans son sommeil mais redevint silencieux quand elle le serra contre elle.

Agatha observait la scène, fascinée. Katharine n'avait jamais fait une chose pareille, elle n'avait jamais pris le bébé dans ses bras depuis qu'elle l'avait ramené à la vie. On aurait dit que des chaînes invisibles s'étaient soudain brisées. Une nouvelle Katharine apparaissait, une femme dont le regard farouche s'adoucissait enfin, dont les yeux s'emplissaient d'une émotion jusque-là absente.

En quelques mouvements adroits, Katharine jeta le bout de son châle sur une épaule et enroula l'autre autour de sa taille, nouant les extrémités ensemble.

— Occupez-vous de Nancy! cria-t-elle en remontant sur la mule. Rentrez dans la cabine et verrouillez les portes!

***

Katharine chevauchait une main sur les rênes, l'autre sous le châle noué à sa poitrine. Elle avait observé la façon dont les femmes bédouines fabriquaient des écharpes pour leurs bébés, mais elle n'avait jamais essayé elle-même. Terrifiée à l'idée de laisser tomber James, elle gardait la mule au trot, jetant constamment des coups d'œil par-dessus son épaule pour vérifier que Felix ne s'était pas lancé à sa poursuite.

Elle était bien consciente d'avoir un avantage décisif: cette partie du désert était son jardin depuis trois ans. La météo rendait les choses plus difficiles mais elle aurait sans aucun doute pu se rendre au village les yeux bandés. Rien d'étonnant à ce qu'elle ait réussi à prendre Felix de vitesse et à atteindre le camion avant lui… Elle avait deviné qu'il suivrait l'une des nombreuses pistes sillonnant le désert entre la maison de l'expédition et le site de fouilles. À l'heure qu'il était, avec un peu de chance, il tournait sans doute en rond, perdu. Vu la tempête de sable qui s'annonçait, cela pouvait même se révéler fatal.

Si cela devait arriver, ce serait un châtiment divin. Puni pour avoir considéré James comme une monnaie d'échange et rien de plus.

Elle serra plus étroitement le bébé endormi, sentit son petit poing se dérouler et se refermer autour du tissu de sa chemise. Une vague de tendresse protectrice la submergea. La férocité de ses sentiments la surprit. La stupéfia. Désormais, si Felix s'approchait d'elle, elle était prête à le tuer à mains nues.

Le vent embrouillait ses cheveux, les rabattait sur son visage. Cela faisait longtemps qu'elle avait perdu les épingles qui le maintenaient, et son chapeau s'était envolé quelques minutes à peine après son départ. Elle secoua la tête pour voir où elle allait. Elle touchait au but: les palissades en bois du village étaient en vue. Les bourrasques de sable les avait transformées en taches brunes sur un ciel gris ardoise.

Il ne restait plus que l'oued à traverser… Par chance, il était peu profond. Dès que la tempête éclaterait, il deviendrait vite infranchissable.

Elle ralentit sa mule à l'approche du fossé. Avec James dans ses bras, elle redoubla de prudence en s'engageant sur le terrain en pente puis en gravissant la rive opposée. Entièrement concentrée sur son équilibre, elle ne vit pas ce qui l'attendait.

— Stop, on ne bouge plus !

La voix cingla l'air comme un coup de fouet. Elle se figea. C'était lui. Mais où était-il ? Le paysage n'était plus qu'un enchevêtrement traître de sable et de pierres. Elle tira sur les rênes pour forcer la mule à faire demi-tour.

— J'ai dit stop !

Et soudain, il fut devant elle, émergeant du sable comme un caméléon.

— Donnez-moi le bébé !

Il avança d'un pas, tira quelque chose de l'intérieur de sa veste. Un revolver.

— Rangez ça ! cria-t-elle par-dessus les rugissements du vent.

— Taisez-vous ! Descendez !

Il était à quelques mètres, maintenant.

— Il n'est pas à vous !

Tenant toujours les rênes d'une main, elle serra les bras autour du bébé.

— Pour ce que j'en ai à faire ! cracha-t-il. Donnez-le-moi !

— Il faudra me tirer dessus d'abord !

— Ne pensez pas que j'hésiterai…

Les pieds bien plantés dans le sable, il pointa le pistolet sur sa tête.

— Je compte jusqu'à dix. Un… deux… trois…

Pendant le décompte, elle restait accrochée à James, paralysée. Des volutes de sable tournoyaient autour d'eux, surgissant de terre telle une armée de spectres. La tempête se rapprochait, d'un noir pourpre, tel un poing géant s'abattant sur les nuages.

— Quatre… cinq… six…

Soudain, un hurlement perçant déchira le tumulte, comme si le vent avait invoqué tous les démons de l'enfer. Katharine distingua des ailes claquant dans l'air, une paire d'yeux jaunes. La créature atterrit sur la tête de Felix, qui agita les mains en tous sens, tira – une détonation éclata – la balle se perdit contre la berge de l'oued. De l'autre côté du sable, au loin, une autre détonation lui fit écho. Felix s'écroula.

C'est alors seulement que les formes prirent un sens. Les ailes se déployèrent et un faucon apparut, avec son plumage blanc crème sur fond de ciel meurtri, ange vengeur planant au-dessus du cadavre avant de virer vers l'est, en direction du village bédouin et de son maître qui se profilait sur la rive opposée, sa tunique flottant derrière lui, des volutes de fumée s'échappant de son fusil.

30

Cinq jours passèrent avant que le corps de Felix Nelson soit retrouvé. La tempête avait fait rage peu après sa mort et les bourrasques de sable avaient à moitié enseveli son cadavre. Un chevrier du village bédouin était tombé dessus, un matin. Mais les fourmis géantes du désert l'avaient devancé. Quand le directeur de la police de Nadjaf était arrivé sur les lieux, il ne restait plus assez de corps pour pouvoir établir avec certitude les circonstances du décès.

Katharine était restée muette sur la scène dont elle avait été témoin. Elle n'en avait soufflé mot ni à Agatha, ni à Leonard, pas même à Max qui l'attendait à l'entrée du village bédouin quand elle était arrivée, tremblante d'émotion, le bébé serré contre sa poitrine.

Elle avait laissé s'imposer, aux yeux de tous, le scénario évident : Felix Nelson avait été victime de la fatalité après être parti dans le désert sans carte, boussole ni provisions.

Elle faisait confiance au cheikh pour ne pas s'attirer d'ennuis en avouant le meurtre qu'il avait commis pour la défendre. Pas plus qu'il ne perdrait le sommeil pour avoir pris la vie d'un homme qui menaçait la *khatun* – l'épouse de l'homme qui le payait pour protéger son chantier de fouilles.

Quant à Nancy, elle n'était pas en état d'apprendre la nouvelle de sa mort. Au moment où Max et une bande de Bédouins avaient réussi à pousser Queen Mary hors du sable, Nancy avait perdu conscience. Depuis, son état alternait avec des phases de lucidité mais cela faisait plusieurs jours qu'elle restait à l'abri d'une tente, allongée sur un lit de peaux de chèvre, trop faible pour être déplacée. Agatha et Katharine se relayaient à son chevet.

La tempête n'avait pas permis de faire venir un médecin. La veille de la découverte du corps de Felix, Max réussit à traverser le désert jusqu'à Nadjaf à bord de Queen Mary pour aller chercher le même médecin qui avait ausculté Nancy après son accouchement. Il confirma ce qu'ils craignaient déjà.

— Fièvre puerpérale ?

Katharine et Agatha échangèrent un regard.

Le médecin leur donna un flacon de morphine en leur demandant de le garder au frais. Puis il fit signe à Katharine de le suivre au-dehors. S'adressant à elle en arabe, il lui annonça sans ambages que Nancy avait peu de chance de passer la nuit.

Les heures suivantes s'écoulèrent dans le flou, entre veille et attente. Quand elles eurent fait tout ce qui était en leur pouvoir pour apaiser la malade, Katharine sortit la petite amulette en ivoire de sa poche et la posa sur un tabouret en bois à côté du lit. Elle prit bien soin de la retourner du côté serpent, la figure sculptée du lièvre étant en dessous.

Agatha repéra l'amulette en entrant dans la tente avec un bol d'eau fraîche.

— Vous pensez que ça peut l'aider ?

Elle semblait sceptique.

— C'est tout ce qui me restait.

Katharine ramassa la figurine, la frottant entre son doigt et son pouce.

— Elle est censée protéger…

Agatha hocha la tête.

— Je fais des prières silencieuses depuis le départ du médecin. Mais j'ai peur qu'elles ne marchent pas. Depuis la fin de mon mariage, je n'ai pas été une bonne chrétienne pratiquante. Je ne suis pas sûre que Dieu m'écoutera.

— Je ne suis pas sûre de croire en Dieu. En tout cas, sûrement pas dans le Dieu de Len : une puissance divine qui déclenche des inondations, des famines et envoie des fléaux de sauterelles sur son peuple chaque fois que les hommes sortent du droit chemin.

— Ou bien *ça*.

Les doigts d'Agatha caressèrent le contour du front de Nancy. Elle retira le chiffon tiède et humide, le plongea dans le bol d'eau.

— Quoi qu'elle ait fait, elle ne mérite certainement pas ça.

Dans la nuit, alors que le seul bruit dans le village bédouin était le bêlement lointain des chèvres, Nancy se redressa brusquement, repoussant sa couverture.

— Où suis-je ?

Katharine, qui s'était assoupie, se réveilla en sursaut. Agatha était déjà debout.

— Vous êtes en sécurité, la rassura Agatha. Nous sommes au village bédouin. Vous étiez encore trop faible pour retourner à la maison de l'expédition.

— Où est James ?

— Il dort. Une des Bédouines s'occupe de lui. Il n'est pas loin, juste à côté.

Katharine et Agatha s'interrogèrent du regard. C'était la première fois en près d'une semaine que Nancy semblait lucide.

— Vous voulez boire ?

Katharine attrapa une tasse remplie d'eau mais Nancy la repoussa de la main.

— Promettez-moi que vous vous occuperez de lui !

Les yeux implorants de Nancy leur brisaient le cœur.

— De… oui, bien sûr…

Katharine lança un regard désespéré à Agatha.

— Mais vous allez vous…

— Promettez ! l'interrompit Nancy avant de retomber sur l'oreiller, comme si prononcer ces quelques phrases l'avait vidée de ses forces.

Agatha se pencha sur elle, replaçant le tissu desséché qui était tombé de son front.

— Essayez de vous reposer.

Elle se redressa de nouveau.

— Vous ne laisserez pas Felix l'avoir, hein ?

— Non.

Katharine prit la main de Nancy dans les siennes.

— Felix ne l'aura jamais. Je peux vous le jurer.

— Et vous ne devez parler à personne de son *vrai* père…

Elle s'arrêta. Sa respiration était brève et laborieuse.

— Je ne pourrai jamais l'avoir pour moi… Pas la peine de…

Elle s'interrompit, fermant les paupières. Son corps s'abandonna à la douleur.

— Il lui faut de la morphine.

Agatha dévissa le flacon, pressa l'extrémité en caoutchouc de la pipette pour remplir le tube de verre.

— Pouvez-vous la faire asseoir ?

Katharine plaça une main sous la tête de Nancy. Sa nuque en sueur était glissante. Alors qu'elle la soulevait, Nancy rouvrit les yeux.

— Ne laissez jamais Felix dire que James est à lui. Ce n'est pas son fils !

— S'il vous plaît, Nancy… ne vous inquiétez pas.

Katharine la serra contre elle.

— C'est un magnifique petit garçon et il est à vous : c'est tout ce qui compte.

— Essayez juste de boire ça, intervint Agatha en portant la tasse aux lèvres de la jeune femme.

Elles virent la douleur refluer lentement à mesure que la morphine faisait son effet. Lorsque Nancy ferma les yeux, Katharine reposa doucement sa tête sur l'oreiller. Elle prit sa main, cala son bras contre un tas de tapis afin d'être sûre de toujours tenir sa main, même si elle se mettait à somnoler.

Katharine ne se rendit pas compte du temps où elle resta assise ainsi, luttant contre l'endormissement. Elle n'avait pas l'impression de perdre conscience mais cela dut tout de même se produire car, tout à coup, sans qu'elle s'en aperçoive, la tente s'emplit de la lumière du soleil levant. Elle sentit la chaleur de ses premiers rayons sur son visage, et fut immédiatement consciente d'autre chose : une masse froide et pesante entre ses doigts.

Nancy était morte.

31

Le lendemain matin, quand le soleil se leva, Agatha se trouvait seule sur le toit de la maison. Épuisée au-delà du sommeil, elle avait passé la nuit à s'agiter, rongée de culpabilité après la mort de Nancy. Si seulement elle ne l'avait pas emmenée à Ur… si seulement elles étaient restées à Bagdad, où il y avait un hôpital… si seulement elle avait persuadé Nancy de retourner en Angleterre au lieu d'essayer de se débrouiller par ses propres moyens dans un pays étranger…

Elle songea à James, endormi dans la chambre de Katharine, parfaitement inconscient de la tragédie dont il était victime. De son avenir déjà gâché avant d'avoir vraiment commencé. Quand il avait ouvert les yeux la veille, Agatha avait entendu résonner les derniers mots de sa mère.

Ne laissez jamais Felix dire que James est à lui. Ce n'est pas son fils !

Nancy était restée catégorique, jusque sur son lit de mort. Une question fugace avait traversé Agatha : s'agissait-il d'une dernière tentative désespérée d'empêcher Felix de prendre le petit garçon ? Mais quand James avait levé les yeux sur elle, elle avait eu la conviction soudaine qu'il n'y avait aucun doute sur l'identité de son vrai père. Les yeux du nourrisson, embrumés et flous dans les premiers jours, avaient pris une clarté surprenante.

Brillants comme des diamants.

Oui, Agatha les avait déjà vus. C'était ceux de l'homme de l'Orient-Express. L'homme qu'elle avait confondu avec Archie.

Au souvenir de l'émotion de Nancy, ce jour-là, dans le train, Agatha versa de nouveau des larmes. Elle tenta en vain de les effacer, tandis que les couleurs du ciel se mêlaient en un fondu rose et or.

— Agatha…

Elle ne l'avait pas entendu venir.

Soudain, Max était là, à côté d'elle, et ses bras enveloppèrent ses épaules.

— C'est d'une tristesse sans nom, n'est-ce pas ? murmura-t-il.

Il la releva et elle sanglota dans sa chemise, ouvrant enfin les vannes de son chagrin. Elle se mit à lui raconter, dans un staccato de phrases ponctuées de sanglots, la culpabilité qui l'assaillait chaque fois qu'elle fermait les paupières. Il l'écouta en lui caressant les cheveux.

— Mais comment auriez-vous pu savoir ce qui allait se passer ? Vous n'étiez même pas au courant qu'elle attendait un bébé…

Agatha hocha la tête.

— Mais… mais elle m'a dit que ça faisait… seulement six mois…

— Ce n'est pas *vous* qui l'avez obligée à venir.

Elle sentit son torse se soulever pendant qu'il respirait.

— Et ce jour-là, près de la rivière, Nancy *et* le bébé seraient certainement morts si vous n'aviez pas agi avec un tel sang-froid.

Agatha répondit par un sanglot étouffé.

— Ça pourrait vous faire du bien de partir un peu ? Vous vous sentez la force de remonter sur une mule ?

Il prit son menton entre ses doigts, ses yeux sombres scrutèrent ceux d'Agatha.

— Tous les dimanches matin, je me rends à la petite église d'Ur-Junction. C'est l'occasion d'échapper à mes congénères pendant quelques heures et, par un beau temps comme celui-ci, c'est une promenade très agréable.

Clignant des paupières, elle évacua un résidu de larmes. Elle ne savait pas quoi répondre. Elle aimait l'idée de partir en excursion dans le désert, mais elle n'était pas sûre d'avoir envie d'assister à une messe.

— Vous n'êtes pas obligée de m'accompagner dans l'église si vous n'en avez pas envie. Sur le quai de la gare, il y a un petit étal où vous pouvez prendre un café, manger un bout…

— Et James? Il va bientôt se réveiller.

— Je suis sûr que Katharine et les autres sont capables de s'occuper de lui pendant quelques heures. Ne vous inquiétez pas, je vais laisser un message sur la table.

***

L'air était vif avec un parfum de camomille jaune et de persil sauvage. La pluie qui avait succédé à la tempête de sable avait redonné vie au désert, transformant les sentiers en ruisseaux temporaires où les plantes jaillissaient des flaques.

Au début, ils progressèrent en silence. Elle sentit que Max attendait de voir si elle était d'humeur à discuter. Pendant un moment, elle ne se fit pas confiance: elle pensait qu'il lui suffirait d'ouvrir la bouche pour se remettre à pleurer. Elle le suivait, en retrait de quelques mètres, quand elle repéra quelque chose qui glissait sur le dos de sa chemise. Elle crut d'abord à un bouquet de pétales soufflés par la brise mais, se rapprochant, elle vit la chose bouger. Un papillon. Qui ne ressemblait à aucun de ceux qu'elle avait déjà vus. Ses ailes avaient la couleur de la mer un matin d'été – turquoise filetée de noir.

— Max!

Il se retourna en selle, et elle le rejoignit. Se penchant vers l'avant, elle toucha le tissu de sa chemise.

— C'est quoi?

— Un papillon.

L'insecte se glissa sur son index. Elle retira lentement sa main et la montra à Max.

— N'est-ce pas, qu'il est beau?

Max en profita pour lui caresser le poignet.

— On ne voit pas beaucoup de papillons par ici. Et de cette couleur… je crois bien que c'est la première fois.

Pendant qu'ils l'observaient, le papillon leva une patte vers ses antennes, comme s'il faisait sa toilette. Puis il écarta les ailes et s'envola en glissant dans l'air. Agatha se sentit soudain rassérénée. Mettre des mots sur ce qu'elle ressentait aurait semblé mièvre, mais elle s'y essaya tout de même: le papillon lui apparaissait comme un signe d'espoir.

— Le jour où Esme est mort, observa Max comme s'il lisait dans son esprit, je me rappelle avoir admiré un papillon. C'était une belle matinée – ensoleillée et chaude – et il me paraissait scandaleux que le monde puisse continuer à exister alors qu'il n'était plus là. Je suis sorti dans le jardin de la villa et je suis resté longtemps assis, paralysé par la culpabilité d'être simplement en vie. C'est là qu'un papillon s'est posé sur une fleur, juste devant moi.

Max s'arrêta, changea de position sur la selle.

— Cela m'a rappelé une histoire de mon enfance: des fées sylvestres demandent à une famille de chenilles si elles peuvent prendre leur peau pour se faire des manteaux de fourrure. Les chenilles sont indignées, elles pensent que les fées veulent les tuer. Mais les fées les rassurent: non, ce n'est pas ça du tout; on sait juste qu'un jour, vous n'aurez plus besoin de votre manteau car vous aurez quelque chose de beaucoup plus beau à porter.

— Et qu'est-ce qu'elles ont répondu ? Les chenilles ?

— Elles ne les croyaient pas. Elles ont envoyé balader les fées.

Agatha ravala sa salive tandis que des picotements de larmes lui montaient aux yeux.

— Avant, je croyais. Au paradis, je veux dire. Mais maintenant…

Elle soupira, incapable d'exprimer sa profonde confusion.

Max se rapprocha, lui serra le bras.

— Il n'est pas facile de croire en quelque chose quand tout votre univers s'effondre. L'essentiel, c'est de continuer à croire en soi.

***

Katharine regardait James en train de dormir. Un bras tendu jusqu'à son oreille et, de temps en temps, des doigts qui s'ouvraient et se fermaient comme une anémone de mer dans une mare sur la plage. Parfois, il était tellement immobile qu'elle prenait peur : s'il avait cessé de respirer ? Alors, elle plaçait son miroir de poche près de la petite bouche et retenait son souffle – jusqu'à ce qu'une légère buée se forme à sa surface.

— Comment va-t-il ?

Leonard apparut sur le seuil. Il apportait à sa femme une tasse de thé et un toast beurré sur une assiette.

— Je me suis dit que vous pourriez avoir envie de prendre votre breakfast ici.

Il posa le plateau sur le sol, puis s'accroupit à côté d'elle.

— Il a l'air de tenir bon, non ? Je ne l'ai pas entendu pleurer de la nuit.

— Dieu merci, il est trop jeune pour comprendre.

Au son de leurs voix, James ouvrit soudain les yeux. Ils passèrent de Katharine à Leonard, et sa bouche se plissa, confuse, quand il vit ce visage inconnu bordé d'une barbe touffue.

Katharine le rassura avant qu'il émette le moindre bruit. Utilisant l'astuce qu'Agatha lui avait apprise, elle caressa sa joue avec son pouce, et il blottit sa tête contre sa main.

— Vous êtes très à l'aise avec lui.

Il n'y avait aucune amertume dans sa remarque. Aucune trace de jalousie ou de ressentiment. Elle donna à Katharine le courage de confier à Leonard la pensée qui l'avait tenue éveillée la majeure partie de la nuit.

— Pouvons-nous le garder, Len ?

Les mots étaient sortis comme un génie d'une lampe à huile. Elle sentit sa bouche s'assécher pendant qu'elle essayait de déchiffrer l'expression de son visage. Jamais de sa vie elle n'avait autant désiré quelque chose.

— Le garder ?

Il la fixa de la même façon qu'un de ces objets arrachés au sable. S'interrogeant sur le sens de sa trouvaille, avec un mélange de perplexité et de concentration intense.

— Mais il n'est pas à nous.

— Il n'est plus à personne. Agatha et moi sommes ce qui se rapproche le plus de sa famille.

— Il doit pourtant bien y avoir quelqu'un ? Une tante, un oncle… des grands-parents, peut-être ?

— Nancy était fille unique et ses parents sont morts.

— Et le père ?

— Nous ne savons pas qui c'est. Juste, qu'il est marié et vit à Londres.

— Mais il pourrait sûrement être retrouvé : une annonce dans le *Times*, peut-être ?

— Il a déjà un enfant, Len. Une petite fille. Vous pensez aux conséquences pour sa famille si cette affaire venait à s'ébruiter ?

— N'a-t-il pas le droit de savoir ?

— Nancy ne voulait pas détruire sa famille. C'est la dernière chose qu'elle nous a dite avant de mourir.

Lentement, Leonard leva la main. Elle resta en suspens au-dessus de la tête du bébé, comme s'il craignait de la toucher. Une expression admirative traversa son visage quand ses doigts l'effleurèrent avec le doux duvet noir.

— C'est un beau petit bonhomme. Mais je…

Il hésita. Ses yeux s'arrêtèrent sur ceux de Katharine.

— Je ne savais pas que c'était quelque chose que vous vouliez.

— Moi non plus. Jusqu'à maintenant.

— Je ne vous l'ai jamais avoué mais j'ai toujours espéré avoir un enfant, un jour. Je voulais avoir la chance d'être un meilleur père que mon propre père. Quand vous m'avez parlé de… eh bien, j'ai accepté la situation, bien sûr. J'ai accepté – que ça n'arrive jamais.

— Mais ça *pourrait* arriver, non ? chuchota Katharine. Pensez à la vie merveilleuse que vous et moi pourrions lui donner.

Il leva sa main de quelques centimètres, ses doigts passèrent de la tête de James à la joue de son épouse. Ils étaient chauds lorsqu'il la toucha.

— Oui. Une belle vie…

***

Agatha était assise sur un banc en bois branlant, à l'extrémité du quai d'Ur-Junction, sirotant du café turc dans une tasse en fer-blanc. Le soleil réchauffait agréablement sa peau, et elle ne pouvait s'empêcher de sourire aux bouffonneries du chef de gare qui tentait de faire grimper des voyageurs et des animaux dans un train déjà bondé. Il se démenait, la casquette de travers, bousculé par des bras qui s'agitaient, des bagages qui dégringolaient. C'était comme regarder une version arabe de *Laurel et Hardy*.

Elle entendait la musique traverser les murs en tôle ondulée de la petite église. Max était déjà à l'intérieur. Elle avait failli rentrer avec lui mais l'idée de se tromper de geste, de chant ou de prière dans un service qu'elle ne connaissait pas l'avait découragée. Elle ne savait même pas si les non-catholiques étaient autorisés à assister à la messe. Max lui avait assuré que Dieu ne se souciait pas de telles choses, mais elle se sentait toujours mal à l'aise. Au fond d'elle-même, elle savait que le problème venait plutôt de son incertitude vis-à-vis d'une quelconque croyance.

Max était la seule personne occidentale qu'elle avait vue entrer dans l'église. Les autres étaient toutes des religieuses indiennes d'âges divers, et une poignée d'autochtones. La musique s'atténuait quand elle vit un groupe de retardataires se précipiter sur l'esplanade devant l'entrée. C'étaient de jeunes religieuses en tenue blanche, suivies d'un groupe de petits enfants en uniforme scolaire de style occidental. Les garçons portaient un short gris avec une chemise blanche et une cravate rayée, tandis que les filles arboraient des tuniques et des chemisiers. Leurs traits étaient arabes, comme les enfants qu'elle avait vus dans les rues de Bagdad. En y regardant de plus près, elle s'aperçut qu'une des religieuses portait un bébé dans ses bras. Il paraissait à peine plus vieux que James. Max lui avait appris que la mission d'Ur-Junction s'occupait d'un orphelinat. Elle se demanda si ces enfants y vivaient.

Elle pensait toujours à eux bien après que le petit groupe eut disparu par les portes de l'église. La vue de ce bébé dans les bras d'une femme qui ne pouvait pas être sa mère avait éveillé en Agatha une douleur physique qui ne la quittait plus. Qu'allait-il arriver à James, à présent ? L'idée qu'il soit envoyé dans une institution – ici ou en Angleterre – lui était insupportable. Mais quelle autre possibilité envisager ?

Elle pensa à la promesse qu'elle et Katharine avaient faite à Nancy lorsqu'elle poussait son dernier souffle. Elles avaient juré de s'occuper de l'enfant. Mais comment ? Elle était divorcée avec sa propre fille et Katharine était une femme dévouée à sa carrière, qui vivait la moitié de l'année dans le désert. Aucune d'elles n'était la mieux placée pour garder le bébé.

Elle laissa vagabonder son esprit, imaginant les conséquences si elle ramenait James chez elle. Et, d'abord, la réaction de Rosalind devant ce petit frère. Lui en voudrait-elle de monopoliser l'attention alors qu'elle était à l'internat ? Ensuite, comment les journaux couvriraient-ils la nouvelle ? Elle voyait d'ici les gros titres : LE BÉBÉ MYSTÈRE D'AGATHA CHRISTIE. Il avait déjà été assez compliqué de protéger Rosalind des retombées du fiasco d'Harrogate. À l'école, ne serait-elle pas exposée à davantage de ragots, d'insinuations ?

Agatha pensa à James endormi dans son lit-tiroir, à l'agonie de l'entendre pleurer, la nuit, privé de mère. N'y avait-il pas une certaine lâcheté à penser à sa propre situation, alors même que les besoins du nourrisson étaient si immenses ?

Elle ferma les yeux. Dans son ancienne vie, avant le divorce, elle n'aurait pas hésité à prier. Désormais, elle trouvait cela hypocrite. Pourtant, les mots s'insinuèrent, comme malgré elle, dans sa tête. *S'il te plaît, mon Dieu, dis-moi quoi faire.*

— Désolé que ça dure depuis si longtemps !

Max était de retour, devant elle.

— J'espère que vous ne vous ennuyez pas trop.

Elle secoua la tête, étonnée de la rapidité avec laquelle le temps avait passé. Elle lui demanda comment la messe s'était déroulée, et il la fit rire en lui parlant d'un oiseau qui s'était glissé par un trou dans le toit et en avait profité pour laisser son odorante carte de visite sur la soutane du prêtre.

Pendant le retour à la maison, elle le laissa volontiers monologuer. Elle ne voulait pas penser à la décision pénible qui l'attendait, ni éprouver cette douleur qui surgissait en elle chaque fois que le visage de James apparaissait dans ses pensées.

Quand ils regagnèrent la maison de l'expédition, Michael était allongé sous Queen Mary, en train de bricoler le châssis. Max accepta de lui donner un coup de main pour réparer le démarreur, laissant Agatha entrer seule dans le bâtiment.

Dans la cour, elle tomba sur Katharine en train de nourrir James. Il savait se servir de la tétine en mousseline, à présent : chaque fois qu'elle plongeait l'extrémité vissée du tissu dans le bol de lait de chèvre, il s'en saisissait et l'aspirait avec énergie.

Agatha s'assit maladroitement à côté de son amie, les jambes raides à cause du trajet.

— Comment va-t-il ?

— Un véritable amour.

Katharine poussa un petit soupir.

— Comment réussirons-nous à lui expliquer ?

— Je ne sais pas.

Katharine tenta de retirer la mousseline de sa bouche mais James s'y cramponna de son petit poing serré.

— Peut-être vaudrait-il mieux qu'il ne sache jamais. S'il est adopté suffisamment tôt, il n'aura jamais besoin d'être mis au courant.

Agatha fronça les sourcils.

— Vous pensez à des gens en particulier ? Dans ce pays ou en Angleterre ?

— Oui, je connais quelqu'un.

Katharine leva les yeux et plongea la mousseline dans le bol. Elle arborait le même sourire de Joconde qu'Agatha avait vu dans le train.

— Moi. Et Len. Nous en avons parlé et il est d'accord.

— Vous ?

Katharine eut un rire nerveux.

— Ne soyez pas si surprise ! Nous ne pouvons pas avoir d'enfant… c'est donc la solution parfaite, n'est-ce pas ?

— Mais je pensais…

— Que je n'aimais pas les enfants ? C'est aussi ce que croyait Len. Et, c'est vrai, je ne pensais pas que c'était si grave que ça, de ne pas être mère. Je pensais savoir ce que je voulais : vivre comme un homme, faire un travail d'homme. Et puis… James est arrivé.

— Mais comment allez-vous tout réussir à gérer, avec les fouilles en plus ?

— Len va demander à Hamoudi si nous pouvons engager une des femmes bédouines du village pour s'occuper de James, jusqu'à notre retour en Angleterre au printemps. Nous devrions venir encore pour quelques saisons – trois au maximum –, ce qui fait que nous serons définitivement installés à Londres quand il sera en âge d'entrer à l'école.

Agatha hocha la tête, mais son estomac était noué. Elle savait qu'elle aurait dû se sentir heureuse mais elle ne pouvait s'empêcher d'être tiraillée par la jalousie.

— Que ferez-vous si quelqu'un du consulat britannique vient vous interroger ? Hugh Carrington pourrait revenir : il connaît James.

— Nous verrons bien le moment venu.

Katharine avait retrouvé sa personnalité déterminée.

— Il est peu probable que nous ayons droit à une autre visite, cette saison. Mais si quelqu'un nous pose la question, je répondrai que James est notre enfant.

32

Deux jours plus tard, Agatha et Max montaient à bord du train reliant Ur-Junction à Bagdad. Katharine et Leonard étaient venus avec le bébé pour leur dire au revoir. Pendant que Leonard confiait à Max le masque mortuaire en or à emporter à Londres, Agatha se penchait pour embrasser James une dernière fois. Au contact de ses lèvres, il ouvrit les yeux. Elle sentit une boule grossir dans sa gorge.

— Vous viendrez nous voir quand nous serons de retour à Londres, n'est-ce pas ?

Katharine le cala contre son épaule, le berçant doucement pendant qu'elle parlait.

— Ça nous fera tellement plaisir.

Agatha jeta un coup d'œil à Leonard qui discutait avec Max par la vitre baissée du train.

— J'aurais dû vous donner quelque chose, pour l'expédition. Je pourrais peut-être vous envoyer de l'argent depuis Londres ?

Katharine sourit.

— Ce n'est pas nécessaire, Agatha. Vous nous avez donné à tous les deux quelque chose de bien plus précieux.

Le train lança son sifflet strident, et James lui répondit d'un cri apeuré.

— Dépêchez-vous d'embarquer !

Katharine déposa un baiser rapide sur la joue d'Agatha.

Au moment où cette dernière prit place sur son siège, le train avait déjà commencé à rouler. Katharine et Leonard leur adressaient des signes de la main. James avait cessé de pleurer.

— On dirait une vraie famille, n'est-ce pas ? remarqua Max.

Agatha hocha la tête. Elle ne se sentait pas capable de parler. Pas tout de suite.

Il lui prit la main.

— Ne vous inquiétez pas. Tout va bien se passer.

***

Le voyage dura toute la nuit et le train rallia Bagdad aux petites heures du matin. Leur projet était de se rendre à Damas plus tard dans la soirée, ce qui laissait quelques heures à Agatha pour tout emballer dans la maison au bord du fleuve.

Sans l'aide de Max, elle aurait été incapable d'affronter la tâche de rassembler les affaires de Nancy. Dans un tiroir près du lit, elle trouva une photo enveloppée dans un foulard en soie à motifs de plumes de paon rongé par les mites. C'était un cliché de vacances d'un groupe d'hommes et de femmes. L'image s'était estompée mais Agatha reconnut l'un des visages : Nancy.

Max laissa tomber le paquet de vêtements dans ses bras.

— Qu'est-ce que c'est ?

Agatha lui tendit la photo. Il lut les mots tracés à l'encre sur sa bordure. *Venise, le Lido-avril 1928.*

— C'est la lune de miel de Nancy.

Agatha sortit de sa poche un mouchoir.

Max étudia la scène pendant une minute puis, indiquant l'homme musclé qui tenait la main de Nancy tout en posant l'autre main sur l'épaule d'une femme souriante en kimono :

— Ça doit être Felix Nelson. L'autre femme, vous croyez que…

— Probablement.

— Et les autres, qui est-ce ?

Agatha se pencha sur la photo et son regard fut attiré par un homme à une extrémité de la rangée. Il portait un peignoir en éponge à motifs et des sandales de bain en toile. À en juger par sa posture et sa haute taille qui lui permettait de voir par-dessus la tête des autres, c'était Nancy qu'il regardait, pas le photographe. Remarquant ses hautes pommettes finement ciselées et ses yeux brillants comme des diamants, Agatha sentit son ventre frémir. C'était l'homme de l'Orient-Express.

— Un problème ? s'enquit Max en posant la main sur son bras. Vous tremblez…

— Je… C'est juste que…

Devait-elle lui dire ? Que ferait-il si elle identifiait l'amant de Nancy ? Se sentirait-il obligé de le contacter pour lui parler de James ? Elle avait juré devant Nancy. Elle n'avait pas le droit de trahir sa promesse.

— Je me dis… qu'on devrait envoyer cette photo à Katharine.

Sa voix faillit se briser.

— Comme ça, le jour où James commencera à poser des questions, elle pourra lui parler de sa mère.

Max fronça les sourcils.

— Vous pensez qu'elle lui dira la vérité ? J'ai plutôt eu l'impression qu'elle et Leonard ont l'intention de le faire officiellement passer pour leur propre enfant.

Agatha glissa la photo dans son linceul de soie.

— Eh bien, ça les regarde. Mais s'ils ont cette photo, ça leur laisse le choix, n'est-ce pas ?

Max acquiesça.

— Vous avez une enveloppe ? Je vais aller la poster pendant que vous finissez d'emballer les affaires.

***

Quatre jours plus tard, le 21 décembre, l'Orient-Express glissait à travers les prairies enneigées des Alpes suisses. Pour ce jour le plus court de l'année, l'aube s'était levée tard. Agatha et Max déjeunaient déjà lorsque le ciel s'illumina de la promesse du soleil levant.

— Notre dernier matin, dit Max, levant sa tasse de café et la faisant tinter contre celle d'Agatha. Je sais que ces derniers jours n'ont pas été faciles, mais j'espère que vous avez pu en profiter.

— Oh, oui.

Agatha eut un sourire qui ne parvint pas à illuminer ses yeux.

— Istanbul était fascinante… et quel régal de retourner à Venise.

Elle pencha la tête sur son assiette et entreprit de beurrer un toast pour occulter des sentiments indicibles. Tant de choses se bousculaient dans sa tête. Demain, elle serait de retour à Londres, tentant de réunir les fragments de son ancienne vie. Elle mourait d'envie de revoir Rosalind mais redoutait le moment où Noël serait fini et où sa fille devrait retourner à l'internat. Max, lui, repartirait en Mésopotamie. Ils avaient passé quelques merveilleuses journées ensemble, mais sans jamais évoquer leur avenir. Le reverrait-elle ? Et puis, il y avait James. Il lui manquait terriblement. Elle se demandait comment Katharine s'en sortait. Se lasserait-elle des nuits blanches et de la routine infinie des repas à donner et des couches à changer ? Qu'arriverait-il au bébé si, pour Katharine, l'attrait de cette nouveauté commençait à s'estomper ?

— Quel est cet air atrocement sérieux ?

Agatha posa son couteau et Max lui prit la main.

— Je ne peux pas m'empêcher de me faire du souci pour James.

Cela, au moins, elle pouvait l'avouer.

— Vous étiez parfaite avec lui. J'imagine à quel point les adieux ont dû vous peser.

— Vous savez, j'ai songé à proposer de l'emmener. Le jour où nous sommes allés à l'église, j'ai passé tout le temps où vous étiez à la messe à réfléchir à cette possibilité.

Par la vitre, elle jeta un coup d'œil au sommet enneigé d'une montagne que le soleil levant transformait en cône doré.

— Cela n'aurait pas été réaliste, bien sûr. Je ne crois pas qu'une divorcée aurait été autorisée à adopter un enfant.

— J'y ai pensé aussi, admit Max.

— Vraiment ?

— Je me suis dit que… si nous étions mariés…

Il lui tenait toujours la main. Elle leva les yeux, abasourdie, et constata qu'il rougissait.

— Et puis j'ai pensé que si nous étions *vraiment* mariés, nous pourrions…

Il baissa les yeux sur la nappe.

— … nous pourrions bien en avoir un par nous-mêmes.

— Max… seriez-vous en train de me demander ma main ?

— Oui.

Il leva les yeux, un sourire ironique sur le visage.

— Désolé, c'est pire que de la bouillie… Je devrais me mettre à genoux, c'est bien cela ? Mais je risquerais de faire trébucher le serveur.

Il respira profondément.

— Agatha, voulez-vous être ma femme ?

Épilogue

Août 1963

Le chemin qui mène du jardin de camélias à la maison est étroit et sinueux. Mon jeune visiteur m'offre son bras. Je suis parfaitement capable de marcher sans aide d'aucune sorte – ma canne m'aide juste à me lever du banc – mais je m'appuie quand même sur son bras, soudain prise d'une puissante envie de le sentir de nouveau près de moi. C'est le bébé que j'ai aidé à naître dans le désert, l'enfant que j'ai nourri de lait de chèvre grâce à une tétine en mousseline, le petit garçon que, dans d'autres circonstances, j'aurais adopté. Quel beau jeune homme il est devenu, avec sa crinière de cheveux noirs et ces yeux bleus étincelants !

Je voudrais tellement que Max soit ici pour le voir. Mais il donne en ce moment même une conférence au British Museum. Il doit être en train d'égrener, devant un public conquis, une des anecdotes de notre vie en Irak et en Syrie.

Que d'aventures… Max en charge de ses propres expéditions, et moi à ses côtés en tant que *khatun*. J'ai appris à photographier les découvertes des fouilles et à développer les clichés ; le reste du temps, j'étais devant ma machine à écrire, dans un atelier aux murs de pisé que Max avait construit spécialement pour moi. Au-dessus de la porte, une pancarte en arabe: *Beit Agatha*. La maison d'Agatha. Ç'a été mon premier véritable bureau. Jamais, je crois, les idées ne me sont venues aussi rapidement ou aisément que dans cette petite cabane en plein désert.

Au fil des ans, nos liens avec les Woolley se sont distendus. Quand Max a diversifié son activité en lançant de nouveaux chantiers au Moyen-Orient, Leonard est parti travailler en Amérique. La dernière fois que nous nous sommes tous revus, c'était à Londres à l'automne 1930. James avait presque deux ans. Bien sûr, il n'avait aucun souvenir de moi et a pleuré quand Katharine a essayé de le faire asseoir sur mes genoux. Cela m'aurait sans doute bouleversée si, ce jour-là, je n'avais pas eu une raison secrète d'être particulièrement heureuse. J'étais enceinte. Pendant tout un mois enchanteur, nous avons envisagé un avenir où nous élèverions *notre* enfant.

Le lendemain de ces retrouvailles avec Katharine et James, nous sommes partis pour la Syrie, avec une halte pour quelques vacances sur l'île de Rhodes. Je me souviens d'être entrée dans une petite église blanchie à la chaux, où j'ai prié pour avoir un fils. Mais j'avais quarante ans. La grossesse n'a duré que trois mois.

J'étais dévastée. C'était certainement ma dernière chance. La même année, comme pour souligner notre douloureuse perte, la nouvelle épouse d'Archie a donné naissance à un petit garçon.

Max a su rester stoïque mais je savais combien il aurait aimé avoir un bébé. En rentrant à Londres au printemps suivant, nous appréhendions de devoir rendre visite aux Woolley – de sorte que ce fut un soulagement d'apprendre leur installation en Amérique.

En y repensant, j'ai du mal à croire que toute cela remonte à si longtemps. James doit avoir… je calcule dans ma tête : trente-cinq ans cette année. Alors que nous nous dirigeons vers la maison, ma chaussure heurte une pierre sur le chemin et je perds l'équilibre. D'une pression de sa main sous mon bras, James me rattrape.

Oui, je rêvais d'un fils.

Quand j'ai atteint la quarantaine, c'est devenu une obsession. Mais, au fil des années, j'ai dû me résoudre à accepter la triste vérité : j'avais beau réussir dans d'autres domaines de ma vie, j'avais échoué dans ce projet.

Et puis quelque chose de merveilleux et d'inattendu s'est produit. Rosalind, tout juste âgée de vingt ans, a vécu une folle passion avec un soldat pendant la guerre et l'a épousé. Leur fils, Matthew, a vu le jour à l'automne 1942. Et quand je l'ai tenu dans mes bras, la douleur dans mon cœur a tout simplement fondu.

Aujourd'hui, Matthew est un homme. Je me demande comment il réagirait s'il voyait cet étranger tenant sa grand-mère par le bras. Le chemin tourne légèrement et la maison apparaît, majestueuse, à travers les magnolias bordant la pelouse. Le crépuscule donne à ses colonnes blanches des reflets orangés.

— Quelle magnifique demeure…

James marque un temps d'arrêt pour admirer la scène.

— On ne la voit pas vraiment depuis le fleuve. Je n'avais pas remarqué qu'elle était de style géorgien.

— Nous l'avons achetée en 1938. Les troupes américaines l'ont occupée pendant la guerre. Elles ont laissé quelques fresques en partant, vous verrez.

Dès que nous entrons dans la maison, je l'emmène à la bibliothèque et sonne pour le thé. Je lui montre la peinture qui court sur les murs, juste sous la corniche : une série de scènes retraçant les exploits d'une barge de débarquement américaine.

— C'est l'œuvre d'un lieutenant new-yorkais qui avait le mal du pays. Quand nous avons complètement redécoré les pièces, je n'ai pas eu le cœur de l'effacer. J'aime à considérer cela comme… une sorte de vestige archéologique moderne…

J'observe James pendant qu'il fait le tour de la pièce, étudiant chaque dessin. Il s'arrête, tire sur le lobe de son oreille – un geste qui trahit brièvement sa nervosité. Il se demande quand je vais enfin lui raconter ce qu'il est venu entendre. Et si je possède vraiment les pièces manquantes du puzzle qu'il tente si désespérément de reconstituer.

— Je suis désolée d'avoir perdu le contact avec vos parents… Nous étions si occupés à façonner nos vies dans différentes parties du monde. Je leur dois énormément : sans eux, jamais je n'aurais rencontré Max, mon mari.

— Maman parlait souvent de vous. Elle avait lu tous vos livres.

— Ç'a été un choc terrible quand j'ai appris sa mort. Nous étions très proches. Vous avez dû beaucoup souffrir, de la perdre si jeune.

— En effet. J'étais à l'école ici, et eux vivaient en Amérique. Cela faisait un moment qu'elle était malade. Les médecins n'arrivaient pas à identifier ce qui n'allait pas. C'était horrible de la voir dépérir – et bien sûr, elle détestait ça. Elle qui a toujours été pleine de vie.

Il s'approche de la chaise près de la mienne, pose les mains sur le dossier, comme s'il avait besoin de se raccrocher à quelque chose.

— Papa m'a dit qu'elle avait eu une prémonition. Elle l'avait fait asseoir et lui avait dit : « Len, je vais mourir cette nuit. Mais tu dois me promettre que, quand je ne serai plus là, tu continueras à vivre comme tu l'as toujours fait. » Et le lendemain matin, elle était partie.

Tout cela me semble familier. C'est tellement la Katharine que j'ai connue.

— Papa n'a jamais vraiment su comment exprimer ses sentiments. Après la mort de maman, il n'a jamais voulu me parler de leur vie ensemble. Il a fallu qu'il meure à son tour pour que je découvre qu'ils m'avaient… caché certaines choses. Quand la maison a été vendue, j'ai commencé à ouvrir des cartons dans le grenier et j'y ai trouvé ces photos, ainsi qu'une lettre.

Ses yeux se détournent vers la fresque. Je l'entends respirer. Un léger soupir à chaque expiration.

— Une lettre de maman à sa sœur, datée de mars 1929. Apparemment, ils prévoyaient de rester avec elle à la fin de la saison de fouilles. Et elle lui annonce qu'ils ont adopté un petit garçon…

Le silence qui engloutit la pièce est presque palpable. Mon cœur s'accélère et un sentiment de culpabilité nauséabonde monte en moi. Va-t-il m'en vouloir si je lui raconte tout ? Ce que je n'ai pas fait pendant ces longues années ? Mon incapacité à sauver sa mère ? Et comment lui dire quelque chose sans rompre ma promesse à Nancy ?

— La lettre ne contenait aucun indice sur l'identité de mes parents, si ce n'est que j'étais européen, pas arabe, et que je portais le nom du père de maman. Les photos étaient cachées à l'intérieur de l'enveloppe.

Il les sort de nouveau de son sac et les pose sur la table entre nous. Ses yeux guettent une réaction sur mon visage.

— Vous étiez présente à Ur le mois de ma naissance. Maman vous a peut-être dit quelque chose ?

L'augmentation de ma tension artérielle fait bourdonner mes oreilles. Mais j'entends autre chose aussi. J'entends la voix d'Hercule Poirot.

Faites confiance au train, mademoiselle, car c'est le Bon Dieu lui-même qui le conduit.

Faites confiance au train. Mes propres mots, écrits il y a si longtemps, quand je croyais ma vie achevée. Car le train, comme la vie, doit continuer d'avancer jusqu'à son terminus. Peut-être les paysages traversés ne seront-ils pas toujours très beaux mais, si on baisse le store, la beauté comme la laideur vont nous manquer.

Mon doigt tremble, en suspens sur le visage de Nancy.

— Voici votre mère.

— Oh…

Ses yeux s'écarquillent, s'emplissent de larmes.

— Elle… elle est belle. Qui est-ce ?

— Son nom était Nancy. Et elle voulait tellement vous avoir. Mais elle…

Ma voix se brise. Nous pleurons tous les deux à chaudes larmes lorsque Jean, ma gouvernante, entre avec un plateau sur lequel sont posées la théière et une assiette de biscuits.

Nous nous ressaisissons un peu, le temps qu'elle nous serve. Puis, portant machinalement la tasse à ses lèvres, il écoute l'histoire de ma rencontre avec sa mère.

— C'est elle qui a pris cette photo.

Je lui tends le cliché nous montrant, Katharine et moi, drapées dans nos serviettes.

— Moins d'une heure plus tard vous naissiez juste là, sous cet arbre.

Il examine la scène avec étonnement pendant que je lui raconte les événements.

— Et mon père ?

Il se penche sur l'autre photo, celle de Venise, me montre l'homme debout à côté de Nancy.

— C'est lui ?

— Non. Lui, c'est le mari de Nancy, Felix Nelson. Et ce n'était pas votre père. Là-dessus, elle était catégorique.

— Alors, qui était-ce ?

J'hésite avant de répondre, consciente de ma promesse.

— Votre mère ne m'a jamais révélé son nom. Tout ce qu'elle a bien voulu me dire, c'est qu'il était acteur de cinéma et vivait à Londres. Il faisait partie des invités, dans la villa vénitienne.

James passe son doigt sur la photo, cherchant lequel de cette demi-douzaine d'hommes pourrait être le bon.

Il doit utiliser ses petites cellules grises.

Hercule, comme toujours, a la solution : donner à James les indices nécessaires pour qu'il résolve l'énigme lui-même. Ainsi, je ne suis pas obligée de trahir ma promesse.

Je le laisse arpenter la pièce et je monte à l'étage. Il ne me faut pas longtemps pour trouver la photo. Je l'ai rangée dans un tiroir, à côté d'une liasse de lettres d'amour envoyées par Archie avant notre mariage – voilà autre chose que je n'ai jamais pu me décider à détruire.

Lorsque je prends le portrait du fringant jeune pilote, ses yeux font fleurir des cristaux de glace dans mon sang. J'avais eu exactement la même réaction assise dans un cinéma à Londres, pendant la dernière guerre. À l'époque, Max était en poste en Égypte. J'étais donc allée voir seule une adaptation sur grand écran d'un roman de Daphne du Maurier. Quelques minutes plus tard, l'apparition d'un acteur de second rôle me coupait le souffle : il ressemblait trait pour trait à Archie.

À la fin du film, j'ai attendu le générique, certaine que le mystère du visage aperçu dans le reflet d'une vitre de l'Orient-Express allait enfin trouver sa solution. J'aurais aimé pouvoir revoir la photo trouvée dans le tiroir de Nancy pour me prouver que j'avais raison – mais, bien sûr, je l'avais envoyée à Katharine.

Je redescends avec la photo d'Archie et raconte à James l'épisode de l'homme salué par sa mère dans le train.

— Je ne peux pas en être absolument certaine, dis-je quand je perçois une lueur d'espoir dans ses yeux. Ce n'était qu'un reflet… Mais c'était vraiment le sosie de mon premier mari. C'est pour cette raison que je m'en souviens si clairement.

James acquiesce lentement. Il place la photo d'Archie à côté de la photo de groupe. Et, très vite, me montre l'homme portant un peignoir à motifs.

— C'est lui ! C'est forcément lui ! Un acteur, n'est-ce pas ? Je crois bien que je le reconnais. Vous connaissez son nom ?

Je vais chercher dans la bibliothèque un des romans de Daphne du Maurier. Réédité justement à l'occasion de la sortie du film. Je le tends à James. Le visage de son père est sur la couverture. Son souffle s'accélère. Il retourne le livre. Le texte en quatrième de couverture lui donne l'information qu'il recherchait désespérément.

— Il est encore vivant ?

J'hésite.

Quand je le regarde, je ne peux pas m'empêcher de voir Rosalind : mêmes cheveux noirs, mêmes yeux bleu vif. James pourrait presque être son jeune frère. À cette pensée, je me recroqueville intérieurement. Parce que Rosalind a un frère cadet : le fils qu'Archie a eu de son second mariage. Mais, jusqu'à l'année dernière, ils étaient de parfaits inconnus l'un pour l'autre. Ils se sont rencontrés pour la première fois à l'enterrement d'Archie.

C'était de ma faute. Je ne lui ai jamais interdit de voir la nouvelle famille de son père, mais je lui ai bien fait comprendre à quel point je serais blessée si elle le faisait. Aussi, chaque fois qu'elle rendait visite à Archie à Londres, il était seul, sans sa femme et son fils. Quand elle avait enfin pu rencontrer son demi-frère, il avait trente-deux ans. Je sais combien elle a eu du mal à me pardonner ces années perdues…

Elle avait eu une enfance solitaire de fille unique, alors que ç'aurait pu être si différent… Et James aussi a connu la solitude, lui qui n'a plus personne à présent.

Mais il pourrait avoir un père. Et une sœur.

— Oui, dis-je dans un murmure. Il vit encore.

— Il sait que j'existe ?

Je secoue la tête.

— Pas encore.

Et, tandis que j'hésite, Hercule me chuchote à l'oreille : *Le train doit continuer à rouler. Faites confiance au train…*

Note au lecteur

Tout au long de cette histoire, j'ai mêlé fiction et réalité. Mon intention était de mettre en lumière une période critique de la vie d'Agatha Christie en intégrant des épisodes et des personnages imaginaires au sein de la trame de l'histoire telle que nous la connaissons. Aux lecteurs désireux de démêler les faits de la fiction, je recommande la lecture de l'autobiographie d'Agatha Christie. Les anglophones peuvent aussi se tourner vers l'excellente biographie de Laura Thompson : *Agatha Christie, An English Mystery* (Headline, 2007). Pour ceux qui préfèrent une explication plus immédiate, voici quelques faits majeurs :

Agatha Christie a réellement embarqué à bord de l'Orient-Express à l'automne 1928. Son divorce a été officialisé en octobre de la même année et, deux semaines plus tard, Archie a épousé sa fiancée Nancy Neele.

En 1926, quand Archie a avoué sa liaison avec Nancy, Agatha a traversé une période de dépression. Elle a disparu pendant dix jours. On l'a retrouvée dans un hôtel du Nord de l'Angleterre où elle vivait sous le pseudonyme de Mme Neele, jusqu'à ce que deux membres du personnel devinent sa véritable identité et préviennent la police. Elle a ensuite affirmé que cet épisode résultait d'une amnésie provoquée par une panne d'inspiration qu'elle attribuait au surmenage.

Katharine Woolley a réellement existé. Elle aurait inspiré à Agatha le personnage de Louise Leidner dans *Meurtre en Mésopotamie*. Son premier mari s'est suicidé six mois après leur union. La malformation physique que j'ai décrite dans ce roman est pure spéculation. Dans son autobiographie publiée en 1977, Max Mallowan écrit : « Elle n'était pas destinée à expérimenter pleinement l'aspect physique de la vie de couple. »

Agatha Christie a rencontré Katharine Woolley lors d'une visite du chantier de fouilles d'Ur en 1928. Les deux femmes sont devenues amies. Max n'était pas sur le site à cette époque – Agatha l'a rencontré lors d'une nouvelle visite, l'année suivante. Ils se sont mariés en 1930 et ont passé de nombreuses années au Moyen-Orient, où Max a dirigé des fouilles en Syrie et en Irak. Dans son autobiographie, Agatha Christie brosse un panorama très vivant de cette époque (*La Romancière et l'Archéologue : Mes aventures au Moyen-Orient*, Payot, 2016).

Nancy Nelson est un personnage imaginaire, dont l'apparence physique doit beaucoup à Nancy Neele, la maîtresse d'Archie.

Remerciements

En plus des sources déjà mentionnées dans la postface, je me suis appuyée sur un certain nombre de romans policiers d'Agatha Christie : *Meurtre en Mésopotamie*, *Rendez-vous à Bagdad*, *Le Train bleu* et, bien sûr, *Le Crime de l'Orient-Express* ont été de merveilleuses inspirations pour recréer les personnages et les décors de mon histoire.

Les livres de Christie écrits sous le pseudonyme de Mary Westmacott ont été tout aussi importants dans mes recherches. Ils donnent un aperçu intime de sa vie privée au lendemain de sa rupture avec Archie. Je me suis tout particulièrement intéressée à *Portrait inachevé,* roman semi-autobiographique dont la protagoniste envisage de se suicider après l'échec de son mariage.

Je tiens à remercier mon amie et mentor Janet Thomas pour ses encouragements et son soutien tout au long du processus d'écriture. Ma reconnaissance va également à Jodi Warshaw et à l'équipe de Lake Union, ainsi qu'à mon éditrice Christina Henry de Tessan.

Merci enfin à mon mari Steve Lawrence, pour son amour et son enthousiasme sans faille.

En octobre 2015, nous avons eu le privilège de pouvoir nous marier dans la magnifique demeure d'Agatha Christie, Greenway, sur les rives du fleuve Dart, dans le Devon. S'il existait une sainte patronne des remariages, je ne vois pas qui mieux qu'Agatha Christie pourrait remplir ce rôle.

Cet ouvrage a été composé
Par Atlant'Communication au Bernard (Vendée)

Impression réalisée par
CPI France
en février 2020
pour le compte des Éditions de l'Archipel
département éditorial
de la S.A.S. Écriture-Communication.

Imprimé en France
N° d'impression : 3037371
Dépôt légal : mars 2020